Retrato de *uma* mulher desconhecida

DANIEL Silva

Retrato de *uma* mulher desconhecida

Tradução
Laura Folgueira

Rio de Janeiro, 2023

Copyright © 2022 por Daniel Silva.
Copyright da tradução © 2023 por Casa dos Livros Editora LTDA. Todos os direitos reservados.
Título original: *Portrait of an Unknown Woman*

Todos os direitos desta publicação são reservados à Casa dos Livros Editora LTDA. Nenhuma parte desta obra pode ser apropriada e estocada em sistema de banco de dados ou processo similar, em qualquer forma ou meio, seja eletrônico, de fotocópia, gravação etc., sem a permissão do detentor do copyright.

Diretora editorial: *Raquel Cozer*
Gerente editorial: *Alice Mello*
Editora: *Lara Berruezo*
Editoras assistentes: *Anna Clara Gonçalves e Camila Carneiro*
Assistência editorial: *Yasmin Montebello*
Copidesque: *Thaís Lima*
Revisão: *André Sequeira*
Design de capa: *Will Staehle*
Pintura de capa: *A Young Woman and Her Little Boy por Agnolo Bronzino, óleo sobre tela, 1540 © Shutterstock*
Adaptação de capa: *Guilherme Peres*
Diagramação: *Abreu's System*

Dados Internacionais de Catalogação na Publicação (CIP)
(Câmara Brasileira do Livro, SP, Brasil)

Silva, Daniel
   Retrato de uma mulher desconhecida / Daniel Silva ; tradução Laura Folgueira. – Rio de Janeiro : HarperCollins Brasil, 2023.

   Título original: Portrait of an Unknown Woman
   ISBN 978-65-5511-501-7

   1. Romance norte-americano I. Título.

23-141932   CDD-813

Índices para catálogo sistemático:
1. Romances : Literatura norte-americana   813
Inajara Pires de Souza – Bibliotecária – CRB-PR-001652/O

Os pontos de vista desta obra são de responsabilidade de seu autor, não refletindo necessariamente a posição da HarperCollins Brasil, da HarperCollins Publishers ou de sua equipe editorial.

HarperCollins Brasil é uma marca licenciada à Casa dos Livros Editora LTDA.
Todos os direitos reservados à Casa dos Livros Editora LTDA.
Rua da Quitanda, 86, sala 218 – Centro
Rio de Janeiro, RJ – CEP 20091-005
Tel.: (21) 3175-1030
www.harpercollins.com.br

Para Burt Bacharach.

E, como sempre, para minha esposa, Jamie,
e meus filhos, Lily e Nicholas.

Nem tudo que reluz é ouro.

— William Shakespeare, *O mercador de Veneza*

Parte Um

CRAQUELÊ

I

MASON'S YARD

Em qualquer outro dia, Julian teria jogado aquilo direto na lata de lixo. Ou melhor, teria colocado no triturador de papel profissional de Sarah. Durante o longo e tenebroso inverno da pandemia, quando eles só venderam um único quadro, ela usara o dispositivo para descartar implacavelmente os arquivos inchados da galeria. Julian, traumatizado pelo projeto, temia que, quando Sarah não tivesse mais registros de venda e documentos de frete desnecessários para destruir, seria a vez dele de entrar na máquina. Ele teria que deixar este mundo como um minúsculo paralelogramo de papel amarelado, relegado ao lixo reciclável junto aos outros detritos da semana. Em sua próxima vida, ressuscitaria como um copo sustentável de café. Supunha, não sem alguma razão, que havia destinos piores.

A carta chegara à galeria em uma sexta-feira chuvosa no fim de março, endereçada a *M. Julian Isherwood*. Mesmo assim, Sarah a abrira; ex-agente clandestina da CIA, ela não tinha escrúpulos de ler a correspondência alheia. Intrigada, colocara na mesa de Julian junto a vários itens desimportantes do correio matinal, o único tipo de correspondência que ela deixava que ele visse. Ele leu pela primeira vez ainda vestido com seu sobretudo molhado de chuva, as mechas grisalhas abundantes descabeladas pelo vento. Eram 23h30, o que, por si só, era notável. Ultimamente, era raro Julian pôr os pés na galeria antes do meio-dia.

Isso lhe dava o tempo exato de atrapalhar o andamento das coisas antes de embarcar no período de três horas de seu dia que ele reservava para o almoço.

Sua primeira impressão da carta era de que a autora, uma tal Madame Valerie Bérrangar, tinha a caligrafia mais linda que ele via em séculos. Aparentemente, ela notara a reportagem recente no *Le Monde* sobre a venda de *Retrato de uma mulher desconhecida*, óleo sobre tela, 115x92cm, do pintor barroco flamengo Antoon van Dyck, feita pela Isherwood Fine Arts por vários milhões de libras. E, pelo jeito, Madame Bérrangar tinha preocupações com a transação — preocupações que desejava discutir pessoalmente com Julian, já que eram de natureza legal e ética. Estaria esperando no café Ravel, em Bordeaux, às 16h de segunda-feira. Desejava que Julian viesse sozinho.

— O que você acha? — perguntou Sarah.

— Obviamente, ela é doida de pedra. — Julian mostrou a carta escrita à mão, como se isso provasse o que estava dizendo. — Como isto chegou aqui? Pombo-correio?

— Pela DHL.

— Tinha o endereço do remetente na guia?

— Ela usou o endereço de uma DHL Express em Saint-Macaire. Fica a uns cinquenta quilômetros de…

— Eu sei onde fica Saint-Macaire — disse Julian, arrependendo-se imediatamente do tom abrupto. — Por que tenho a sensação terrível de estar sendo chantageado?

— Ela não me parece uma chantagista.

— É aí que você está errada, meu doce. Todos os chantagistas e extorsionários que já conheci tinham modos impecáveis.

— Então, é melhor a gente ligar para a Met.

— Envolver a polícia? Você está perdendo a noção?

— Pelo menos, mostre a Ronnie.

Ronald Sumner-Lloyd era o advogado caro da Berkeley Square que atendia Julian.

— Tenho uma ideia melhor — disse ele.

Foi então, às 11h36, sob o olhar desaprovador de Sarah, que Julian segurou a carta sobre sua antiga lata de lixo de metal, uma relíquia dos dias de glória da galeria, à época localizada na estilosa New Bond Street — ou New Bondstrasse, como era conhecida em alguns rincões do meio. Por mais que tentasse, ele aparentemente não conseguia deixar o maldito papel escorregar de seus dedos. Ou talvez, pensou mais tarde, fosse a carta de Madame Bérrangar que estivesse agarrada a ele.

Ele a colocou de lado, revisou o que restava do correio da manhã, retornou algumas ligações e interrogou Sarah sobre os detalhes de uma venda pendente. Então, sem mais tarefas pendentes, encaminhou-se a Dorchester para almoçar. Estava acompanhado de uma pessoa que trabalhava em uma respeitável casa de leilões, uma mulher, claro, recentemente divorciada, sem filhos, jovem demais, mas não de um jeito inapropriado. Julian a impressionou com seu conhecimento de pintores da Renascença italiana e holandesa, e a deleitou com histórias de aquisições impressionantes.

Era um personagem que ele representava sob modesta aclamação havia mais tempo do que gostava de lembrar. Era o incomparável Julian Isherwood, Julie para os amigos, Juicy Julie para seus parceiros no ocasional crime da bebedeira. Era leal até dizer chega, ingênuo em demasia e inglês até o talo. Tão inglês quanto o chá das cinco e dentes podres, como gostava de dizer. E, ainda assim, se não fosse pela guerra, seria alguém completamente diferente.

Ao voltar à galeria, ele descobriu que Sarah tinha grudado um *post-it* fúcsia à carta de Madame Bérrangar, aconselhando-o a reconsiderar. Ele leu pela segunda vez, devagar. O tom da mensagem era tão formal quanto o papel de carta com textura de linho em que estava escrita. Até Julian tinha que admitir que ela parecia inteiramente razoável e nem um pouco uma extorsionária. *Sem dúvida*, pensou, *não haveria problemas em apenas ouvir o que ela tinha a dizer*. Na pior das hipóteses, a jornada lhe daria um respiro necessário da carga de trabalho esmagadora na galeria. Além do mais, a previsão do clima em Londres anunciava vários dias

DANIEL SILVA

de frio e chuva quase ininterruptos. Mas, no sudeste da França, já era primavera.

Uma das primeiras ações de Sarah depois de vir trabalhar na galeria foi informar Ella, a belíssima, mas inútil, recepcionista de Julian, que seus serviços não eram mais necessários. Sarah nunca se dera ao trabalho de contratar uma substituta; ela era mais do que capaz, falou, de atender o telefone, responder os e-mails, cuidar dos agendamentos e destrancar a porta para os visitantes subirem quando eles se apresentavam em Mason's Yard.

Seu limite, porém, era fazer os arranjos de viagem de Julian, embora ela consentisse em olhar por cima do ombro dele enquanto ele mesmo cuidava da tarefa, só para garantir que não fosse reservar, sem querer, uma passagem no Expresso do Oriente para Istambul em vez de no Eurostar para Paris. De lá, eram apenas duas horas e catorze minutos de TGV até Bordeaux. Ele comprou com sucesso uma passagem na primeira classe e reservou uma suíte júnior no InterContinental — para duas noites, só para garantir.

Terminada essa tarefa, ele se dirigiu ao bar do Wiltons para tomar um drinque com Oliver Dimbleby e Roddy Hutchinson, reconhecidamente os marchands mais desonestos de Londres. Uma coisa levou à outra, como acontecia quando Oliver e Roddy estavam envolvidos, e eram mais de 2h quando Julian, enfim, caiu na cama.

Ele passou o sábado curando a ressaca e dedicou boa parte do domingo a fazer a mala. Antigamente, não veria problema em embarcar no Concorde só com uma maleta e uma garota bonita. Mas, de repente, os preparativos para dar um pulinho do outro lado do Canal da Mancha exigiam toda a sua capacidade de concentração. Ele imaginou ser apenas outra consequência indesejada de envelhecer, como sua alarmante distração, os sons estranhos que emitia ou sua aparente incapacidade de cruzar um cômodo sem esbarrar em alguma coisa. Ele mantinha à mão uma lista de desculpas autodepreciativas para explicar sua humilhante falta de jeito. Nunca tinha sido um tipo atlético. Era culpa da porcaria do abajur. *Ele* é que fora atacado pela mesa de canto.

Julian dormiu mal, como costumava acontecer na véspera de uma viagem importante, e acordou com uma sensação insistente de que estava prestes a cometer mais um erro em uma longa série de terríveis equívocos. Animou-se, porém, quando o trem emergiu do Eurotúnel e cruzou os campos verde-acinzentados de Passo de Calais na direção de Paris. Pegou o *métro* de Gare du Nord a Montparnasse e desfrutou de um almoço decente no vagão-restaurante do TGV enquanto a luz do outro lado da janela gradualmente ganhava a aparência de uma paisagem de Cézanne.

Ele se lembrou com uma clareza assustadora do instante em que vira pela primeira vez essa luz deslumbrante do sul. Na época, como naquele momento, estava em um trem que partira de Paris. Seu pai, o marchand judeu alemão Samuel Isakowitz, sentava-se do lado oposto do compartimento. Estava lendo o jornal do dia anterior como se nada estivesse fora do normal. A mãe de Julian, com as mãos entrelaçadas nos joelhos, olhava para a frente, o rosto sem expressão.

Escondidos na bagagem acima da cabeça deles, enrolados em folhas de papel parafinado para proteção, havia vários quadros. O pai deixara algumas obras menos importantes em sua galeria na rue la Boétie, no elegante oitavo *arrondissement*. A maior parte de seu inventário remanescente já estava escondida no château que ele alugara a leste de Bordeaux. Julian ficou lá até o terrível verão de 1942, quando dois pastores bascos o contrabandearam pelos Pireneus até o território neutro da Espanha. Os pais dele foram presos em 1943 e deportados para o centro de extermínio em Sobibor, onde, ao chegarem, foram mortos nas câmaras de gás.

A estação Saint-Jean, em Bordeaux, ficava colada ao rio Garonne, no fim do Cours de la Marne. O painel de partidas no saguão remodelado da bilheteria era moderno — já não havia o aplauso educado das atualizações —, mas o exterior de Beaux-Arts, com seus dois relógios proeminentes, era como Julian lembrava. Assim como os prédios cor

DANIEL SILVA

de mel em estilo Luís XV que ladeavam os bulevares pelos quais ele passava correndo no banco de trás de um táxi. Algumas das fachadas eram tão claras que pareciam reluzir com uma fonte de luz interior, outras estavam apagadas pela sujeira. Era a qualidade porosa da pedra local, o pai dele explicara. Ela absorvia fuligem do ar como uma esponja e, como pinturas a óleo, exigia uma limpeza ocasional.

Por algum milagre, o hotel não tinha perdido a reserva dele. Depois de colocar uma gorjeta generosa demais na mão do mensageiro imigrante, ele pendurou as roupas e foi ao banheiro dar um jeito em sua aparência desleixada. Já eram 15h quando Julian capitulou, trancou seus pertences de valor no cofre do quarto e debateu por um momento se deveria levar a carta de Madame Bérrangar ao café. Uma voz interna — do pai, ele supunha — o aconselhou a deixá-la escondida dentro da bagagem.

A mesma voz o instruiu a levar sua maleta, já que lhe forneceria um verniz de autoridade nem um pouco merecido. Ele a carregou pelo Cours de l'Intendance, passando por um desfile de lojas exclusivas, e não havia automóveis, apenas pedestres, ciclistas e bondes elétricos elegantes, que deslizavam por seus trilhos de aço quase em silêncio. Julian seguiu sem pressa, a maleta na mão direita, a esquerda no bolso, junto com o cartão-chave do quarto do hotel.

Ele contornou uma esquina atrás de um bonde e entrou na rue Vital Carles. Diretamente à frente, subiam as duas torres góticas da Catedral de Bordeaux, cercada pelos paralelepípedos polidos de uma ampla praça. O café Ravel ocupava o canto noroeste. Não era o tipo de lugar frequentado pela maioria dos bordelenses, mas sem dúvida tinha uma localização central e era fácil de achá-lo. Julian imaginou que esse fosse o motivo para Madame Bérrangar tê-lo escolhido.

A sombra projetada pelo Hôtel de Ville escurecia a maior parte das mesas do café, mas a que ficava mais perto da catedral estava iluminada pelo sol e desocupada. Julian se sentou e, colocando a maleta a seus pés, avaliou os outros clientes. Com a possível exceção do homem sentado três mesas à sua direita, nenhum parecia francês. Os outros eram turistas, do tipo clássico que compra pacotes. Julian era o mais chamativo; com suas calças de flanela e seu blazer cinza, parecia um personagem de um romance de E.M. Forster. Pelo menos, ela não teria dificuldade de vê-lo.

Julian pediu um *café crème* antes de cair em si e trocar por meia garrafa de vinho Bordeaux branco bem gelado e duas taças. O garçom trouxe a bebida no momento em que os sinos da catedral batiam às 16h. Julian, reflexivamente, alisou a frente do blazer enquanto seus olhos esquadrinhavam a praça. Mas, às 16h30, enquanto as sombras alcançavam sua mesa, Madame Valerie Bérrangar não estava em lugar algum.

Julian terminou o vinho quase 17h. Ele pagou a conta em dinheiro e, com a maleta em mãos, foi de mesa em mesa como um pedinte, repetindo o nome de Madame Bérrangar e recebendo de volta apenas olhares interrogativos.

O interior do café estava deserto exceto pelo homem atrás do antigo bar com tampo de zinco. Ele não se lembrava de alguém chamado Valerie Bérrangar, mas sugeriu que Julian deixasse o nome e o telefone.

— Isherwood — disse quando o barman apertou os olhos para as linhas tremidas rabiscadas no verso de um guardanapo. — Julian Isherwood. Estou hospedado no InterContinental.

Lá fora, os sinos da catedral dobravam de novo enquanto Julian seguia um pombo que voava na direção do solo pelos paralelepípedos da praça, depois virou na rue Vital Carles. Percebeu, após um momento, que estava se repreendendo por ter ido até Bordeaux a troco de nada — e por ter permitido que essa mulher, essa Madame Bérrangar, avivasse memórias indesejadas do passado.

— Como ela ousa? — gritou, assustando um pobre transeunte. Era outro acontecimento perturbador trazido pelo avanço da idade, sua recente propensão a falar em voz alta os pensamentos privados que lhe passavam pela mente.

Por fim, os sinos silenciaram, e o murmúrio agradável da antiga cidade voltou. Um bonde elétrico passou deslizando, *sotto voce*. Julian, com a raiva começando a diminuir, parou em frente a uma pequena galeria de arte e considerou, com consternação profissional, os quadros de inspiração impressionista na janela. De repente, percebeu ao longe o som de uma motocicleta se aproximando. *Não era uma scooter*, pensou, *não com um motor daqueles. Era uma das máquinas baixas pilotadas por homens que vestiam roupas corta-ventos especiais.*

O dono da galeria apareceu na porta e convidou Julian a entrar para olhar o inventário mais de perto. Após declinar, ele continuou pela rua na direção do hotel, a maleta na mão esquerda. O volume do motor da moto tinha aumentado drasticamente, em um registro meio tom mais agudo. De repente, Julian notou uma idosa — sósia de Madame Bérrangar, sem dúvida — apontando para ele e gritando em francês algo que ele não conseguiu discernir.

Por temer ter, mais uma vez, pronunciado algo inapropriado, ele se virou na direção oposta e viu a moto vindo em sua direção, uma mão enluvada se esticando para pegar sua maleta. Ele a levou em direção ao peito e deu uma pirueta para sair do caminho do veículo, dando de cara com o metal frio de um objeto alto e imóvel. Enquanto estava deitado na calçada, a cabeça girando, viu vários rostos pairando, cada um com uma expressão de pena. Alguém sugeriu chamar uma ambulância; outra pessoa, a polícia. Humilhado, Julian buscou uma de suas desculpas prontas. Não era culpa dele, explicou. *Ele* é que tinha sido atacado pela porcaria do poste.

2

VENEZA

Foi Francesco Tiepolo, parado acima da tumba de Tintoretto na igreja de Madonna dell'Orto, que garantiu a Gabriel que, um dia, ele voltaria a Veneza. O comentário não era uma especulação vazia, como descobriu algumas noites depois, durante um jantar à luz de velas com sua linda e jovem esposa na ilha de Murano. Ele ofereceu várias objeções ao esquema, sem convicção nem sucesso, e, depois de um conclave eletrizante em Roma, o negócio foi finalizado. Os termos foram justos, todo mundo estava feliz. Especialmente Chiara. No que dizia respeito a Gabriel, era só isso que importava.

Era preciso admitir, tudo fazia muito sentido. Afinal, Gabriel tinha feito sua formação em Veneza e restaurado, sob um pseudônimo, muitas das obras-primas da cidade. Ainda assim, o acordo tinha suas armadilhas em potencial, incluindo o organograma combinado com a Companhia de Restaurações Tiepolo, a mais proeminente de sua área na cidade. Segundo os termos acordados, Francesco continuaria no comando até se aposentar, e então Chiara, veneziana de nascimento, assumiria o controle. Nesse meio-tempo, ela ocuparia a posição de gerente-geral, com Gabriel como diretor do departamento de pinturas. Ou seja, para todos os efeitos, ele trabalharia para a esposa.

Ele aprovou a compra de um *piano nobile* luxuoso de quatro quartos com vista para o Grand Canal em San Polo, mas, fora isso, deixou

DANIEL SILVA

o planejamento e a execução da mudança iminente nas mãos aptas de Chiara. Ela supervisionou a reforma e decoração do apartamento diretamente de Jerusalém enquanto Gabriel terminava seu mandato no Boulevard Rei Saul. Os meses finais passaram rápido — sempre parecia haver mais uma reunião a fazer, mais uma crise a evitar — e, no fim do outono, ele embarcou no que um notável colunista do *Haaretz* descreveu como "o longo adeus". Os eventos foram de coquetéis e jantares cheios de discursos a uma festança no King David Hotel, à qual foram espiocratas do mundo todo, incluindo o poderoso chefe do Mukhabarat jordaniano e seus homólogos do Egito e dos Emirados Árabes Unidos. A presença deles era prova de que Gabriel, que cultivara parcerias de segurança ao redor do mundo árabe, tinha deixado uma marca indelével em uma região dilacerada por décadas de guerra. Apesar de todos os problemas, o Oriente Médio havia mudado para melhor sob a guarda dele.

Recluso por natureza e desconfortável em meio a multidões, Gabriel achou toda a atenção insuportável. Aliás, preferiu as noites tranquilas que passou com os membros de sua equipe sênior, os homens e as mulheres com quem executara algumas das operações mais lendárias da história de um serviço lendário. Ele implorou pelo perdão de Uzi Navot. Deu conselhos de carreira e casamento a Mikhail Abramov e Natalie Mizrahi. Chorou de rir ao contar histórias hilárias dos três anos que passara vivendo na clandestinidade na Europa Ocidental com o hipocondríaco Eli Lavon. Dina Sarid, arquivista de terrorismo palestino e islâmico, rogou que Gabriel desse uma série de entrevistas de saída para poder gravar as proezas dele em uma história oficial não confidencial. Não foi uma surpresa quando ele declinou. Não tinha desejo de remoer o passado, confessou. Só o futuro.

Dois oficiais de sua equipe sênior, Yossi Gavish, de Pesquisa, e Yaakov Rossman, de Operações Especiais, eram considerados seus sucessores mais prováveis. Mas ambos ficaram felicíssimos de saber que Gabriel, em vez disso, escolhera Rimona Stern, chefe de Coleções. Em uma tempestuosa tarde de sexta, no meio de dezembro, ela virou a primeira diretora-geral da história do Escritório. E Gabriel, após afixar sua assinatura em uma pilha de documentos relativos à sua modesta aposentadoria e às graves consequências que enfrentaria se divulgasse qualquer um dos segredos guardados em sua mente, oficialmente virou o espião aposentado mais famoso do mundo. Para finalizar o ritual de despir o manto, ele fez um tour do Boulevard Rei Saul de cima a baixo, apertando mãos, secando rostos manchados de lágrimas. Garantiu a suas tropas inconsoláveis que ainda iam vê-lo, que ele pretendia se manter no jogo. Ninguém acreditou.

Naquela noite, foi a um último encontro, desta vez às margens do mar da Galileia. Ao contrário das anteriores, essa reunião foi por vezes litigiosa, embora, no fim, tenha atingido certa paz. No início da manhã seguinte, ele fez uma peregrinação ao túmulo do filho no monte das Oliveiras — e ao hospital psiquiátrico perto da aldeia de Deir Yassin, onde a mãe da criança morava em uma prisão de memória e de um corpo consumido pelo fogo. Com a bênção de Rimona, a família Allon voou a Veneza a bordo do Gulfstream do Escritório e, às três daquela tarde, após uma travessia agitada pelo vento da *laguna* a bordo de um táxi aquático de madeira, chegaram a seu novo lar.

Gabriel foi direto ao cômodo grande e cheio de luz que designara como seu estúdio e achou um cavalete italiano antigo, duas luzes de trabalho halógenas e um carrinho de alumínio cheio de pincéis Winsor & Newton de pelo de marta, pigmentos, *medium* e solvente. Seu antigo tocador de CD manchado de tinta estava ausente. Em seu lugar, havia um sistema de áudio de fabricação britânica e um par de torres de som. Sua extensa coleção musical estava organizada por gênero, compositor e artista.

— Que tal? — perguntou Chiara da porta.

— Os concertos de violino de Bach estão na seção de Brahms. Fora isso, é absolutamente…

— Incrível, eu acho.

— Como é que você conseguiu administrar tudo isso de Jerusalém?

Ela fez um gesto de mão indicando indiferença.

— Sobrou algum dinheiro?

— Não muito.

— Vou organizar algumas encomendas particulares depois que a gente se acomodar.

— Infelizmente, isso está fora de questão.

— Por quê?

— Porque você não vai fazer trabalho algum até ter tido a chance de descansar e se recuperar direito. — Ela lhe entregou uma folha de papel. — Pode começar com isto.

— Uma lista de compras?

— Não tem comida em casa.

— Achei que era para eu estar descansando.

— Você está. — Ela sorriu. — Leve o tempo que quiser, meu bem. Curta fazer algo *normal*, para variar.

O supermercado mais próximo era o Carrefour perto da Basílica dei Frari. O nível de estresse de Gabriel parecia ceder a cada item que punha em sua cesta verde-limão, e, ao voltar para casa, ele assistiu às últimas notícias do Oriente Médio apenas com interesse passageiro enquanto Chiara, cantando baixinho para si mesma, preparava o jantar na cozinha dos sonhos do apartamento. Eles terminaram a garrafa de Barbaresco lá em cima, no terraço do telhado, abraçados para se protegerem do ar gelado de dezembro. Abaixo, gôndolas balançavam no ancoradouro. Ao longo da curva suave do Grand Canal, a ponte Rialto estava banhada pela luz de projetores.

— E se eu pintasse algo original? — perguntou Gabriel. — Isso seria considerado trabalho?

— O que você está pensando?

— Em uma cena do canal. Ou talvez uma natureza-morta.

— Natureza-morta? Que tédio.

— Nesse caso, que tal uma série de nus?

Chiara levantou uma sobrancelha.

— Acho que você vai precisar de uma modelo.

— Sim — respondeu Gabriel, puxando o zíper do casaco dela. — Acho que sim.

Chiara esperou até janeiro para assumir seu novo cargo na Restaurações Tiepolo. O armazém da empresa ficava no continente, mas o escritório era localizado na elegante Calle Larga XXII Marzo, em San Marco, um trajeto de dez minutos de *vaporetto*. Francesco a apresentou à elite artística da cidade e fez insinuações de que um plano de sucessão tinha sido montado. Alguém vazou a notícia ao *Il Gazzettino* e, no fim de fevereiro, um breve artigo foi publicado na seção de cultura do jornal. Referia-se a Chiara por seu nome de solteira, Zolli, e mencionava que o pai dela era rabino-chefe da cada vez mais diminuta comunidade judaica de Veneza. Com exceção de alguns comentários desagradáveis de leitores, principalmente da extrema-direita populista, a recepção foi favorável.

A reportagem não mencionava um cônjuge ou companheiro, apenas dois filhos, aparentemente gêmeos, de idade e gênero indetermina-dos. Por insistência de Chiara, Irene e Raphael foram matriculados na *scuola elementare* do bairro em vez de em uma das muitas escolas particulares internacionais de Veneza. Talvez adequadamente, a deles se chamava Bernardo Canal, pai de Canaletto. Gabriel os deixava na entrada todos os dias às 8h e os pegava às 15h30. Junto com uma visita diária ao mercado Rialto, onde buscava os ingredientes para o jantar da família, esses compromissos representavam a totalidade de suas responsabilidades domésticas.

Proibido por Chiara de trabalhar ou mesmo de pôr os pés no es-critório da Restaurações Tiepolo, ele inventou maneiras de encher sua vasta reserva de tempo livre. Lia livros densos, escutava sua coleção musical no novo sistema de som, pintava seus nus — de memória, claro, pois sua modelo já não estava disponível. Ocasionalmente, ela vinha ao apartamento para "almoçar", que era como eles se referiam a fazer

DANIEL SILVA

amor avidamente no meio da tarde em seu quarto glorioso com vista para o Grand Canal.

Mais que qualquer outra coisa, ele caminhava. Não as trilhas punitivas em penhascos que fazia durante seu exílio na Cornualha, mas perambulações venezianas sem rumo conduzidas à maneira de um *flâneur*. Se sentisse vontade, ia visitar um quadro que restaurara, apenas para ver como seu trabalho vinha resistindo. Depois, talvez parasse em um bar para tomar um café e, se estivesse frio, uma taça pequena de algo mais forte para esquentar os ossos. Quase sempre, um dos outros clientes tentava envolvê-lo em conversas sobre o clima ou as notícias do dia. Se antes ele teria rejeitado tais aberturas, naquele momento ele correspondia, em um italiano perfeito, ainda que com leve sotaque, com uma observação espirituosa ou perspicaz.

Um a um, seus demônios se foram, e a violência de seu passado, as noites de sangue e fogo, recuaram de seus pensamentos e sonhos. Ele ria com mais facilidade, deixou o cabelo crescer, adquiriu um guarda-roupa novo de calças elegantes feitas à mão e casacos de caxemira, adequados a um homem de seu status. Em pouco tempo, mal reconhecia a figura que vislumbrava no espelho de seu closet a cada manhã. *A transformação, pensou, era quase total.* Ele já não era o anjo vingador de Israel. Era o diretor do departamento de pinturas da Companhia de Restaurações Tiepolo. Chiara e Francesco lhe haviam dado uma segunda chance de viver. Desta vez, jurou, ele não cometeria os mesmos erros.

No início de março, durante um período de chuvas torrenciais, ele pediu a Chiara permissão para começar a trabalhar. E, quando ela mais uma vez negou o pedido, ele encomendou um iate à vela Bavaria C42 de doze metros e passou as duas semanas seguintes preparando um itinerário detalhado de uma excursão marítima pelo Adriático e o Mediterrâneo durante o verão. Apresentou-o a Chiara durante um almoço especialmente satisfatório no quarto do apartamento.

— Preciso dizer — murmurou ela, em aprovação — que foi uma de suas melhores apresentações.

— Deve ser todo esse descanso.

— Ah, é?

— Estou tão descansado que estou prestes a morrer de tédio.

— Então talvez tenha algo que possamos fazer para sua tarde ficar um pouco mais interessante.

— Não acho que isso seria possível.

— Que tal um drinque com um velho amigo?

— Depende do amigo.

— Julian me ligou no escritório quando eu estava saindo. Falou que estava em Veneza e queria saber se você tinha um ou dois minutinhos livres.

— E o que você falou?

— Que você o encontraria para um drinque depois de terminar de se aproveitar de mim.

— Com certeza você omitiu essa última parte.

— Acredito que não, não omiti.

— A que horas ele está me esperando?

— Às 15h.

— E as crianças?

— Não se preocupe, eu vou em seu lugar. — Ela olhou o relógio de pulso. — A questão é: o que vamos fazer até lá?

— Já que você está sem roupa…

— Sim?

— Por que não vem ao meu estúdio e posa para mim?

— Tenho uma ideia melhor.

— Qual?

Chiara sorriu.

— Sobremesa.

3

HARRY'S BAR

Parado sob uma cascata de água escaldante, drenado de desejo, Gabriel enxaguou os últimos rastros de Chiara de sua pele. Suas roupas estavam espalhadas aos pés da cama desfeita, amarrotadas, um botão arrancado da camisa. Escolheu peças limpas de seu closet, vestiu-se rapidamente e desceu. Por sorte, um vaporetto número 2 estava encostando no píer da parada San Tomà. Ele o tomou até San Marco e, às 15h em ponto, adentrou as fronteiras intimistas do Harry's Bar.

Julian Isherwood observava o próprio celular em uma mesa de canto, com um Bellini pela metade pairando sob os lábios. Quando Gabriel se juntou a ele, Julian levantou o olhar e franziu a testa, como se aborrecido por uma invasão indesejada. Finalmente suas feições se acomodaram em uma expressão de reconhecimento, seguida por profunda aprovação.

— Pelo jeito, Chiara não estava brincando sobre como vocês passam o horário de almoço.

— Estamos na Itália, Julian. Tiramos pelo menos duas horas para o almoço.

— Você está trinta anos mais jovem. Qual o seu segredo?

— Almoços de duas horas com Chiara.

Julian estreitou os olhos.

— Mas é mais do que isso, não é? Você parece... — Ele não terminou a frase.

— O quê, Julian?

— Restaurado — respondeu depois de um momento. — Você removeu o verniz sujo e reparou os danos. É quase como se nunca tivesse acontecido qualquer coisa.

— Não aconteceu.

— Que engraçado, porque você me lembra vagamente um menino de ar taciturno que entrou na minha galeria há uns cem anos. Ou foram duzentos?

— Isso também nunca aconteceu. Pelo menos, não oficialmente — completou Gabriel. — Enterrei seu arquivo nos confins mais profundos do Registro quando estava saindo pela porta do Boulevard Rei Saul. Sua ligação com o Escritório está formalmente encerrada.

— Mas não com você, espero.

— Infelizmente, você vai ter que me aguentar. — Um garçom colocou mais dois Bellinis sobre a mesa deles. Gabriel levantou a taça em um brinde. — Então, o que o traz a Veneza?

— Estas azeitonas. — Julian pegou uma da cumbuca no centro da mesa e colocou na boca com um floreio. — São um perigo de tão gostosas.

Ele estava com um de seus ternos da Savile Row e uma camisa social azul com punho. Seu cabelo grisalho precisava de um corte, mas isso era o normal. No geral, ele estava bem, exceto pelo curativo na bochecha direita, uns dois ou três centímetros abaixo do olho.

Cuidadosamente, Gabriel perguntou o que aconteceu.

— Tive uma discussão com a lâmina de barbear hoje de manhã e, infelizmente, ela levou a melhor. — Julian pegou mais uma azeitona da cumbuca. — Então, o que você faz quando não está almoçando com sua linda esposa?

— Passo o máximo de tempo possível com meus filhos.

— Eles já estão cansados de você?

— Não parecem.

— Não se preocupe, logo vão ficar.

— Falou como um solteirão convicto.

DANIEL SILVA

— Tem suas vantagens, você sabe.

— Diga uma.

— Me dê um minuto, eu vou pensar em alguma coisa. — Julian terminou seu primeiro Bellini e começou o segundo. — E seu trabalho?

— Pintei três nus da minha esposa.

— Coitadinho. Ficaram bons?

— Nada maus, para falar a verdade.

— Três Allons originais conseguiriam bastante dinheiro no mercado.

— São só para os *meus* olhos, Julian.

Naquele momento, a porta se abriu e entrou um italiano bonito de cabelo escuro, vestindo calças de corte justo e uma jaqueta Barbour acolchoada. Ele se sentou a uma mesa próxima e, com um sotaque do sul, pediu um Campari com soda.

Julian estava contemplando a cumbuca de azeitonas.

— Andou limpando alguma coisa?

— Minha coleção de CDs.

— Eu estava me referindo a quadros.

— A Companhia de Restaurações Tiepolo recentemente firmou um contrato com o Ministério da Cultura para restaurar os quatro evangelistas de Giulia Lama na igreja de San Marziale. Chiara diz que, se eu continuar me comportando, ela vai me deixar fazer o trabalho.

— E quanto a Companhia de Restaurações Tiepolo vai receber?

— Não queira saber.

— Talvez eu possa tentá-lo com algo mais lucrativo.

— Por exemplo?

— Uma bela cena do Grand Canal que você poderia resolver em uma ou duas semanas olhando a paisagem real da janela do seu estúdio.

— Atribuição?

— Escola do Norte da Itália.

— Muito preciso — comentou Gabriel.

A atribuição de "escola" era a designação mais obscura possível para a origem de uma pintura de Velhos Mestres. No caso de Julian, significava que a obra tinha sido produzida por *alguém* trabalhando em *algum* lugar do norte da Itália em algum momento do passado distante. A designação "por" ocupava a ponta oposta do espectro. Declarava que o marchand ou casa de leilão vendendo a pintura tinha certeza de que fora produzida pelo artista cujo nome estava anexado a ela. Entre elas, havia uma série subjetiva, e muitas vezes especulativa, de categorias que iam do respeitável "ateliê de" ao ambíguo "à maneira de", cada uma designada para abrir o apetite de compradores potenciais e ao mesmo tempo proteger o vendedor de processos legais.

— Antes de torcer o nariz — disse Julian —, você deveria saber que vou te pagar o suficiente para cobrir o custo desse seu novo barco à vela. Dois barcos, aliás.

— É demais para uma pintura dessas.

— Você levou muito trabalho para mim enquanto chefiou o Escritório. É o mínimo que posso fazer.

— Não seria ético.

— Eu sou marchand, meu querido. Se estivesse interessado em ética, trabalharia para a Anistia Internacional.

— Você já falou com sua sócia?

— Sarah e eu não somos sócios — falou Julian. — Meu nome pode até continuar na porta, mas, hoje em dia, eu só atrapalho. — Ele sorriu. — Acho que devo te agradecer por isso também.

Fora Gabriel quem fizera os arranjos para que Sarah Bancroft, agente secreta veterana e historiadora da arte demasiado culta, assumisse o controle do dia a dia da Isherwood Fine Arts. Ele também facilitara a decisão recente dela de se casar. Por motivos que tinham a ver com o passado complicado do marido de Sarah, a cerimônia foi clandestina, celebrada no esconderijo do MI6 na parte rural de Surrey. Julian tinha sido um dos poucos convidados; Gabriel, chegando atrasado de Tel Aviv, tinha levado a noiva ao altar.

— Então, cadê essa sua obra-prima? — perguntou ele.

— Sob guarda armada em Londres.

— Tem um prazo?

DANIEL SILVA

— Você tem outra encomenda urgente?

— Depende.

— Do quê?

— De como você responder minha próxima pergunta.

— Você quer saber o que aconteceu com meu rosto de verdade?

Gabriel fez que sim.

— A verdade, desta vez, Julian.

— Fui atacado por um poste de iluminação.

— Outro?

— Infelizmente.

— Por favor, diga que era uma noite de neblina em Londres.

— Na verdade, foi ontem à tarde em Bordeaux. Eu fui a convite de uma mulher chamada Valerie Bérrangar. Ela disse que queria me contar algo sobre um quadro que vendi não faz muito tempo.

— Não era o Van Dyck, né?

— Isso, esse.

— Algum problema?

— Não tenho como saber. Sabe, Madame Bérrangar morreu em um acidente de carro a caminho de nosso encontro.

— E o incidente envolvendo o poste? — quis saber Gabriel.

— Dois homens em uma moto tentaram roubar minha maleta enquanto eu voltava para o meu hotel. Pelo menos, acho que era isso que estavam tentando fazer. Até onde sei — ponderou Julian —, eles podiam estar tentando me matar também.

4

SAN MARCO

Na Piazza San Marco, um quarteto de cordas já cansado fazia uma serenata para os últimos clientes do Caffè Florian.

— Eles conseguem tocar alguma coisa que não seja Vivaldi? — perguntou Julian.

— O que você tem contra Vivaldi?

— Eu adoro. Mas que tal Corelli, para variar um pouco? Ou Handel, pelo amor de Deus?

— Ou Antoon van Dyck. — Gabriel parou diante de uma vitrine na galeria do flanco sul da praça. — A reportagem original do *ARTnews* não mencionou onde você achou o quadro. Também não identificou o comprador. O preço, porém, recebeu bastante destaque.

— Seis milhões e meio de libras. — Julian sorriu. — Agora, me pergunte quanto eu paguei por aquela porcaria.

— Eu estava chegando a isso.

— Três milhões de euros.

— Ou seja, seu lucro foi de mais de cem por cento.

— Mas é assim que funciona no mercado de arte secundário, querido. Marchands como eu procuram quadros atribuídos incorretamente, extraviados ou desvalorizados e os levam ao mercado, com charme e carisma suficientes, se tiverem sorte, para atrair um ou mais compradores endinheirados. E não esqueça, eu também tive meus gastos.

DANIEL SILVA

— Longos almoços nos melhores restaurantes de Londres?

— Na verdade, a maioria dos almoços foi em Paris. Sabe, comprei o quadro de uma galeria no oitavo *arrondissement*. Na rue la Boétie, imagine só.

— Essa galeria tem um nome?

— Galerie Georges Fleury.

— Você já fez negócios com ele antes?

— Muitos. Monsieur Fleury é especializado em pinturas francesas dos séculos XVII e XVIII, mas também lida com obras holandesas e flamengas. Tem relações excelentes com várias das famílias mais antigas e ricas da França. Aquelas que moram em *châteaux* cheios de correntes de ar e lotados de arte. Ele entra em contato comigo quando acha algo interessante.

— Onde ele encontrou o *Retrato de uma mulher desconhecida*?

— Veio de uma antiga coleção privada. Foi só o que ele disse.

— Atribuição?

— À maneira de Antoon van Dyck.

— O que cobre todo *tipo* de pecado.

— De fato — concordou Julian. — Mas Monsieur Fleury achou ter visto evidências da mão do artista. Ele me chamou para dar uma segunda opinião.

— E?

— No instante em que pus os olhos nela, tive aquela sensação esquisita na nuca.

Eles saíram da galeria para a luz da tarde. À esquerda, elevava-se o Campanário. Gabriel, em vez disso, levou Julian para a direita, passando pela fachada ornamentada do Palácio Ducal. Na Ponte della Paglia, eles se juntaram a um aglomerado de turistas boquiabertos com a Ponte dei Sospiri.

— Procurando alguma coisa? — perguntou Julian.

— Você sabe o que dizem de velhos hábitos.

— Infelizmente, a maioria dos meus são ruins. Você, porém, é a criatura mais disciplinada que já conheci.

Do lado oposto da ponte, ficava o *sestiere* de Castello. Eles passaram apressados pelos quiosques de suvenires que ladeavam o Riva degli Schiavoni, depois seguiram a passagem até o Campo San Zaccaria, onde ficava a sede regional dos Carabinieri, em que Julian certa vez passara uma noite insone em uma sala de interrogatório do segundo andar.

— Como vai seu amigo general Ferrari? — perguntou ele. — Ainda arrancando asas das moscas? Ou conseguiu achar um novo hobby?

O general Cesare Ferrari era comandante da Divisão para Defesa do Patrimônio Cultural dos Carabinieri, mais conhecida como Esquadrão da Arte. A sede era um *palazzo* na Piazza di Sant'Ignazio, em Roma, embora três de seus oficiais ficassem postados em Veneza em tempo integral. Quando não estavam procurando quadros roubados, ficavam de olho no ex-espião e assassino israelense que vivia tranquilo em San Polo. Fora o general Ferrari que conseguira um *permesso di soggiorno*, permissão de residência permanente na Itália, para Gabriel. Consequentemente, ele tentava não o irritar, o que não era fácil.

Ao lado da sede dos Carabinieri, ficava a igreja que dava nome à praça. Entre as muitas obras de arte monumentais que adornavam a nave, havia uma crucificação executada por Antoon van Dyck durante seu período de seis anos estudando e trabalhando na Itália. Gabriel parou na frente dela, com uma mão no queixo e a cabeça levemente inclinada para o lado.

— Você ia me falar da procedência do quadro.

— Era boa o bastante para mim.

— Como assim?

— Mostrava um retrato executado no fim dos anos 1620 e tinha, ao longo dos séculos, ido de Flanders para a França. Não havia lacunas flagrantes nem sinais de alerta.

— Precisava ser restaurado?

— Monsieur Fleury tinha mandado limpá-lo antes de me mostrar. Ele tem um homem para isso. Não do seu calibre, veja bem. Mas não era ruim. — Julian atravessou para o outro lado da nave e parou diante

DANIEL SILVA

do majestoso *Retábulo San Zaccaria*, de Bellini. — Você fez um belo trabalho. O velho Giovanni aprovaria.

— Você acha?

Julian deu um olhar de leve repreensão por cima do ombro.

— A modéstia não lhe cai bem, meu garoto. Todos do mundo da arte só falavam de sua restauração desta pintura.

— Levei mais tempo para limpar do que Giovanni para pintar.

— Teve um motivo de força maior, se bem me lembro.

— Sempre tem. — Gabriel se juntou a Julian em frente ao retábulo. — Imagino que você e Sarah tenham procurado uma segunda opinião sobre a atribuição depois do quadro chegar em Londres.

— Não só uma segunda opinião. Uma terceira, uma quarta e também uma quinta. E todos os nossos especialistas contratados a peso de ouro concluíram que a pintura era obra de Antoon van Dyck, não de um discípulo posterior. Em uma semana, tínhamos um leilão nas mãos.

— Quem foi o sortudo que venceu?

— O Fundo de Investimentos Obras-Primas. É um fundo de hedge focado em arte, administrado por um dos antigos contatos de Sarah da época de Nova York. Alguém chamado Phillip Somerset.

— Parece levemente familiar — disse Gabriel.

— O Fundo de Investimentos Obras-Primas compra e vende uma quantidade enorme de quadros, desde Velhos Mestres até contemporâneos. Phillip Somerset traz retornos anuais rotineiros de 25 por cento aos investidores e fica com uma parte gorda. E pode ser bastante vingativo se achar que alguém o prejudicou, processar as pessoas é o passatempo favorito dele.

— E foi por isso que você foi a Bordeaux quando recebeu uma carta bem ambígua de uma perfeita estranha.

— Na verdade, foi Sarah quem me convenceu a ir. Quanto à correspondência, os homens da moto obviamente acharam que estava na minha maleta. Foi por isso que tentaram roubá-la.

— Podiam ser ladrões comuns, sabe. O crime hoje em dia é um dos poucos setores em crescimento na França.

— Não eram.

— Como você pode ter certeza?

— Porque, quando voltei ao hotel depois de ter alta de *l'hôpital*, era bem óbvio que meu quarto tinha sido revistado. — Julian deu um tapinha na frente do paletó. — Por sorte, não acharam o que queriam.

— Revistado por quem?

— Dois homens bem-vestidos. Pagaram cinquenta euros ao mensageiro para entrar no meu quarto.

— Quanto o mensageiro recebeu de você?

— Cem — respondeu Julian. — Como você pode imaginar, passei uma noite bastante agitada. Quando acordei hoje de manhã, tinha um exemplar do *Sud Ouest* em frente à minha porta. Depois de ler a reportagem sobre um acidente fatal envolvendo um só veículo ao sul de Bordeaux, fiz as malas e peguei o primeiro trem para Paris. Consegui embarcar no voo das 11h para Veneza.

— Porque estava sonhando com as azeitonas do Harry's Bar?

— Na verdade, eu queria ver...

— Se conseguiria me convencer a descobrir o que Valerie Bérrangar queria te falar sobre o *Retrato de uma mulher desconhecida*, de Antoon van Dyck.

— Você *tem* amigos influentes no governo francês — disse Julian. — O que lhe permitiria conduzir um inquérito com discrição absoluta e, assim, diminuir as chances de um escândalo.

— E se eu conseguir?

— Imagino que isso dependa da natureza da informação. Se houver de fato um problema ético ou legal com a venda, vou discretamente devolver os 6,5 milhões de Phillip Somerset antes de ele me arrastar para um tribunal e destruir o que sobrou de minha antes reluzente reputação. — Julian entregou a carta de Madame Bérrangar a Gabriel. — Para não falar na reputação da sua querida amiga Sarah Bancroft.

Gabriel hesitou antes de pegar a carta.

— Vou precisar dos relatórios de atribuição dos seus especialistas. E de fotos do quadro, claro.

DANIEL SILVA

Julian pegou o celular.

— Para onde eu envio?

Gabriel recitou um endereço do ProtonMail, o serviço de e-mails criptografados baseado na Suíça. Um momento depois, com o telefone seguro em mãos, estava analisando uma imagem em zoom de alta resolução da bochecha pálida da mulher desconhecida.

Por fim, perguntou:

— Algum dos seus especialistas olhou de perto o craquelê?

— Por que a pergunta?

— Sabe aquela sensação esquisita que você teve quando viu esse quadro pela primeira vez?

— Claro.

— Acabei de ter também.

Julian tinha reservado um quarto por uma noite no Gritti Palace. Gabriel o levou até a porta e foi até o Campo Santa Maria del Giglio. Não tinha um turista à vista. *Era como se um ralo houvesse se aberto*, pensou, *e os levado para o mar.*

Do lado oeste da praça, ao lado do Hotel Ala, ficava a entrada de uma *calle* estreita e escura. Gabriel a seguiu até a estação de *vaporetto* e se juntou a outros três passageiros — um casal escandinavo com aparência próspera de sessenta e tantos anos e uma veneziana cansada da vida, de uns quarenta — para esperar na parte coberta. Os escandinavos estavam inclinados sobre um mapa, a veneziana, observando um número 1 que subia lentamente o Grand Canal, vindo de San Marco.

Quando a embarcação encostou no cais, a veneziana embarcou primeiro, seguida pelos escandinavos. Todos os três se sentaram na cabine. Gabriel, como por hábito, ficou de pé na passagem ao ar livre atrás da casa do leme. Lá, pôde observar um único passageiro chegando quase atrasado emergindo da *calle*.

Cabelo escuro. Calça de corte justo. Jaqueta Barbour acolchoada.

O homem do Harry's Bar.

5

GRAND CANAL

Ele entrou na cabine de passageiros e se sentou em uma cadeira de plástico azul-esverdeado na primeira fileira. Era mais alto do que Gabriel lembrava, com uma robustez formidável, na flor da vida. Trinta, 35 no máximo. O rastro malcheiroso que deixava indicava que era fumante. O ligeiro volume do lado esquerdo da jaqueta sugeria que estava armado.

Por sorte, Gabriel também estava em posse de uma arma — uma pistola Beretta 92FS 9mm com coronha de nogueira. Ele a carregava com plena ciência e consentimento do general Ferrari e dos Carabinieri. Mesmo assim, tinha intenção de resolver a situação sem ter que sacar a arma, já que um ato de violência, mesmo em autodefesa, provavelmente resultaria na imediata revogação de seu *permesso*, o que, por sua vez, arriscaria seu status doméstico.

A atitude mais óbvia era despistar o homem o mais rápido possível. Em uma cidade como Veneza, com suas ruas labirínticas e *sotoportegi* lúgubres, não seria difícil. No entanto, tiraria de Gabriel a oportunidade de determinar por que o homem o estava seguindo. Era melhor conversar com ele discretamente, em particular, raciocinou, do que o despistá-lo.

O Palazzo Venier dei Leoni, lar da Coleção Peggy Guggenheim, deslizou da direita para a esquerda no campo de visão de Gabriel. Os

DANIEL SILVA

dois escandinavos desembarcaram na Accademia; a veneziana, no Ca'
Rezzonico. San Tomà, a parada de Gabriel, era a próxima. Ele ficou
imóvel, atrás da casa do leme, enquanto o *vaporetto* parava pelo tempo
suficiente para pegar um único passageiro.

Enquanto a embarcação saía, ele levantou brevemente o olhar na
direção das janelas altas de seu apartamento novo. Estavam com luzes
âmbar acesas. Seus filhos estavam fazendo lição de casa. Sua esposa,
preparando o jantar. Sem dúvida perturbada com a ausência prolongada dele. *Ele logo estaria em casa*, pensou, *tinha só uma pequena questão a
resolver primeiro.*

O *vaporetto* atravessou o canal até a parada Sant'Angelo, depois
voltou ao lado de San Polo e ancorou em San Silvestri. Desta vez, Gabriel desembarcou e, saindo da plataforma, entrou em um *sotoportego*
escuro. De trás dele veio o som de passos — os passos de um homem
de uma robustez formidável, na flor da vida. *Talvez*, pensou Gabriel,
seja necessária alguma violência, afinal.

Ele assumiu o ritmo tranquilo e sem pressa de suas caminhadas vesper-
tinas pela cidade. Mesmo assim, precisou parar duas vezes em frente a
vitrines para manter seu perseguidor na ativa. Ele não era um artista
da vigilância; isso era óbvio. Também não parecia familiarizado com
as ruas do *sestiere*, um defeito que daria a Gabriel uma boa vantagem
por jogar em casa.

Ele continuou indo para noroeste — atravessando o Campo
Sant'Aponal, por uma sucessão de becos esguios, passando por uma
ponte corcunda — até chegar a um *corte* cercado em três lados por
prédios residenciais. Ele tinha certeza de que as habitações estavam em
condições precárias e desocupadas, e era por isso que havia escolhido
o pátio como destino.

Gabriel foi até um canto escuro e escutou os passos de seu perseguidor se aproximando, e um longo momento se passou até o homem

38

aparecer. Ele parou em uma poça de luar, depois, percebendo que não havia saída, se virou para ir embora.

— Procurando algo? — perguntou Gabriel calmamente em italiano.

O homem girou o corpo e, por reflexo, estendeu a mão para a frente da jaqueta.

— Eu não faria isso se fosse você.

O homem paralisou.

— Por que você está me seguindo?

— Não estou.

— Você estava no Harry's Bar. Estava no número 1. E agora está aqui. — Gabriel saiu das sombras. — Duas vezes é uma coincidência, três é demais.

— Estou procurando um restaurante.

— Me diga o nome que eu te levo.

— Osteria da Fiore.

— Nem perto. — Gabriel deu mais um passo pelo pátio. — Por favor, tente pegar de novo sua arma.

— Por quê?

— Para eu não me sentir culpado de quebrar seu nariz, sua mandíbula e várias das suas costelas.

Sem falar uma palavra sequer, o jovem italiano se virou para um lado, levantou a mão esquerda na defensiva e apoiou o punho direito na cintura.

— Está bem — disse Gabriel com um suspiro de resignação. — Já que você insiste.

A arte marcial israelense conhecida como *krav maga* é caracterizada por agressão constante, medidas ofensivas e defensivas simultâneas e crueldade total. A velocidade é valorizada acima de tudo. Em geral, as lutas são curtas — não mais do que alguns segundos — e de resultado decisivo. Uma vez iniciado, um ataque só termina quando o adversário foi completamente incapacitado. Ferimentos permanentes são comuns. A morte não está fora de questão.

DANIEL SILVA

Não há parte do corpo proibida. Aliás, praticantes de *krav maga* são encorajados a focar os ataques em regiões vulneráveis e sensíveis. A manobra inicial de Gabriel consistia em um chute violento na rótula esquerda exposta do oponente, seguido por um golpe de calcanhar esmagador no peito do pé esquerdo. Depois, ele se aventurou mais ao norte, na virilha e no plexo solar, antes de dirigir várias cotoveladas rápidas e golpes com a lateral da mão na garganta, no nariz e na cabeça. Em momento algum, o italiano mais jovem e maior conseguiu desferir um soco ou pontapé. Apesar disso, Gabriel não saiu ileso. Sua mão direita latejava, provavelmente por causa de uma fratura por estresse, o equivalente no *krav maga* a um gol contra.

Com os dedos da mão esquerda, ele checou se havia evidência de pulso e respiração em seu oponente caído. Encontrando ambos, colocou a mão dentro da parte da frente da jaqueta do homem e confirmou que ele estava mesmo armado — uma Beretta 8000, pistola-padrão dos Carabinieri, o que explicava a credencial que Gabriel encontrou no bolso do homem inconsciente. Ela o identificava como *capitano* Luca Rossetti da divisão de Veneza do II Núcleo Tutela Patrimonio Artistico.

O Esquadrão da Arte...

Gabriel devolveu a arma ao coldre e as credenciais ao bolso, depois telefonou para a sede regional dos Carabinieri para relatar um homem ferido largado em um *corte* perto de Campo Sant'Aponal. Fez isso anonimamente, com o número do celular ocultado e em um sotaque veneziano perfeito. Ele lidaria com o general Ferrari pela manhã. Enquanto isso, precisava tramar uma desculpa plausível para explicar a mão machucada a Chiara, que veio a ele enquanto atravessava a ponte San Polo. Não tinha sido culpa dele, diria. Ele é que tinha sido atacado pela porcaria do poste.

6

SAN POLO

Cinco minutos depois, subindo a escada em direção à porta do apartamento, Gabriel encontrou a fragrância hipnotizante de vitela cozinhando em vinho e ervas aromáticas. Digitou a senha no teclado e girou a maçaneta, as duas coisas com a mão esquerda. A direita estava escondida no bolso da jaqueta. Continuou lá enquanto ele entrava na sala de estar, onde achou Irene deitada no tapete, um lápis em punho, a minúscula testa de porcelana franzida.

Gabriel falou com ela em italiano.

— Tem uma escrivaninha ótima no seu quarto, sabe?

— Prefiro estudar no chão. Ajuda na minha concentração.

— O que você está estudando?

— Matemática, bobo. — Ela levantou o olhar para Gabriel, os olhos iguais aos da mãe dele. — Onde você estava?

— Tive um compromisso.

— Com quem?

— Um velho amigo.

— Ele trabalha no Escritório?

— De onde você tirou essa ideia?

— Porque parece que todos os seus velhos *amigos* trabalham lá.

— Nem todos — disse Gabriel, e olhou para Raphael. O menino estava jogado no sofá, seus olhos cor de jade com longos cílios focados com uma intensidade perturbadora na tela de seu vídeo game portátil.

— O que ele está jogando?

— Mario.

— Quem?

— É um jogo.

— Por que ele não está fazendo a lição de casa?

— Já terminou. — Com a ponta do lápis, Irene apontou para o caderno do irmão. — Pode ir lá olhar.

Gabriel esticou o pescoço para o lado e revisou a lição de Raphael. Vinte equações rudimentares envolvendo adição e subtração, todas respondidas corretamente na primeira tentativa.

— Você era bom em matemática quando era pequeno? — perguntou Irene.

— Não me interessava muito.

— E a Mama?

— Ela estudou história romana.

— Em Pádua?

— Sim.

— É lá que o Raphael e eu vamos fazer faculdade?

— Você é meio jovem para estar pensando nisso, não?

Suspirando, ela lambeu a ponta do indicador e virou uma página em branco do caderno. No calor da cozinha, Gabriel encontrou Chiara tirando a rolha de uma garrafa de Brunello di Montalcino. Andrea Bocelli fluía da caixa de som com conexão bluetooth na bancada.

— Eu sempre amei essa música — disse Gabriel.

— Por que será? — Chiara usou o celular para abaixar o volume. — Está indo a algum lugar?

— Oi?

— Você ainda está de casaco.

— Estou com um pouco de frio, só. — Ele foi até o forno Vulcan reluzente de aço inoxidável e espiou pelo vidro. Lá dentro estava a caçarola laranja que Chiara usava para preparar ossobuco. — O que eu fiz para merecer isso?

— Consigo pensar em uma ou duas coisinhas. Ou em três — respondeu ela.

— Quanto tempo para ficar pronto?

— Precisa de mais meia hora. — Ela serviu duas taças de Brunello. — O que te dá o tempo exato para me contar sobre sua conversa com Julian.

— Podemos falar depois do jantar, se você não se importar.

— Algum problema?

Ele se virou abruptamente.

— Por que a pergunta?

— Geralmente, quando Julian está envolvido, tem problema. — Chiara o olhou com atenção por um momento. — E você parece chateado com alguma coisa.

Ele decidiu, embora bastante culpado, que a atitude mais sábia era colocar a culpa do mau humor em Raphael.

— Seu filho não notou que eu cheguei em casa porque estava hipnotizado por aquele joguinho de computador dele.

— Eu deixei.

— Por quê?

— Porque ele levou cinco minutos para terminar a lição de matemática. Os professores acham que ele é superdotado, e querem que ele comece a trabalhar com um especialista.

— Com certeza não puxou isso de mim.

— Nem de mim. — Chiara ofereceu uma taça de vinho ao marido. — Tem um pacote no seu estúdio. Parece que é da sua amiguinha Anna Rolfe. — Ela sorriu com frieza. — Ouça um pouco de música e relaxe. Você vai se sentir melhor.

— Eu estou ótimo.

Gabriel aceitou o vinho com a mão esquerda e se retirou para o banheiro da suíte principal, onde submeteu a extremidade machucada a um exame completo à luz do espelho de maquiagem de Chiara. A

DANIEL SILVA

dor aguda produzida por uma pressão suave indicava pelo menos uma fratura por estresse do quinto metacarpo. Um inchaço significativo estava bem evidente, mas, por enquanto, não havia hematoma visível. No mínimo, era preciso imobilização imediata e gelo. Dadas as circunstâncias, porém, nenhuma das duas coisas era possível, sobrando como opção de tratamento apenas álcool e analgésico.

Ele pegou um frasco de ibuprofeno na caixa de remédios, deixou cair várias cápsulas na palma da mão e as engoliu com um gole de Brunello. Voltando ao estúdio, encontrou o pacote. Tinha sido enviado pelo departamento de publicidade da Deutsche Grammophon. Dentro, havia um box de dois CDs dos maravilhosos concertos para violino de Mozart, notáveis pelo fato de a solista ter gravado as peças com o mesmo instrumento em que eles tinham sido compostos.

Gabriel colocou o primeiro deles na bandeja do aparelho, deu play e foi para o cavalete. Lá, mirou uma linda jovem estendida nua por um sofá coberto de brocados, seu olhar melancólico fixo no observador — neste caso, no artista que a pintara.

Algum problema?

Não, pensou ele, com a mão latejando de dor. *Problema algum.*

Gabriel conseguiu escutar os primeiros dois concertos antes de Chiara convocá-lo para a sala de jantar. A refeição disposta na mesa parecia ter sido montada para uma sessão de fotos da *Bon Appétit* — o risoto, a bandeja de vegetais assados brilhando de azeite e, claro, os grossos pernis de vitela ensopados em um rico molho de tomate, ervas e vinho. Como sempre, estavam macios, permitindo que Gabriel comesse com uma só mão, mantendo a outra apoiada e protegida no colo. O tratamento de Advil e Brunello tinha feito sua mágica; ele só estava vagamente ciente da dor. Tinha certeza, porém, de que ela voltaria para se vingar no instante em que o efeito do remédio passasse, provavelmente lá pelas 3h.

Os olhos de Chiara reluziam à luz das velas enquanto ela guiava a conversa. Diplomaticamente, levantou o assunto da proeza matemática de Raphael, o que, por sua vez, levou a uma discussão de como o dom dele podia ser empregado de forma útil. Irene, a ambientalista da família, sugeriu que o irmão considerasse uma carreira como cientista climático.

— Por quê? — provocou Gabriel.

— Você leu o relatório das Nações Unidas sobre aquecimento global?

— *Você* leu?

— Falamos dele na escola. A *signora* Antonelli diz que Veneza logo vai estar embaixo d'água, porque a cobertura de gelo da Groenlândia está derretendo. Ela diz que nada disso teria acontecido se os estadunidenses não tivessem saído do Acordo de Paris.

— Isso é contestável.

— Ela também diz que é tarde demais para evitar um aumento significativo nas temperaturas globais.

— Nisso ela tem razão.

— Por que eles saíram?

— O homem que era presidente na época achava que o aquecimento global era uma farsa.

— Quem acreditaria em algo assim?

— É uma doença bem comum entre os estadunidenses da extrema-direita. Mas vamos falar de algo agradável, pode ser?

Foi Raphael quem escolheu o assunto.

— O que quer dizer *woke*?

Gabriel dirigiu o olhar ao filho e respondeu da forma que melhor que conseguia.

— É uma palavra que surgiu na comunidade negra dos Estados Unidos. Se alguém é *woke*, quer dizer que se importa com assuntos relacionados a intolerância racial e injustiça social.

— Você é *woke*?

— Evidentemente.

— Acho que eu também sou.

DANIEL SILVA

— Se eu fosse você, não contaria para alguém.

Ao fim da refeição, as crianças se ofereceram para tirar a mesa, façanha que conseguiram com mínimo conflito e sem quebrar algo. Chiara serviu o resto do vinho e levantou sua taça à luz das velas.

— Por onde começar? — perguntou. — Por seu encontro com Julian ou pela tatuagem nova na sua mão direita?

— Não é uma tatuagem.

— Que alívio. O que é?

Gabriel tirou a mão do colo e a colocou com cuidado sobre a toalha de mesa.

Chiara fez uma careta.

— Parece horrível.

— É — disse Gabriel, melancólico. — Mas você tinha que ver como ficou o outro cara.

7

SAN POLO

— Você tentou segurar um pincel?

— Não tenho certeza de que vou conseguir voltar a fazer isso.

— Está doendo muito?

— No momento — disse Gabriel —, não sinto absolutamente nada.

Ele estava empoleirado em uma banqueta da ilha da cozinha, a mão submersa em uma tigela de água com gelo. Não tinha adiantado para reduzir o inchaço. Aliás, parecia estar ficando pior.

— Você devia ter feito um raio-X — falou Chiara.

— E quando o ortopedista perguntasse como eu quebrei?

— E como foi?

— Imagino que dando um golpe com a lateral da mão.

— Onde foi o golpe?

— Prefiro não dizer.

— Tem certeza de que você não o matou?

— Ele vai se recuperar.

— Vai mesmo?

— Em algum momento.

Com um suspiro de desânimo, Chiara pegou a carta de Madame Valerie Bérrangar.

— O que você acha que ela queria dizer a Julian?

DANIEL SILVA

— Consigo pensar em várias possibilidades — respondeu Gabriel. — A começar pela mais óbvia.

— Que é?

— O quadro era dela.

— Se fosse isso, por que não entrar em contato com a polícia?

— Quem disse que ela não entrou?

— Com certeza Julian checou o banco de dados do Art Loss Register antes de colocar no mercado, não?

— Marchand algum compra ou vende uma obra de arte sem checar primeiro se foi roubada.

— A não ser que ele não queira saber se é roubada.

— Nosso Julian está longe de ser perfeito — disse Gabriel, mas nunca vendeu um quadro sabendo que era roubado.

— Nem em nosso nome?

— Não que eu saiba.

Chiara sorriu.

— Possibilidade número dois?

— A obra foi levada da família Bérrangar durante a guerra e está perdida desde então.

— Você acha que Valerie Bérrangar era judia?

— Eu falei isso?

Chiara deixou a carta de lado.

— Possibilidade número três?

— Destrave meu telefone.

Chiara digitou a difícil senha de catorze dígitos.

— O que estou olhando?

— Uma imagem em zoom de *Retrato de uma mulher desconhecida*.

— Tem algum problema?

— O que o padrão de craquelê parece para você?

— Casca de árvore.

— E o que isso lhe diz?

— Vou aceitar seu conhecimento superior.

— Rachaduras na superfície que lembram casca de árvore são típicas de pinturas flamengas — explicou Gabriel. — Van Dyck, claro, era um pintor flamengo. Mas trabalhava com materiais similares aos que eram usados por seus contemporâneos na Holanda.

— Então, as rachaduras superficiais dele parecem mais holandesas do que flamengas?

— Correto. Se você olhar *Lady Elizabeth Thimbelby e sua irmã* no site da National Gallery, vai entender o que estou dizendo.

— Vou acreditar na sua palavra — respondeu Chiara, os polegares clicando na tela do celular de Gabriel.

— O que você está procurando?

— A reportagem do *Sud Ouest*. — Ela arrastou a ponta do indicador pela tela. — Aqui. O acidente aconteceu ontem à tarde na D10, logo ao norte de Saint-Macaire. Os gendarmes parecem achar que, de algum jeito, ela perdeu o controle do carro.

— Quantos anos ela tinha?

— Setenta e quatro.

— Casada?

— Viúva. Aparentemente, há uma filha chamada Juliette Lagarde. — Chiara pausou. — Talvez ela concorde em falar com você.

— Achei que era para eu estar descansando.

— E está. Mas, nestas circunstâncias, provavelmente é melhor você sair de Veneza por alguns dias. Com alguma sorte, você vai estar voando antes do general Ferrari perceber que você foi embora.

Gabriel tirou a mão da água gelada.

— O que você acha?

— Uma tala deve ser suficiente. Pode comprar na farmácia a caminho do aeroporto. Mas eu aconselharia a evitar atacar as pessoas enquanto estiver em Bordeaux.

— Não foi culpa minha.

— Foi culpa de quem, meu bem?

Foi culpa de Madame Bérrangar, pensou ele. Ela deveria simplesmente ter telefonado para a galeria de Julian em Londres. Em vez disso, enviara uma carta. E agora estava morta.

8

SAN POLO

Exausto, Gabriel deitou-se na cama e, com a mão protegida suavemente contra o peito, caiu num sono sem sonhos. A dor o despertou às 4h, e ele ficou acordado por mais uma hora, escutando as barcas subindo o Grand Canal na direção do Mercado Rialto antes de ir até a cozinha e apertar o botão de ligar da *automatico* Lavazza.

Enquanto esperava o café ficar pronto, ele ligou o celular e ficou aliviado de descobrir que não tinha recebido correspondência alguma do general Ferrari durante a noite. Um exame do *Sud Ouest* confirmou que Valerie Bérrangar, 74 anos, continuava morta. Havia uma pequena atualização na reportagem sobre os arranjos para seu funeral, marcado para às 10h de sexta na Église Saint-Sauveur, em Saint-Macaire. *Independentemente da afiliação religiosa de Madame Bérrangar no início da vida, pensou Gabriel, pelo jeito, ela acabara como católica apostólica romana.*

Ele tomou mais uma dose de ibuprofeno com o café, banhou-se, vestiu-se e colocou algumas peças de roupa em uma mala de mão enquanto Chiara, emaranhada em algodão egípcio, dormia no quarto ao lado. As crianças saíram da cama às 6h30 e exigiram ser alimentadas. Irene fixou em Gabriel um olhar acusatório durante seu café da manhã costumeiro de granola com iogurte.

— Mama disse que você vai para a França.

— Por pouco tempo.

— O que isso quer dizer?

— Quer dizer que sua avó vai buscar vocês na escola nos próximos dias.

— Quantos dias?

— A ser definido.

— A gente gosta quando *você* vai buscar — declarou Raphael.

— É porque eu sempre levo vocês à *pasticceria* no caminho de casa.

— Não é só por isso.

— Eu também gosto de buscar vocês — disse Gabriel. — Aliás, é uma das minhas partes favoritas do dia.

— Qual é a outra?

— Próxima pergunta.

— Por que você precisa ir embora de novo? — perguntou Irene.

— Um amigo precisa de minha ajuda.

— *Outro* amigo?

— O mesmo amigo, na verdade.

Ela inflou as bochechas e mexeu o conteúdo da cumbuca, sem apetite. Gabriel sabia muito bem a fonte de sua ansiedade. Três vezes durante seu mandato como diretor-geral do Escritório, ele fora alvo de tentativas de assassinato. A última havia sido na cerimônia de posse em Washington, quando uma deputada do Meio-Oeste americano, que acreditava que ele era membro de um culto de pedófilos adoradores de Satã e bebedores de sangue, lhe dera um tiro no peito. As duas tentativas anteriores, embora mais prosaicas, tinham acontecido na França. Na maior parte do tempo, as crianças fingiam que nenhum dos incidentes, embora amplamente divulgados, acontecera. Gabriel, que ainda sofria as consequências desagradáveis, tinha inclinação similar.

— Não vai acontecer nada — garantiu à filha.

— Você sempre fala isso. Mas *sempre* acontece alguma coisa.

Sem ter uma resposta pronta, Gabriel levantou o olhar e viu Chiara parada na porta da cozinha, com uma expressão de leve perplexidade.

— Ela não está errada, sabe? — Chiara se serviu de uma xícara de café e olhou a mão do marido. — Como está?

— Novinha em folha.

Ela apertou suavemente.

— Nada de dor?

Ele fez uma careta, mas permaneceu em silêncio.

— Foi o que achei. — Ela soltou a mão dele. — Já terminou de fazer a mala?

— Quase.

— Quem vai levar a Coisa Um e a Coisa Dois para a escola?

— Papa — entoaram as crianças em uníssono.

Ele voltou ao quarto e destrancou o cofre escondido no closet. Lá dentro, havia dois passaportes alemães falsos, vinte mil euros em dinheiro e a Beretta. Ele pegou um dos passaportes, mas deixou a arma, já que seu acordo com as autoridades italianas não lhe permitia carregar armas de fogo em aviões. Além do mais, se as circunstâncias exigissem, ele podia adquirir uma arma não rastreável na França com uma única ligação, com ou sem a conivência de seu antigo serviço.

Gabriel deixou a mala no hall de entrada e, às 7h45, desceu as escadas do *palazzo* com Chiara e as crianças. Na rua, ela foi na direção da estação de *vaporetto* de San Tomà, parou abruptamente e beijou os lábios do marido.

— Você *vai* tomar cuidado na França, né?

— Juro pela minha vida.

— Resposta errada, meu bem. — Ela colocou a palma no lado esquerdo do peito de Gabriel e sentiu o celular dele pulsando de repente. — Ah, puxa. Quem será?

9

BAR DOGALE

Depois de deixar Irene e Raphael com a *signora* Antonelli, a professora com consciência ambiental e confiavelmente social--democrata, Gabriel caminhou pelas ruas vazias do Campo dei Frari. A praça continuava à sombra matinal, mas um sol benevolente havia estabelecido seu domínio sobre as telhas vermelhas da majestosa basílica gótica. Aos pés do campanário, o segundo mais alto de Veneza, havia oito mesas de cromo cobertas de azul, propriedades do Bar Dogale, um dos melhores cafés turísticos em San Polo.

Em uma das mesas, estava sentado o general Ferrari. Ele havia tirado o uniforme azul com suas muitas medalhas e insígnias, e vestia terno e sobretudo. Na mão que estendeu como cumprimento, faltavam dois dedos, resultados de uma carta-bomba recebida em 1988, quando era chefe da divisão dos Carabinieri em Nápoles. Ainda assim, tinha um aperto forte.

— Aconteceu alguma coisa? — perguntou ele quando Gabriel se sentou.

— Anos demais segurando um pincel.

— Você tem sorte. Eu precisei aprender a fazer quase tudo com a mão esquerda. E aí, claro, também tem isto. — O general apontou para sua prótese de olho. — Você, porém, parece ter passado por seu encontro mais recente com a morte quase sem um arranhão.

DANIEL SILVA

— Quem me dera.

— Quanto chegamos perto de te perder em Washington?

— Tive duas paradas cardíacas. Na segunda, fiquei clinicamente morto por quase dez minutos.

— Por acaso você viu alguma coisa?

— Tipo o quê?

— Uma luz branca brilhante? A face do Todo-Poderoso?

— Não que eu me lembre.

O general pareceu decepcionado com a resposta de Gabriel.

— Estava com medo de você dizer isso.

— Não quer dizer que não exista uma vida depois desta, Cesare. Só quer dizer que não tenho memória de nada que aconteceu depois que perdi a consciência.

— Você mesmo já pensou no assunto?

— Na existência de Deus? De uma vida após a morte?

O general fez que sim.

— O Holocausto roubou a crença em Deus de meus pais. A religião de casa na minha infância era o sionismo.

— Você é totalmente secular?

— Minha fé vem e vai.

— E sua esposa?

— É filha de rabino.

— Fontes seguras me dizem que os guardiões culturais e artísticos de Veneza estão caidinhos por ela. Parece que vocês dois têm um futuro brilhante aqui. — A prótese de olho do general contemplou Gabriel cegamente por um momento. — O que torna seu comportamento recente ainda mais difícil de explicar.

Ele digitou a senha no celular e colocou em cima da mesa. Gabriel baixou o olhar brevemente para a tela. O rosto cheio de hematomas e inchado mostrado ali tinha pouca semelhança com o que ele vira na noite anterior.

— O maxilar dele teve que ser fechado com fios de arame — disse general Ferrari. — Para um italiano, um destino pior do que a morte.

— Ele poderia se sentar para um almoço longo e agradável hoje se tivesse se identificado.

— Ele diz que você não deu muita chance.

— E por que ele estava me seguindo para começo de conversa?

— Não estava — respondeu Ferrari. — Estava seguindo seu amigo.

— Julian Isherwood? Mas para quê?

— Como resultado daquela história desagradável no Lago de Como há alguns anos, o *signore* Isherwood continua na lista de vigiados do Esquadrão de Arte. Ficamos de olho nele sempre que vem à Itália. O jovem Rossetti, que foi designado para Veneza na semana passada, teve azar no sorteio.

— Ele devia ter saído do Harry's Bar no segundo que viu Julian comigo.

— Eu mandei que ele ficasse.

— Por querer saber do que estávamos falando?

— Imagino que sim.

— Isso ainda não explica por que ele me seguiu no *vaporetto*.

— Eu queria que ele garantisse que você tinha chegado bem em casa. E como você pagou essa gentileza? Espancando um dos meus melhores recrutas em um *corte* escuro.

— Foi um mal-entendido.

— Seja como for, estou em uma posição bem difícil.

— Que é?

— Deportação imediata ou um encarceramento prolongado. Estou tendendo ao segundo.

— E o que devo fazer para evitar tal destino?

— Pode começar mostrando pelo menos um fiapo de remorso.

— *Mea culpa, mea culpa, mea maxima culpa.*

— Bem melhor. Agora, diga-me por que *signore* Isherwood veio a Veneza. Senão — disse o general, olhando o relógio de pulso —, pode ser que você perca seu voo.

★ ★ ★

DANIEL SILVA

Durante um café da manhã de *cappuccini* e *cornetti*, Gabriel contou a história como ouvira de Julian. O olho artificial de Ferrari continuou fixo nele o tempo todo, sem piscar. Sua expressão não traía qualquer coisa — *qualquer coisa,* pensou Gabriel, *exceto, talvez, um leve tédio.* O general era líder da maior e mais sofisticada unidade de crimes com obras de arte do mundo. Já tinha ouvido tudo aquilo antes.

— Não é tão fácil de fazer, sabe? Engendrar um acidente automobilístico fatal.

— A não ser que seja feito por profissionais.

— Você já fez?

— Matar alguém com um carro? Não que me lembre — respondeu Gabriel. — Mas sempre tem uma primeira vez para tudo.

O general deu uma risada seca.

— Mesmo assim, a explicação mais lógica é que a tal Bérrangar estava atrasada para o compromisso com *signore* Isherwood e morreu em um acidente trágico.

— E os dois homens que tentaram roubar a maleta de Julian?

Ferrari deu de ombros.

— Ladrões.

— E os que vasculharam o quarto de hotel dele?

— A busca — reconheceu o general — é mais difícil de explicar. Portanto, aconselho seu amigo a contar tudo o que sabe à unidade francesa de crimes com obras de arte. É uma divisão da Police Nationale chamada Escritório Central para a Luta contra o Tráfico de Bens Culturais.

— Chamativo — comentou Gabriel.

— Deve soar melhor em francês.

— Como a maioria das coisas.

— Eu ficaria feliz de entrar em contato com meu colega francês. Ele se chama Jacques Ménard. Só me detesta um pouquinho.

— *Signore* Isherwood não deseja envolver a polícia nesta questão.

— E por quê?

— Alergia, suponho.

— Uma doença comum entre marchands e colecionadores de arte. A não ser que um de seus preciosos quadros suma, claro. Aí, de repente, ficamos muito populares. — O general esboçou algo que se aproximava de um sorriso. — Imagino que você pretenda começar com a filha.

— Se ela concordar em me receber.

— Quem poderia resistir à oportunidade de se encontrar com o grande Gabriel Allon?

— Uma mulher de luto pela morte da mãe.

— E o marchand em Paris?

— Julian jura que é respeitável.

— Se quiser, posso passar o nome dele em nossa base de dados e ver se aparece alguma coisa.

— Tenho meus próprios contatos no mercado de arte de Paris.

— O lado sujo do mercado, segundo me lembro. — General Ferrari expirou longamente. — O que nos leva de volta ao assunto do jovem *capitano* Rossetti.

— Talvez eu devesse conversar com ele.

— Posso garantir que Rossetti não tem desejo de ver você. Para falar a verdade, está bem envergonhado sobre como as coisas aconteceram ontem à noite. Afinal, você *tem* metade do tamanho dele.

— E o dobro da idade.

— Isso também.

Gabriel checou o horário.

— Vai a algum lugar? — questionou o general.

— Para o aeroporto, espero.

— Uma viatura-barco dos Carabinieri vai pegar você em San Tomà às 10h.

— Dez é meio em cima da hora, não?

— Um representante da Alitalia vai passar com você pela segurança e colocá-lo direto no avião. E não se preocupe com Chiara e as crianças — completou o general, enquanto pedia mais dois *cappuccini*. — Vamos ficar de olho neles enquanto você viaja.

10

VILLA BÉRRANGAR

Na Idade Média, quando reis ingleses reivindicaram toda a França, a pitoresca aldeia de Saint-Macaire foi designada *ville royale d'Angleterre*. Parecia que pouco havia mudado nos séculos desde então. Uma torre medieval guardava a entrada da cidade antiga, com o relógio marcando 17h30; ao lado, ficava um café chamado La Belle Lurette. Gabriel entregou vinte euros ao garçom e perguntou se ele sabia o endereço de Madame Valerie Bérrangar.

— Ela morreu em um acidente de carro na segunda à tarde.

Sem falar uma palavra sequer, Gabriel passou outra nota.

— A *villa* dela fica perto do Château Malromé. Cerca de dois quilômetros a leste daqui. — O garçom colocou o dinheiro no bolso do avental. — A entrada vai estar à sua esquerda. Não tem como não ver.

O château ficava em um morro amplo ao norte de Saint-Macaire, na comuna de Saint-André-du-Bois. Renomada pela qualidade de seu solo argiloso de cascalho, a propriedade de quarenta hectares fora adquirida no fim do século XIX pela condessa Adèle de Toulouse-Lautrec. O filho dela, pintor e ilustrador que frequentemente achava inspiração nos bordéis e cabarés de Paris, passava os verões lá.

A leste do château, a estrada ficava perigosamente estreita e era ladeada por videiras. Com um olho no painel de navegação do sedã alugado, Gabriel dirigiu exatamente dois quilômetros e, como prometido, teve um relance de uma casa do lado esquerdo da rua. Havia um SUV Peugeot estacionada no pátio, azul-metálico, placa de Paris. Gabriel parou ao lado e desligou o motor. No instante em que abriu a porta, um cão latiu ferozmente. *Mas é claro*, pensou ele, e desceu.

Com extrema cautela, aproximou-se da entrada da *villa*. Quando estendeu a mão para a campainha, a porta se abriu e revelou uma mulher de vestido e atitude sóbrios, com a pele pálida de alguém que evitava o sol assiduamente. Ela parecia estar na casa dos quarenta, mas Gabriel não conseguia ter certeza. Um quadro de Velho Mestre, ele datava com a precisão de alguns anos. Mas mulheres modernas, com seus séruns anti-idade e injeções, eram um mistério para ele.

— Madame Lagarde?

— *Oui* — respondeu ela. — Posso ajudar, monsieur?

Gabriel se apresentou. Não com um nome de trabalho ou um que ele tivesse inventado na hora, mas com seu nome real.

— Nós já nos conhecemos? — perguntou Juliette Lagarde.

— Duvido muito.

— Mas seu nome é muito familiar. — Ela apertou os olhos. — Seu rosto também.

— Você talvez tenha lido sobre mim nos jornais.

— Por quê?

— Eu era chefe do serviço de inteligência israelense. Trabalhei de perto com o governo francês na luta contra o Estado Islâmico.

— Você não pode ser *esse* Gabriel Allon.

Ele deu um sorriso de desculpas.

— Infelizmente, sou.

— Mas o que você está fazendo aqui?

— Gostaria de fazer algumas perguntas sobre sua mãe.

— Minha mãe…

— Morreu em um acidente na segunda à tarde. — Por cima do ombro, Gabriel olhou o pastor-belga grande que ralhava com ele do pátio. — Seria possível conversarmos lá dentro?

DANIEL SILVA

— Você não tem medo de cachorros, né?

— *Non* — disse Gabriel. — Só de cachorros assim.

Afinal de contas, Juliette Lagarde também não gostava muito do cachorro. Pertencia a Jean-Luc, o caseiro. Ele trabalhara para a família Bérrangar por mais de trinta anos, tomando conta da casa quando eles estavam em Paris, cuidando do pequeno vinhedo. O pai de Juliette, um próspero advogado comercial, o havia plantado com as próprias mãos. Ele morrera após um ataque cardíaco enquanto Juliette ainda era estudante na Universidade Paris-Sorbonne. Com um diploma inútil em Literatura, ela agora trabalhava no departamento de marketing de uma das maiores grifes francesas. A mãe, aflita com os ataques terroristas jihadistas em Paris, passava a maior parte do seu tempo em Saint-André-du-Bois.

— Ela não era islamofóbica nem simpatizava com a extrema-direita, aliás. Só preferia o campo à cidade. Eu me preocupava com ela sozinha, mas ela tinha amigos aqui. Uma vida própria.

Eles estavam no meio da cozinha espaçosa da *villa*, esperando a água ferver na chaleira elétrica. A casa estava quieta.

— Com que frequência vocês se falavam? — perguntou Gabriel.

— Uma ou duas vezes por semana. — Juliette suspirou. — Nosso relacionamento andava meio distante.

— Posso perguntar por quê?

— Estávamos brigando por causa da questão do segundo casamento.

— Ela estava envolvida com alguém?

— Minha mãe? Meu Deus, não. — Juliette Lagarde levantou a mão esquerda. Não havia aliança. — Ela queria que eu achasse outro marido antes de ser tarde demais.

— O que aconteceu com o primeiro?

— Eu estava tão ocupada com trabalho que não notei que ele estava envolvido em um *cinq à sept* com uma jovem do escritório.

— Sinto muito.

— Não sinta. Essas coisas acontecem. Especialmente na França. — Ela colocou a água da chaleira elétrica em um bule florido. — E você, Monsieur Allon? É casado?

— Muito bem-casado.

— Filhos?

— Gêmeos.

— Eles também são espiões?

— Estão no Ensino Fundamental.

Madame Lagarde pegou a bandeja e levou Gabriel por um corredor central até uma sala de estar. Era formal, mais Paris do que Bordeaux. As paredes estavam repletas de pinturas a óleo em molduras francesas ornamentadas. Eram obras de alta qualidade, mas valor moderado. Alguém as escolhera com cuidado.

Ela, então, colocou a bandeja em uma mesa baixa de madeira e abriu as portas francesas para deixar entrar o ar frio da tarde.

— Sabe quem morava lá? — perguntou ela, apontando para a silhueta distante do Château Malromé.

— Um pintor cuja obra sempre admirei.

— Você se interessa por arte?

— Pode-se dizer que sim.

Ela se sentou e serviu duas xícaras de chá.

— Você sempre é tão evasivo?

— Perdão, Madame Lagarde. Mas só recentemente troquei o mundo secreto pelo aberto. Não estou acostumado a falar de mim.

— Tente, para experimentar.

— Eu era estudante de arte quando fui recrutado pela inteligência israelense. Queria ser pintor, mas, em vez disso, virei restaurador. Por muitos anos, trabalhei na Europa com uma identidade falsa.

— Seu francês é excelente.

— Meu italiano é melhor. — Gabriel aceitou uma xícara de chá e a levou até a lareira. Fotografias em bonitos porta-retratos de prata cobriam a prateleira de cima. Uma mostrava a família Bérrangar em épocas mais felizes. — Você se parece muito com a sua mãe. Mas com certeza sabe disso.

DANIEL SILVA

— Éramos muito parecidas. Até demais, talvez. — Um silêncio se estabeleceu entre eles. Por fim, Juliette Lagarde disse: — Agora que já nos conhecemos, Monsieur Allon, talvez possa me dizer por que a morte dela pode interessar um homem como você.

— Ela estava a caminho de Bordeaux para se encontrar com um amigo meu quando sofreu o acidente. Um marchand chamado Julian Isherwood. — Ele entregou a carta a Juliette Lagarde. — Isto chegou na galeria dele em Londres na sexta passada.

Ela abaixou a cabeça e leu.

— É a letra de sua mãe?

— Sim, claro. Tenho caixas e mais caixas de cartas dela. Ela era muito antiquada. Detestava e-mails e vivia largando o celular por aí.

— Você tem ideia sobre o que ela poderia estar se referindo?

— Os problemas éticos e legais relativos ao quadro de seu amigo? — Juliette Lagarde ficou de pé abruptamente. — Sim, Monsieur Allon, acho que tenho.

Ela o levou por um par de portas duplas até uma sala de estar adjacente. Era menor que a vizinha, mais íntima. *Era um cômodo onde se liam livros*, pensou Gabriel, *e se escreviam cartas a marchands de Londres.* Seis quadros de Velhos Mestres, lindamente emoldurados e iluminados, adornavam as paredes — incluindo o retrato de uma mulher, óleo sobre tela, aproximadamente 115x92cm, obviamente de origem holandesa ou flamenga.

— Parece familiar? — perguntou Juliette Lagarde.

— Muito — respondeu Gabriel, e colocou a mão no queixo, pensativo. — Você por acaso lembra onde seu pai a comprou?

— Em uma pequena galeria na rue la Boétie, em Paris.

— Galerie Georges Fleury?

— Isso, essa mesma.

— Quando?

— Há 34 anos.

— Você tem boa memória.

— Meu pai deu à minha mãe no aniversário de quarenta anos dela. Ela sempre adorou esse quadro.

Ainda com a mão no queixo, Gabriel inclinou a cabeça para o lado.

— Ela tem nome?

— Chama-se *Retrato de uma mulher desconhecida*. — Juliette Lagarde pausou, depois completou: — Igual ao quadro de seu amigo.

— E a atribuição?

— Eu precisaria checar os papéis nos arquivos do meu pai, mas acredito que seja de um seguidor de Antoon van Dyck. Para ser sincera, acho as várias categorias de atribuição bastante arbitrárias.

— Muitos marchands também. Geralmente, selecionam a que vai render mais dinheiro. — Gabriel pegou o celular, tirou uma foto do rosto da mulher e aumentou a imagem.

— Você está procurando algo em particular?

— O padrão das rachaduras na superfície.

— Algum problema?

— Não — respondeu Gabriel. — Problema algum.

11

VILLA BÉRRANGAR

Juntos, eles levantaram o quadro dos ganchos e o levaram para o cômodo ao lado, onde a luz natural era mais abundante. Lá, Gabriel o tirou da moldura e o submeteu a um exame preliminar, começando com a imagem em si — um retrato de três quartos de uma jovem com vinte e tantos ou trinta e poucos anos, usando um vestido de seda dourada bordado com renda branca. A vestimenta era idêntica à usada pela mulher na versão de Julian, embora a cor fosse menos vibrante, e as dobras e rugas sutis do tecido, representadas de forma menos convincente. As mãos da retratada estavam dispostas de um jeito estranho, seu olhar era vazio. O artista, quem quer que fosse, não conseguira a penetração de caráter realista pela qual Antoon van Dyck, um dos retratistas mais cobiçados de sua época, era conhecido.

Gabriel virou a tela e analisou a parte de trás. Era consistente com outras pinturas holandesas e flamengas do século XVII que ele havia restaurado. O chassi também. Parecia ser a marcenaria original, com a adição de dois reforços horizontais do século XX. Em resumo, não havia algo incomum nem suspeito. Segundo as evidências externas, a pintura era uma cópia do retrato original de Van Dyck que Julian vendera a Phillip Somerset, investidor de arte de Nova York, pela soma de 6,5 milhões de libras.

Havia, porém, um problema gritante.

Ambas as obras tinham vindo da mesma galeria no oitavo *arrondissement* de Paris, com 34 anos de distância.

Gabriel apoiou a versão do quadro da família Bérrangar na mesa de centro e se sentou ao lado de Juliette Lagarde. Depois de um silêncio, ela perguntou:

— Quem você acha que era ela, nossa mulher desconhecida?

— Depende de onde ela foi pintada. Van Dyck mantinha estúdios de sucesso tanto em Londres quanto na Antuérpia e ficava indo e voltando. O da Inglaterra era conhecido como "o salão de beleza", era uma máquina bem lubrificada.

— Quanto dos retratos ele realmente pintava?

— Em geral, só a cabeça e o rosto. Ele não tentava bajular os retratados alterando a aparência deles, o que o tornava meio polêmico. Achamos que ele produziu uns duzentos retratos, mas alguns historiadores da arte acreditam que o número real esteja mais próximo de quinhentos. Ele tinha tantos seguidores e admiradores que a autenticação pode ser bem complicada.

— Mas não para você?

— Sir Antoon e eu somos velhos conhecidos.

Juliette Lagarde analisou o quadro.

— Ela parece holandesa ou flamenga, não inglesa.

— Concordo.

— Era filha ou esposa de um homem rico?

— Ou amante — sugeriu Gabriel. — Aliás, talvez fosse uma das amantes de Van Dyck. Ele tinha muitas.

— Pintores — comentou ela, fingindo desdém, e serviu mais chá na xícara de Gabriel. — Então, digamos, hipoteticamente, que Antoon van Dyck tenha pintado seu retrato original de nossa mulher desconhecida em algum momento dos anos 1640.

— Digamos — concordou Gabriel.

Ela apontou a tela sem moldura com a cabeça.

— Então, quem pintou essa. E quando?

— Se era um suposto seguidor de Van Dyck, era alguém que trabalhava no estilo do pintor, mas não necessariamente membro do círculo imediato dele.

— Uma pessoa qualquer? É isso que você está dizendo?

— Se esta peça for representativa da obra dele, duvido que tenha tido muito sucesso.

— Como teria sido a abordagem dele?

— Para copiar um quadro? Ele pode ter tentado fazer à mão livre. Mas, se eu estivesse no lugar dele, teria traçado o original de Van Dyck e transferido aquela imagem para uma tela das mesmas dimensões.

— E como você conseguiria isso no século XVII?

— Começaria fazendo buracos minúsculos nas linhas do meu tracejado. Aí, colocaria o papel em cima da minha base e polvilharia com pó de carvão, deixando uma representação fantasmagórica, mas geometricamente precisa do original de Van Dyck.

— Um esboço?

— Correto.

— E depois?

— Eu prepararia minha paleta e começaria a pintar.

— Com o original à mão?

— Provavelmente estava em um cavalete próximo.

— Então o artista forjou?

— Só seria uma forja se ele tivesse tentado vender sua versão como um Van Dyck original.

— Você já fez algo assim? — perguntou Juliette Lagarde.

— Copiar um quadro?

— Não, Monsieur Allon. Falsificar um.

— Sou conservador de arte — respondeu Gabriel, sorrindo. — Alguns críticos de nossa profissão alegam que nós, restauradores, falsificamos pinturas o tempo todo.

O cômodo tinha esfriado de repente. Juliette Lagarde fechou as portas francesas e ficou olhando enquanto Gabriel devolvia a tela à moldura. Juntos, levaram-na à sala adjacente e de volta a seu lugar na parede.

— Qual é melhor? — quis saber ela. — Este ou o do seu amigo?

— Vou deixar você julgar. — Gabriel segurou o celular ao lado do quadro. Na tela, havia uma foto da versão de Julian da pintura. — O que você acha?

— Devo admitir, o do seu amigo é bem melhor. Mesmo assim, é bastante perturbador vê-los lado a lado desse jeito.

— Ainda mais perturbador — falou Gabriel — é os dois quadros terem passado pela mesma galeria.

— É possível ser coincidência?

— Não acredito nelas.

— Minha mãe também não acreditava.

E é por isso, pensou Gabriel, *que agora ela está morta.*

Ele guardou o celular de volta no bolso da jaqueta.

— Os gendarmes devolveram os itens pessoais dela?

— Ontem à noite.

— Alguma coisa parecia estranha?

— Aparentemente, o celular dela sumiu.

— Não estava com ela a caminho de Bordeaux?

— Eles dizem que não.

— E você procurou na casa?

— Olhei por todo lado. A verdade é que ela raramente o usava. Preferia o velho telefone fixo. — Juliette Lagarde apontou para a escrivaninha antiga e elegante da sala. — Aquele era o que ela mais utilizava.

Gabriel foi até a mesa e acendeu o abajur. Na memória do telefone, achou cinco ligações da Galerie Georges Fleury e mais três de um número da Police Nationale no centro de Paris. Descobriu também, no calendário de mesa de Madame Bérrangar, um lembrete de um encontro às 16h no último dia da vida dela.

M. Isherwood. Café Ravel.

Ele se virou para Juliette Lagarde.

— Você tentou recentemente telefonar para o celular dela?

— A última vez foi hoje de manhã. Imagino que deva estar sem bateria.

DANIEL SILVA

— Posso tentar?

A madame, então, recitou o número. Quando Gabriel ligou, caiu direto na caixa-postal. Ele cortou a conexão e ficou mirando o olhar inabalável da mulher desconhecida, tendo certeza, pela primeira vez, de que Valerie Bérrangar tinha sido assassinada.

— Sua mãe tinha computador?

— Sim, claro. Um iMac.

— Não sumiu, certo?

— *Non*. Chequei o e-mail dela hoje de manhã.

— Algo interessante?

— No mesmo dia em que minha mãe morreu num acidente de carro, ela recebeu da seguradora um aviso de que pretendiam aumentar o seguro dela. Não consigo nem imaginar o motivo. Ela era uma motorista excelente — disse Juliette. — Nunca recebeu nem uma multa por estacionar em lugar proibido.

Uma tempestade caía durante a volta a Saint-Macaire. Gabriel fez check-in no hotel, depois caminhou até o La Belle Lurette para jantar, levando como companhia um livro debaixo do braço. Após fazer o pedido de *poulet rôti* e *pommes frites*, ele ligou para Chiara em Veneza. Os celulares deles eram modelo Solaris fabricados em Israel, os mais seguros do mundo. Mesmo assim, os dois escolheram as palavras com cuidado.

— Eu estava começando a ficar preocupada — disse ela.

— Desculpa. Tarde cheia.

— Produtiva, espero.

— Bastante.

— Ela concordou em receber você?

— Ela me fez chá — respondeu Gabriel. — E aí me mostrou um quadro.

— Atribuição?

— Seguidor de Antoon van Dyck.

— Tema?

— Retrato de uma mulher desconhecida. Vinte e tantos ou trinta e poucos anos. Não era muito bonita.

— O que ela estava vestindo?

— Um vestido de seda dourada bordado com renda branca.

— Parece que talvez haja um problema.

— Vários, na verdade. Incluindo o nome da galeria onde o pai dela comprou.

— Você acha que a mãe dela foi…

— Acho.

— Você contou a ela?

— Não vi por quê.

— Quais são seus planos?

— Preciso ir a Paris dar uma palavrinha com um velho amigo.

— Mande um abraço por mim.

— Pode deixar — disse Gabriel. — Mando, sim.

12

BORDEAUX–PARIS

Gabriel dormiu mal, despertou cedo e foi para Bordeaux antes de ter realmente amanhecido. Um quilômetro ao norte da aldeia de Saint-Croix-du-Mont, seus faróis dianteiros iluminaram a mancha branco-acinzentada de um sinalizador gasto. As marcas de pneu apareceram alguns segundos depois, duas listras pretas na pista oposta.

Ele parou no acostamento gramado e analisou os arredores. Do lado direito da estrada, colunas de vinhedos desciam o morro íngreme em marcha. À esquerda, mais perto do rio, outros vinhedos, mas o solo era plano como um tampo de mesa. E quase sem árvores, observou Gabriel, com exceção de uma talhadia de álamos de caule branco, e as marcas de pneu iam nessa direção.

Ele pegou uma lanterna de LED do porta-luvas e esperou um caminhão de carga passar antes de descer do carro e atravessar para o outro lado da estrada. Não se aventurou muito além da linha branca falhada na beira do asfalto; não era necessário. Desse ponto, era fácil ver o estrago.

Dois dos álamos tinham sido derrubados com a força da colisão, e a terra encharcada estava cheia de cubos de vidro de segurança estilhaçado. Gabriel imaginou que Valerie Bérrangar devia ter morrido instantaneamente com a força do impacto. Ou talvez tivesse ficado consciente por tempo bastante para notar a mão enluvada entrando pela janela quebrada. Não para prestar socorro, mas para tomar seu celular. Gabriel ligou para o número, torcendo para quem sabe ouvir um estertor da morte entre as árvores, mas, outra vez, a ligação caiu direto na caixa-postal.

Ele desligou, virou-se e examinou as marcas paralelas de pneu. Cruzavam a pista que ia para sul mais ou menos num ângulo de 45 graus. *Sim*, pensou ele, *era possível Valerie Bérrangar ter se distraído por alguma coisa e desviado sem querer para a esquerda, diretamente na direção da única fileira de árvores à vista. Mas a explicação mais provável era que o carro tinha sido forçado a sair da pista pelo veículo de trás.*

Um automóvel se aproximou do norte, desacelerou brevemente e continuou na direção de Sainte-Croix-du-Mont. Dois minutos se passaram antes de aparecer outro, desta vez vindo do sul. Não era uma via muito movimentada; às 15h15 de uma segunda-feira, também estaria tranquila. Mesmo assim, os comparsas do homem que forçara o carro de Valerie Bérrangar a bater nas árvores provavelmente tinham tomado medidas para conter o trânsito nas duas direções, de modo a não haver testemunhas. O general Ferrari tinha razão; induzir um acidente fatal não era simples, mas os homens que assassinaram Valerie Bérrangar sabiam o que estavam fazendo. *Afinal*, pensou Gabriel, *eram profissionais.* Disso, ele tinha certeza.

O israelense atravessou a estrada e se sentou ao volante de seu carro alugado, a jornada até o aeroporto levava trinta minutos. Seu voo para Paris saiu pontualmente às 9h e, às 11h30, tendo confiado a mala aos mensageiros do Bristol Hotel, ele subia a rue de Miromesnil no oitavo *arrondissement.*

Na extremidade norte da rua, havia uma lojinha chamada Antiquités Scientifiques. A placa na janela dizia OUVERT. A campainha, ao ser pressionada, emitiu um uivo inóspito, e vários segundos se passaram sem convite para entrar. Finalmente, a tranca se abriu com um baque, e Gabriel adentrou discretamente.

★ ★ ★

DANIEL SILVA

Na manhã de 22 de agosto de 1911, Louis Béroud chegou ao Museu do Louvre para terminar o trabalho em uma cópia de um retrato de uma nobre italiana, 77x53cm, óleo sobre painel de álamo, exposto no Salon Carré. O Louvre não desencorajava o trabalho de artistas como Béroud, aliás, permitia-lhes guardar as tintas e os cavaletes no museu durante a noite. Eles eram proibidos, porém, de produzir cópias com as dimensões exatas do original, já que o mercado de arte europeu estava saturado de falsificações de pinturas de Velhos Mestres.

Vestido formalmente com uma sobrecasaca e calças listradas, Béroud entrou no Salon Carré naquela manhã de terça e descobriu que o retrato, *Mona Lisa* de Leonardo da Vinci, fora removido de sua proteção de madeira e vidro. Ficou decepcionado, mas não indevidamente alarmado. Assim como também não ficou, por sinal, Maximilien Alphonse Paupardin, o guarda que cuidava do Salon Carré e de seus tesouros inestimáveis, em geral, de cima de um banquinho na porta. O Louvre estava em processo de fotografar todo o seu inventário de quadros e outros *objets d'art*. O brigadeiro Paupardin estava confiante de que estavam apenas tirando uma foto do quadro.

Mas, no fim daquela manhã, depois de visitar o estúdio fotográfico, um Paupardin desesperado informou o presidente em exercício do Louvre de que *Mona Lisa* havia sumido. Os gendarmes chegaram às 13h e imediatamente trancaram o museu. Ele permaneceria fechado a semana inteira enquanto a polícia esquadrinhava Paris em busca de pistas. Acontece que a investigação foi uma comédia dos erros. Entre os suspeitos iniciais, estavam um jovem pintor espanhol impertinente chamado Pablo Picasso e seu amigo, o poeta e escritor Guillaume Apollinaire.

Outro era Vincenzo Peruggia, o carpinteiro italiano que ajudara a construir o estojo de proteção de *Mona Lisa*. Mas a polícia inocentou Peruggia depois de um breve interrogatório conduzido em seu apartamento de Paris, que foi onde *Mona Lisa* permaneceu, escondida um baú no quarto, até 1913, quando o humilde marceneiro tentou vender o quadro a um marchand proeminente de Florença. O negociador de arte o levou para a Galeria Uffizi, e Peruggia foi imediatamente preso.

RETRATO DE UMA MULHER DESCONHECIDA

Condenado num tribunal italiano pelo maior crime contra a arte da história, ele recebeu a pena de um ano de prisão, mas foi solto depois de apenas sete meses atrás das grades.

Foi a impressionante história do roubo de *Mona Lisa* que inspirou um comerciante inquieto de Paris chamado Maurice Durand, no inverno pesado de 1985, a roubar seu primeiro quadro — uma pequena natureza-morta de Jean-Baptiste-Siméon Chardin que estava em um canto raramente visitado do Museu de Belas-Artes de Estrasburgo. Ao contrário de Vincenzo Peruggia, Durand já tinha um comprador à espera, um colecionador de má reputação que estava atrás de um Chardin e não se preocupava com detalhes complicados como a sua procedência. Durand foi bem-pago, o cliente ficou feliz e uma carreira lucrativa nasceu.

Duas décadas depois, uma queda por uma claraboia acabou com a carreira de ladrão de arte profissional de Durand. Ele passou, então, a operar apenas como intermediário no processo conhecido como roubo comissionado. Ou, como gostava de descrever, ele administrava a aquisição de quadros que não estavam tecnicamente à venda. Trabalhando com um grupo de ladrões profissionais baseados em Marselha, ele era a mão escondida por trás de alguns dos roubos de arte mais espetaculares do século XXI. Só durante o verão de 2010, seus homens roubaram obras de Rembrandt, Picasso, Caravaggio e Van Gogh. Com exceção do primeiro, que estava na Galeria Nacional de Arte, em Washington D.C., nenhum dos quadros fora encontrado.

Durand governava seu império global de roubo de arte a partir da Antiquités Scientifiques, que estava em sua família havia três gerações. As prateleiras iluminadas com bom gosto estavam cheias de microscópios, câmeras, óculos, barômetros, equipamentos de topografia e globos antigos, todos meticulosamente arrumados — assim como o próprio Maurice Durand. Ele vestia um terno azul-marinho bem-cortado e camisa social listrada. Sua gravata tinha a cor de uma folha de ouro, e sua careca estava polida e brilhava.

— Imagino que, então, seja verdade — disse ele, como cumprimento.

73

— O quê? — perguntou Gabriel.

— Que homens da sua área nunca se aposentam de verdade.

— Nem da sua, aparentemente.

Sorrindo, Durand levantou a tampa de um estojo retangular envernizado.

— Talvez isso o interesse. Um kit de lentes de prova de oftalmologista. Da virada do século. Bastante raro.

— Quase tão raro quanto aquela aquarela que você roubou do Museu Matisse há alguns meses. Ou a linda obra de gênero feita por Jan Steen que você levou do Museu Fabre.

— Não tive nada a ver com o desaparecimento dessas obras.

— E com a venda?

Durand fechou a tampa sem fazer som.

— Ao longo dos anos, meus sócios e eu adquirimos diversos objetos valiosos para você e seu serviço, incluindo uma hídria de terracota lindíssima do pintor de Amykos. E teve, claro, o trabalho em Amsterdã. Causamos bastante rebuliço com aquilo, não foi?

— E é por isso que evitei dar seu nome às autoridades francesas.

— E o general Ciclope, seu amigo dos Carabinieri?

— Continua sem saber sua identidade. E também a de seus sócios em Marselha.

— E o que devo fazer para preservar essa situação?

— Deve me dar uma informação.

— Sobre o quê?

— A Galerie Georges Fleury. Fica na *rue...*

— Eu sei onde fica, Monsieur Allon.

— Você faz negócios com ele?

— Com Georges Fleury? Nunca. Mas concordei tolamente em roubar uma pintura dele uma vez.

— Como foi?

— Foi — disse Durand, com a expressão ficando sombria — um desastre.

13
RUE DE MIROMESNIL

— Você conhece Pierre-Henri de Valenciennes?

Gabriel suspirou antes de responder.

— Valenciennes foi um dos artistas paisagísticos mais importantes do período Neoclássico. Estava entre os primeiros proponentes de trabalhar *en plein air* em vez de um estúdio. — Ele pausou. — Quer que continue?

— Não quis ofender.

— Não ofendeu, Maurice.

Eles tinham ido para o escritório atulhado de Durand nos fundos. Gabriel estava sentado na cadeira desconfortável de madeira reservada para visitantes; Durand, atrás de sua escrivaninha impecável. A luz de sua luminária antiga refletia em seus óculos sem armação, obscurecendo seus olhos castanhos vigilantes.

— Há vários anos — continuou ele —, a Galerie Georges Fleury exibiu uma paisagem deslumbrante que se dizia ter sido pintada por Valenciennes em 1804. Mostrava aldeões dançando ao redor de ruínas clássicas ao anoitecer. Óleo sobre tela, 66x98cm. Condição imaculada, como sempre estão os quadros de Monsieur Fleury. Um colecionador de expertise e recursos consideráveis, a quem vamos chamar de Monsieur Didier, entrou em uma negociação para comprar a obra. Mas as conversas pararam quase de imediato, porque Monsieur Fleury recusou-se a ceder no preço.

DANIEL SILVA

— Que era?

— Vamos dizer que quatrocentos mil.

— E quanto Monsieur Didier estava disposto a pagar para você roubá-lo?

— A regra geral é que um quadro só mantém dez por cento de seu valor no mercado ilegal.

— Quarenta mil é troco para você.

— Foi o que eu disse a ele.

— Quanto ele ofereceu?

— Duzentos.

— E você aceitou?

— Infelizmente.

Do gabinete atrás da escrivaninha, Durand tirou uma garrafa de Calvados e dois copos de vidro lapidado antigos. Quase tudo na sala era de outra era, incluindo o pequeno monitor em preto e branco que ele usava para vigiar a porta da frente.

Ele serviu para os dois e ofereceu um a Gabriel.

— Está um pouco cedo para mim.

— Bobagem — disse Durand, após consultar seu relógio de pulso. — Além do mais, um pouco de álcool no meio do dia é bom para o sangue.

— Meu sangue está ótimo, obrigado.

— Sem efeitos residuais daquele probleminha em Washington?

— Só uma preocupação perene com o futuro da democracia dos Estados Unidos. — Gabriel aceitou relutantemente a bebida. — Quem cuidou do trabalho para você?

— Seu velho amigo René Monjean.

— Alguma complicação?

— Não com o roubo em si. O sistema de segurança da galeria estava bastante obsoleto.

— Com certeza, você não levou só esse quadro.

— Claro que não. René pegou mais quatro para não dar na cara.

— Algo bom?

— Pierre Révoil. Nicolas-André Monsiau. — Durand deu de ombros. — Alguns quadros de Ingres.

— Cinco pinturas é um belo carregamento. Apesar disso, não me lembro de ler sobre o roubo nos jornais.

— Evidentemente, Monsieur Fleury nunca relatou à polícia.

— Incomum.

— Também achei.

— Mas, mesmo assim, você foi em frente com a venda.

— Que escolha eu tinha?

— Em que ponto as coisas deram errado?

— Cerca de dois meses depois de tomar posse do quadro, Monsieur Didier exigiu um reembolso.

— Também incomum — disse Gabriel. — Pelo menos, no seu ramo.

— Inédito — murmurou Durand.

— Por que ele queria o dinheiro de volta?

— Alegava que o Valenciennes não era um Valenciennes.

— Ele achava que era uma cópia posterior?

— É uma forma de colocar.

— E qual seria a outra?

— Monsieur Didier estava convencido de que o quadro era uma falsificação moderna.

Claro que estava, pensou Gabriel. Parte dele soubera que chegaria a isso desde o momento em que viu o craquelê incongruente com o estilo flamengo na fotografia do quadro de Julian.

— Como você resolveu?

— Expliquei a Monsieur Didier que tinha cumprido minha parte de nosso acordo e que ele deveria reclamar com a Galerie Georges Fleury. — Durand deu um leve sorriso por cima da borda do copo. — Felizmente, ele não aceitou minha sugestão.

— Você devolveu o dinheiro dele?

— Metade — respondeu Durand. — Acabou sendo uma decisão sábia. Fiz muitos negócios com ele desde então.

Gabriel levou o copo aos lábios pela primeira vez.

— Você por acaso não teria o quadro aqui, teria?

— O Valenciennes falso? — Durand fez que não com a cabeça. — Queimei.

DANIEL SILVA

— E os outros quatro?

— Vendi com um bom desconto para um marchand em Montreal. Ele cobriu a taxa de René, mas por pouco. — Ele exalou pesadamente. — Foi uma decepção.

— Tudo sempre dá certo no final.

— A não ser para os clientes pagantes da Galerie Georges Fleury.

— O Valenciennes falso não era um acaso?

— *Non*. Aparentemente, vender falsificações é o modelo de negócios da galeria. Não me entenda mal, Fleury vende muitos quadros genuínos. Mas não é aí que ganha dinheiro. — Durand pausou. — Ou foi o que me informaram com bastante segurança.

— Quem?

— Você tem suas fontes, eu tenho as minhas. E elas me garantiram que Fleury está vendendo falsificações sem valor há anos.

— Tenho uma sensação horrível de que um amigo meu talvez tenha comprado uma.

— É colecionador, esse amigo?

— Marchand.

— Não é o Monsieur Isherwood, né?

Gabriel hesitou, depois fez que sim devagar.

— Por que ele simplesmente não devolve e exige o dinheiro de volta?

— Ele vendeu o quadro a um americano vingativo.

— E tem algum outro tipo? — Durand olhou um curioso de vitrine pelo monitor de vídeo. — Posso fazer outra pergunta, Monsieur Allon?

— Se deseja.

Durand fez uma careta.

— O que, em nome de Deus, aconteceu com sua mão?

Depois de sair da loja de Maurice Durand, Gabriel caminhou na direção sul na rue de Miromesnil até a la Boétie. Parou por um momento em frente ao prédio de número 19, depois seguiu pela rua elegante e levemente curva até a Galerie Georges Fleury. Na vitrine, havia três grandes pinturas a óleo. Duas eram em estilo rococó, a terceira, o retrato de um jovem feito por François Gérard, datada do fim do período conhecido como Neoclássico.

Ou era o que parecia à primeira vista. Mas uma inspeção feita por um profissional treinado — um restaurador de arte, por exemplo — talvez contasse outra história. Essa avaliação não poderia ser apressada. O restaurador precisaria passar um tempo com cada obra da galeria, envolver-se na tradição consagrada pelo tempo de se tornar um *connaisseur*. Ele poderia tocar os quadros, examinar sua superfície com uma lupa, até falar-lhes algumas palavras na esperança de conversarem com ele. Seria vantajoso se o dono da galeria — que provavelmente estava envolvido em comportamentos criminosos e, portanto, teria uma tendência vigilante — não olhasse por cima do ombro do restaurador enquanto conduzia esse ritual. Melhor ainda se estivesse distraído pela presença de outra pessoa no lugar.

Mas quem?

Era a questão que Gabriel ponderava durante a curta caminhada da galeria ao Bristol. Depois de fazer check-in e ir para o quarto, ele ligou para Chiara e descreveu seu dilema. Ela respondeu enviando-lhe imediatamente uma lista das próximas apresentações da Orchestre de Chambre de Paris.

— Sua amiguinha está na cidade o fim de semana todo. Talvez tenha uns minutos amanhã para servir como sua distração.

— Ela é perfeita. Mas tem certeza de que não se importa?

— De você passar o fim de semana em Paris com uma mulher por quem já foi loucamente apaixonado?

— Eu nunca fui apaixonado por ela.

— Por favor, lembre-a disso assim que puder.

— Pode deixar — disse Gabriel, antes de a ligação ficar muda. — Vou fazer isso.

14

LE BRISTOL PARIS

Ela estava hospedada no Crillon, na suíte Leonard Bernstein. Era um dos poucos maestros, completou ela rindo, com quem nunca estivera romanticamente ligada.

— Você está aí agora?

— Na verdade, interrompi meu ensaio para atender sua ligação. A Orchestre de Chambre de Paris inteira está atenta a cada palavra.

— Quando você vai voltar ao hotel?

— Só às 16h. Mas tenho entrevistas marcadas até às 18h.

— Meus pêsames.

— Planejo me comportar terrivelmente.

— Que tal um drinque no Les Ambassadeurs quando você terminar?

— Que tal um jantar?

— Jantar?

— É uma refeição que a maioria das pessoas faz no início da noite. A não ser que se seja espanhol, claro. Vou pedir para o concierge reservar uma mesa tranquila para dois no restaurante mais romântico de Paris. Com alguma sorte, os paparazzi vão nos achar e haverá um *scandale*.

Antes de Gabriel conseguir se opor, a ligação ficou muda. Ele considerou brevemente alertar Chiara desse novo dilema, mas achou que não seria sábio. Em vez disso, digitou o número do celular perdido de Valerie Bérrangar. Mais uma vez, a ligação foi direto para a caixa-postal.

Ele encerrou a chamada e rolou a lista de contatos até chegar na entrada de Yuval Gershon. Yuval era diretor-geral da Unidade 8200, o formidável serviço de inteligência de sinais de Israel. Gabriel não falava com ele — nem com qualquer um de seus antigos colegas, aliás — desde que fora embora de Israel. Era um passo monumental que convidaria contatos futuros, talvez indesejados. Ainda assim, Gabriel pensou que valeria o risco. Se havia alguém apto a localizar o telefone de Madame Bérrangar, eram Yuval e seus hackers da Unidade.

Ele atendeu instantaneamente, como se estivesse antecipando a chamada de Gabriel. Dadas as capacidades extraordinárias da Unidade, era uma possibilidade real.

— Você sentiu saudade de mim, né?

— Quase tanto quanto do buraco no meu peito.

— Então está ligando por quê?

— Tenho um problema que só você pode resolver.

Yuval expirou pesadamente no telefone.

— Qual é o número?

Gabriel recitou.

— E o problema?

— A proprietária foi assassinada há alguns dias. Tenho a sensação de que os criminosos foram idiotas o bastante para levar o celular dela. Gostaria que você o encontrasse para mim.

— Não vai ser problema se o aparelho ainda estiver intacto. Mas se eles destruíram ou jogaram no Sena...

— Por que você mencionou o Sena, Yuval?

— Porque você está ligando de Paris.

— Desgraçado.

— Eu mando um sinal quando tiver alguma coisa. E divirta-se no jantar hoje à noite.

— Como você sabia do jantar?

— Anna Rolfe acabou de te mandar uma mensagem para você. Quer que eu leia?

— Por que não?

DANIEL SILVA

— Sua reserva é às 20h15.

— Onde?

— Ela não falou. Mas deve ser perto do Bristol, porque ela vai buscá-lo às 20h.

— Eu nunca mencionei que estava hospedado no Bristol.

— Parece que seu quarto é no terceiro andar.

— No quarto — corrigiu Gabriel. — Mas quem está contando?

Na primeira vez em que Gabriel viu Anna Rolfe, ela estava em cima de um palco em Bruxelas, fazendo uma apresentação eletrizante do *Concerto para violino em Ré maior*, de Tchaikovsky. Ele saiu da sala de concertos naquela noite sem nunca imaginar que, um dia, poderiam se conhecer. Mas, anos depois — após o assassinato do pai de Anna, o banqueiro suíço imensamente rico Augustus Rolfe —, foram apresentados. Na ocasião, Anna estendera a mão em cumprimento; desta vez, quando Gabriel se juntou a ela no banco de trás de uma limusine Mercedes-Maybach de cortesia, ela jogou os braços em torno do pescoço dele e pressionou os lábios em sua bochecha.

— Considere-se meu refém — disse ela, enquanto o carro se afastava do hotel. — Desta vez, vai ser impossível escapar.

— Para onde você planeja me levar?

— Para minha suíte no Crillon, claro.

— Me prometeram um jantar.

— Um ardil inteligente de minha parte. — Anna estava vestida de forma casual, com calça jeans, um suéter de cashmere e sobretudo. Mesmo assim, não dava para confundi-la com alguém que não a violinista mais famosa do mundo. — Minha assessora mandou para você o CD novo?

— Chegou anteontem.

— E?

— Um triunfo.

— O crítico do *Times* disse que demonstrava uma maturidade recente. — Anna franziu as sobrancelhas. — O que será que ele quis dizer com isso?

— É uma forma educada de dizer que você está envelhecendo.

— Não dá para perceber na foto da capa. É incrível o que eles conseguem fazer com o clique de um mouse hoje em dia. Pareço mais jovem que Nicola Benedetti.

— Pode ter certeza de que você era a ídola dela quando ela era criança.

— Não quero ser *ídola* de quem quer que seja. Só quero ter 33 anos de novo.

— A troco de quê? — Gabriel olhou pela janela os graciosos prédios Haussmann que ladeavam a rue du Faubourg Saint-Honoré. — Onde vamos jantar?

— É surpresa.

— Odeio surpresas.

— Sim — respondeu Anna, distante. — Eu lembro.

15

CHEZ JANOU

O restaurante, no fim, era o Chez Janou, um bistrô bem-iluminado e localizado na parte oeste do Marais. Um burburinho baixo passou pelo salão enquanto eles eram levados à mesa. Anna demorou--se tirando o casaco e colocando na banqueta vermelha. *A performance de uma virtuose*, pensou Gabriel.

Quando a comoção diminuiu, ela se inclinou sobre a mesinha de madeira e sussurrou:

— Espero que você não esteja decepcionado por não ser mais romântico.

— Na verdade, estou aliviado.

— Eu só estava brincando, sabe?

— Estava mesmo?

— Eu superei você faz muito tempo, Gabriel.

— Faz dois maridos, aliás.

— Isso foi desnecessariamente vingativo.

— Talvez — disse Gabriel. — Mas verdadeiro.

Ambos os casamentos de Anna tinham sido breves e infelizes, e ambos terminaram em divórcios espetaculares. E havia ainda a série de casos desastrosos, sempre com homens ricos e famosos. Gabriel fora a exceção ao padrão de Anna. Ele tinha sobrevivido às mudanças de humor e os episódios de imprudência pessoal dela por mais tempo do que a maioria — seis meses e catorze dias — e, com exceção de um único vaso quebrado, a separação fora cortês. Era verdade que ele nunca chegara a amá-la, mas tinha gostado bastante dela e ficava contente por, depois de um intervalo de uns vinte anos, terem renovado a amizade. Anna era meio parecida com Julian Isherwood, ela definitivamente tornava a vida mais interessante.

Como sempre, ela analisou o cardápio com pressa e fez escolhas de forma decidida. Isso deixou Gabriel na defensiva, pois ele tinha a intenção de pedir os mesmos itens. Sua alternativa — *ratatouille* seguido de fígado com batatas — produziu uma expressão de desprezo e leve censura no rosto famoso de sua companheira de jantar.

— Plebeu — sibilou ela.

O garçom retirou a rolha de uma garrafa de Bordeaux e serviu um pouco para Gabriel aprovar. Poderia muito bem ser que as uvas usadas para produzir o vinho tivessem vindo do vinhedo a norte de Saint-Macaire, onde a vida de Valerie Bérrangar acabara. Ele cheirou, provou e, com um aceno de cabeça, instruiu o garçom a encher as taças.

— A que podemos brindar? — perguntou Anna.

— À amizade.

— Que coisa mais tediosa. — O batom dela deixou uma mancha na borda da taça. Ela a apoiou de volta sobre o tampo da mesa e a girou lentamente entre dedão e indicador, ciente de que os olhares do salão estavam nela. — Você às vezes se pergunta como teria sido nossa vida se você não tivesse me abandonado?

— Não é assim que eu descreveria o que aconteceu.

— Você jogou suas posses magras em uma bolsa de lona e foi embora da minha *villa* em Portugal o mais rápido que conseguiu. E eu não recebi nem um…

— Por favor, não vamos fazer isso de novo.

— Por que não?

— Porque eu não posso mudar o passado. Além do mais, se eu não tivesse ido embora, você teria me expulsado mais cedo ou mais tarde.

— Não você, Gabriel. Você era para sempre.

DANIEL SILVA

— E o que eu faria enquanto você estivesse em turnê?

— Poderia ter vindo comigo e me mantido longe de todos os problemas em que me meti.

— Seguido você de cidade em cidade enquanto você se deliciava com a adulação dos fãs que a amam?

Ela sorriu.

— Basicamente isso.

— E como você teria me explicado? Quem eu teria sido?

— Eu sempre adorei Mario Delvecchio.

— Mario era uma mentira — disse Gabriel. — Mario nunca existiu.

— Mas ele fez coisas maravilhosas comigo na cama. — Ela suspirou e tomou mais vinho. — Você nunca me contou o nome da sua esposa.

— É Chiara.

— Como ela é?

— Meio parecida com Nicola Benedetti, porém, mais bonita.

— É italiana, imagino.

— Veneziana.

— O que explica por que você voltou a morar lá.

Gabriel assentiu.

— Ela está administrando a maior empresa de restauração da cidade. Em algum momento, vou trabalhar para ela.

— Em algum momento?

— Estou em licença administrativa até segunda ordem.

— Por causa do que aconteceu em Washington?

— E outros traumas variados.

— Tem lugares piores para se recuperar do que Veneza.

— Bem piores — concordou Gabriel.

— Acho que vou marcar uma apresentação lá. Uma noite de Brahms e Tartini na Scuola Grande di San Rocco. Vou pegar uma suíte naquele hotelzinho em San Marco, o Luna Baglioni, e ficar por um ou dois meses. Você pode vir toda tarde e...

— Comporte-se, Anna.

— Pelo menos, você vai me apresentar um dia à sua família?

— Não acha que pode ser meio desconfortável?

— Nem um pouco. Aliás, acho que seus filhos podem gostar de passar um tempo comigo. Apesar de minhas falhas e meus fracassos, todos narrados de forma inclemente nos veículos de fofoca, a maioria das pessoas me acha infinitamente fascinante.

— E é por isso que eu gostaria de pegá-la emprestada por uma ou duas horas amanhã.

— O que você está querendo?

Ele contou.

— É mesmo seguro visitar uma galeria de arte com você em Paris?

— Faz muito tempo, Anna.

— Outra vida. Mas por que eu?

— Preciso que você distraia o proprietário enquanto eu olho com atenção o estoque dele.

— Quer que eu leve meu violino e toque uma ou duas partitas?

— Não vai ser necessário. Só seja encantadora como sempre.

— Um rostinho bonito?

— Exatamente.

Ela cutucou a pele ao longo da mandíbula.

— Estou meio velha para isso, não acha?

— Você não mudou nada desde…

— A manhã em que você me abandonou? — O garçom serviu o primeiro prato e se retirou. Anna baixou o olhar e disse: — *Bon appétit.*

16

RUE LA BOÉTIE

Gabriel ligou para a galeria às 10h seguinte e, após uma conversa tensa com um recepcionista chamado Bruno, foi passado para o próprio Monsieur Georges Fleury. Sem surpresa, o marchand francês desonesto nunca ouvira falar de alguém chamado Ludwig Ziegler.

— Sou conselheiro de uma cliente única apaixonada por pinturas neoclássicas — explicou Gabriel em um francês com sotaque alemão. — Ela por acaso vai estar em Paris durante o fim de semana e gostaria de visitar sua galeria.

— A Galerie Georges Fleury não é uma atração turística, Monsieur Ziegler. Se sua cliente quiser ver quadros franceses, eu sugeriria uma visita ao Louvre.

— Minha cliente não está aqui em férias. Vai se apresentar no fim de semana na Philharmonie de Paris.

— Sua cliente é...

— Sim.

O tom de Fleury, de repente, ficou mais amistoso.

— A que horas Madame Rolfe gostaria de vir?

— Às 13h hoje.

— Infelizmente, já marquei de receber outro cliente nesse horário.

— Remarque. E diga a Bruno para demorar no almoço. Eu o acho irritante, e Madame Rolfe também vai achar. Caso esteja se perguntando, ela toma água mineral em temperatura ambiente. *Sans gaz*, com uma rodela de limão. Não uma fatia, Monsieur Fleury. Uma rodela.

— Alguma marca de água em particular?

— Qualquer coisa menos Vittel. E sem fotografias nem apertos de mão. Por motivos compreensíveis, Madame Rolfe jamais aperta mãos antes de uma apresentação.

Gabriel desligou, depois digitou o número de Anna. A voz dela, quando atendeu por fim, estava pesada de sono.

— Que horas são? — resmungou.

— Dez e alguns minutos.

— Da *manhã*?

— Sim, Anna.

Xingando baixinho, ela desligou. Madame Rolfe, lembrou Gabriel, nunca se levantava antes do meio-dia.

Gabriel saiu do Bristol às 12h30 e caminhou sob um céu parisiense carregado até o Crillon. Eram 13h15 quando Anna, vestindo calça jeans e um casaco com zíper, finalmente desceu de sua suíte. Lá fora, entraram no banco traseiro da Maybach para o curto trajeto até a Galerie Georges Fleury.

— Alguma instrução de última hora? — perguntou ela, enquanto analisava seu rosto no retrovisor.

— Seja charmosa, mas difícil.

— Agir naturalmente? É isso que você está dizendo?

Anna passou gloss nos lábios em formato de coração enquanto o carro virava na rue la Boétie. Um momento depois, parou na frente da galeria. O proprietário homônimo estava esperando na calçada como um porteiro. Suas mãos permaneceram rigidamente ao lado do corpo enquanto Anna emergia do banco traseiro da limusine.

— Bem-vinda à Galerie Georges Fleury, Madame Rolfe. É uma verdadeira honra conhecê-la.

DANIEL SILVA

Anna reagiu ao cumprimento do marchand com um aceno de cabeça régio. Sem se abalar, ele estendeu a mão para Gabriel.

— E o senhor deve ser *herr* Ziegler.

— Devo ser — respondeu Gabriel, sem emoção na voz.

Fleury o olhou por um momento através de um par de óculos sem armação.

— É possível que já tenhamos nos conhecido? Em um leilão, talvez?

— Madame Rolfe e eu os evitamos. — Gabriel olhou de relance para a porta pesada de vidro da galeria. — Vamos entrar? Não demora muito para ela atrair uma multidão.

Fleury usou um controle remoto para destrancar a porta. No átrio, havia um busto de bronze em tamanho real de um homem grego ou romano em cima de um pedestal de mármore preto. Ao lado, ficava a mesa desocupada do recepcionista.

— Como o senhor pediu, *herr* Ziegler, somos só nós três.

— Sem ressentimentos, espero.

— Nenhum. — Fleury colocou o controle sobre a mesa e os levou a uma sala de pé-direito alto com um piso de madeira escura e paredes grená. — Minha sala de exposição principal. Os melhores quadros estão no andar de cima. Se quiserem, podemos começar por lá.

— Madame Rolfe não está com pressa.

— Nem eu.

Deslumbrado, Fleury deu à visitante internacionalmente renomada um tour laborioso da coleção da sala enquanto Gabriel conduzia sua própria análise sem supervisão. A primeira obra a chamar sua atenção de *connaisseur* foi um grande quadro rococó mostrando uma Vênus nua e três jovens damas. A inscrição na parte inferior da tela sugeria que a pintura fora executada por Nicolas Colombel em 1697. Gabriel duvidava que fosse o caso.

Ele colocou a mão no queixo e inclinou a cabeça para o lado. Passou-se um momento até Fleury notar seu interesse e se juntar a ele em frente à tela.

— Adquiri faz alguns meses.

— Posso perguntar onde?

— Uma antiga coleção particular aqui na França.

— Dimensões?

Fleury sorriu.

— Me diga você, Monsieur Ziegler.

— Creio que 112x144cm. — Ele pausou, depois completou com um sorriso encantador. — Com um ou dois centímetros de margem de erro.

— Muito perto.

Só porque Gabriel tinha deliberadamente errado as dimensões verdadeiras do quadro. Qualquer idiota via que a obra media 114x148cm.

— Está em condição excelente — disse ele.

— Encomendei a restauração depois de comprar.

— Posso ver o relatório do conservador?

— Agora?

— Se não se importar.

Quando Fleury se retirou, Anna se aproximou da pintura.

— É linda.

— Mas grande demais para transportar.

— Você não está pensando em comprar nada, né?

— Eu não — falou Gabriel. — Mas você está.

Antes de Anna poder se opor, Fleury voltou de mãos vazias.

— Infelizmente, acho que Bruno arquivou no lugar errado. Mas, se Madame Rolfe estiver interessada no quadro, posso encaminhar uma cópia por e-mail.

Gabriel tirou o celular.

— O senhor se importaria se eu a fotografasse ao lado do quadro?

— Claro que não. Aliás, seria uma honra.

Anna se aproximou da pintura e, virando-se, adotou o sorriso que usava para agradecer o aplauso de um salão de concertos lotado. O israelense tirou a foto e foi para a obra ao lado.

— Um seguidor de Canaletto — declarou Fleury.

— Um bom seguidor.

DANIEL SILVA

— Também achei. Adquiri na semana passada.

— De onde?

— Uma coleção particular. — O francês deu um sorriso deslavado para Anna. — Na Suíça.

Gabriel se aproximou da tela.

— E tem certeza da atribuição?

— Por que pergunta?

Porque a pintura, com só 56x78cm, era fácil de transportar. Especialmente se fosse removida do chassi.

— Acha que Bruno também extraviou o relatório deste?

— Infelizmente, o quadro já tem comprador.

— Madame Rolfe não pode fazer um lance competitivo?

— Já aceitei o dinheiro.

— É um marchand ou colecionador?

— Por que quer saber?

— Porque, se for marchand, eu estaria interessado em comprar dele.

— Não posso revelar a identidade. Os termos da venda são privados.

— Não por muito tempo — disse Gabriel, com ar de entendido.

— Como assim, monsieur?

— Digamos que tenho uma sensação estranha quando olho esse quadro. — Ele tirou uma foto. — Pode nos mostrar as obras boas agora, Monsieur Fleury.

17

GALERIE FLEURY

Fleury os levou por um lance de escadas até a sala de exposições do segundo andar. No local, as paredes eram de um cinza sombrio, em vez de vermelhas, e as obras, ao que tudo indicava, de qualidade decididamente melhor. Havia vários exemplos de retratos holandeses e flamengos, incluindo duas obras executadas à maneira de Antoon van Dyck. Também havia *Uma cena do rio com moinhos de vento distantes*, óleo sobre tela, 36x58cm, com as iniciais distintas do pintor da Era de Ouro holandesa Aelbert Cuyp. Gabriel duvidava que as iniciais fossem autênticas. Aliás, depois de um momento de devaneio tranquilo, chegou à conclusão, completamente não fundamentada por análise técnica, de que a pintura era falsificada.

— Você tem um olho muito bom — disse Fleury do lado oposto da sala. Ele adicionou uma rodela de limão à água mineral de Anna e perguntou: — Gostaria de alguma coisa, Monsieur Ziegler?

— A atribuição desse quadro seria uma boa.

— Foi designada firmemente por vários especialistas ao próprio Cuyp.

— Como esses especialistas explicam a falta de uma assinatura completa? Afinal, Cuyp, em geral, assinava as obras que pintava à própria mão e só colocava as iniciais em quadros produzidos sob sua supervisão.

— Há exceções, sabe?

DANIEL SILVA

E, de fato, era o caso, pensou Gabriel.

— E a procedência?

— Longa e impecável.

— Proprietário anterior?

— Um colecionador de gosto impecável.

— Francês ou suíço? — perguntou Gabriel, seco.

— Norte-americano, na verdade.

Fleury entregou o copo d'água a Anna e a levou de pintura em pintura, deixando Gabriel livre para uma segunda inspeção do inventário da galeria. No fim, os três se reuniram em frente a *Uma cena do rio com moinhos de vento distantes*, por um falsificador de talento incontestável.

— Importa-se se eu tocar?

— Perdão?

— O quadro — disse Gabriel. — Eu gostaria de tocar.

— Com cuidado — alertou Fleury.

Gabriel colocou a ponta do indicador gentilmente na tela e traçou as pinceladas.

— Seu homem cuidou da limpeza?

— Chegou para mim nessa condição.

— Alguma perda de tinta?

— Não extensa. Mas, sim, há algum desgaste. Particularmente, no céu.

— Imagino que o relatório de condição contenha fotos, certo?

— Várias, monsieur.

Gabriel olhou para Anna.

— Madame Rolfe gosta?

— Depende do preço. — Ela se virou para Fleury. — O que você tem em mente?

— Um milhão e meio.

— Ah, por favor — disse Gabriel. — Sejamos realistas.

— Quanto Madame Rolfe estaria disposta a pagar por ele?

— Está me pedindo para negociar comigo mesma?

— De forma alguma. Estou apenas oferecendo a oportunidade de dar seu preço.

Gabriel contemplou em silêncio o quadro que não valia um centavo sequer.

— E então? — perguntou Fleury.

— Madame Rolfe lhe dará um milhão de euros, nem um euro a mais.

O marchand sorriu.

— Fechado.

Lá embaixo, no escritório de Fleury, Gabriel revisou o relatório de condição e procedência enquanto Anna, com um celular pressionado contra a orelha, transferia a soma de um milhão de euros de sua conta no Credit Suisse para a conta da galeria no Société Generale. O preço final da venda incluía o custo da moldura e do frete. Gabriel, porém, recusou ambos. Madame Rolfe, falou, não gostava da moldura. Quanto ao frete, ele mesmo pretendia cuidar disso.

— Vou ter a licença de exportação na próxima quarta, no máximo — disse Fleury. — Pode pegar o quadro nesse dia.

— Infelizmente, quarta não vai funcionar.

— Por que não?

— Porque Madame Rolfe e eu vamos levar o quadro conosco.

— *C'est impossible.* Tem papéis a enviar e assinaturas a obter.

— Os papéis e as assinaturas são problema seu. Além do mais, algo me diz que você sabe como adquirir uma licença de exportação para um quadro que já deixou o país.

O marchand não negou a acusação.

— E o acondicionamento adequado? — perguntou ele.

— Pode confiar, Monsieur Fleury. Eu sei lidar com um quadro.

— A galeria não aceita absolutamente responsabilidade alguma por qualquer dano assim que o quadro sair destas instalações.

DANIEL SILVA

— Mas você *garante* a atribuição, além da precisão do relatório de condição e procedência.

— Sim, é claro. — Fleury entregou a Gabriel uma cópia do certificado de autenticidade, que declarava que a obra era firmemente atribuída a Aelbert Cuyp. — Está escrito bem aqui.

O marchand colocou o contrato de venda na frente de Anna e indicou a linha onde ela deveria assinar. Após adicionar sua própria assinatura, ele digitalizou o documento e o inseriu num envelope, junto com cópias do relatório de condição e procedência. A pintura foi coberta com papel glassine e plástico-bolha, mais proteção do que ela merecia. Às 15h30, estava deitada no banco de trás da Maybach, que parou em frente ao Bristol Hotel.

— Achei que fosse para eu ser só um rostinho bonito — disse Anna.

— O que é um milhão de euros entre amigos?

— Muito dinheiro.

— Vai estar de volta na sua conta no máximo segunda à tarde.

— Que pena — falou ela. — Eu estava torcendo para você ficar endividado comigo por mais um tempinho.

— E se eu estivesse?

— Eu pediria para vir hoje à minha apresentação. Haverá um baile de gala depois. Todas as pessoas bonitas vão estar lá.

— Achei que você detestasse essas coisas.

— Apaixonadamente. Mas, com você ao meu lado, talvez seja tolerável.

— E como você vai me explicar, Anna? Quem eu vou ser?

— Que tal *herr* Ludwig Ziegler? — Ela franziu a testa para o objeto deitado no banco entre eles. — O estimado consultor de arte que acabou de gastar um milhão de euros de meu dinheiro em uma falsificação que não vale um centavo.

Gabriel subiu com o quadro até seu quarto e tirou a tela do chassi. Uma hora depois, ela estava enfiada na mala de mão que ele arrastava pelo cavernoso salão das bilheterias da Gare du Nord. Sua jornada pelo controle de passaportes seguiu sem incidente e, às 17h, ele embarcou

RETRATO DE UMA MULHER DESCONHECIDA

em um trem Eurostar para Londres. Conforme os *banlieues* do norte de Paris deslizavam por sua janela, ele refletia sobre a sina inconstante de sua carreira. Apenas quatro meses antes, ele era o diretor-geral de um dos serviços de inteligência mais formidáveis do mundo. *Naquele momento,* pensou, sorrindo, *havia achado um novo ramo profissional.*

Contrabandista de arte.

18

JERMYN STREET

Desde o início da pandemia, quando o mundo da arte tinha entrado em algo parecido com uma parada cardíaca, que Sarah Bancroft não passara por uma semana tão terrível quanto aquela. Começara com a visita calamitosa de Julian a Bordeaux e terminara, no fim daquela tarde, com o colapso de uma venda em potencial — um caso de medo de última hora por parte do comprador e determinação implacável por parte de Sarah para não vender o quadro em questão, *A adoração dos magos*, de Luca Cambiaso, com prejuízo. Para piorar tudo, seu novo marido estava fora de Londres em uma viagem de trabalho. Como ele trabalhava com espionagem, não podia dizer aonde iria ou quando voltaria. Até onde ela sabia, só voltaria a vê-lo no meio do verão.

O que explicava por que, depois de ativar o sistema de segurança da galeria e trancar a porta da frente, ela foi direto ao Wiltons e se acomodou à sua mesa de canto de sempre, no bar. Um martíni de Belvedere perfeito com três azeitonas, seco como o Saara, materializou-se um momento depois, entregue por um jovem garçom de blazer azul e gravata vermelha. *Talvez*, pensou ela ao levar a taça aos lábios, *nem tudo fosse tão ruim quanto parecia*.

Imediatamente, houve uma explosão de risadas estrondosas. Fora provocada por Julian. Ele estava explicando o hematoma roxo-avermelhado

RETRATO DE UMA MULHER DESCONHECIDA

horrendo na bochecha a Oliver Dimbleby e Jeremy Crabbe, chefe do departamento de Velhos Mestres da Bonhams. Segundo a versão de Julian, a colisão com o poste de iluminação tinha acontecido não em Bordeaux, mas em Kensington, e era resultado de uma tentativa equivocada de enviar uma mensagem enquanto caminhava.

Com o celular na mão, ele encenou o incidente fictício, para deleite dos outros marchands, curadores e leiloeiros que lotavam o bar. Como recompensa, foi beijado pelos lábios carmim da belíssima ex-modelo que hoje administrava uma galeria de arte moderna de sucesso na King Street. Vendo a apresentação de sua mesa de canto, Sarah tomou seu martíni e sussurrou:

— Vaca.

O beijo foi pouco consolo; Sarah percebeu logo. Julian estava com muita vergonha de sua aparência e transtornado pela morte suspeita da mulher que lhe pedira para ir à França. Ela também estava. Além do mais, ela estava preocupada com o quadro que vendera a Phillip Somerset, um homem que tinha conhecido trabalhando no Museu de Arte Moderna, em Nova York. Seu velho amigo Gabriel Allon concordara em investigar a questão, mas, por enquanto, não tinha entregado atualização alguma sobre a investigação.

Amelia March, da *ARTnews*, saiu do bar e aproximou-se da mesa de Sarah. Era uma mulher esguia de porte ereto, com cabelo curto e escuro, e os olhos imperturbáveis e arregalados demais como um emoji. Amelia, com a ajuda anônima de Sarah, era quem tinha dado a notícia sobre o *Retrato de uma mulher desconhecida*. Sarah agora se arrependia de ter vazado a informação. Se tivesse ficado de boca fechada, a redescoberta e a venda do quadro teriam permanecido em segredo. *E Madame Valerie Bérrangar*, pensou ela, *ainda estaria viva*.

— Ouvi um boato maldoso sobre você outro dia — anunciou Amelia.

— Só um? — perguntou Sarah. — Que decepção.

Ela só poderia imaginar o tipo de fofoca que ocasionalmente chegava aos ouvidos sempre vigilantes de Amelia. Afinal, Sarah era ex-agente

DANIEL SILVA

secreta da CIA, e seu marido trabalhara como assassino profissional antes de entrar no serviço israelense. Ela também fora brevemente consultora de arte do príncipe herdeiro da Arábia Saudita, inclusive tinha sido Sarah a convencer Sua Majestade a dar os 450 milhões pelo *Salvator Mundi* de Leonardo da Vinci, o maior preço já pago em leilão por uma obra de arte.

Sarah não queria que aquilo fosse publicado. Portanto, não se opôs quando Amelia se sentou a sua mesa sem ser convidada. Sarah imaginou que era melhor ouvir a repórter e, se possível, usar a oportunidade de fazer uma pequena travessura. Estava nesse clima.

— O que foi desta vez? — perguntou ela a Amelia.

— Fiquei sabendo por uma fonte confiável...

— Ah, pelo amor de Deus.

— ...*muito* confiável — continuou Amelia — que você está plane-jando mudar a Isherwood Fine Arts de seu lar de longa data em Mason's Yard para, como podemos dizer, um local menos isolado.

— Não é verdade — declarou Sarah.

— Você foi ver dois imóveis em potencial na Cork Street semana passada.

Mas não pelo motivo que Amelia suspeitava. Sarah tinha a ambição de abrir uma segunda galeria, especializada em arte contemporânea, com seu nome. Ainda não havia mencionado o assunto a Julian e gostaria que ele não lesse sobre seus planos no *ARTnews*.

— Não tenho dinheiro suficiente para a Cork Street — falou, com modéstia.

— Você acabou de vender um Van Dyck recém-descoberto por 6,5 milhões de libras. — Amelia abaixou a voz. — Muito sigiloso. Comprador secreto. Fonte secreta.

— Sim — disse Sarah. — Acho que li em algum lugar.

— Fui muito bacana com você e com Julian ao longo dos anos — disse Amelia. — E, em várias ocasiões, evitei apurar histórias que poderiam ter prejudicado a reputação da galeria.

— Por exemplo?

— Seu papel preciso na reaparição daquele Artemisia, para começar.

Sarah tomou o drinque, mas permaneceu em silêncio.

— E então? — provocou Amelia.

— A Isherwood Fine Arts nunca vai sair de Mason's Yard. Está lá agora e estará lá para sempre. Até o fim do mundo. Amém.

— Então, por que você está procurando um aluguel de longo prazo na Cork Street?

Porque ela queria criar uma sombra para galeria de propriedade da ex-modelo, que no momento cochichava algo no ouvido de Simon Mendenhall, o leiloeiro-chefe da Christie's, com jeito de manequim.

— Juro — disse Sarah —, como amiga e como mulher, que vou contar a você quando chegar a hora.

— Vai me contar *primeiro* — insistiu Amelia. — E, enquanto isso, vai me dar algo suculento.

— Dê uma olhadinha por cima do seu ombro direito.

Amelia fez o que Sarah sugeriu.

— A adorável senhorita Watson e o pilantra do Simon Mendenhall?

— Tórrido — disse Sarah.

— Achei que ela estivesse saindo com aquele ator.

— Está pegando o pilantra do Simon em paralelo.

Bem naquela hora, houve outra erupção de risadas do lado oposto do bar, onde Julian acabara de concluir um bis do suposto incidente em Kensington — desta vez para Nicky Lovegrove, consultor de arte dos ricos e milionários.

— Foi assim mesmo que aconteceu? — quis saber Amelia.

— Não — respondeu Sarah, com um sorriso triste. — Ele é que foi atacado pelo poste.

Depois de terminar seu drinque, Sarah limpou a mancha de batom da bochecha de Julian e saiu para a Jermyn Street. Não havia táxis à vista, então ela dobrou a esquina até Piccadilly e pegou um lá. Enquanto ele a levava na direção oeste, atravessando Londres, ela rolava as possibilidades

DANIEL SILVA

no aplicativo de entregas Deliveroo, indecisa entre comida indiana ou tailandesa. Em vez disso, pediu italiana e imediatamente se arrependeu da escolha. Tinha ganhado mais de dois quilos durante a pandemia e outros dois após se casar com Christopher. Apesar de ela correr três vezes por semana nas trilhas do Hyde Park, o peso se recusava a ir embora.

Enquanto o táxi passava correndo pelo Royal Albert Hall, Sarah decidiu começar mais uma dieta. Mas não hoje; ela estava com tanta fome que poderia comer um de seus escarpins Ferragamo. Depois do jantar, que consumiria enquanto assistia a algo bobo na televisão, ela se deitaria na cama de casal e permaneceria lá durante a maior parte do fim de semana, escutando "When Your Lover Has Gone" sem parar. A gravação clássica de Billie Holiday de 1956, claro. Quando se estava deprimido de verdade, nenhuma outra versão resolvia.

Ela fez sua melhor imitação de Lady Day enquanto o táxi virava no Queen's Gate Terrace e parava em frente à casa georgiana elegante no número 18. Não era inteira deles, só a *maisonette* luxuosa nos dois andares de baixo. Sarah ficou felicíssima de ver uma luz acesa na cozinha. Muito preocupada com o meio ambiente, ela tinha certeza de não ter deixado ligada sem querer de manhã. A explicação mais plausível era que seu amor, afinal, não tinha viajado.

Ela pagou o taxista e desceu correndo os degraus da entrada inferior da *maisonette*. Lá, encontrou a porta entreaberta e o sistema de segurança desativado. Do lado de dentro, deitada na ilha da cozinha, havia uma tela que tinha sido removida do chassi — uma paisagem de rio com moinhos distantes, alguma coisa entre 40x60cm, trazendo o que pareciam as iniciais de Aelbert Cuyp, pintor da Era de Ouro holandesa.

Colado à tela, havia um envelope da Galerie Georges Fleury, de Paris. E, ao lado do envelope, uma excelente garrafa de Sancerre da qual Gabriel, fazendo uma careta de dor, tentava extrair a rolha. Sarah fechou a porta e, sem conseguir evitar uma risada, tirou o casaco. *Era, pensou, o fim perfeito para uma semana perfeitamente horrível.*

19

QUEEN'S GATE TERRACE

Sarah checou o status do pedido no Deliveroo e viu que ainda estava aberto.

— *Tagliatelle* com ragu ou vitela à milanesa?

— Não quero dar trabalho.

— Meu marido está viajando, vai ser bom ter companhia.

— Nesse caso, vou querer a vitela.

— *Tagliatelle*, então. — Sarah fez o pedido, então olhou a tela sem moldura nem chassi estendida na bancada. — Com certeza tem uma explicação perfeitamente razoável para isso. E para essa sua mão inchada também.

— Por onde quer que eu comece?

— Que tal pela mão?

— Ataquei um oficial dos Carabinieri à paisana depois de encontrar com Julian em Veneza.

— E o quadro?

— Adquiri hoje à tarde na Galerie Georges Fleury.

— Estou vendo. — Sarah bateu com a pontinha do dedo no envelope. — Mas como raios você pagou por ele?

Gabriel tirou o contrato de venda do envelope e apontou para a assinatura conhecida da compradora.

— Foi bem generoso da parte dela — disse Sarah.

DANIEL SILVA

— Generosidade não teve qualquer coisa a ver com a história. Ela espera ser cem por cento reembolsada.

— Por quem?

— Por você, claro.

— Então o quadro é meu? É isso que está dizendo?

—- Acho que é.

— Quanto eu gastei nele?

— Um milhão de euros.

— Por esse dinheiro, eu devia ter recebido uma moldura. — Sarah puxou o canto puído da tela. — E um chassi também.

— A administração do Bristol Hotel talvez achasse estranho eu largar uma moldura antiga no meu quarto.

— E o chassi?

— Está em uma lata de lixo em frente à Gare du Nord.

— Claro que está. — Sarah suspirou. — Você provavelmente deveria colocar um novo logo de manhã para estabilizar a imagem.

— Se eu fizer isso, não vai caber na minha mala de mão.

— Aonde você está planejando levar?

— Nova York — disse Gabriel. — E você vem comigo.

— Por quê?

— Porque a pintura é falsificada. E tenho a leve impressão de que a que você vendeu a Phillip Somerset por 6,5 milhões de libras também é.

— Ah, inferno. Eu estava com medo de você dizer isso.

Gabriel pegou o celular e recuperou a foto do quadro que tinha visto na *villa* de Valerie Bérrangar em Saint-André-du-Bois. *Retrato de uma mulher desconhecida*, óleo sobre tela, 115x92cm, atribuído a um seguidor do pintor barroco flamengo Antoon van Dyck.

— Isso explicaria a carta que ela escreveu a Julian.

— Só em parte.

— Como assim?

— Ela ligou primeiro para Georges Fleury.

— Por quê?

— Queria saber se a versão dela do quadro também era um Van Dyck valioso.

— E o que disse Monsieur Fleury?

— Considerando minha experiência limitada com ele, posso garantir que não teve qualquer semelhança com a verdade. Mas o que quer que tenha dito a deixou suspeitando o suficiente para entrar em contato com a unidade de crimes com obras de arte da Police Nationale.

Sarah xingou baixinho enquanto tirava a rolha da garrafa de Sancerre.

— Não se preocupe, tenho quase certeza de que a polícia falou a Madame Bérrangar que não tinha interesse algum em investigar o assunto. E foi por isso que ela pediu que Julian fosse a Bordeaux. — Gabriel pausou. — E por que agora ela está morta.

— Ela foi…

— Assassinada? — Gabriel fez que sim. — E os assassinos dela levaram o celular para garantir.

— Quem eram?

— Ainda estou trabalhando nisso. Mas tenho bastante certeza de que eram profissionais.

Sarah serviu duas taças de vinho e entregou uma a Gabriel.

— Que tipo de marchand contrata assassinos profissionais para matar alguém em uma disputa por causa de um quadro?

— O tipo que está envolvido em uma empreitada criminosa lucrativa.

Sarah pegou o celular de Gabriel e aumentou a imagem.

— O quadro de Madame Bérrangar é uma falsificação também?

— Na minha opinião — respondeu Gabriel —, é obra de um seguidor tardio de Van Dyck. Quarenta e oito horas atrás, falei à filha de Valerie Bérrangar que achava que era uma cópia do quadro que você vendeu a Phillip Somerset. Mas, agora, estou convencido de que é o contrário. O que explicaria por que o quadro não aparece no catálogo *raisonné* de Van Dyck.

— O falsificador copiou o seguidor?

DANIEL SILVA

— Por assim dizer, sim. E, no processo, ele fez melhorias consideráveis. É bastante impressionante. Ele pinta de verdade como Antoon van Dyck. Não é surpresa seus cinco especialistas terem sido enganados.

— Como você explica a perda de tinta e retoques que apareceram quando examinamos o quadro sob luz ultravioleta?

— O falsificador envelhece e danifica artificialmente suas pinturas. Aí, ele as restaura usando pigmentos e médiuns modernos para fazer parecer autêntico.

Sarah olhou a tela na bancada.

— Este também?

— Com certeza.

Gabriel tirou o relatório de condição do quadro do envelope. Anexas, havia três fotografias. A primeira mostrava a tela no estado atual: retocada, com uma camada fresca de verniz puro. A segunda, feita com luz ultravioleta, revelava a perda de tinta como um arquipélago de pequenas ilhas pretas. A última apresentava o quadro em seu estado verdadeiro, sem retoque nem verniz. As perdas apareciam como manchas brancas.

— Tem o exato aspecto que uma pintura de quatrocentos anos deveria ter — disse Gabriel. — Odeio admitir, mas é possível que até eu fosse enganado.

— E por que não foi?

— Porque entrei naquela galeria à procura de falsificações. E porque convivo com quadros há anos. Conheço as pinceladas dos Velhos Mestres como as rugas ao redor de meus olhos.

— Com todo o respeito — respondeu Sarah —, não é bom o bastante para provar que o quadro é falsificado.

— E é por isso que vamos levá-lo até Aiden Gallagher.

Gallagher era o fundador da Equus Análises, uma firma de pesquisa artística de alta tecnologia especializada em detectar falsificações. Ele vendia seus serviços a museus, marchands, colecionadores, casas de leilão e, ocasionalmente, ao Time de Crime contra Arte do FBI. Era Aiden Gallagher quem, uma década antes, provara que uma das galerias de arte contemporânea mais bem-sucedidas de Nova York tinha vendido quase oitenta milhões de dólares em pinturas falsificadas a compradores desavisados.

— O laboratório dele fica em Westport, Connecticut — continuou Gabriel. — Se o falsificador cometeu um erro técnico, Gallagher vai encontrar.

— E enquanto esperamos os resultados?

— Você vai marcar para eu dar uma olhada no quadro que vendeu a Phillip Somerset. Se, como suspeito, for falsificado...

— Julian e eu vamos ser a piada do mundo da arte.

Não, pensou Gabriel, pegando sua taça de vinho. *Se* Retrato de uma mulher desconhecida *acabar sendo uma falsificação, a Isherwood Fine Arts de Mason's Yard, fornecedora de quadros de Velhos Mestres italianos e holandeses dignos de museu desde 1968, estaria arruinada.*

20

WESTPORT

Eles passaram separados pela segurança no Heathrow — Gabriel com seu nome real, com o Cuyp falsificado enfiado na mala de mão — e se reencontraram no saguão de partidas. Enquanto esperavam o voo ser anunciado, Sarah escreveu um e-mail a Aiden Gallagher, informando-lhe que a Isherwood Fine Arts, de Londres, desejava contratar a Equus Análises para uma avaliação técnica de um quadro. Ela não identificou a obra em questão, embora tenha deixado implícito que era relativamente urgente. Chegaria a Nova York ao meio-dia e, a não ser que houvesse um incidente no trânsito, conseguiria estar em Westport, no máximo, às 15h. Poderia entregar a pintura a ele nesse horário?

A bordo do avião, Sarah informou a comissária de que não precisaria de comida nem bebida durante o voo de oito horas atravessando o Atlântico Norte. Então, fechou os olhos e só voltou a abri-los quando a aeronave pousou com um baque na pista do Aeroporto Internacional John F. Kennedy. Munida de seu passaporte dos Estados Unidos e cartão da Global Entry, ela evitou os rituais do processo de chegada enquanto Gabriel, com seu status reduzido, passava uma hora percorrendo o labirinto de pilares e barreiras retráteis de nylon reservado para estrangeiros indesejados. Sua jornada acabou em uma sala sem janelas, onde foi brevemente questionado por um oficial corpulento da Alfândega e Proteção de Fronteiras.

— O que o traz de volta aos Estados Unidos, diretor Allon?

— Pesquisa particular.

— A Agência sabe que você está no país?

— Agora sabe.

— Como está seu peito?

— Melhor do que minha mão.

— Alguma coisa na mala?

— Algumas armas e um cadáver.

O oficial sorriu.

— Aproveite sua estada.

Uma linha azul direcionou Gabriel à esteira de bagagens, onde Sarah encarava o celular.

— Aiden Gallagher — disse ela sem levantar o olhar. — Está querendo saber se pode esperar até segunda. Falei que não.

Então, o telefone dela apitou com um e-mail.

— E então?

— Ele quer uma descrição do quadro.

Gabriel recitou os particulares.

— *Uma cena do rio com moinhos de vento distantes.* Óleo sobre tela, 36x58cm. Atualmente atribuído a Aelbert Cuyp.

Sarah enviou o e-mail. A resposta de Gallagher chegou dois minutos depois.

— Ele vai nos encontrar em Westport às 15h.

A Equus Análises ficava em um prédio velho de tijolos vermelhos na Riverside Avenue, perto do viaduto da Connecticut Turnpike. Gabriel e Sarah chegaram alguns minutos após as 14h, no banco de trás de um Uber SUV. Pegaram café em um Dunkin' Donuts no fim da rua e se acomodaram num banco nas margens ensolaradas do Saugatuck. Nuvens brancas encorpadas voavam por um céu que, fora isso, estava imaculadamente azul. Iates cochilavam como brinquedos descartados em seus estaleiros na pequena marina.

DANIEL SILVA

— Quase parece algo que Aelbert Cuyp poderia ter pintado — comentou Gabriel.

— Westport definitivamente tem seu charme. Em especial, em um dia como hoje.

— Algum arrependimento?

— Por ir embora de Nova York? — Sarah fez que não. — Acho que minha história acabou muito bem, você não?

— Depende.

— Do quê?

— De se você está verdadeiramente feliz em ser casada com Christopher.

— Delirantemente. Embora precise admitir que meu trabalho na galeria não é tão interessante quanto os trabalhos que eu fazia para você. — Ela levantou o rosto na direção do calor do sol. — Você se lembra da nossa viagem a Saint-Barthélemy com Zizi al-Bakari?

— Como eu poderia esquecer?

— E o verão que passamos com Ivan e Elena Kharkov em Saint-Tropez? Ou o dia que atirei naquele assassino russo em Zurique? — Sarah checou o horário no celular. — São quase 15h. Vamos? Não quero deixá-lo esperando.

Eles caminharam pela Riverside Avenue e chegaram à Equus Análises quando uma BMW Série 7 preta estava entrando no estacionamento. O homem que emergiu do banco do motorista tinha cabelo escuro como carvão e olhos azuis, e parecia bem mais jovem do que seus 54 anos.

Ele estendeu a mão para Sarah.

— Srta. Bancroft, presumo?

— É um prazer conhecer o senhor, dr. Gallagher. Obrigada por nos receber tão em cima da hora. E em um sábado, além de tudo.

— Imagine. Para falar a verdade, eu planejava trabalhar algumas horas antes do jantar. — Seu sotaque, embora enfraquecido, traía uma infância em Dublin. Ele olhou para Gabriel. — E o senhor é?

— Johannes Klemp — respondeu, desenterrando um nome de seu confuso passado. — Trabalho com Sarah na Isherwood Fine Arts.

— Alguém já disse que você se parece muito com aquele israelense que levou um tiro no dia da posse? Se não estou enganado, o nome dele é Gabriel Allon.

— Todo mundo fala isso.

— Não duvido. — Gallagher lhe deu um sorriso de quem sabe alguma coisa antes de se virar para Sarah. — O que nos leva ao quadro.

Ela fez um gesto de cabeça para a mala de mão de Gabriel.

— Ah — disse Gallagher. — O caso se complica.

21

EQUUS

As fechaduras na porta exterior eram iguais às dos museus, bem como o sistema de segurança e o equipamento no laboratório de Gallagher. Seu inventário de apetrechos altamente tecnológicos incluía um microscópio eletrônico de varredura, uma câmera termográfica infravermelha de ondas curtas e um Bruker M6 Jetstream, um aparelho sofisticado de imageamento espacial. Apesar disso, ele começou sua análise à moda antiga, examinando o quadro a olho nu sob luz visível.

— Parece ter sobrevivido intacto ao voo, mas eu gostaria de colocá-lo o mais rápido possível em um chassi. — Ele deu um olhar de repreensão para Gabriel. — Desde que *herr* Klemp não tenha objeções, claro.

— Talvez você devesse se referir a mim usando meu nome real — disse Gabriel. — Quanto ao chassi, um padrão de 35x35cm deve funcionar bem. Eu usaria uma distância de cinco oitavos para a tela.

A expressão de Gallagher ficou inquisidora.

— O senhor é pintor, sr. Allon?

A resposta de Gabriel foi a mesma que ele dera à filha de Valerie Bérrangar 72h antes, na comuna de Saint-André-du-Bois. Aiden Gallagher ficou igualmente intrigado, mas por um motivo diferente.

— Pelo jeito, temos muito em comum.

— Sinto muito por isso — brincou Gabriel.

— Artisticamente, quero dizer. Estudei pintura na National College of Art and Design em Dublin antes de vir para os Estados Unidos e me matricular em Columbia.

Onde ele conquistou um ph.D. em História da Arte e um mestrado em Conservação de Arte. Com a equipe de restauração do Museu Metropolitan, ele se especializou em pesquisa de procedência e, depois, detecção científica de falsificações. Pediu demissão do Met em 2005 e fundou a Equus Análises. O *Art Newspaper* recentemente o nomeara uma "estrela" sem igual no setor. Daí a BMW Série 7 novinha estacionada à porta do escritório.

Ele dirigiu o olhar para a pintura.

— Onde ela foi adquirida?

— Galerie Georges Fleury, em Paris — respondeu Gabriel.

— Quando?

— Ontem à tarde.

Gallagher levantou o olhar abruptamente.

— E vocês já suspeitam que tenha um problema?

— Não — disse Gabriel. — Eu *sei* que tem um problema. A pintura é falsificada.

— E como chegou a essa conclusão? — perguntou Gallagher, duvidando.

— Instinto.

— Infelizmente, instinto não é suficiente, sr. Allon. — Gallagher voltou a contemplar a pintura. — E como é a procedência?

— Uma piada.

— E o relatório de condição?

— Uma verdadeira obra de arte.

Gabriel pescou os dois documentos da maleta e os dispôs sobre a mesa. Aiden Gallagher começou sua revisão pela procedência e finalizou com as três fotos. A pintura na forma atual. A pintura sob luz ultravioleta. E a pintura com as perdas expostas.

— Se for falso, o falsificador certamente sabia o que estava fazendo. — Gallagher apagou as luzes do teto e examinou a tela com uma

DANIEL SILVA

lanterna ultravioleta. O arquipélago de manchas pretas correspondia às da fotografia. — Por enquanto, tudo ok. — Ele voltou a acender as luzes e olhou para Gabriel. — Imagino que esteja familiarizado com o trabalho de Cuyp, certo?

— Muito.

— Então sabe que a obra dele sofreu com confusões e atribuições errôneas por séculos. Ele se espelhava pesadamente em Jan van Goyen, e seus seguidores inspiravam-se pesadamente nele. Um deles era Abraham van Calraet. Como Cuyp, era da cidade holandesa de Dordrecht, e, como tinham as mesmas iniciais, pode ser difícil diferenciar uma obra da outra.

— E é por isso que um falsificador escolheria um pintor como Cuyp, para começo de conversa. Bons falsificadores selecionam astutamente artistas cuja obra foi alvo de atribuições errôneas no passado. Assim, quando um quadro novo reemerge milagrosamente de uma coleção europeia empoeirada, os chamados especialistas ficam mais inclinados a aceitá-la como genuína.

— E se eu concluir que a pintura foi feita por Aelbert Cuyp?

— Tenho certeza de que não vai acontecer.

— Está disposto a apostar cinquenta mil dólares?

— Eu, não. — Gabriel apontou para Sarah. — Mas ela, sim.

— Peço 25 mil para começar uma investigação. O resto é pago mediante a entrega de minhas conclusões.

— Quanto tempo vai levar? — perguntou Sarah.

— De algumas semanas a alguns meses.

— O tempo é crucial, dr. Gallagher.

— Quando estão planejando voltar a Londres?

— O senhor é quem vai dizer.

— Consigo entregar um relatório preliminar na segunda à tarde. Mas tem uma taxa de urgência.

— Quanto?

— Cinquenta mil adiantados — disse Gallagher. — Vinte e cinco mil na entrega.

114

RETRATO DE UMA MULHER DESCONHECIDA

★ ★ ★

Depois de assinar os formulários de autorização e entregar o cheque, Gabriel e Sarah voltaram apressados pela Riverside Avenue até a estação North do metrô e compraram dois bilhetes para a Grand Central.

— O próximo trem é às 16h26 — comentou Sarah. — Com sorte, vamos estar tomando martínis no Mandarin Oriental às 18h.

— Achei que você preferisse o Four Seasons.

— Não tinha quarto disponível naquela espelunca.

— Nem para você?

— Pode acreditar, eu falei poucas e boas para a chefe do setor de reservas.

— Onde será que Phillip Somerset está passando o fim de semana?

— Conhecendo Phillip, ele pode estar em qualquer lugar. Fora a mansão na 74 Street, ele tem um chalé de esqui em Aspen, uma propriedade na região de East End, em Long Island, e uma grande porção de Lake Placid, nas montanhas Adirondack. Vai de um lugar a outro no Gulfstream dele.

— Nada mal para um ex-corretor de títulos de renda fixa do Lehman Brothers.

— Você obviamente andou lendo sobre ele.

— Você me conhece, Sarah. Nunca consegui dormir em aviões. — Gabriel lhe olhou de soslaio. — Como é o clima nesta época em Lake Placid?

— Lamentável.

— E em Aspen?

— Nada de neve.

— Sobram Manhattan ou Long Island.

— Vou ligar para ele na segunda de manhãzinha.

— Acabe logo com o assunto. Você vai se sentir melhor.

— A não ser que o Van Dyck acabe sendo uma falsificação. — Sarah abriu um e-mail em branco e adicionou o endereço de Phillip Somerset. — Qual é o assunto?

DANIEL SILVA

— Pondo as novidades em dia.

— Belo toque. Continue.

— Diga que você veio a Nova York de última hora. Pergunte se ele tem alguns minutos livres.

— Menciono o quadro?

— Sob nenhuma circunstância.

— Como eu descrevo você?

— Você é uma marchand que trabalhava para a CIA. Com certeza vai pensar em algo.

Ela finalizou o e-mail com o trem chegando à estação. E, às 17h30, enquanto entravam em um táxi em frente à Grand Central, Phillip Somerset ligou para dar a resposta.

— Lindsay e eu vamos receber alguns amigos para almoçar amanhã em nossa casa de Long Island. Você está mais do que convidada. E traga seu amigo — sugeriu ele. — Eu adoraria conhecê-lo.

22

NORTH HAVEN

Sarah recusou a oferta feita por Phillip Somerset de mandar um carro e, em vez disso, alugou um sedã europeu premium. Eles o pegaram em uma garagem em Turtle Bay às 10h30 da manhã seguinte e, ao meio-dia, seguiam por Suffolk County na autoestrada de Long Island. Para ajudar a passar o tempo, Sarah lia em voz alta os nomes excêntricos das cidades e vilarejos que apareciam nas desbotadas placas verdes de saída — primeiro Commack, depois Hauppauge, Ronkonkoma e Patchogue. Era um jogo bobo, explicou a Gabriel, de que ela brincava quando criança, quando os Bancroft passavam o verão em East Hampton com outras famílias ricas de Manhattan iguais a eles.

— O novo pessoal é bem mais rico do que a gente era e não tem vergonha de mostrar. Exibições grotescas de riqueza agora são de praxe. — Ela puxou a manga do terninho escuro que tinha trazido de Londres. — Queria ter tido tempo de comprar algo mais adequado.

— Você está linda — disse Gabriel, equilibrando a mão no topo do volante.

— Mas não estou vestida apropriadamente para um encontro de fim de semana na propriedade de Phillip Somerset em North Haven.

— Como se deve estar vestido?

— Da forma mais cara possível. — O telefone de Sarah apitou com uma mensagem que chegava. — Por falar nele...

DANIEL SILVA

— Fomos desconvidados?

— Ele está checando onde estamos.

— Acha que ele está entrando em contato com todos os convidados ou só com você?

— O que é que você está querendo dizer?

— Que Phillip Somerset pareceu estranhamente feliz em ter notícias suas ontem.

— Temos um relacionamento pessoal e profissional — admitiu Sarah.

— Pessoal em que sentido?

— Fomos apresentados por um amigo em comum na Festa no Jardim, o evento beneficente anual do MoMA. Phillip estava passando por um divórcio turbulento na época. Namoramos por vários meses.

— Quem terminou?

— Ele, já que você perguntou.

— Em que raios ele estava pensando?

— Eu tinha quase quarenta na época, e Phillip estava procurando alguém um pouco mais jovem. Quando conheceu a linda Lindsay Morgan, entusiasta de ioga e modelo com doze anos a menos do que eu, me largou como se eu fosse uma ação em queda.

— E mesmo assim você manteve seus investimentos no Fundo de Investimentos Obras-Primas.

— Como você sabe?

— Só um palpite.

— Eu já tinha confiado uma pequena porção dos meus ativos a Phillip antes de começarmos a namorar — explicou Sarah. — Não vi motivo para pedir resgate só porque nosso relacionamento foi por água abaixo.

— Pequena quanto?

— Dois milhões de dólares.

— Entendo.

— Achei que eu tivesse deixado claro da última vez que estivemos em Nova York que meu pai me deixou muito segura.

— Deixou, sim — disse Gabriel. — Só espero que Phillip tenha cuidado de seus interesses.

— Meu saldo atual é de 4,8 milhões de dólares.

— *Mazel tov.*

— Em comparação com os outros clientes de Phillip, sou quase uma mendiga. Ele definitivamente tem o toque de Midas. É por isso que tanta gente no mundo da arte investe com ele. O fundo entrega consistentemente uma rentabilidade anual de 25 por cento.

— Como é possível?

— Uma estratégia mágica de trading proprietário que Phillip protege com muito zelo. Ao contrário de outros fundos de arte, o Fundo de Investimentos Obras-Primas não revela as obras que tem em seu inventário, seu catálogo é completamente secreto. E, parece, bem grande. Atualmente, Phillip controla 1,2 bilhão de dólares em arte. Ele compra e vende quadros constantemente, e consegue lucros enormes no giro.

— Por giro, você quer dizer volume e velocidade.

— E arbitragem, claro — respondeu Sarah. — O Obras-Primas opera exatamente como um fundo de hedge. Tem um mínimo de um milhão de dólares para novos investidores, com imobilização de cinco anos. A estrutura de comissões é o padrão do setor, dois com vinte. Taxa de administração de dois por cento e vinte por cento de participação nos lucros.

— Imagino que a firma esteja sediada nas ilhas Cayman.

— Igual a todas as outras. — Sarah revirou os olhos. — Preciso admitir, adoro ver meu saldo subir sem parar todo ano. Mas parte de mim não gosta de pensar em pinturas como uma commodity a ser comprada e vendida como soja e petróleo.

— Você vai precisar superar isso se quiser ter sucesso como marchand. A maioria das obras compradas em leilão nunca mais vai ser vista pelo público. Vai ficar trancada em cofres de banco ou na Zona Franca de Genebra.

DANIEL SILVA

— Ou num armazém com controle de temperatura operado pela Chelsea Fine Arts Storage. É para onde Phillip me mandou enviar o Van Dyck. — Sarah apontou para a placa da saída 66. — Yaphank.

A península em formato de ovo conhecida como North Haven se projeta para a Baía Peconic entre Sag Harbor e Shelter Island. O retiro de fim de semana de Phillip Somerset, uma acrópole de 2,8 mil metros quadrados feita de cedro e vidro, ficava na margem leste. Sua jovem esposa bronzeada recebeu Gabriel e Sarah no altíssimo saguão de entrada, vestida com um conjunto regata de linho acinturado; a pele tão macia e impecável que parecia uma foto de rede social com filtro. Quando Gabriel se apresentou, recebeu um olhar vazio que dizia "quem é você?", mas o nome de Sarah foi imediatamente reconhecido por Lindsay Somerset.

— Você é a marchand de Londres que vendeu o Van Gogh para meu marido.

— Van Dyck.

— Eu confundo os dois.

— É um erro comum — garantiu-lhe Sarah.

Lindsay Somerset se virou para cumprimentar alguém que acabara de chegar, uma âncora de televisão do horário nobre e o marido. Havia vários jornalistas da mídia impressa e da televisão reunidos na iluminada sala principal junto com uma seleção de gestores de fundos de hedge, pintores, marchands, estilistas, modelos, atores e roteiristas, um renomado diretor de filmes campeões de bilheteria, um músico icônico que cantava sobre os sofrimentos dos operários de Long Island, uma deputada progressista do Bronx e um bando de jovens assistentes de uma editora nova-iorquina. Evidentemente, eles tinham sido convidados para um lançamento de livro.

— Carl Bernstein — sussurrou Sarah. — Foi parceiro de Bob Woodward no *Washington Post* durante o escândalo de Watergate.

— Ao contrário de você, Sarah, eu era nascido quando Richard Nixon era presidente. Sei quem é Carl Bernstein.

— Gostaria de conhecê-lo? Ele está bem ali. — Sarah pegou uma taça de champanhe da bandeja de um garçom que passava. — E lá está Ina Garten. E aquele ator cujo nome nunca lembro, o que acabou de sair da reabilitação.

— E lá está um Rothko — disse Gabriel baixinho. — E um Basquiat. E um Pollock. E um Lichtenstein, um Diebenkorn, um Hirst, um Adler, um Prince e um Warhol.

— Você tem que ver a casa dele na 74 Street. Parece o museu Whitney.

— Não exatamente — respondeu uma voz de barítono por trás deles. — Mas é bem-vindo quando quiser visitar.

A voz era de Phillip Somerset. Ele cumprimentou Sarah primeiro — com um beijo na bochecha e um comentário favorável sobre a aparência dela — antes de estender uma mão bronzeada de sol para Gabriel. Era um espécime alto e em forma com cinquenta e tantos anos, um cabelo loiro-acinzentado com aparência juvenil e o sorriso confiante e fácil que vem naturalmente a quem é muito rico. No pulso, levava um relógio Richard Mille colossal, um modelo esportivo usado por milionários com pretensões náuticas. Seu suéter de cashmere com zíper também era vagamente marítimo, bem como a calça de algodão claro e os mocassins azul-marinhos. De fato, tudo em Phillip Somerset sugeria que ele acabava de descer do deque de um iate.

Gabriel aceitou a mão estendida e se apresentou, nome e sobrenome.

Phillip Somerset olhou para Sarah em busca de uma explicação.

— Somos velhos amigos.

— E achei que eu fosse passar a tarde desviando de perguntas sobre minha estratégia de trading. — Phillip Somerset soltou a mão de Gabriel. — Que surpresa inesperada, sr. Allon. A que devo a honra?

— Eu estava querendo dar uma olhada em um quadro.

— Bem, com certeza veio ao lugar certo. Gostaria de ver alguma coisa em particular?

— *Retrato de uma mulher desconhecida.*

— De Antoon van Dyck?

DANIEL SILVA

Gabriel sorriu.

— É o que eu espero.

Phillip Somerset subiu um lance de escada com Gabriel e Sarah e entrou em um escritório amplo e iluminado, com monitores de computador desproporcionais e uma vista deslumbrante da baía onde quebravam ondas brancas. Seguiu-se um longo silêncio enquanto ele os olhava especulativamente de trás do território neutro de sua mesa interminável. Então olhou direto para Sarah e perguntou:

— Talvez você devesse me contar do que se trata.

A resposta dela foi precisa e em tom advocatício.

— A Isherwood Fine Arts contratou o sr. Allon para fazer uma investigação discreta das circunstâncias da redescoberta de *Retrato de uma mulher desconhecida* e sua venda ao Fundo de Investimentos Obras-Primas.

— Por que essa investigação foi considerada necessária?

— No fim da semana passada, a galeria recebeu uma carta expressando preocupações com a transação, e a mulher que a enviou foi morta em um acidente de carro perto de Bordeaux alguns dias depois.

— A polícia suspeita de um crime?

— Não — respondeu Gabriel. — Mas eu, sim.

— Por quê?

— O marido falecido dela comprou diversas obras da mesma galeria parisiense onde Julian e Sarah adquiriram *Retrato de uma mulher desconhecida*. Quando visitei a galeria na sexta, notei três quadros que pareciam falsificações. Comprei um deles e entreguei à Equus Análises.

— Aiden Gallagher é o melhor do meio. Eu mesmo o utilizo.

— Ele pretende entregar um relatório preliminar amanhã à tarde. Mas, enquanto isso...

— Você pensou em dar uma olhada no Van Dyck.

Gabriel fez que sim.

— Eu adoraria mostrar — disse Phillip Somerset. — Mas, infelizmente, não é possível.

— Posso perguntar por quê?

— O Fundo de Investimentos Obras-Primas o vendeu há cerca de três semanas. Com um lucro considerável, aliás.

— Para quem?

— Sinto muito, sr. Allon. A transação foi privada.

— Houve intermediário?

— Uma das grandes casas de leilão.

— A casa conduziu uma segunda revisão da atribuição?

— O comprador insistiu.

— E?

— *Retrato de uma mulher desconhecida* foi pintado por Antoon van Dyck, quase com certeza no estúdio dele na Antuérpia, em algum momento do fim dos anos 1630. O que significa que, no que diz respeito à Isherwood Fine Arts e ao Fundo de Investimentos Obras-Primas, a questão está encerrada.

— Se não se importa — disse Sarah —, eu gostaria de ter isso por escrito.

— Pode me mandar alguma coisa amanhã de manhã — respondeu Phillip Somerset. — Eu dou uma olhada.

23

GALERIA 617

Bem cedo na manhã seguinte, Sarah ligou para seu contato no HSBC em Londres e o instruiu a transferir um milhão de euros para a conta da violinista mais famosa do mundo no Credit Suisse. Então, telefonou para Ronald Sumner-Lloyd, advogado de Julian baseado na Berkeley Square, e, juntos, escreveram uma carta que protegia a Isherwood Fine Arts de qualquer alegação futura relacionada à venda de *Retrato de uma mulher desconhecida*, do pintor flamengo barroco Antoon van Dyck. Pouco antes das 9h, ela mandou o documento finalizado, por e-mail, para Phillip Somerset. Ele ligou alguns minutos depois, de seu helicóptero executivo Sikorsky que estava indo de East Hampton para Manhattan.

— A linguagem é meio agressiva, não acha? Especialmente a cláusula sobre confidencialidade.

— Preciso cuidar de nossos interesses, Phillip. E, se sua venda der errado, não quero ler as palavras Isherwood Fine Arts no *New York Times*.

— Achei que tivesse deixado claro que você não precisa se preocupar.

— Uma vez, você também me garantiu que estava interessado em um relacionamento longo.

— Você não continua brava por causa disso, né?

— Nunca fiquei — mentiu Sarah. — Agora, faça um favor e assine o documento.

— Com uma condição.

— Qual?

—- Me conte de onde você conhece Gabriel Allon.

— A gente se conheceu quando eu trabalhava em Washington D.C..

— Faz bastante tempo.

— Sim — disse Sarah. — A linda Lindsay devia estar no Ensino Fundamental na época.

— Ela falou que você foi grossa com ela.

— Ela não sabe a diferença entre Van Gogh e Van Dyck.

— Antigamente, eu também não sabia — comentou Phillip antes de desligar. — Mas veja onde estou agora.

O documento apareceu na caixa de entrada de Sarah cinco minutos depois, assinado e datado eletronicamente. Ela adicionou sua própria assinatura e encaminhou para Julian e Ronnie em Londres. Após confirmar duas reservas no voo da British Airways para Londres às 7h30, ela telefonou para Gabriel e anunciou que a Isherwood Fine Arts estava legal e eticamente protegida.

— Ou seja, Julian e eu mantemos nossa reputação, para não mencionar 6,5 milhões de libras. No fim das contas — disse ela —, uma reviravolta bastante feliz.

— Quais são seus planos para o resto da manhã?

— Primeiro, vou fazer a mala. Aí, vou ficar olhando o celular esperando Aiden Gallagher, da Equus Análises, me dizer que você gastou um milhão de euros meus desnecessariamente em *Uma cena do rio com moinhos de vento distantes*.

— Que tal uma caminhada em vez disso?

— Uma ideia bem melhor.

Era uma manhã de primavera perfeita, ensolarada e sem nuvem, com um vento traiçoeiro vindo do rio Hudson. Eles caminharam pela 59 Street até a Quinta Avenida, depois viraram para a parte alta da cidade.

— Onde você está me levando?

DANIEL SILVA

— Ao Metropolitan.

— Por quê?

— A coleção inclui várias pinturas importantes de Antoon van Dyck. — Gabriel sorriu. — De verdade.

Sarah ligou para um amigo que trabalhava no departamento de marketing do Met e pediu duas entradas gratuitas. Estavam esperando por eles na mesa de informações no salão principal. Por meio das escadas, eles caminharam até a Galeria 617, uma sala dedicada a retratos barrocos. Continha quatro obras de Van Dyck, incluindo seu icônico retrato de Henrietta Maria, esposa do rei Carlos I. Gabriel tirou uma foto do rosto da rainha consorte e mostrou a Sarah.

— Craquelê — disse ela.

— Nota alguma coisa diferente nele?

— Não.

— Nem eu. É exatamente como o craquelê de Van Dyck deve ser. Mas, agora, olhe este. — Era o rosto da mulher desconhecida, a versão vendida por Julian e Sarah a Phillip Somerset. — O padrão do craquelê é diferente.

— É sutil — disse Sarah. — Mas, sim, tem diferença.

— É porque o falsificador está usando um agente endurecedor químico para envelhecer artificialmente a pintura. Ele produz um craquelê de quatro séculos em alguns dias. Mas não é o *tipo* certo de craquelê.

— Duas análises separadas declararam que nosso *Retrato de uma mulher desconhecida* é obra de Antoon van Dyck. Roma falou, Gabriel. O caso está encerrado.

— Mas as duas análises foram baseadas em opiniões de especialistas, não em ciência.

Sarah soltou um suspiro de frustração.

— Acho que você está vendo a coisa do jeito errado.

— E qual seria o jeito certo?

Ela fez um gesto para o retrato de Henrietta Maria.

— Talvez esse seja o falso.

— Não é.

— Tem certeza? — Sarah o levou para uma galeria adjacente. — E aquela paisagem? Tem certeza absoluta de que foi pintada por Claude Lorrain? Ou só está inclinado a acreditar nisso porque está exposta no Metropolitan?

— Vá direto ao ponto.

— O que quero dizer — respondeu Sarah num cochicho alto — é que ninguém sabe de verdade se todas as lindas obras de arte penduradas nos grandes museus do mundo são genuínas ou falsas. Muito menos os curadores e conservadores cultos empregados por instituições como esta. É o segredinho sujo de que ninguém fala. Ah, eles fazem tudo que podem para garantir a integridade de suas coleções. Mas a verdade é que são enganados o tempo todo. Uma estimativa diz que pelo menos vinte por cento dos quadros da National Gallery em Londres são obras incorretamente atribuídas ou falsificações de fato. E posso garantir que as estatísticas do mercado privado de arte são bem piores.

— Então, talvez devêssemos fazer alguma coisa para acabar com isso.

— Fazendo a Galerie Georges Fleury declarar falência? — Sarah balançou a cabeça devagar. — Péssima ideia, Gabriel.

— Por quê?

— Porque o que começa em Paris não vai ficar em Paris. Vai se espalhar pelo resto do mundo da arte como uma epidemia. Vai infectar as casas de leilão, os marchands, os colecionadores e os frequentadores comuns de museus como o Met. Ninguém, nem o mais virtuoso entre nós, vai ser poupado do estrago.

— E se Aiden Gallagher nos disser que a pintura é falsificada?

— Vamos buscar uma indenização discretamente e depois nos afastar e nunca mais falar do assunto. Senão, podemos estilhaçar a ilusão de que tudo o que brilha é ouro mesmo.

— Reluz — corrigiu Gabriel.

Franzindo a testa, Sarah checou o relógio.

— É oficialmente de tarde.

Eles voltaram ao Mandarin Oriental e se acomodaram na última mesa vazia do popular bar do lobby. Às 14h15, enquanto terminavam

DANIEL SILVA

o almoço, o celular de Sarah vibrou com uma chamada. Era da Equus Análises.

— Acho melhor *você* atender — disse ela.

Gabriel apertou ACEITAR na tela e levou o aparelho ao ouvido.

— Obrigado — disse ele, após um momento. — Mas não será necessário. Estamos a caminho.

Sarah pegou de volta o celular.

— *O que* não será necessário?

— Análise química adicional do pigmento.

— Por que não?

— Porque Aiden Gallagher descobriu várias fibras de lã polar de tom azul-marinho inseridas na pintura, inclusive em lugares que nunca foram retocados. Como o tecido foi inventado em Massachusetts em 1979, podemos dizer com segurança que Aelbert Cuyp não estava usando uma jaqueta ou um colete de lã em meados do século XVII. Ou seja...

— Georges Fleury me deve um milhão de euros.

Sarah trocou o voo deles, então subiu às pressas para pegar a mala. *Eles resolveriam o assunto discretamente*, pensou, *e nunca mais falariam naquilo*.

24

GALERIE FLEURY

O aplicativo de GPS do celular de Sarah estimou o tempo de trajeto de Columbus Circle a Westport, Connecticut, em noventa minutos. Mas Gabriel, ao volante do sedã alugado, conseguiu cobrir a distância em pouco mais de uma hora. A chamativa BMW Série 7 de Aiden Gallagher estava estacionada em frente à Equus Análises, e *Uma cena do rio com moinhos de vento distantes*, aderida a um novo chassi, estava na mesa de análises do laboratório. Ao lado da pintura, havia uma carta de duas páginas declarando que se tratava de uma falsificação moderna. E, ao lado do documento, três fotografias microscópicas apoiando a conclusão de Gallagher.

— Para ser sincero, fiquei meio surpreso de ter sido tão simples. Dada a qualidade das pinceladas, esperava mais. — Gallagher apontou os fios escuros de lã polar nas fotos. — É um erro muito amador.

— Tem alguma outra explicação possível para a presença dessas fibras? — perguntou Gabriel.

— Absolutamente nenhuma. Com isso, é melhor vocês se prepararem para Fleury ficar ofendidíssimo com minhas conclusões. — Gallagher olhou para Sarah. — Em minha experiência, a maioria dos marchands fica bastante indignado quando pedem que devolvam um milhão de euros.

— Estou bastante confiante de que Monsieur Fleury vai entender nosso lado. Especialmente quando ler seu relatório.

— Quando estão planejando confrontá-lo?

— Vamos a Paris hoje à noite. Aliás — disse Sarah, checando o relógio —, precisamos ir.

Ela preencheu um cheque dos 25 mil dólares finais da taxa de Gallagher enquanto Gabriel tirava *Uma cena do rio com moinhos de vento distantes* do chassi e o inseria enrolado na mala de mão. O embarque do voo da Air France começou às 18h45. Às 20h30, estavam sobrevoando o East End de Long Island.

— Lá está North Haven — comentou Sarah, apontando pela janela. — Acho até que dá para ver a casa de Phillip.

— Como será que Lindsay e ele se viram só com 2,8 mil metros quadrados?

— Você tem que ver a casa das montanhas Adirondack. — Ela abaixou a voz. — Uma vez, passei um fim de semana prolongado lá.

— Andando de caiaque e fazendo trilhas?

— Entre outras coisas. Phillip tem muitos brinquedos.

— Ele não ficou muito tempo com o Van Dyck, mesmo.

— Algumas pessoas compram casas para revender, Phillip faz isso com pinturas.

Sarah aceitou uma taça de champanhe da comissária e insistiu para Gabriel também pegar uma.

— A que vamos brindar? — perguntou ele.

— A ter evitado um desastre.

— Certamente, é o que espero — disse Gabriel, deixando sua taça intocada.

Alguns minutos depois das nove na manhã seguinte, o avião desceu de um céu sem nuvens e pousou em uma pista do Aeroporto Charles de Gaulle. Depois de passar pelo controle de passaporte e pela alfândega,

RETRATO DE UMA MULHER DESCONHECIDA

Gabriel e Sarah entraram um táxi e foram para o centro de Paris. A primeira parada foi a Brasserie L'Alsace, na avenida Champs-Élysées, onde, às 10h45, Gabriel deu seu primeiro telefonema para a Galerie Georges Fleury. Não foi atendido, assim como o segundo. Mas na terceira vez em que ele tentou, Bruno, o recepcionista, atendeu. De novo como Ludwig Ziegler, consultor de arte da renomada violinista suíça Anna Rolfe, Gabriel exigiu falar imediatamente com Monsieur Fleury.

— Sinto muito, mas Monsieur Fleury está com outro cliente.

— É imperativo que eu o veja agora mesmo.

— Posso perguntar do que se trata?

— *Uma cena do rio com moinhos de vento distantes.*

— Talvez eu possa ajudar.

— Tenho bastante certeza de que não.

O recepcionista colocou a ligação em espera. Passaram-se dois minutos antes de ele voltar à linha.

— Monsieur Fleury o receberá às 14h — anunciou ele, e a ligação ficou muda.

O que deixava Gabriel e Sarah com três longas horas para matar. Eles tomaram café na Brasserie L'Alsace até o meio-dia, depois subiram a Champs-Élysées para um almoço demorado no Fouquet. Então, atravessaram a avenida e, arrastando as malas, ficaram vendo as vitrines a caminho da rue la Boétie. Eram exatamente 14h quando chegaram à Galerie Georges Fleury. Gabriel estendeu a mão machucada para o interfone, mas a fechadura automática se abriu antes de ele poder colocar o indicador no botão. Ele abriu a porta pesada de vidro e entrou atrás de Sarah.

O vestíbulo estava vazio, exceto pelo busto de bronze em tamanho real de um jovem grego ou romano empoleirado em seu pedestal de mármore preto. Gabriel chamou o nome de Fleury e, sem ter resposta, levou Sarah até a sala de exposições do térreo. Também estava desabitada. A grande pintura rococó mostrando uma Vênus nua e três jovens damas

DANIEL SILVA

havia sumido, bem como a cena veneziana atribuída a um seguidor de Canaletto. Não havia quadros novos em seu lugar.

— Parece que Monsieur Fleury vende bem — comentou Sarah.

— As duas pinturas que estão faltando são falsificações — respondeu Gabriel, e foi na direção do escritório de Fleury. Lá, achou o marchand sentado à sua escrivaninha, o rosto voltado para o teto e a boca aberta. A parede atrás dele estava salpicada de sangue ainda úmido e massa encefálica, resultado de dois ferimentos de bala recentes à queima-roupa no meio da testa. O jovem deitado no chão também tinha levado tiros de perto — dois no peito e pelo menos um na cabeça. Como Georges Fleury, estava claramente morto.

— Deus do céu — sussurrou Sarah da porta aberta.

Gabriel não respondeu; seu telefone estava tocando. Era Yuval Gershon, ligando de seu escritório na sede da Unidade 8200 nos arredores de Tel Aviv. Ele não se deu ao trabalho de uma saudação.

— Alguém ligou o celular da idosa morta mais ou menos às 13h30, horário local. Entramos há alguns minutos.

— Onde está?

— No oitavo *arrondissement* de Paris. Na rue la Boétie.

— Estou no mesmo local.

— Eu sei — disse Yuval. — Aliás, parece que vocês talvez estejam na mesma sala.

Gabriel desligou e localizou o número de Valerie Bérrangar em sua lista de chamadas recentes. Ele começou a digitar, mas parou quando seu olho de profissional caiu na maleta Tumi com lateral de alumínio, 52x77x28cm, no canto do escritório atulhado. Era possível que Monsieur Fleury estivesse planejando uma viagem no momento que morreu, mas a explicação mais provável era que a maleta contivesse uma bomba.

Uma bomba, pensou Gabriel, *que seria detonada com uma ligação para o celular de Madame Bérrangar.*

Ele não se preocupou em explicar algo a Sarah. Só segurou o braço dela e a puxou pela sala de exibições até a entrada da galeria. A porta de vidro estava trancada, e o controle remoto havia sumido da mesa

RETRATO DE UMA MULHER DESCONHECIDA

do recepcionista. Gabriel tinha que admitir, era uma obra-prima de planejamento e execução. Mas, também, ele não esperaria menos do que isso. Afinal, eram profissionais.

Contudo, até os mais experientes, pensou ele, de repente, *cometiam erros.* O deles foi o busto de bronze em tamanho real de um jovem grego ou romano empoleirado em seu pedestal de mármore preto. Gabriel levantou o objeto pesado acima da cabeça e, ignorando a dor lancinante na mão, arremessou-o contra a porta de vidro da Galerie Georges Fleury.

Parte Dois

ESBOÇO

25

QUAI DES ORFÈVRES

Talvez não seja surpreendente que a polícia francesa tenha imaginado o pior quando, às 14h01 de uma tarde agradável de primavera, o elegante oitavo *arrondissement* de Paris tremeu com o estrondo de uma explosão. As primeiras unidades chegaram à cena momentos depois e viram uma galeria de Velhos Mestres engolida pelas chamas. Mesmo assim, os oficiais se sentiram encorajados pelo fato de que não parecia haver perda de vidas de grande escala que se associava com ataques terroristas jihadistas. Na verdade, à primeira vista, a única vítima parecia ser o busto de bronze em tamanho real de um jovem grego ou romano caído na calçada, cercado por cubos azul-acinzentados de vidro temperado. Um investigador veterano, após saber as circunstâncias nas quais o pesado *objet d'art* saíra da galeria, declararia que era o primeiro caso documentado nos anais do crime francês de alguém arrombando uma galeria de arte para *sair* dela.

Os autores desse ato absolutamente incomum — um homem de meia-idade avançada e uma mulher atraente de cabelos claros de quarenta e poucos anos — se entregaram à polícia minutos após a explosão. E, às 14h45, depois de uma série de ligações apressadas e incrédulas entre oficiais sêniores da inteligência e da segurança francesas, eles foram colocados no banco traseiro de um Peugeot descaracterizado e levados ao número 36 do Quai des Orfèvres, a icônica sede da divisão criminal da Police Nationale.

DANIEL SILVA

Lá, foram separados e tiveram seus objetos pessoais recolhidos. A bolsa e a mala da mulher não continham algo de incomum, mas seu companheiro estava em posse de vários itens notáveis. Entre eles, um passaporte alemão falso, um celular Solaris de fabricação israelense, um *permesso di soggiorno* italiano, uma pintura sem moldura nem chassi, documentos da Galerie Georges Fleury e da Equus Análises, e uma carta escrita à mão por certa Valerie Bérrangar a Julian Isherwood, dono e proprietário da Isherwood Fine Arts, Mason's Yard, 7–8, St. James's, Londres.

Às 15h30, os itens foram dispostos na mesa da sala de interrogatório para a qual o homem de meia-idade avançada foi levado. Também estava presente uma criatura elegante de cerca de cinquenta anos vestida com um terno caro de banqueiro. Estendendo a mão cordialmente como cumprimento, ele se apresentou como Jacques Ménard, comandante do Escritório Central para a Luta contra o Tráfico de Bens Culturais. O homem sorriu ao se sentar. Definitivamente, soava melhor em francês.

Jacques Ménard abriu o passaporte alemão.

— Johannes Klemp?

— Um homenzinho ressentido por ser tão insignificante — disse Gabriel. — Detestado por donos de hotel e de restaurantes de Copenhagen ao Cairo.

— Os alemães sabem que você está abusando de um dos passaportes deles?

— Do meu ponto de vista, me permitir viajar de vez em quando com um dos passaportes deles é o mínimo que os alemães podem fazer.

Ménard pegou o celular Solaris.

— É tão seguro quanto dizem?

— Espero que você não tenha tentado desbloquear. Vou ficar cego tentando recarregar meus contatos.

Ménard pegou os documentos de venda da Galerie Georges Fleury.

— *Aquela* Anna Rolfe?

— Ela estava na cidade no fim de semana passado. Eu a peguei emprestada por umas horas.

— Ela gosta de Aelbert Cuyp?

— Não é um Cuyp. — Gabriel empurrou o relatório da Equus Análises pela mesa. — É uma falsificação. E foi por isso que eu o comprei.

— Você sabe se uma pintura é falsificada só de olhar?

— Você não?

— Não — admitiu Ménard. — Não sei, mas acho que podemos começar por aqui. — Ele indicou a carta escrita à mão. — Por Madame Bérrangar.

— Vamos, sim — concordou Gabriel. — Afinal, se você tivesse levado a sério a reclamação dela sobre *Retrato de uma mulher desconhecida*, ela ainda estaria viva.

— Madame Bérrangar morreu em um acidente de carro sozinha.

— Não foi acidente, Ménard. Ela foi assassinada.

— Como você sabe?

— Pelo celular dela.

— O que tem ele?

— Quem fez a bomba o usou para disparar o detonador.

— Acho melhor começarmos do começo — sugeriu Ménard.

Sim, concordou Gabriel. Era melhor.

O relato de Gabriel de sua investigação sobre a procedência e a autenticidade de *Retrato de uma mulher desconhecida* foi cronológico na sequência e preciso no conteúdo. Começou com a visita infeliz de Julian a Bordeaux e terminou com a destruição da Galerie Georges Fleury e o assassinato brutal do proprietário e de seu assistente. Ele deixou de fora de seu briefing qualquer menção à sua visita a certa loja de antiguidades na rue de Miromesnil e a ajuda recebida de Yuval Gershon, da Unidade 8200. Ele também não divulgou o nome do abastado investidor de arte estadunidense que comprara *Retrato de uma mulher desconhecida* da Isherwood Fine Arts — só falou que o quadro já tinha sido revendido

DANIEL SILVA

a outro comprador não identificado e que a questão fora resolvida de forma satisfatória para todos os envolvidos.

— É um Van Dyck ou não? — quis saber Ménard.

— A casa de leilão que intermediou a venda diz que é.

— Então, sua investigação foi uma perda de tempo? É isso que está dizendo?

— A morte de Valerie Bérrangar e os acontecimentos desta tarde sugerem o contrário. — Gabriel baixou o olhar para a falsificação. — E este quadro também.

— Você esperava mesmo que Georges Fleury devolvesse o dinheiro com base nas conclusões de um único especialista?

— O especialista em questão é considerado o melhor do mundo. Eu estava confiante de que convenceria Fleury a aceitar as conclusões e reembolsar o valor.

— Estava planejando ameaçá-lo?

— Eu? Jamais.

Ménard não conseguiu evitar um sorriso.

— E tem certeza de que Fleury estava morto quando você e Madame Bancroft chegaram à galeria?

— Bastante certeza — respondeu Gabriel. — Bruno Gilbert também.

— Nesse caso, quem abriu a porta para vocês?

— O assassino, claro. Ele destrancou a porta usando o controle remoto que costuma ficar na recepção. Felizmente, esperou quinze segundos a mais do que deveria antes de ligar para o telefone de Valerie Bérrangar.

— Como você...

— Não importa como eu sei — interrompeu Gabriel. — A única coisa que importa é que, agora, você tem provas para ligar o assassinato dela ao bombardeio da galeria.

— A identificação e o chip do celular?

Gabriel fez que sim.

— Só se tiverem sobrevivido à detonação. Mesmo assim, foi bem imprudente da parte dele, não acha?

— Quase tanto quanto deixar aquele busto de bronze ao lado da porta. O homem que o contratou deve ter pensado que eu acharia suspeito se não estivesse lá. Afinal, eu vi três falsificações alguns minutos depois de pôr o pé naquela galeria. — Gabriel abaixou a voz. — Por isso, eu tinha que morrer.

— Por ser uma ameaça a uma gangue de falsificadores? — perguntou Ménard, cético.

— Não é uma gangue tradicional. É uma empreitada comercial sofisticada que está inundando o mercado de arte com falsificações de alta qualidade. E o líder está ganhando dinheiro suficiente para contratar profissionais para eliminar quem o ameaça.

Ménard fingiu estar refletindo.

— Teoria interessante, Allon, mas você não tem provas.

— Se você tivesse escutado Madame Bérrangar, teria todas as provas de que precisa.

— Eu escutei — insistiu Ménard. — Mas Fleury me garantiu que não tinha algo de errado com a obra que ele vendeu a Monsieur Isherwood, que era um caso simples de duas cópias do mesmo retrato.

— E você acreditou?

— Georges Fleury era um membro respeitado da comunidade artística de Paris. Minha unidade nunca recebeu uma única reclamação dele.

— É porque as falsificações que ele vendia eram boas o bastante para enganar os melhores olhos do mundo da arte. Com base no que vi do trabalho do falsificador, ele não deixa nada a desejar aos Velhos Mestres.

— Pelo que ouvi dizer, você mesmo não é nada mau, Allon. Um dos melhores restauradores de arte do mundo. Pelo menos, é o que dizem os boatos.

— Mas eu uso meu talento para reparar pinturas. — Gabriel deu uma batidinha na superfície da falsificação. — Este homem está criando obras inteiramente novas que parecem ter sido executadas por alguns dos maiores artistas de todos os tempos.

— Você tem alguma ideia de quem possa ser?

— Você é o investigador, Ménard. Com certeza, se esforçando, vai conseguir encontrá-lo.

— E quem é você hoje em dia, Allon?

— Eu sou diretor do departamento de pinturas da Companhia de Restaurações Tiepolo. E, agora, gostaria de voltar para casa.

Ménard insistiu em ficar com a pintura falsificada e as cópias originais dos documentos, incluindo a carta de Valerie Bérrangar. Gabriel, que não estava em posição de fazer exigências, pediu só anonimato — para ele e para a Isherwood Fine Arts.

O francês esfregou o queixo, sem querer se comprometer.

— Você sabe como são essas coisas, Allon. Inquéritos criminais são difíceis de controlar. Mas não se preocupe com o passaporte alemão, vai ser nosso segredinho.

A essa altura, eram quase 20h. Ménard escoltou Gabriel até o pátio no térreo, onde Sarah esperava no banco de trás do mesmo Peugeot descaracterizado. O carro os levou à Gare du Nord a tempo de embarcar no último Eurostar da noite para Londres.

— No fim das contas — disse Sarah —, uma reviravolta bastante desastrosa.

— Poderia ter sido pior.

— Muito pior — concordou ela. — Mas por que as coisas sempre explodem quando estou perto de você?

— Parece que eu acabo irritando algumas pessoas.

— Mas não Jacques Ménard?

— Não — respondeu Gabriel. — A gente se dá muitíssimo bem.

— Lá se vai a ideia de lidar com o assunto discretamente. Mas, no fim, acho que você conseguiu exatamente o que queria.

— Que seria?

— Uma investigação formal por parte da polícia francesa.

— Ninguém vai ser poupado?

— Ninguém — disse Sarah, fechando os olhos. — Nem você.

26

SAN POLO

Durante o resto daquele glorioso mês de abril, enquanto a polícia e os promotores franceses peneiravam as ruínas da Galerie Georges Fleury, o mundo artístico observava horrorizado, prendendo coletivamente a respiração. Os que conheciam bem Fleury foram cautelosos nos comentários, em particular e, em especial, a imprensa. E aqueles que tinham feito negócios com ele diziam pouco ou nada. O diretor do Museu d'Orsay chamou de o mês mais agitado para as artes na França desde que os alemães entraram em Paris em junho de 1940. Vários comentaristas criticaram o comentário, dizendo que era insensível, mas poucos discordaram da opinião.

Como *l'affaire* Fleury incluía uma bomba e dois cadáveres, a divisão de crimes graves da Police Nationale — o chamado Diretório Central da Polícia Judicial — controlava a investigação, com os detetives de arte de Jacques Ménard relegados a um papel coadjuvante. Repórteres criminais veteranos imediatamente sentiram que havia algo estranho, já que suas fontes no Quai des Orfèvres pareciam incapazes de responder até as perguntas mais básicas sobre o inquérito.

"A *police judiciaire* tinha alguma pista sobre o paradeiro atual do homem que disparou a bomba?"

"Se tivéssemos", veio a resposta concisa do Quai des Orfèvres, "ele já estaria preso."

DANIEL SILVA

"Era verdade que Fleury e seu assistente foram mortos antes de a bomba explodir?"

"O Quai des Orfèvres não está em posição de responder."

"O motivo era roubo?"

"O Quai des Orfèvres estava investigando várias frentes."

"Havia outros envolvidos?"

"O Quai des Orfèvres não havia descartado qualquer coisa."

"E o homem de meia-idade avançada e a mulher atraente de cabelos claros que tinham sido vistos arrombando a galeria para sair segundos antes de a bomba ser detonada?"

De novo, o Quai des Orfèvres foi esquivo. "Sim, a polícia estava ciente dos relatos de testemunhas e estava investigando", respondeu. Por enquanto, não havia algo a dizer sobre a questão, já que fazia parte de uma investigação em andamento.

Gradualmente, a imprensa foi ficando frustrada e buscou pastos mais verdes. O fluxo de novas revelações se desacelerou, começou a gotejar e secou por completo. Os habitantes do mundo da arte soltaram discretamente um suspiro coletivo de alívio. Com a reputação e a carreira intactas, eles seguiram como se nada tivesse acontecido.

Também era o caso, em menor grau, do homem de meia-idade avançada. Por vários dias após seu retorno a Veneza, ele tentou poupar a esposa dos detalhes de seu mais recente encontro com a morte. Revelou a verdade tentando, com sucesso limitado, reproduzir com precisão na tela suas íris salpicadas de mel e dourado. A tarefa foi dificultada pela luz de fim de tarde caindo na parte inferior do seio esquerdo dela.

— Você violou todas as regras possíveis de espionagem — repreendeu ela. — O agente de campo sempre controla o ambiente. E nunca permite que o alvo marque o horário de uma reunião.

— Eu não estava interrogando um agente infiltrado nos becos de Beirute Ocidental. Estava tentando devolver uma pintura falsificada a um marchand corrupto no oitavo *arrondissement* de Paris.

— Eles vão tentar de novo?

— Me matar? Duvido muito.

— Por que não?

RETRATO DE UMA MULHER DESCONHECIDA

— Porque eu contei tudo que sei aos franceses. De que adiantaria?

— De que adiantaria tentar matá-lo para começo de conversa?

— Ele tem medo de mim.

— Quem?

— Você precisa parar de falar. — Ele pôs tinta no pincel e o colocou na tela. — Quando você abre a boca, o formato dos seus olhos muda.

Ela pareceu não o ouvir.

— Sua filha sonhou com sua morte enquanto você estava fora. Um pesadelo horrível. E bem profético, no fim das contas.

— Por quê?

— Você estava deitado em uma calçada quando morreu.

— Ela devia estar sonhando com Washington.

— O sonho dela foi diferente.

— Em que sentido?

— Você não tinha braços nem pernas.

Naquela noite, Gabriel teve o mesmo sonho. Era tão vívido que ele não ousava voltar a fechar os olhos por medo de que voltasse. Foi ao estúdio e terminou a pintura de Chiara em algumas horas febris de trabalho ininterrupto.

À luz plena da manhã, ela declarou que era a melhor peça que ele produzira em anos.

— Me lembra um Modigliani.

— Vou aceitar como elogio.

— Você se inspirou nele?

— É difícil não se inspirar.

— Você conseguiria pintar um?

— Um Modigliani? Sim, claro.

— Gosto daquele que foi comprado por 170 milhões em um leilão há alguns anos.

O quadro em questão era *Nu reclinado*. Gabriel começou a trabalhar nele depois de deixar as crianças na escola e terminou dois dias depois, escutando o novo CD de Anna Rolfe. Então, produziu uma segunda

DANIEL SILVA

versão do quadro, com uma mudança de perspectiva e um rearranjo sutil da pose da mulher. Assinou com a assinatura distinta de Modigliani, no canto direito superior da tela.

— Obviamente, sua mão não sofreu danos permanentes — comentou Chiara.

— Pintei com a esquerda.

— É impressionante. É igualzinho a um Modigliani.

— *É* um Modigliani. Ele só não pintou.

— Enganaria alguém?

— Com uma tela e um chassi modernos, não. Mas, se eu achasse uma tela similar ao tipo que ele usava em Montmartre em 1917 e conseguisse engendrar uma procedência convincente...

— Você poderia levar ao mercado como um Modigliani perdido?

— Exato.

— Quanto conseguiria por ele?

— Uns duzentos, eu diria.

— Mil?

— Milhões. — Gabriel colocou a mão no queixo, reflexivo. — A questão é: o que vamos fazer com ele?

— Queimar — disse Chiara. — E não mais ouse pintar outro.

Contrariando a ordem de Chiara, Gabriel pendurou os dois Modiglianis no quarto deles e voltou mais uma vez à sua vida tranquila e descontraída de semiaposentado. Deixava as crianças na escola todos os dias às 8h e as buscava às 15h30. Visitava o Mercado Rialto para comprar os ingredientes do jantar da família, lia livros densos e ouvia música em seu novo sistema de som britânico. E, se estivesse com vontade, pintava. Um Monet um dia, um Cézanne no outro, uma reinterpretação belíssima do *Autorretrato com a orelha cortada* de Vincent que, se não fossem a tela e a paleta modernas de Gabriel, teria incendiado o mundo da arte.

Ele acompanhava as notícias de Paris com emoções conflitantes. Ficou aliviado pelo Quai des Orfèvres ter achado bom esconder seu papel no caso e por seus velhos amigos Sarah Bancroft e Julian Isherwood não terem sofrido danos a suas reputações. Mas, quando se passaram mais três semanas sem prisões — e sem sugestões na imprensa de que a Galerie Georges Fleury estava inundando o mercado com pinturas produzidas por um dos maiores falsificadores de arte da história —, Gabriel chegou à conclusão perturbadora de que havia um dedinho ministerial pesando a balança da justiça francesa.

A chegada do Bavaria C42 foi uma grata distração. Gabriel fez algumas saídas de teste nas águas protegidas da *laguna*. Logo, no primeiro sábado de maio, a família Allon velejou até Trieste para jantar. Durante a volta à luz das estrelas, Gabriel revelou que Sarah Bancroft lhe oferecera um trabalho pequeno, mas lucrativo. Chiara sugeriu que, em vez de aceitar, ele executasse algo original. Ele, então, começou a trabalhar em uma natureza-morta à la Picasso, depois a enterrou sob uma versão de *Retrato de Vincenzo Mosti*, de Ticiano. Francesco Tiepolo declarou que era uma obra-prima e aconselhou Gabriel a nunca mais produzir outra.

Ele discordou da avaliação positiva de Francesco sobre a pintura — não era de forma alguma uma obra-prima, não segundo os altíssimos padrões de Ticiano —, então, ele cortou a tela do chassi e a queimou. Na manhã seguinte, depois de deixar as crianças na escola, foi ao Bar Dogale para pensar em como desperdiçar as horas remanescentes do dia. Enquanto tomava *un'ombra*, uma tacinha de *vino bianco* consumida pelos venezianos no café da manhã, uma sombra pairou sobre sua mesa. Era lançada por ninguém menos que Luca Rossetti, do Esquadrão da Arte. No rosto dele, havia apenas um levíssimo rastro dos ferimentos sofridos cerca de seis semanas antes. Ele trazia uma mensagem de Jacques Ménard, da Police Nationale.

— Ele queria saber se você está livre para ir a Paris.

— Quando?

— Você tem uma passagem no voo da Air France de 12h40.

— Hoje?

— Tem algo mais urgente na sua agenda, Allon?

DANIEL SILVA

— Depende se Ménard pretende me prender no minuto que eu descer do avião.

— Infelizmente, não.

— Nesse caso, por que ele quer me ver?

— Quer mostrar uma coisa para você.

— Ele falou o que é?

— Não — respondeu Rossetti. — Mas falou que pode ser bom você levar uma arma.

27

MUSEU DO LOUVRE

Jacques Ménard o esperava no portão de desembarque do Charles de Gaulle quando Gabriel emergiu do *finger*, uma mala de mão pendurada no ombro, uma Beretta 9mm pressionada de forma reconfortante contra a base da coluna. Depois de uma jornada expressa pelo controle de passaportes, eles entraram no banco traseiro de um sedã descaracterizado e foram na direção do centro de Paris. Ménard recusou-se a divulgar o destino.

— Da última vez que alguém me surpreendeu em Paris, não acabou lá muito bem.

— Fique tranquilo, Allon. Acho que você vai até gostar.

Eles seguiram a A1, passando pelo Stade de France, depois pegaram a direção oeste no boulevard Périphérique, o rodoanel de alta velocidade de Paris. Cinco minutos depois, o Palácio Élysée apareceu diante deles.

— Você devia ter me avisado — disse Gabriel. — Eu teria vestido algo mais apropriado.

Ménard sorriu enquanto seu motorista acelerava em frente ao palácio presidencial e virava à esquerda na Champs-Élysées. Antes de chegar à place de la Concorde, eles entraram um túnel e seguiram o Jardin des Tuileries até a Pont du Carrousel. Uma virada à direita os teria feito atravessar o Sena até o Quartier Latin. Em vez disso, dobraram à

DANIEL SILVA

esquerda e, depois de passar por baixo de um arco enfeitado, frearam no imenso pátio central do museu mais famoso do mundo.

— O Louvre?

— Sim, claro. Aonde você achou que eu estava levando você?

— A algum lugar um pouco mais perigoso.

— Se está atrás de perigo — disse Ménard —, sem dúvida viemos ao lugar certo.

Uma jovem com os braços e as pernas alongados de uma bailarina de Degas recebeu Gabriel e Ménard em frente à icônica pirâmide de vidro e aço de I.M. Pei e, sem dizer uma palavra sequer, escoltou-os pelo imenso Cour Napoléon e por uma porta reservada a funcionários do museu. Dois seguranças uniformizados os esperavam do outro lado. Nenhum deles pareceu notar quando Gabriel disparou o magnetômetro.

— Por aqui, por favor — disse a mulher, e os levou por um corredor ladeado de luz fluorescente. Após uma caminhada de meio quilômetro, eles chegaram à entrada do Centro Nacional de Pesquisa e Restauração, a instalação mais cientificamente avançada do mundo para conservação e autenticação de obras de arte. Seu inventário de tecnologia de ponta incluía um acelerador de partículas eletrostático que permitia que os pesquisadores determinassem a composição química de um objeto sem a necessidade de uma amostra potencialmente danificadora.

A mulher digitou a senha no teclado, e Ménard entrou com Gabriel. O laboratório com jeito de catedral estava tomado por um ar de abandono súbito.

— Pedi para o diretor fechar mais cedo para termos privacidade.

— Para fazer o quê?

— Olhar um quadro, Allon. O que mais?

O objeto em questão estava pousado em um cavalete do laboratório, coberto por uma baeta preta. Ménard removeu o tecido e revelou um retrato de corpo inteiro de uma Lucrécia nua enfiando uma adaga no centro do peito.

— Lucas Cranach, o Velho? — perguntou Gabriel.

— É o que diz na placa.

— De onde veio?

— De onde você acha?

— Da Galerie Georges Fleury?

— Sempre me disseram que você era bom, Gabriel.

— E onde Monsieur Fleury o encontrou?

— Em uma coleção francesa muito antiga e proeminente — respondeu Ménard, duvidoso. — Quando Fleury mostrou a um curador do Louvre, falou que, provavelmente, era obra de um seguidor tardio de Cranach. O curador teve outras ideias e trouxe para avaliar aqui no centro. Com certeza, você imagina o resto.

— A instalação mais avançada do mundo para restauração e autenticação de pinturas declarou que era uma obra de Lucas Cranach, o Velho, não de um seguidor tardio.

Ménard fez que sim com a cabeça.

— Mas, espere, fica melhor.

— Como isso é possível?

— Porque o presidente do Louvre declarou que era um tesouro nacional e pagou 9,5 milhões de euros para garantir que permanecesse na França.

— E agora está se perguntando se a obra é de Cranach ou de um crápula?

— Por assim dizer. — Ménard acendeu uma lâmpada halógena. — Você se importa de dar uma olhada?

Gabriel foi até o carrinho de aço inoxidável mais próximo e, depois de um momento procurando, encontrou uma lupa profissional. Usou para analisar a pincelada e o craquelê. Logo se afastou do quadro e colocou a mão no queixo, reflexivo.

— E então? — perguntou Ménard.

— É o melhor Lucas Cranach, o Velho, que já vi.

— Que bom, fico mais tranquilo.

DANIEL SILVA

— Não fique — disse Gabriel.

— Por que não?

— Porque Lucas Cranach, o Velho, não o pintou.

— Quantos mais existem? — perguntou Ménard. — Todos vieram da Galerie Georges Fleury com uma procedência similar e a mesma atribuição incerta. E os especialistas do Centro Nacional de Pesquisa e Restauração, após uma avaliação cuidadosa, declararam que todos os três eram obras recém-descobertas feitas pelos próprios mestres.

— Algo bom?

— Um Frans Hals, um Gentileschi e o Van der Weyden mais incrível que você já viu na vida.

— Você é admirador de Rogier?

— Quem não é?

— Você ficaria surpreso.

Estavam sentados a uma mesa do Café Marly, o restaurante estiloso do Louvre. O sol se pondo incendiava os painéis de vidro da pirâmide, a luz ofuscava os olhos de Gabriel.

— Você tem treinamento formal? — perguntou ele.

— Como historiador de arte? — Ménard fez que não com a cabeça. — Mas quatro dos meus oficiais têm pós-graduação pela Sorbonne. Minha experiência é em fraude e lavagem de dinheiro.

— Deus sabe que não tem isso no mundo da arte.

Sorrindo, Ménard pegou três fotos de um envelope pardo — um Frans Hals, um Gentileschi e um belíssimo retrato de Rogier van der Weyden.

— Foram adquiridas pelo Louvre ao longo de dez anos. O Van der Weyden e o Cranach foram comprados durante o mandato do presidente atual, o Frans Hals e o Gentileschi, por recomendação dele quando era diretor do departamento de pinturas.

— Ou seja, as digitais dele estão nas quatro obras.

— Evidentemente, Monsieur Fleury e ele eram bem próximos. — Baixando a voz, Ménard adicionou: — Próximos o suficiente para gerar boatos.

— Propinas?

Ménard deu de ombros, mas ficou em silêncio.

— Tem alguma verdade nisso?

— Eu não teria como saber. Veja, o Escritório Central para a Luta contra o Tráfico de Bens Culturais recebeu ordens de não investigar o assunto.

— E se as quatro pinturas forem falsificações?

— A instalação mais avançada do mundo para conservação e autenticação de arte determinou que são genuínas. Portanto, exceto por uma confissão em vídeo por parte do falsificador, o Louvre vai defender suas conclusões.

— Nesse caso, por que me pediu para vir a Paris?

Ménard tirou outra foto do envelope e a colocou sobre a mesa.

28

CAFÉ MARLY

Nada no homem da foto sugeria que ele deveria estar perto de uma galeria de arte de Velhos Mestres no elegante oitavo *arrondissement* de Paris. Nem o boné sem logo puxado bem para baixo, cobrindo a testa. Nem os óculos de sol tipo máscara. Nem a barba falsa colada no rosto. E, com certeza, nem a maleta Tumi com lateral de alumínio, 52x77x28cm, que ele arrastava pelas calçadas da rue la Boétie. Ele tinha uma compleição robusta, tamanho atarracado, atitude confiante. Um atleta em seu auge, talvez ex-soldado. Para se proteger do frio de início da primavera, usava um sobretudo sem graça e luvas de couro — presumivelmente para não deixar digitais na alça da maleta nem no táxi que estava se afastava do meio-fio.

O registro do horário na foto dizia 13:39:35. Jacques Ménard entregou uma segunda imagem a Gabriel, capturada no mesmo instante.

— A primeira foto veio da câmera do *tabac* do outro lado da rua. A segunda é do mercado Monoprix a algumas portas de distância.

— Nada de suas câmeras de segurança?

— É Paris, Allon. Temos umas duas mil câmeras em áreas com alto trânsito de turistas e em torno de prédios governamentais sensíveis. Mas nossa cobertura tem lacunas. O homem na foto as explorou.

— Onde ele pegou o táxi?

— Em uma pequena comuna a leste de Paris, do *département* de Seine-en-Marne. Meus colegas do Quai des Orfèvres não conseguiram determinar como ele chegou lá.

— Acharam o motorista?

— É um imigrante da Costa do Marfim. Diz que o cliente falava francês como um nativo e pagou a corrida em dinheiro.

— Ele está limpo?

— O motorista? — Ménard fez que sim. — Nenhum problema.

Gabriel baixou o olhar para a segunda foto. Mesmo registro de horário, ângulo ligeiramente diferente. Um pouco como sua recriação do *Nu reclinado* de Modigliani, pensou.

— Quanto tempo ele ficou lá dentro?

Ménard pegou mais duas fotos do envelope. A primeira mostrava o homem saindo da galeria às 13:43:34. A segunda o mostrava sentado a uma mesa da Brasserie Baroche. Ficava a cerca de quarenta metros da galeria, na esquina da rue la Boétie com a rue de Ponthieu. O registro de horário era 13:59:46. O assassino olhava para o objeto em sua mão. Era o controle remoto da porta que ele pegara da mesa de Bruno Gilbert.

— Madame Bancroft e você chegaram à galeria vindos da direção oposta. — Ménard mostrou uma foto da chegada de Gabriel e Sarah, como se para provar o que estava dizendo. — Se não, teriam passado por ele.

— Aonde ele foi depois?

— Pegou um táxi para o décimo sexto, deu uma longa caminhada agradável pelo Bois de Boulogne e, aí, *puf*, desapareceu.

— Bem profissional.

— Nossos especialistas em explosivos ficaram bem impressionados com a bomba dele.

— Conseguiram identificar o celular que ele usou para disparar a detonação?

— Dizem que não.

DANIEL SILVA

— Tenho certeza de que o celular de Valerie Bérrangar estava dentro daquela galeria.

— Meus colegas do Quai des Orfèvres têm suas dúvidas sobre isso. Além do mais, estão inclinados a aceitar a conclusão dos gendarmes de que Valerie Bérrangar morreu como resultado de um acidente automobilístico infeliz.

— Que bom que resolvemos isso. O que mais o Quai des Orfèvres concluiu?

— Que os dois homens que tentaram roubar a maleta de Monsieur Isherwood, provavelmente, eram ladrões comuns.

— E os homens que reviraram o quarto dele no InterContinental?

— Segundo o chefe de segurança do hotel, não existem.

— Alguém se deu ao trabalho de checar o vídeo interno?

— Aparentemente, foi apagado.

— Por quem?

— O Quai des Orfèvres não sabe.

— *Quem* sabe? — perguntou Gabriel.

Ménard respirou fundo antes de responder.

— A conclusão do Quai des Orfèvres é que o assassinato de Georges Fleury e a destruição da galeria dele foram resultado de um esquema de desfalque de Bruno Gilbert e do homem da maleta.

— Tem alguma prova sequer para apoiar essa bobajada?

— Algumas horas antes de Madame Bancroft e você chegarem, alguém transferiu o saldo total da conta da galeria no Société Générale para a conta de uma empresa de fachada anônima nas Ilhas do Canal. Ela, então, transferiu para a conta de outra empresa de fachada anônima nas Bahamas, que, por sua vez, transferiu para a conta de outra empresa de fachada anônima nas Ilhas Cayman. E aí...

— *Puf*?

Ménard fez que sim.

— De quanto dinheiro estamos falando?

— Doze milhões de euros. O Quai des Orfèvres tem a opinião de que o homem da bomba queria ficar com tudo.

RETRATO DE UMA MULHER DESCONHECIDA

— Limpo e simples — disse Gabriel. — E bem mais palatável do que um escândalo envolvendo vários milhões de euros em falsificações penduradas nas paredes do museu mais famoso do mundo.

— Trinta e quatro milhões de euros, para ser exato. E tudo precisou ser arrecadado com fontes externas. Se viesse a público, a reputação de uma das instituições mais adoradas da França ficaria seriamente arruinada.

— E não podemos aceitar isso — falou Gabriel.

— *Non* — concordou Ménard.

— Mas como Sarah e eu nos encaixamos nessa teoria?

— Vocês dois nunca estiveram lá, lembra?

Gabriel mostrou a foto da chega deles à galeria.

— E o que acontece caso isso venha a público?

— Não se preocupe, Allon. Não tem chance de acontecer.

Gabriel colocou a foto em cima das outras.

— Vai até que hierarquia?

— O quê?

— O acobertamento.

— Acobertamento é uma palavra feia, Allon. Muito *américain*.

— *La conspiration du silence.*

— Bem melhor.

— O diretor da Police Nationale? O comissário?

— Ah, não — respondeu Ménard. — Bem mais alto do que isso. Os ministros do Interior e da Cultura estão envolvidos. Talvez até *le Palais*.

— Você não aprova?

— Sou um servo leal da república francesa. Mas também tenho consciência.

— Eu ouviria sua consciência.

— Nunca violou a sua?

— Eu era agente de inteligência — disse Gabriel, sem elaborar.

— E eu sou oficial sênior da Police Nationale e obrigado a seguir ao pé da letra as ordens de meus superiores.

— E se desobedecesse?

DANIEL SILVA

— Eu seria demitido. *Avec la guillotine.* — Ménard inclinou a cabeça para oeste. — *A la place de la Concorde.*

— E um vazamento para um repórter amigo no *Le Monde?*

— Um vazamento de que, exatamente? Uma reportagem sobre um marchand de Londres que comprou um retrato de Van Dyck forjado de uma galeria de arte parisiense e depois vendeu a um investidor americano?

— Talvez o escopo do vazamento possa ser um pouco mais estreito.

— Estreito quanto?

— Um Cranach, um Hals, um Gentileschi e o Van der Weyden mais incrível que você já viu na vida.

— O escândalo seria imenso. — Ménard pausou. — E não atingiria nosso objetivo compartilhado.

— E qual seria esse objetivo? — perguntou Gabriel, desconfiado.

— Tirar o falsificador do mercado. — Ménard empurrou as fotos alguns centímetros mais para perto de Gabriel. — E, aproveitando, pode ser bom você encontrar o homem que tentou matá-los.

— Como eu vou fazer isso?

Ménard sorriu.

— Você é ex-agente de inteligência, Allon. Com certeza vai conseguir encontrá-lo com um pouco de dedicação.

O que Jacques Ménard propôs a seguir foi *une petite collaboration*, cujos termos ele delineou para Gabriel durante uma caminhada pelos passeios do Jardin des Tuileries. O relacionamento deles seria inteiramente secreto, com Ménard fazendo papel de oficial do caso e Gabriel atuando como seu agente e informante. Ficaria a cargo de Ménard, e apenas de Ménard, determinar como agir sobre as conclusões. Se possível, ele resolveria a situação discretamente, sem infligir danos desnecessários à reputação dos que estiverem envolvidos.

— Mas, se alguns ovos tiverem que ser quebrados, bem, paciência.

Gabriel fez uma única exigência em troca: de que Ménard não tentasse observar suas atividades nem monitorar seus movimentos. O francês concordou na hora em desviar o olhar, pediu só que Gabriel evitasse violência desnecessária, especialmente dentro das fronteiras da república.

— E se eu conseguir achar o homem que tentou me matar?

Ménard fez uma expressão de indiferença gaulesa com os lábios.

— Faça o que quiser com ele. Não vou chorar por um pouco de sangue derramado. Só se certifique de que não espirre em mim.

Com isso, os novos parceiros se separaram — Ménard para o Quai des Orfèvres, Gabriel para a Gare de Lyon. Enquanto seu trem saía serpenteando da estação pouco depois das 17h, ele fez duas ligações: uma para a esposa, em Veneza, e outra para Sarah. Nenhuma das duas ficou feliz com a notícia nem com os planos de viagem dele, especialmente Sarah. Mesmo assim, após consultar o marido em outra linha, ela concordou, relutante, com o pedido de Gabriel.

— Como vai fazer a travessia? — perguntou ela.

— Na balsa da manhã saindo de Marselha.

— Plebeu — sibilou ela, e desligou.

29

AJACCIO

Às 19h15 da noite seguinte, Christopher Keller estava sentado em um café à beira-mar no porto corso de Ajaccio, uma taça de vinho vazia sobre a mesa à sua frente, um Marlboro recém-aceso queimando entre o indicador e o dedo médio da mão direita, que parecia uma marreta. Ele vestia um terno cinza-claro de Richard Anderson, comprado na Savile Row, uma camisa branca com o primeiro botão aberto e sapatos Oxford feitos à mão. Seu cabelo era clareado pelo sol, a pele, firme e escura, os olhos, azul-claros. O buraco no centro do queixo grosso parecia ter sido aberto por um cinzel. A boca vivia permanentemente fixa em um meio sorriso irônico.

A garçonete havia suposto que ele era europeu do continente e o cumprimentara de acordo, com apatia beirando o desprezo. Mas, quando ele falou com ela em *corsu* fluente, no dialeto de um dos cantos noroestes da ilha, ela imediatamente passou a tratá-lo melhor. Conversaram à moda corsa — sobre familiares, estrangeiros e os danos deixados pelos ventos da primavera — e, quando ele terminou sua primeira taça de rosé, ela colocou uma nova à sua frente sem sequer perguntar se ele queria.

A segunda não tinha feito bem, nem o cigarro, o quarto desde a chegada ao café. Era um hábito adquirido quando ele vivera infiltrado na católica Belfast durante um dos piores períodos do conflito irlandês, conhecido como The Troubles. Naquele momento, ele trabalhava para

RETRATO DE UMA MULHER DESCONHECIDA

uma unidade de operações clandestinas do Serviço de Inteligência Secreto
às vezes chamada, incorretamente, de Incremento. Sua visita à Córsega,
porém, tinha uma natureza inteiramente particular. Um amigo precisava
da ajuda de um homem para quem Christopher já havia trabalhado —
certo Don Anton Orsati, patriarca de uma das famílias mais notórias
da ilha. Como a situação do amigo envolvia uma tentativa de matar a
esposa do próprio Christopher, ele estava mais do que contente em ajudar.

Bem então, a proa de uma balsa da Corsica Linea apontou na baía
interior, passando pelas muralhas da cidadela antiga. Christopher deixou
uma nota de vinte euros embaixo da taça vazia e atravessou o Quai de
la République até o estacionamento em frente ao terminal moderno
do porto. Ao volante de seu Renault hatch maltratado, ele observou
os passageiros recém-chegados se derramando degraus abaixo. Turistas
cheios de bagagem. Corsos voltando para casa. Franceses do continente.
Um homem de altura e compleição medianas vestido com um blazer
bem-cortado e calças de gabardina.

Ele jogou a mala no banco de trás do Renault e se sentou no banco do carona. Seus olhos verde-esmeralda olharam com reprovação o
cigarro aceso no cinzeiro.

— Precisa mesmo? — perguntou, cansado.

— Sim — respondeu Christopher, ligando o motor. — Infelizmente, preciso.

Eles atravessaram as cordilheiras magras dos morros do norte de Ajaccio,
depois seguiram a estrada sinuosa até o Golfu di Liscia. As ondas que
davam cambalhotas na pequena praia em formato de lua eram incomu-
mente grandes, impelidas por um *maestral* que se aproximava. Era assim
que os corsos se referiam ao vento violento e indesejado que soprava no
inverno e na primavera vindo dos vales do Rhône.

— Você chegou bem a tempo — disse Christopher, com o cotovelo
saindo pela janela. — Se tivesse esperado mais um dia, teria tido uma
viagem infernal de balsa.

DANIEL SILVA

— Já foi bem ruim.

— Por que não veio de avião de Paris?

Gabriel tirou a Beretta de seu lugar de descanso na lombar e colocou no console central.

— Bom saber que algumas coisas não mudam. — Christopher olhou de lado para Gabriel. — Você precisa de um corte de cabelo. Fora isso, está bastante bem para um homem de idade avançada.

— É o novo eu.

— Qual era o problema do antigo você?

— Excesso de bagagem.

— Somos dois. — Christopher virou a cabeça para observar as ondas vindo do oeste. — Mas, no momento, de repente me lembro do homem que eu era.

— Diretor de vendas do norte europeu da Companhia de Azeite Orsati?

— Algo do tipo.

— Sua Santidade sabe que você voltou à ilha?

— Está nos esperando para jantar. Como você pode imaginar, os ânimos estão lá no alto.

— Talvez fosse melhor você ir sozinho.

— A última pessoa que recusou um convite para jantar com Don Anton Orsati está em algum lugar ali no meio. — Christopher gesticulou para as águas do Mediterrâneo. — Em um caixão de concreto.

— Ele já me perdoou por roubar você dele?

— Ele culpa os britânicos. Quanto a perdão, Don Orsati não conhece a palavra.

— Eu mesmo não estou muito a fim de perdoar — disse Gabriel baixinho.

— E como acha que eu me sinto?

— Quer ver uma foto do homem que tentou assassinar sua esposa?

— Não enquanto estou dirigindo — respondeu Christopher. — Posso acabar matando nós dois.

★ ★ ★

Quando chegaram à cidade de Porto, o sol era um disco laranja equilibrando-se na borda escura do mar. Christopher adentrou a ilha por uma rua ladeada de pinheiros-larícios e começou a longa subida das montanhas. O ar tinha cheiro de *macchia*, a vegetação rasteira densa de tojo, urze-branca, rosa-das-rochas, alecrim e lavanda que cobria boa parte do interior da ilha. Os corsos temperavam a comida com a *macchia*, aqueciam a casa com ela no inverno e se refugiavam nela durante tempos de guerra e vingança. Ela não tinha olhos, dizia um provérbio corso frequentemente repetido, mas a *macchia* via tudo.

Passaram pelos povoados de Chidazzu e Marignana, e chegaram à aldeia dos Orsati alguns minutos após as 22h. Estava lá, dizia-se, desde a época dos vândalos, quando os caiçaras buscaram segurança nos morros. Para além dela, em um pequeno vale de oliveiras que produziam o melhor azeite da ilha, ficava a propriedade extensa do *don*. Dois homens fortemente armados montavam guarda na entrada. Tocaram os chapéus tipicamente corsos quando Christopher entrou pelo portão.

Vários outros guarda-costas estavam parados como estátuas no pátio iluminado da *villa* palaciana. Gabriel deixou sua Beretta no Renault e subiu um lance de escadas de pedra atrás de Christopher até o escritório de Don Orsati. Ao entrar, eles o viram sentado a uma grande mesa de carvalho diante de um livro-caixa de couro aberto. Como sempre, estava usando uma camisa branca alvejada, calças de algodão largas e sandálias de couro empoeiradas que pareciam ter sido compradas na feira livre local. Ao lado do cotovelo, havia um frasco de azeite de oliva Orsati decorativo — já que o azeite era a fachada legítima com a qual o *don* lavava os lucros da morte.

Ele ficou de pé com dificuldade. Era um homem grande para os padrões corsos, bem mais de 1,80 metro, costas e ombros largos, com cabelo preto como carvão, um bigode denso e os olhos com manchas azuis de um cão. Eles pousaram primeiro em Christopher, inóspitos. Don Orsati dirigiu-se a ele em *corsu*.

— Aceito seu pedido de desculpas.

— Pelo quê?

— Pelo casamento. Nunca na minha vida fui tão ofendido. E justamente por você.

— Meus novos empregadores podiam achar estranho você estar lá.

— Como você explica seu apartamento de oito milhões de libras em Kensington?

— É uma *maisonette*, na verdade. E me custou oito e meio.

— E você ganhou tudo trabalhando para mim. — O homem franziu as sobrancelhas. — Pelo menos recebeu meu presente de casamento?

— As cinquenta mil libras de cristal Baccarat? Eu mandei um cartão de agradecimento bem extenso escrito à mão.

Don Orsati se virou para Gabriel e disse em francês:

— Aposto que *você* estava lá.

— Só porque precisavam de alguém para levar a noiva ao altar.

— Verdade que ela é norte-americana?

— Muito pouco.

— O que isso quer dizer?

— Ela passou a maior parte da infância na Inglaterra e na França.

— É para eu me sentir melhor?

— Pelo menos, não é italiana — disse Gabriel, deliberadamente.

— No fim de muitos desastres — falou Don Orsati, recitando um provérbio corso —, sempre há um italiano. Mas sua linda esposa com certeza é a exceção à regra.

— Tenho certeza de que vai achar o mesmo de Sarah.

— Ela é inteligente?

— Tem um ph.D. de Harvard.

— Bonita?

— Lindíssima.

— É boa com a mãe?

— Quando estão se falando.

Don Orsati olhou horrorizado para Christopher.

— Que tipo de mulher não fala com a própria mãe?

— Elas tiveram seus altos e baixos.

— Gostaria de dar uma palavrinha com ela sobre isso assim que possível.

— Estamos querendo passar uma ou duas semanas na ilha no verão.

— Quem vive de esperança morre na merda.

— Que eloquente, Don Orsati.

— Nossos provérbios — disse ele, solene — são sagrados e corretos.

— E tem um para cada ocasião.

Don Orsati colocou a mão de granito com suavidade na bochecha de Christopher.

— Só a colher conhece as dores da panela.

— Até padres no altar cometem erros.

— Melhor ter pouco do que não ter nada.

— Mas quem não tem nada não pode comer.

— Vamos? — perguntou Don Orsati.

— Acho melhor discutirmos o problema de nosso amigo em comum primeiro — sugeriu Christopher.

— Essa coisa com a galeria de arte em Paris?

— Isso.

— É verdade que sua linda esposa norte-americana estava envolvida?

— Infelizmente, é.

— Então — disse Don Orsati —, o problema é seu também.

30

VILLA ORSATI

Gabriel colocou duas fotos na mesa de Don Orsati. Mesmo registro de horário, ângulo ligeiramente diferente. Ele as contemplou como se fossem quadros de Velhos Mestres. Era um *connaisseur* da morte e dos homens que a distribuíam como profissão.

— Você o reconhece?

— Não sei nem se a mãe dele o reconheceria com esse disfarce ridículo. — Don Orsati levantou o olhar para Christopher. — Você nem morto se vestiria assim.

— Jamais — concordou ele. — É preciso manter certos padrões.

Sorrindo, Don Orsati voltou a olhar as fotos.

— Sabe me dizer algo sobre ele?

— O taxista disse que ele falava francês como um nativo — respondeu Gabriel.

— O taxista teria dito o mesmo de Christopher. — Ele apertou os olhos. — Tem cara de ex-soldado.

— Também achei. Com certeza parece entender de artefatos explosivos.

— A não ser que outra pessoa tenha construído isso para ele. Tem muitos ótimos criadores de bombas neste nosso meio. — Don Orsati mais uma vez se voltou a Christopher. — Não acha?

— Não tantos quanto antigamente. Mas não vamos nos prender ao passado.

— Talvez devêssemos — disse Gabriel. Então, completou baixinho:
— Só por um momentinho.

Don Orsati cruzou as mãos embaixo do queixo.

— Quer me perguntar alguma coisa?

— Teve um incidente similar em Paris há uns vinte anos. A galeria era de um marchand suíço que estava comercializando pinturas saqueadas pelos nazistas durante a guerra. A bomba foi entregue por um comando britânico que...

— Lembro muito bem — interrompeu-o.

— Eu também.

— E, agora, você quer saber se o homem nessas fotos está trabalhando para minha organização.

— Acho que sim.

A expressão dele ficou sombria.

— Tenha certeza, meu velho amigo, de que qualquer homem que me ofereça dinheiro para matar você não sai vivo desta ilha.

— Pode ser que eles tenham achado que eu era outra pessoa.

— Com todo o respeito, eu duvido. Para um homem do mundo secreto, você tem um rosto bem famoso. — Don Orsati olhou para Christopher e soltou um suspiro pesado. — Quanto ao ex-comando britânico, o cabelo loiro, olhos azuis, inglês perfeito e treinamento militar de elite dele permitiram que fizesse trabalhos bem além do nível de habilidades dos meus *taddunaghiu* nascidos em Córsega. Nem é preciso dizer que meu negócio sofreu depois que ele decidiu voltar para casa.

— Por você ter negado trabalhos em que o risco de exposição era alto demais?

— Mais do que consigo contar. — Don Orsati deu uma batidinha no livro-caixa de couro da morte. — E, consequentemente, meus lucros caíram drasticamente. Ah, não me entenda mal, ainda tenho bastante trabalho criminoso e de vingança. Mas meus clientes de mais alto escalão foram para outro lugar.

— Algum em particular?

DANIEL SILVA

— Uma nova organização seleta que oferece serviço de concierge com luvas brancas para homens do tipo que viajam em jatinhos particulares e se vestem igual ao Christopher.

— Empresários influentes?

— É o que dizem. Essa organização é especializada em acidentes e aparentes suicídios, o tipo de serviço que a Companhia de Azeite Orsati nunca se deu ao trabalho de fazer. Falam por aí que são bem competentes em adulterar cenas de crime, talvez porque empreguem vários ex-policiais. Também dizem que eles têm certas capacidades técnicas.

— Hackear celulares e computadores?

Don Orsati mexeu os ombros pesados para cima e para baixo.

— Isso é especialidade sua. Não minha.

— Essa organização tem nome?

— Se tiver, não sei qual é. — Orsati olhou as fotografias. — A pergunta mais importante é: quem contratou os serviços dessa organização para matar você?

— O líder de uma rede sofisticada de falsificações.

— Pinturas?

Gabriel fez que sim.

— Ele deve estar ganhando muito dinheiro.

— Trinta e quatro milhões de euros só do Louvre.

— Acho que estou no ramo errado.

— Já pensei isso várias vezes sobre mim mesmo, Don Orsati.

— O que é *mesmo* que você faz hoje em dia? — quis saber ele.

— Sou diretor do departamento de pinturas da Companhia de Restaurações Tiepolo. — Gabriel pausou. — Atualmente emprestado para a Police Nationale.

— Um fator complicador, para dizer o mínimo. — Don Orsati fez uma careta. — Mas, por favor, diga como posso ajudar você e seus amigos da polícia francesa.

— Gostaria que você achasse o homem da foto.

— E se eu conseguir?

— Vou fazer uma única pergunta a ele.

— O nome do homem que o contratou para matar você?

— Sabe o que dizem sobre assassinatos, Don Orsati. O mais importante não é quem disparou, mas quem pagou pela bala.

— Quem foi que disse isso? — perguntou, intrigado.

— Eric Ambler.

— Palavras realmente sábias. Mas o mais provável é que o homem que tentou matar você em Paris não saiba o nome do cliente.

— Talvez, mas com certeza vai conseguir me apontar na direção certa. No mínimo, dar informações valiosas sobre seu concorrente. — Gabriel abaixou a voz. — Eu imagino que isso o interesse, Don Orsati.

— Uma mão lava a outra, e as duas lavam o rosto.

— Um provérbio judeu muito antigo.

Com a mão enorme, Don Orsati fez um gesto de desdém.

— Vou circular essas fotografias amanhã cedinho. Enquanto isso, vocês dois podem passar uns dias relaxando aqui na ilha.

— Nada como sair de férias com um homem que já tentou matá-lo.

— Se Christopher tivesse *tentado* de verdade assassiná-lo, você estaria morto.

— Igual ao homem que pagou pela bala — comentou Gabriel.

— Eric Ambler realmente falou isso sobre assassinatos?

— É uma frase de *A máscara de Dimitrios*.

— Interessante — falou Don Orsati. — Nunca soube que Ambler era corso.

O aroma distinto da *macchia* subiu do suntuoso banquete que os aguardava no jardim de Don Orsati. Eles não ficaram lá muito tempo. De fato, menos de cinco minutos depois que se sentaram, o primeiro sopro afiado do *maestral* chegou do noroeste. Com ajuda dos guarda-costas, eles bateram em retirada apressados para a sala de jantar, e a refeição foi retomada, embora, dessa vez, acompanhada pelos uivos e arranhões do detestado intruso vindo do outro lado do mar.

DANIEL SILVA

Passava da meia-noite quando Don Orsati finalmente jogou o guardanapo na mesa, sinalizando que a noite havia chegado ao fim. Após se levantar, Gabriel o agradeceu pela hospitalidade e pediu que conduzisse a busca com discrição. Ao que ele respondeu que usaria só os agentes de maior confiança. Tinha certeza de que a resolução seria favorável.

— Se quiser, peço para meus homens o trazerem aqui para a Córsega. Assim, você não precisa sujar as mãos.

— Isso nunca me incomodou. Além do mais — disse Gabriel, olhando na direção de Christopher —, tenho ele.

— Christopher agora é um espião inglês respeitável. Um homem distinto que mora em um dos endereços mais chiques de Londres. Não poderia de jeito algum se envolver em uma questão sórdida dessas.

Com isso, Gabriel e Christopher saíram para a noite varrida pelo vento e entraram no Renault. Ao deixar a propriedade, foram para leste e chegaram no próximo vale. A *villa* isolada de Christopher ficava no fim de um caminho de terra e cascalho protegido dos dois lados por paredes altas de *macchia*. Quando os faróis do carro iluminaram três oliveiras antigas, ele tirou o pé do acelerador e se inclinou ansiosamente por cima do volante.

— Com certeza, ele já morreu — disse Gabriel.

— Vamos saber daqui a um minutinho.

— Você não perguntou a Don Orsati?

— E estragar uma noite tão agradável?

Bem nesse momento, um bode doméstico chifrado, com uns 115 quilos, emergiu da *macchia* e se estabeleceu no meio do caminho. Tinha as marcas de um palomino e uma barba vermelha, além de cicatrizes de antigas batalhas. Seus olhos brilhavam provocadores à luz dos faróis.

— Deve ser outro bode.

— Não — respondeu Christopher, pisando no freio. — A mesma porcaria de bode.

— Cuidado — disse Gabriel. — Acho que ele escutou.

170

O bode enorme, como as três oliveiras antigas, pertencia a Don Casabianca. Ele considerava o caminho sua propriedade privada e exigia impostos de quem viajava por ali. Tinha por Christopher, um inglês sem sangue corso nas veias, um ressentimento particular.

— Talvez você possa falar com ele por mim — sugeriu Christopher.

— Nossa última conversa não foi lá muito bem.

— O que você falou para ele?

— É possível que eu tenha insultado os ancestrais dele.

— Em Córsega? O que você tem na cabeça? — Christopher andou alguns centímetros com o carro, mas o bode abaixou a cabeça e fincou as patas. Uma buzinada leve também não foi eficaz. — Você não vai mencionar nada disso a Sarah, né?

— Eu jamais sonharia — jurou Gabriel.

Christopher estacionou e exalou pesadamente. Então, abriu a porta e, vestido com seu terno Richard Anderson feito sob medida, atacou o bode, abanando os braços como um louco. A tática, em geral, resultava em capitulação imediata. Mas, nessa noite, a primeira de um *maestral*, o animal lutou corajosamente por um ou dois minutos antes de finalmente fugir para a *macchia*. Por sorte, Gabriel registrou todo o confronto em um vídeo que imediatamente despachou para Sarah, em Londres. *No fim das contas*, pensou, *era um ótimo início das férias deles na Córsega*.

33

HAUTE-CORSE

A villa tinha um telhado vermelho, uma grande piscina azul e um amplo terraço que recebia o sol da manhã e, à tarde, era sombreado por pinheiros-larícios. Quando Gabriel se levantou na manhã seguinte, os paralelepípedos de granito estavam cheios de galhos e outras flores sortidas. Na cozinha bem-equipada, ele encontrou Christopher, de botas de trilha e uma parca impermeável, preparando café com leite em um fogareiro de acampamento a gás butano. Uma transmissão local vinha de um radinho de pilha.

— Ficamos sem luz lá pelas 3h. Os ventos chegaram a 130 quilômetros por hora ontem à noite. Dizem que é o pior *maestral* de primavera de que há memória.

— Houve alguma menção a um incidente envolvendo um inglês e um bode idoso?

— Ainda não. Mas, graças a você, todo mundo em Londres só fala disso. — Christopher entregou uma tigela de café a Gabriel. — Conseguiu dormir?

— Não preguei os olhos. E você?

— Sou veterano de guerra. Consigo dormir com qualquer coisa.

— Quanto tempo vai durar?

— Três dias, talvez quatro.

— Acho que não vai dar para fazer windsurfe.

— Mas vai dar para uma trilha no monte Rotondo. Quer vir junto?

— Por mais tentador que seja — disse Gabriel —, acho que vou passar a manhã com um bom livro em frente à lareira.

Ele levou o café para a sala de estar confortavelmente mobiliada. Várias centenas de volumes de ficção e história cobriam as prateleiras, e, nas paredes, havia uma modesta coleção de quadros modernos e impressionistas. O mais valioso era uma paisagem provençal de Monet, que Christopher, por meio de um intermediário, adquirira em um leilão da Christie's em Paris. Naquela manhã, porém, o quadro pendurado ao lado foi que chamou a atenção de Gabriel — outra paisagem, esta de Paul Cézanne.

Ele pegou o quadro e removeu da moldura. O chassi parecia similar aos usados por Cézanne em meados dos anos 1880, assim como a tela. Não havia assinatura — não era incomum, porque Cézanne só assinava obras que considerava verdadeiramente finalizadas — e o verniz tinha cor de nicotina. Fora isso, a pintura parecia estar em boa condição.

Mas mesmo assim...

Gabriel apoiou a tela em um losango de luz do sol matutina bem brilhante que entrava pelas portas, depois usou o celular para tirar uma foto com zoom. Com o polegar e o indicador, ele aumentou a imagem ainda mais e examinou as pinceladas. Estava em um devaneio tão intenso que não notou que Christopher, um artista de vigilância talentoso, tinha entrado de fininho na sala.

— Posso saber o que você está fazendo?

— Procurando algo para ler — respondeu Gabriel, distraído.

Christopher pegou a biografia de Kim Philby escrita por Ben McIntyre.

— Talvez ache isto mais interessante.

— Se bem que meio incompleto. — Gabriel voltou a baixar o olhar para a pintura.

— Algum problema?

— Onde você comprou?

— Em uma galeria em Nice.

DANIEL SILVA

— A galeria tem nome?

— Galerie Edmond Toussaint.

— Você pediu opinião de um professional?

— Monsieur Toussaint me deu um certificado de autenticidade.

— Posso ver? A procedência também.

Christopher subiu para o escritório. Ao voltar, entregou a Gabriel um grande envelope da empresa, depois pendurou uma mochila de lona sobre o potente ombro direito.

— Última chance.

— Divirta-se — disse Gabriel enquanto uma rajada de vento sacudia as portas. — E mande um abraço meu ao seu amiguinho caprino.

Preparando-se, Christopher saiu e entrou no Renault. Um momento depois, Gabriel escutou uma buzina alta, seguida por ameaças gritadas de violência indizível. Rindo, ele pegou o conteúdo do envelope.

— Idiota — falou, depois de um momento, só para si.

O *maestral* deu uma trégua por volta das 11h, mas, no fim da tarde, estava soprando forte o bastante para soltar várias telhas do telhado de Christopher. Ele voltou para casa ao crepúsculo e mostrou orgulhosamente a leitura que tinha feito do vento a 136km/h na face norte do monte Rotondo. Em troca, Gabriel contou suas preocupações com a autenticidade do Cézanne, um quadro que Christopher comprara usando uma identidade francesa falsa enquanto trabalhava como assassino profissional.

— O que deixa você sem recurso legal. Ou moral, para falar a verdade.

— Talvez um ou dois dos homens mais assustadores de Don Orsati possam dar uma palavrinha com Monsieur Toussaint por mim.

— Talvez — retrucou Gabriel — seja melhor você esquecer o que eu falei e deixar para lá.

O vento soprou sem dar trégua no dia seguinte e depois também. Gabriel ficou protegido na *villa* enquanto Christopher se jogava em mais duas montanhas — primeiro, a Renoso, depois a d'Oro, onde seu anemômetro de bolso registrou os ventos a 140km/h. Naquela noite, jantaram na Villa Orsati. Durante o café, Don Orsati admitiu que seus agentes não tinham pistas sobre a identidade ou o paradeiro do homem que levara a bomba para a Galerie Georges Fleury. Então, repreendeu Christopher pelo tom e o teor de seus confrontos recentes com o bode de Don Casabianca.

— Ele me ligou hoje de manhã. Está muito chateado.

— O *don* ou o bode?

— Isso não é piada, Christopher.

— Como Don Casabianca sabe que as coisas pioraram?

— A notícia se espalhou como um incêndio.

— Eu é que não falei coisa alguma.

— Deve ter sido a *macchia* — comentou Gabriel, repetindo o antigo provérbio sobre a habilidade da vegetação aromática de enxergar tudo. Isso fez Don Orsati balançar a cabeça solenemente, concordando. Era, concluiu ele, a única explicação possível.

O vento soprou violentamente pelo resto daquela noite, mas, ao amanhecer, era uma lembrança. Gabriel passou a manhã ajudando Christopher a consertar os danos no telhado e limpar os destroços do terraço e da piscina. No fim da tarde, foi até o centro do vilarejo. Era um agrupamento de chalés cor de arenito amontoados em torno do campanário de uma igreja, na frente da qual ficava uma praça árida. Vários homens usando camisa branca bem-passada jogavam uma partida disputada de petanca. Outrora teriam olhado Gabriel com suspeita — ou apontado para ele do modo corso, com os dedos indicador e anelar, para afastar os efeitos do *occhju*, o mau olhado. Agora, o cumprimentaram com afeto, já que ele era conhecido no vilarejo como amigo de Don Orsati e do inglês chamado Christopher, que, graças aos céus, tinha voltado à ilha após uma ausência prolongada.

— É verdade que ele está casado? — perguntou um deles.

— É o que dizem.

— Ele já matou aquele bode? — questionou outro.

— Ainda não. Mas é uma questão de tempo.

— Quem sabe você coloca juízo na cabeça dele.

— Já tentei. Mas, infelizmente, não tem mais volta.

Os homens insistiram para que Gabriel entrasse na partida, pois precisavam de mais um jogador. Depois de recusar, ele foi ao café no outro canto da praça para tomar uma taça de rosé corso. Quando os sinos da igreja badalaram marcando 17h, uma criança de uns sete ou oito anos bateu à porta da casinha torta ao lado da sacristia. Ela se abriu alguns centímetros e apareceu uma mãozinha pálida agarrando um pedaço de papel azul. A garotinha o levou ao café e colocou sobre a mesa de Gabriel. Ela era perturbadoramente parecida com Irene.

— Como você se chama? — perguntou ele.

— Danielle.

Mas é claro, pensou ele.

— Quer um sorvete?

A menina se sentou e empurrou o pedaço de papel azul pela mesa.

— Você não vai ler?

— Não preciso.

— Por que não?

— Eu sei o que está escrito.

— Como?

— Eu também tenho poderes.

— Não iguais aos dela — disse a menina.

Não, concordou Gabriel. Não iguais aos dela.

32

HAUTE-CORSE

A mão que a velha estendeu a Gabriel como cumprimento era quente e leve. Ele a segurou com delicadeza, como se fosse um pássaro engaiolado.

— Você andou se escondendo de mim — disse ela.

— Não de você — respondeu ele. — Do *maestral*.

— Eu sempre gostei do vento. — Em tom de confidência, ela completou: — É bom para os negócios.

A velha era uma *signadora*. Os corsos acreditavam que ela tinha poder de curar os infectados pelo *occhju*. Gabriel já havia suspeitado que ela era apenas uma ilusionista e vidente esperta, mas não mais.

Ela colocou a mão na bochecha dele.

— Você está queimando de febre.

— Você sempre diz isso.

— É porque sempre parece que você está pegando fogo. — Ela moveu a mão para a parte alta do peito dele. Do lado direito, pouco acima do coração. — Foi aqui que a bala da louca entrou em você.

— Foi Christopher quem contou?

— Não falo com Christopher desde que ele voltou. — Ela levantou a frente da camisa social de Gabriel e examinou a cicatriz. — Você ficou morto por vários minutos, não foi?

— Dois ou três.

DANIEL SILVA

Ela franziu a testa.

— Por que se dá ao trabalho de tentar mentir para mim?

— Porque prefiro não ficar lembrando que passei dez minutos morto. — Gabriel levantou o pedaço azul de papel. — Onde você encontrou aquela menina?

— Danielle? Por que pergunta?

— Ela me lembra alguém.

— Sua filha?

— Como é possível você saber como ela é?

— Talvez você só esteja vendo o que quer ver.

— Não fale comigo em enigmas.

— Você batizou a menina de Irene em homenagem à sua mãe. Toda vez que ela o olha, você vê o rosto da sua mãe e os números escritos no braço dela naquele campo com nome de árvores.

— Algum dia, você vai ter que me mostrar como faz isso.

— É um dom divino. — Ela soltou a frente da camisa dele e o contemplou com seus olhos pretos insondáveis. O rosto que os emoldurava era branco como farinha de trigo. — Você está sofrendo de *occhju*. É claro como o dia.

— Devo ter pegado do bode de Don Casabianca.

— Ele é um demônio.

— Eu que o diga.

— É sério. O animal está possuído. Fique longe dele.

A *signadora* o levou à sala de visitas da casa minúscula. Na mesinha circular, havia uma vela, um prato raso de água e um recipiente de azeite de oliva. Eram as ferramentas de trabalho dela. A mulher acendeu a vela e se sentou no lugar de sempre. Depois de hesitar por um momento, Gabriel se juntou a ela.

— Não existe isso de mau olhado, sabe? É só uma superstição que corria entre os povos antigos do Mediterrâneo.

— Você também é uma pessoa antiga do Mediterrâneo.

— O mais antigo possível — concordou ele.

RETRATO DE UMA MULHER DESCONHECIDA

— Você nasceu na Galileia, não muito longe de onde Jesus viveu. A maioria de seus ancestrais foram mortos pelos romanos durante o cerco de Jerusalém, mas alguns sobreviveram e foram para a Europa. — Ela deslocou o recipiente de azeite pela mesa. — Prossiga.

Gabriel devolveu o recipiente ao lado dela da mesa.

— Você primeiro.

— Quer que eu prove que não é um truque?

— Quero.

A velha mergulhou o dedo no azeite. Então segurou em cima do prato e deixou três gotas caírem na água. Elas se aglutinaram em uma só mancha.

— Agora você.

Gabriel fez o mesmo ritual. Desta vez, o azeite se estilhaçou em mil gotículas, e logo não havia rastro dele.

— *Occhju* — sussurrou a velha.

— Magia e má orientação — respondeu Gabriel.

Sorrindo, ela perguntou.

— Como vai sua mão?

— Qual delas?

— A que você machucou quando atacou o homem que trabalha para a criatura de um olho só.

— Ele não devia ter me seguido.

— Faça as pazes com ele — disse a *signadora*. — Ele vai ajudar a achar a mulher.

— Que mulher?

— A espanhola.

— Estou procurando um homem.

— O que tentou matá-lo na galeria de arte?

— É.

— Don Orsati não conseguiu encontrar. Mas não se preocupe, a espanhola vai levá-lo a quem você procura. Don Orsati sabe sobre ela.

— Como?

— Não tenho o poder de contar a você.

DANIEL SILVA

Sem mais palavras, a *signadora* segurou a mão de Gabriel e começou o ritual familiar. Recitou as palavras de uma antiga oração corsa. Chorou enquanto o mal passava do corpo dele para o dela. Fechou os olhos e caiu um sono profundo. Quando enfim acordou, instruiu Gabriel a repetir o ritual do azeite e da água. Desta vez, o azeite se aglutinou em uma única gota.

— Agora você — disse ele.

A velha suspirou e fez o que ele pediu. O azeite se estilhaçou.

— Igual à porta da galeria — comentou ela. — Fique tranquilo, o *occhju* não vai ficar muito tempo em mim.

Gabriel colocou várias notas na mesa.

— Tem mais alguma coisa que você possa me dizer?

— Pinte quatro quadros — disse a velha. — E ela virá até você.

— Só isso?

— Não — respondeu ela. — Você não contraiu o *occhju* do bode de Don Casabianca.

Ao voltar à *villa*, Gabriel informou a Christopher que as investigações de Don Orsati não dariam frutos e que o bode de Don Casabianca era o diabo encarnado. Christopher não questionou a veracidade das afirmações, já que ambas tinham vindo da boca da *signadora*. Mesmo assim, aconselhou-o a não mandar o *don* parar as buscas antecipadamente. Era bem melhor, disse ele, deixar a roda girar até a bola cair.

— A não ser que a roda continue girando por mais uma ou duas semanas.

— Acredite, não vai.

— Tem mais, infelizmente.

Gabriel explicou a profecia da velha em relação à espanhola.

— Ela falou como o *don* a conhece?

— Disse que não tinha o poder de me contar.

— É o que ela alegou. É a versão dela de "sem comentários".

— Você conheceu uma espanhola quando trabalhava para o *don*?

RETRATO DE UMA MULHER DESCONHECIDA

— Uma ou duas — respondeu Christopher baixinho.

— Como vamos mencionar a ele?

— Com o máximo de cuidado. Sua Alteza não gosta de alguém vasculhando seu passado. Especialmente a *signadora*.

E foi assim que, duas noites depois, sentados sob uma lua encoberta pelas nuvens no jardim da Villa Orsati, Gabriel fingiu incredulidade ao ficar sabendo que os agentes do *don* não tinham conseguido localizar o homem que colocara a bomba profissional na Galerie Fleury. Depois de um ou dois momentos de um silêncio sociável, ele perguntou, com cautela, a Don Orsati se ele já conhecera uma espanhola que talvez tivesse ligações com o mundo criminoso da arte.

Os olhos com traços castanhos do *don* se apertaram cheios de desconfiança.

— Quando você falou com ela?

— Com a espanhola?

— Com a *signadora*.

— Achei que a *macchia* visse tudo.

— Quer saber da espanhola ou não?

— Faz dois dias — admitiu Gabriel.

— Imagino que ela também soubesse que eu não conseguiria encontrar o homem que você está procurando.

— Eu queria contar, mas Christopher disse que seria um erro.

— Disse, é? — Don Orsati olhou sério para Christopher antes de se voltar a Gabriel. — Há vários anos, uns cinco ou seis, uma mulher veio me procurar. Era de Roussillon, lá do Luberon. Quase quarenta anos, bastante serena. Dava a impressão de ficar confortável na presença de criminosos.

— Nome?

— Françoise Vionnet.

— Real?

Don Orsati assentiu.

— Qual era a história dela?

DANIEL SILVA

— O homem com quem ela vivia despareceu uma tarde enquanto caminhava no campo nos arredores de Aix-en-Provence. A polícia achou o corpo dele algumas semanas depois perto de Mont Ventoux. Ele tinha levado dois tiros na nuca.

— Era preciso se vingar?

O *don* fez que sim.

— Imagino que você tenha concordado em providenciar a vingança.

— Não se ganha dinheiro cantando, meu amigo. — Era um dos provérbios corsos mais queridos do *don* e slogan não oficial da Companhia de Azeite Orsati. — Dinheiro se ganha aceitando e cumprindo contratos.

— Qual era o nome?

— Miranda Álvarez. A tal Vionnet tinha certeza de que era um pseudônimo. Conseguiu nos dar uma descrição física e uma profissão, mas não muito mais.

— Que tal começarmos pela aparência dela?

— Alta, cabelo escuro, muito bonita.

— Idade?

— Na época, entre trinta e quarenta anos.

— E a profissão?

— Ela era marchand.

— Baseada onde?

— Talvez, Barcelona. — O *don* sacudiu os ombros pesados. — Talvez, Madri.

— Não é uma pista muito boa.

— Já aceitei trabalhos com menos informações, desde que o cliente concorde em confirmar a identidade do alvo quando ele for localizado.

— Evitando assim derramamento de sangue desnecessário.

— Em um negócio como o meu — explicou Don Orsati —, erros são permanentes.

— Imagino que você nunca tenha conseguido encontrá-la.

O *don* fez que não.

— Françoise Vionnet me implorou para continuar procurando, mas eu disse que não adiantava. Devolvi o dinheiro, menos a entrada e as despesas da busca, e nos separamos.

— Ela chegou a contar por que o companheiro foi assassinado?

— Aparentemente, era um conflito comercial.

— Ele também era marchand?

— Na verdade, pintor. Não muito bem-sucedido, veja bem. Mas ela falava muito bem do trabalho dele.

— Por acaso você se lembra do nome dele?

— Lucien Marchand.

— E onde Christopher e eu podemos encontrar Françoise Vionnet?

— No Chemin de Joucas, em Roussillon. Se quiser, posso conseguir o endereço.

— Se não for muito trabalho.

— Imagine.

Estava lá em cima, no escritório, disse Don Orsati. Em seu livro-caixa de couro da morte.

33

LUBERON

A balsa de carros seguinte saiu de Ajaccio para o continente às 20h30 e chegou a Marselha pouco depois do amanhecer. Gabriel e Christopher, tendo passado a noite em cabines adjacentes, saíram para o porto um Peugeot alugado e se dirigiram à autopista A7. Eles foram para o norte, atravessando Salon-de-Provence até Cavaillon, depois seguiram uma caravana de ônibus de turismo para entrar em Luberon. As casas cor de mel de Gordes, empoleiradas no topo de um morro de calcário com vista para o vale, reluziam à luz cristalina da manhã.

— Era aqui que Marc Chagall morava — comentou Christopher.

— Em uma antiga escola para garotas na rue de la Fontaine Basse. Ele e a esposa, Bella, relutaram em ir embora depois da invasão alemã. Finalmente fugiram para os Estados Unidos em 1941, com ajuda do jornalista e acadêmico Varian Fry e do Comitê de Resgates de Emergência.

— Eu só estava puxando assunto.

— Acho melhor a gente só admirar a paisagem.

Christopher acendeu um Marlboro.

— Pensou um pouco em como vai ser sua abordagem?

— Com Françoise Vionnet? Pensei em começar com *bonjour* e torcer pelo melhor.

— Que ardiloso.

RETRATO DE UMA MULHER DESCONHECIDA

— Talvez eu conte que fui enviado por uma corsa mística que me curou do *occhju*. Ou, melhor ainda, posso dizer que sou amigo do figurão do crime organizado da Córsega que ela contratou para matar uma marchand espanhola.

— Isso deve conquistá-la.

— Quanto você acha que o *don* cobrou dela? — perguntou Gabriel.

— Para um trabalho desses? Não muito.

— O que isso quer dizer?

— Talvez uns cem mil.

— Quanto valia o meu contrato?

— Sete dígitos.

— Fico lisonjeado. E Anna?

— Vocês dois eram um pacote.

— Tem desconto para esse tipo de coisa?

— O *don* também desconhece essa palavra. Mas fico com o coração quentinho por vocês dois terem retomado o relacionamento depois de tantos anos.

— Não teve retomada alguma. E não temos um relacionamento.

— Você pegou ou não pegou um milhão de euros emprestados dela para comprar aquela paisagem falsificada de Cuyp?

— O dinheiro foi devolvido três dias depois.

— Pela minha esposa — disse Christopher. — Quanto à sua abordagem à referida Françoise, sugiro levantar uma bandeira falsa. Na minha experiência, residentes respeitáveis de Luberon não entregam maletas cheias de dinheiro para alguém como Sua Alteza Don Anton Orsati.

— Está sugerindo que Françoise Vionnet e Lucien Marchand, um pintor desconhecido sem histórico de vendas estabelecido, podiam estar envolvidos em alguma empreitada criminosa?

— E apostaria meu Cézanne.

— Você não tem um Cézanne.

Eles dobraram uma curva na estrada, e o vale de Luberon se revelou como um mosaico de vinhedos e bosques e campos flamejantes de flores selvagens. As construções cor de tijolo do antigo centro de

DANIEL SILVA

Roussillon ocupavam uma colina de solo argiloso rico em ocre na costa sul. Christopher se aproximou do vilarejo pelo estreito Chemin de Joucas e parou no acostamento gramado, no ponto em que a encosta do morro encontrava o chão do vale. De um lado da estrada, havia terra fértil recém-arada, do outro, parcialmente escondida da vista atrás de uma parede de vegetação descuidada, uma pequena *villa* de um andar só. De algum lugar, vinha o latido barítono abafado de um cachorro grande.

— Mas é claro — murmurou Gabriel.

— Melhor um canino que um caprino.

— Caprinos não mordem.

— De onde você tirou isso? — perguntou Christopher, e virou na entrada da casa. No mesmo instante, um cachorro em formato de barril com a mandíbula de um Rotweiller disparou da porta de entrada. Depois, apareceu uma garota lânguida e descalça de vinte e poucos anos. Estava usando legging e um pulôver de algodão amassado. Seu cabelo castanho-claro longo e solto balançava à luz provençal.

— Ela é jovem demais — disse Gabriel.

— E aquela? — perguntou Christopher, quando uma versão mais velha da garota saiu de dentro da *villa*.

— Tem cara de Françoise.

— Concordo. Mas o que você vai fazer?

— Vou esperar uma delas controlar esse cachorro.

— E depois?

— Pensei em começar com *bonjour* e torcer pelo melhor.

— Brilhante — disse Christopher.

Quando Gabriel abriu a porta e estendeu a mão, era de novo, em aspecto e sotaque, Ludwig Ziegler, de Berlim. Mas esta versão de *herr* Ziegler não era um conselheiro de arte de uma única cliente famosa, era um corretor — um *marchand* sem galeria nem inventário — especializado em achar obras de pintores contemporâneos subvalorizados e levá-las ao mercado. Ele alegava ter ouvido falar de Lucien Marchand por um contato e estar intrigado pela terrível história de seu desaparecimento e morte. Apresentou Christopher como Benjamin Reckless, seu representante londrino.

— Reckless? Em inglês, significa alguém imprudente — questionou Françoise Vionnet com ceticismo.

— É um velho nome inglês — explicou Christopher.

— Você fala francês como um nativo.

— Minha mãe era francesa.

Na cozinha rústica da *villa*, os quatro se reuniram em torno de um bule de café preto como piche e um jarro de leite vaporizado. Françoise Vionnet e a garota descalça acenderam cada uma um cigarro do mesmo maço de Gitanes. Tinham os mesmos olhos sonolentos e pálpebras pesadas. Sob os da jovem, havia meias-luas inchadas de pele sem rugas.

— Ela se chama Chloé — disse Françoise Vionnet, como se a garota não soubesse falar. — O pai dela era um escultor pobre de Lacoste que nos abandonou pouco depois dela nascer. Por sorte, Lucien aceitou nos acolher. Não éramos exatamente uma família tradicional, mas éramos felizes. Chloé tinha dezessete anos quando Lucien foi assassinado. A morte dele foi muito difícil para ela. Ele foi o único pai que ela conheceu.

A menina bocejou e espreguiçou-se com extravagância antes de se retirar. Um momento depois, veio o som de um corpo esguio de mulher entrando na água de uma piscina. Franzindo a testa, Françoise Vionnet apagou seu cigarro.

— Perdoem o comportamento da minha filha. Eu queria me mudar para Paris depois da morte de Lucien, mas Chloé se recusou a ir embora de Luberon. Foi um erro terrível criá-la aqui.

— É muito lindo — comentou Gabriel no francês com sotaque alemão de *herr* Ziegler.

— *Oui* — concordou Françoise Vionnet. — Os turistas e estrangeiros ricos amam a Provence, especialmente os ingleses — completou, olhando para Christopher. — Mas, para garotas como Chloé, sem formação universitária nem ambição, o Luberon pode ser uma armadilha

DANIEL SILVA

sem saída. Ela passa os verões como garçonete um restaurante no *centre ville* e os invernos trabalhando em um hotel em Chamonix.

— E você? — quis saber Gabriel.

Ela deu de ombros.

— Eu me viro com a herança modesta que Lucien conseguiu me deixar.

— Vocês eram casados?

— Um pacto civil solidário. O equivalente francês a uma união estável. Chloé e eu herdamos a *villa* depois do assassinato de Lucien. E os quadros dele, claro. — Ela, de repente, ficou de pé. — Quer ver alguns?

— Eu amaria.

Eles foram para a sala de estar. Vários quadros sem moldura — surrealistas, cubistas, expressionistas abstratos — estavam pendurados nas paredes. Não tinham originalidade, mas a execução era competente.

— Onde ele estudou? — perguntou Gabriel.

— Na Beaux-Arts de Paris.

— Dá para ver.

— Lucien era um excelente desenhista — disse Françoise Vionnet. — Mas, infelizmente, nunca teve muito sucesso, sobrevivia pintando cópias.

— Perdão?

— Lucien pintava cópias de quadros impressionistas e vendia às lojas de souvenir de Luberon. Também trabalhava para uma empresa que vendia cópias pintadas à mão na internet. Por essas, ele recebia mais, mas não muito. Talvez uns 25 euros. Ele as produzia muito rápido. Conseguia pintar um Monet em quinze ou vinte minutos.

— Por acaso você tem um?

— *Non.* Lucien tinha muita vergonha desse trabalho. Depois que as pinturas secavam, ele já entregava aos clientes.

Lá fora, a garota saiu da piscina e estendeu o corpo em uma espreguiçadeira. Se estava de roupa ou não, Gabriel não conseguia saber, pois estava contemplando aquela que era claramente a melhor pintura da sala. Tinha uma semelhança distinta com uma obra chamada *Les Amoureux aux Coquelicots*, do artista franco-russo que vivera por um tempo na rue de la Fontaine Basse, em Gordes. Não era uma cópia exata, e sim, uma espécie de pastiche. O original era assinado no canto inferior direito. A versão de Lucien Marchand não tinha assinatura.

— Ele admirava muito Chagall — disse Françoise Vionnet.

— Eu também. E, se não soubesse a verdade, imaginaria que o próprio Chagall a tivesse pintado. — Gabriel pausou. — Ou quem sabe fosse a intenção.

— Lucien pintava seus Chagalls por puro prazer. É por isso que não está assinado.

— Estou disposto a fazer uma oferta generosa por ele.

— Infelizmente, não está à venda, Monsieur Ziegler.

— Posso saber por que não?

— Razões sentimentais. Foi a última pintura que Lucien finalizou.

— Perdão, Madame Vionnet. Mas não lembro a data da morte dele.

— Foi 17 de setembro.

— Cinco anos atrás?

— *Oui.*

— Que estranho.

— Por quê, monsieur?

— Porque esse quadro parece bem mais antigo. Aliás, parece ter sido pintado no fim dos anos 1940.

— Lucien usava técnicas especiais para fazer as pinturas parecerem mais antigas do que realmente eram.

Gabriel tirou o quadro da parede e o virou. A tela tinha pelo menos meio século, bem como o chassi. A barra horizontal de cima estava carimbada com um 6 e um F. Na do centro, havia os restos de um antigo adesivo.

— E Lucien tinha alguma técnica especial para envelhecer as telas e os chassis também? Ou tinha um fornecedor de quadros antigos sem valor?

Françoise Vionnet estudou Gabriel calmamente com seus olhos de pálpebras pesadas.

DANIEL SILVA

— Saia da minha casa — disse entre dentes. — Senão vou soltar o cachorro em você.

— Se aquele cachorro chegar perto de mim, vou atirar nele. E aí vou ligar para a polícia francesa e contar que você e sua filha estão vivendo do dinheiro que Lucien Marchand ganhou falsificando quadros.

Os lábios volumosos dela se curvaram um leve sorriso. Evidentemente, não se assustava com facilidade.

— Quem é você?

— Você não acreditaria se eu contasse.

Ela olhou para Christopher.

— E ele?

— É tudo, menos imprudente.

— O que vocês querem?

— Quero que você me ajude a achar Miranda Álvarez. Também quero que me dê outras falsificações que tenha por aqui, junto com uma lista completa de todas as pinturas falsas que Lucien vendeu na vida.

— Impossível.

— Por quê?

— São muitas.

— Quem cuidava delas?

— Lucien vendia a maioria de suas falsificações a um marchand de Nice.

— Esse marchand tem um nome?

— Edmond Toussaint.

Gabriel olhou para Christopher.

— Bom, mistério resolvido.

190

34

ROUSSILLON

— Por que simplesmente não me disse a verdade desde o começo, Monsieur Allon?

— Fiquei com medo de você pular as cortesias e ir direto para a parte de soltar o cachorro em mim.

— Você teria mesmo atirado nele?

— *Non* — respondeu Gabriel. — O senhor Reckless teria atirado por mim.

Françoise Vionnet analisou Christopher com seu Gitane recém-aceso, então assentiu devagar, concordando. Eles tinham voltado à mesa na cozinha rústica, embora, desta vez, estivessem reunidos em torno de uma garrafa de Bandol rosé gelado.

— Quanto da história original era verdade? — quis saber Gabriel.

— A maior parte.

— Onde a ficção começou?

— Chloé não passa o inverno em Chamonix.

— Para onde ela vai?

— Saint-Barthélemy.

— Ela trabalha lá?

— Chloé? — Ela fez uma careta. — Nunca trabalhou na vida. Temos uma *villa* em Lorient.

DANIEL SILVA

— Lucien deve ter pintado muitas cópias de 25 euros para conseguir pagar um lugar desses.

— Ele nunca parou de pintá-las, sabe? Precisava de alguma forma de renda legítima.

— Quando as falsificações começaram?

— Alguns anos depois que Chloé e eu nos mudamos para cá.

— Foi ideia sua?

— Mais ou menos.

— Sim ou não?

— Era óbvio que as cópias de Lucien eram ótimas — respondeu ela. — Um dia, perguntei se ele achava que conseguiria enganar alguém. Uma semana depois, ele me mostrou a primeira falsificação. Uma recriação de *Place du village*, do cubista francês Georges Valmier.

— O que você fez com ela?

Ela levou a Paris e pendurou na parede do apartamento chique de uma amiga no sexto *arrondissement*. Então, ligou para uma das casas de leilão — que se recusou a dizer qual era —, que mandou um suposto especialista para dar uma olhada. Ele fez algumas perguntas sobre a procedência do quadro, declarou que era autêntico e deu quarenta mil euros a Françoise. Ela deu dois mil à amiga chique e o resto a Lucien. Usaram parte do dinheiro para aumentar a piscina da *villa* e reformar o anexo exterior que Lucien usava como ateliê. O resto foi depositado em uma conta no Credit Suisse, em Genebra.

— Quanto à recriação de *Place du village*, de George Valmier, recentemente foi vendido por nove milhões de dólares um leilão em Nova York. Ou seja, a casa de leilão ganhou mais em taxas e comissões do que Lucien pela pintura original. Quem é o criminoso, Monsieur Allon? A casa não percebeu *mesmo* que era uma falsificação? Como é possível?

Ela vendeu várias falsificações para a mesma casa de leilões de Paris — todas de cubistas e surrealistas menos conhecidos, todas por cinco dígitos — e, no inverno de 2004, vendeu um Matisse à Galerie Edmond Toussaint. O marchand comprou um segundo Matisse de

Françoise alguns meses depois, seguido rapidamente por um Gauguin, um Monet e uma paisagem do monte Sainte-Victorie, de Cézanne. Foi quando Toussaint informou a Françoise que todas as cinco obras que ela levara para ele eram falsificações.

— E era por isso mesmo que ele tinha comprado — comentou Gabriel.

— *Oui*. Monsieur Toussaint queria um acordo de exclusividade. Sem mais vendas independentes por meio de casas de leilão parisienses ou outros marchands. Ele disse que era arriscado demais, e prometeu cuidar muito bem de Lucien financeiramente.

— E cuidou?

— Lucien não tinha do que reclamar.

— Quanto ele ganhou?

— Durante o contrato todo? — Françoise Vionnet deu de ombros. — Seis ou sete milhões.

— Me poupe — disse Gabriel.

— Talvez tenha sido perto de trinta milhões.

— Perto quanto? Mais ou menos?

— Mais — respondeu Françoise Vionnet. — Definitivamente, mais.

— E Monsieur Toussaint? Quanto tirou?

— Pelo menos duzentos milhões.

— Então, Lucien saiu perdendo.

— Foi o que a espanhola disse a ele.

— Miranda Álvarez?

— Era como ela se apresentava.

— Onde você se encontrou com ela?

— Aqui em Roussillon. Ela se sentou na mesma cadeira em que você está agora.

— Era marchand?

— Algo do tipo. Era bem discreta ao se descrever.

— O que ela queria?

— Queria que Lucien trabalhasse para ela em vez de para Toussaint.

— Como ela sabia que Lucien estava falsificando pinturas?

DANIEL SILVA

— Ela se recusou a dizer. Mas era óbvio que conhecia bem o lado sujo do negócio. Falou que Toussaint estava vendendo mais falsificações do que o mercado de arte conseguia absorver, que era só questão de tempo até Lucien e eu sermos presos. Disse que fazia parte de uma rede sofisticada que sabia vender falsificações sem ser pega, e prometeu nos pagar o dobro do que Toussaint estava pagando.

— Como Lucien reagiu?

— Ficou intrigado.

— E você?

— Menos.

— Mas concordou em considerar a oferta dela?

— Pedi para ela voltar em três dias.

— E quando ela voltou?

— Falei que poderíamos fechar negócio. Ela nos deu um milhão de euros em dinheiro e falou que entraria em contato.

— Quando o acordo deu errado?

— Depois que eu contei a Toussaint que iríamos deixá-lo.

— Quanto ele te pagou para ficar?

— Dois milhões.

— Imagino que tenha ficado com o milhão que a espanhola deu.

— *Oui.* E seis meses depois Lucien estava morto. Ele estava trabalhando em outro Cézanne quando foi assassinado. A polícia nunca solucionou o caso.

— Imagino que você não tenha contado que Lucien era falsificador de arte nem que tinha sido visitado recentemente de uma espanhola misteriosa que se apresentava como Miranda Álvarez.

— Se tivesse contado, teria sido envolvida.

— Como explicou os trinta milhões no Credit Suisse em Genebra?

— Eram 34 milhões na época — admitiu Françoise Vionnet. — E a polícia nunca descobriu.

— E a *villa* em Saint-Barthélemy?

— É de propriedade de uma empresa de fachada registrada nas Bahamas. Chloé e eu temos uma vida discreta aqui em Luberon. Mas, quando vamos à ilha...

RETRATO DE UMA MULHER DESCONHECIDA

— Vivem bem com os lucros das falsificações de Lucien.

Ela acendeu outro Gitane, mas permaneceu em silêncio.

— Quantas sobraram? — perguntou Gabriel.

— Falsificações? — Ela soprou fumaça na direção do teto. — Só o Chagall. Os outros já foram.

Gabriel colocou o celular na mesa.

— Quantas, Françoise?

Lá fora, Chloé estava estendida como um nu de Modigliani sobre as pedras banhadas de sol ao lado da piscina.

— Quem dera ela fosse paga para fazer isso — disse a mãe, cheia de julgamento. — Chloé seria a mulher mais rica da França.

— Você era testa de ferro de um falsificador — comentou Gabriel. — Não deu exatamente um bom exemplo.

Ela os levou por um caminho de cascalho até o ateliê de Lucien. Era um prédio pequeno, de cor ocre, com telhado de telhas. A porta estava trancada com um cadeado, bem como as venezianas de madeira.

— Alguém tentou invadir pouco depois do assassinato de Lucien, foi aí que comprei a tranca.

Ela abriu a porta e entrou antes de Gabriel e Christopher. O ar úmido tinha cheiro de tela, poeira e óleo de linhaça. Embaixo de uma claraboia, estava um cavalete de estúdio antigo e uma mesa de trabalho lotada, com prateleiras e gavetas para suprimentos. As pinturas estavam apoiadas contra as paredes, em fileiras de umas vinte.

— São todas? — perguntou Gabriel.

Françoise Vionnet fez que sim.

— Não tem um armazém ou depósito em algum lugar?

— *Non.* Está tudo aqui.

Ela foi até a fileira de pinturas mais próxima e as folheou como se fossem discos de vinil. Relutantemente, pegou um e mostrou para Gabriel.

— Fernand Léger.

DANIEL SILVA

— Excelente olho, Monsieur Allon.

Ela foi para a próxima fileira. Dali, desenterrou um pastiche de *Casas em L'Estaque*, de Georges Braque. A fileira seguinte produziu um Picasso e mais um Léger.

— Com certeza a polícia fez uma busca aqui depois do assassinato — falou Gabriel.

— Sim, claro, mas, felizmente, mandaram o inspetor Clouseau. — Ela tirou outra pintura, uma versão de *Composição em azul*, de Roger Bissière. — Sempre gostei desta. Preciso mesmo entregar?

— Continue.

A próxima era um Matisse. A ela, seguiu-se um Monet, um Cézanne, um Dufy e, por fim, um segundo Chagall.

— São todos?

Ela assentiu.

— Você sabe o que vai acontecer se eu achar mais?

Suspirando, ela adicionou mais dois quadros — um segundo Matisse e um André Derain belíssimo. Doze, ao todo, com um valor de mercado estimado de mais de duzentos milhões de euros. Gabriel os fotografou com o celular, junto com o Chagall da sala de estar. Então tirou todas as treze telas dos chassis e as empilhou na grade da lareira. Christopher entregou seu isqueiro Dunhill.

— Por favor, não faça isso — pediu Françoise Vionnet.

— Você prefere que eu entregue à polícia francesa? — Gabriel acendeu o isqueiro e tocou as telas com a chama. — Acho que você vai ter que se virar com os 34 milhões.

— Só tem mais 25.

— E você fique com eles, desde que nunca fale a alguém que estive aqui.

Françoise Vionnet levou Gabriel e Christopher até a porta e esperou até estarem quase dentro do Renault antes de soltar o cachorro. Eles conseguiram fugir sem precisar recorrer à violência.

— Me diga uma coisa — falou Christopher, enquanto aceleravam pelo vale pitoresco. — Quando você decidiu fazer aquela cena de *herr* Ziegler?

— Tive a ideia enquanto você estava me dando um sermão desnecessário sobre a probabilidade de Françoise Vionnet ser testa de ferro de Lucien.

— Preciso dizer, foi uma de suas melhores apresentações. Mas você cometeu um erro tático grave.

— Qual foi?

— Queimou todas as porcarias das provas.

— Nem todas.

— O Cézanne?

— Idiota — murmurou Gabriel.

35

LE TRAIN BLEU

Eles abandonaram o Peugeot alugado em Marselha e pegaram o TGV das 14h, em Saint-Charles, para Paris. Uma hora antes do horário previsto de chegada, Gabriel chamou o número da Antiquités Scientifiques na rue de Miromesnil. Quando ninguém atendeu, ele checou o horário, depois ligou para uma loja próxima que vendia artigos de vidro e estatuetas antigos. A proprietária, uma mulher chamada Angélique Brossard, parecia levemente sem fôlego ao atender o telefone. Não ofereceu uma expressão de surpresa nem foi evasiva quando Gabriel pediu para falar com Maurice Durand. O *cinq à sept* de longa data deles era um dos segredos menos bem guardados do oitavo *arrondissement*.

— Está se divertindo? — perguntou Gabriel, quando Durand veio à linha.

— Estava — respondeu o francês. — Espero que seja importante.

— Queria saber se você estaria livre para um drinque, digamos, às 17h30.

— Acho que, a esse horário, vou fazer uma cirurgia cardíaca de peito aberto. Preciso olhar a agenda.

— Me encontre no Le Train Bleu.

— Já que você insiste.

O icônico restaurante parisiense, com seus espalhafatosos espelhos folheados a ouro e teto pintado, dava para o saguão da Gare de Lyon. Às

17h30, Maurice Durand estava sentado em uma cadeira azul-royal no lounge em frente a uma garrafa de champanhe aberta. Ele se levantou e, hesitante, apertou a mão de Christopher.

— Se não é meu velho amigo Monsieur Bartholomew. Ainda cuidando de viúvas e órfãos ou conseguiu encontrar um trabalho honesto?

Durand se virou a Gabriel.

— E o que o traz a Paris, Monsieur Allon? Outro bombardeio sendo planejado? — Ele sorriu. — Com certeza é um *bom* jeito de fazer uma galeria corrupta abrir falência.

Gabriel se sentou e entregou o celular a Durand. O diminuto francês colocou uns óculos dourados em formato de meia-lua e contemplou a tela.

— Uma reinterpretação bem interessante de *Casas em L'Estaque*, de Braque.

— Passe para a próxima.

Durand fez o que lhe foi mandado.

— Roger Bissière.

— Continue.

Durand arrastou horizontalmente a ponta do indicador pela tela e sorriu.

— Sempre tive um fraco por Fernand Léger. Foi um dos meus primeiros.

— Que tal o próximo?

— Meu velho amigo Picasso. Bastante bom, aliás.

— Os Chagalls são melhores. O Monet, o Cézanne e os dois Matisses também não são ruins.

— Onde você encontrou?

— Em Roussillon — respondeu Gabriel. — No ateliê de um pintor falido chamado...

— Lucien Marchand?

— Você o conhecia?

— Não pessoalmente, mas conhecia o trabalho dele.

— Como?

DANIEL SILVA

— Nós dois fazíamos negócios com a mesma galeria em Nice.

— A Galerie Edmond Toussaint?

— *Oui*. Possivelmente, a galeria mais suja da França, se não do mundo ocidental. Só um tolo compraria um quadro lá.

Gabriel trocou um olhar com Christopher antes de voltar seu olhar para Durand.

— Pensei que você lidasse diretamente com colecionadores.

— Na maior parte. Mas, ocasionalmente, aceitei pedidos de Monsieur Toussaint. Ele negociou brevemente arte roubada, mas Lucien Marchand era a galinha dos ovos de ouro.

— E é por isso que Toussaint lutou tanto para manter Lucien quando a testa de ferro de uma rede de falsificações rival tentou roubá-lo.

Durand sorriu para Gabriel por cima de sua taça de champanhe.

— Você está ficando muito bom nisso, Monsieur Allon. Em breve, não vai precisar da minha ajuda.

— Quem é ela, Maurice?

— Miranda Álvarez? Depende de para quem você perguntar. Aparentemente, é meio que um camaleão. Ela diz que mora em uma aldeia remota nos Pirineus. Também dizem que ela e um falsificador são amantes ou talvez até marido e mulher. Mas é só um boato.

— *Quem* diz?

— As pessoas que estão no lado sujo do comércio de arte.

— Ou seja, gente que nem você?

Durand ficou em silêncio.

— O falsificador também é espanhol?

— É a suposição. Mas, de novo, é só especulação. Ao contrário de alguns que desejam notoriedade, esse homem leva sua privacidade muito a sério. Diz-se que a mulher é uma das duas pessoas que conhecem a identidade dele.

— E a outra?

— O homem que administra a parte comercial da rede. Pense neles como a santíssima trindade.

— Qual é o papel da espanhola?

RETRATO DE UMA MULHER DESCONHECIDA

— Ela supervisiona a entrega dos quadros às galerias onde são vendidos. A maioria é de peças de valor intermediário, que geram quantias enormes de dinheiro discretamente. Mas a cada poucos meses, como mágica, aparece outro suposto mestre perdido.

— Quantas galerias tem?

— Não sei dizer.

— Tente.

— Tem alguns rumores sobre uma galeria em Berlim e outra em Bruxelas. Também tem rumores sobre uma recente expansão para a Ásia e o Oriente Médio.

— Fico me perguntando — disse Gabriel, incisivamente — por que você não divulgou nenhuma dessas informações durante nossa última conversa.

— Talvez se você tivesse me contado que pretendia comprar um quadro da Galerie Fleury, eu tivesse sido mais direto. — Durand sorriu. — *Uma cena do rio com moinhos de vento distantes.* Definitivamente, *não* do pintor da Era de Ouro holandesa Aelbert Cuyp.

— Como você sabe da venda?

— Fleury era discreto em algumas questões e nem tanto em outras. Ele se vangloriou da venda a vários concorrentes, apesar de ter permitido que o consultor de arte de Madame Rolfe levasse o quadro embora da França sem licença de exportação.

— Ele não suspeitou de mim?

— Pelo jeito, não.

— Então, por que fui alvo de uma tentativa de assassinato quando voltei quatro dias depois à galeria?

— Talvez você devesse perguntar ao homem que entregou a bomba.

Gabriel entregou o celular pela segunda vez ao francês.

— Você o reconhece?

— Felizmente, não.

— Acredito que ele tenha assassinado uma mulher em Bordeaux há não muito tempo.

DANIEL SILVA

— A tal Bérrangar?

Gabriel expirou pesadamente.

— Tem alguma coisa que você *não* sabe, Maurice?

— Informação é a chave de minha longevidade, Monsieur Allon. E da sua, imagino. — Durand baixou o olhar para o celular. — Se não, como explicar o fato de estar em posse dessa fotografia?

— Ela me foi dada pelo chefe da unidade de crimes de arte da Police Nationale.

— Jacques Ménard?

Gabriel fez que sim.

— E qual é exatamente a natureza de seu relacionamento?

— É meio parecido com o nosso.

— Coercitivo e abusivo?

— Discreto e não oficial.

— Ele sabe de nossas colaborações no passado?

— *Non.*

— Que alívio. — Durand devolveu o telefone. — Dito isso, acho que esta deve ser nossa última reunião pelo futuro próximo.

— Infelizmente, não vai ser possível.

— Por que não?

— Porque tenho uma missão para você.

— Os nomes daquelas galerias em Berlim e Bruxelas?

— Se não for pedir demais.

Durand tirou os óculos e se levantou.

— Me diga uma coisa, Monsieur Allon. O que aconteceu com aquelas pinturas que você encontrou no ateliê de Lucien?

— Viraram fumaça.

— O Picasso?

— Todas.

— Que pena — disse Durand, suspirando. — Eu podia ter encontrado um bom lar para elas.

★ ★ ★

202

Às 10h30 da manhã seguinte, no Café Marly do Louvre, Gabriel entregou seu primeiro relatório a Jacques Ménard. O briefing era minucioso e completo, embora evasivo em relação a fontes e métodos. Como Christopher Keller, que ocupava uma mesa próxima, Ménard criticou a decisão de Gabriel de destruir as falsificações que tinha descoberto no estúdio de Lucien Marchand em Roussillon. Apesar disso, o investigador de arte francês ficou impressionado com o escopo das descobertas de seu informante.

— Preciso admitir, tudo faz muito sentido. — Ménard gesticulou para a estrutura reluzente de vidro e aço do Cour Napoléon. — O mundo criminoso da arte é meio como *la pyramide*. Há dezenas de milhares de pessoas envolvidas no mercado ilícito, mas é controlado por poucos agentes grandes no topo. — Ele pausou. — E é óbvio que você conhece pelo menos um ou dois deles.

— E você não?

— *Oui*. Só não os certos, pelo jeito. Sua capacidade de reunir tanta informação tão rápido é bem humilhante.

— Edmond Touissant nunca apareceu no seu radar?

Ménard fez que não.

— E nem Lucien Marchand. Não quero nem saber que tipo de promessa você fez à tal Vionnet. Vou abrir um caso contra ela e tomar aqueles bens, inclusive a *villa* em Luberon.

— Vamos começar pelo começo, Ménard.

— Infelizmente, nada mudou — disse o francês. — Minhas mãos continuam atadas.

— Então, acho que você vai ter que forçar a barra.

— Como?

— Entregando minhas descobertas a um de seus parceiros europeus.

— Qual?

— Como estamos procurando uma espanhola que talvez more em uma aldeia remota dos Pirineus, eu imaginaria que a escolha mais lógica seria a Guardia Civil.

— Não confio neles.

DANIEL SILVA

— Com certeza, eles também não confiam em você.

— Pois é.

— E os ingleses?

— A Scotland Yard desmontou o Esquadrão de Artes e Antiguidades há alguns anos. Tratam roubo e fraude de arte como qualquer outro crime financeiro ou contra propriedade.

— Então, acho que sobram os italianos.

— São os melhores do ramo — admitiu Ménard. — Mas qual a conexão italiana?

— No momento, nenhuma. Mas com certeza general Ferrari e eu vamos pensar em algo.

— O general fala muito bem de você.

— É o mínimo. Eu o ajudei a acabar com uma gangue de contrabando de antiguidades faz alguns anos. Também o ajudei a achar um retábulo desaparecido.

— Não foi o do Caravaggio, né?

Gabriel fez que sim com a cabeça.

— A baleia branca — sussurrou Ménard. — Como você o encontrou?

— Contratei uma gangue de ladrões de arte franceses para roubar os *Girassóis* do Museu Van Gogh de Amsterdã. Aí, pintei uma cópia em um esconderijo com vista para a Pont Marie e vendi por 25 milhões de euros para um sírio chamado Sam em um armazém nos arredores de Paris. — Gabriel abaixou a voz. — Tudo sem você saber.

O rosto de Jacques Ménard ficou da cor da toalha de mesa.

— Você não vai roubar um quadro desta vez, né?

— *Non.* Mas talvez eu falsifique alguns.

— Quantos?

Gabriel sorriu.

— Estou pensando em quatro.

36

MASON'S YARD

Nos últimos tempos, tinha ocorrido a Oliver Dimbleby que ele era mesmo um homem de muita sorte. Sim, sua galeria tinha sofrido altos e baixos — a Grande Recessão tinha sido um grande desafio —, mas, por algum motivo, a mão do destino sempre intercedera para salvá-lo da ruína. O mesmo era verdade em sua vida pessoal, que, segundo o senso comum universal, era a mais bagunçada do mundo artístico de Londres. Apesar de sua idade avançada e circunferência cada vez maior, Oliver não tivera escassez de parceiras dispostas. Era, afinal, nada mais que um vendedor — um homem de imenso charme e carisma que, como gostava de dizer, vendia areia a um saudita. Não era, porém, mulherengo. Ou era o que se dizia toda vez que acordava com um corpo estranho do outro lado da cama. Oliver amava mulheres. *Todas* as mulheres. E aí estava a raiz de seus problemas.

Hoje, ele só tinha na agenda um drinque merecido — e talvez algumas risadas às custas de Julian Isherwood — no Wiltons. Para chegar a seu destino, só precisava virar à esquerda depois de sair da galeria e caminhar 114 passos pelas calçadas imaculadas da Bury Street. Sua jornada o fazia passar pelas instalações de uma dezena de concorrentes, incluindo a poderosa P.&D. Colnaghi & Co., galeria de arte comercial mais antiga do mundo. Ao lado, ficava a loja principal da Turnbull &

DANIEL SILVA

Asser, onde o déficit orçamentário de Oliver se aproximava de níveis americanos.

Ao entrar no Wiltons, ele ficou feliz de ver Sarah Bancroft sentada sozinha à mesa de sempre. Pegou uma taça de Pouilly-Fumé no bar e se juntou a ela. Seu sorriso inesperadamente afetuoso quase fez o coração dele parar.

— Oliver — ronronou ela. — Que surpresa agradável.

— Está falando sério?

— Por que não estaria?

— Porque sempre tive a distinta impressão de que você me acha repulsivo.

— Que bobeira. Eu adoro você.

— Então, ainda tenho esperança?

Ela levantou a mão esquerda e mostrou um anel de diamantes de três quilates usado junto com uma aliança de casamento.

— Continuo casada, infelizmente.

— Alguma chance de divórcio?

— Não no momento.

— Nesse caso — disse Oliver com um suspiro dramático —, imagino que vou ter que aceitar ser seu objeto sexual.

— Você já tem vários. Além do mais, pode ser que meu marido não aprove.

— Peter Marlowe? O assassino profissional?

— Ele é consultor empresarial — disse Sarah.

— Acho que gostava mais dele quando era matador de aluguel.

— Eu também.

Bem então, a porta se abriu, e Simon Menderhall e Olivia Watson entraram.

— Ficou sabendo desses dois? — sussurrou Sarah.

— Do caso tórrido? Jeremy Crabbe talvez tenha mencionado. Ou quem sabe foi Nicky Lovegrove. Está na boca do povo.

— Que pena.

— Queria que estivessem falando o mesmo de nós. — Com um sorriso voraz, Oliver tomou um gole de vinho. — Andou vendendo alguma coisa?

— Alguns Leonardos e um Giorgione. E você?

— Para falar a verdade, ando meio parado.

— Justo você, Ollie?

— Difícil de acreditar, eu sei.

— Como anda seu fluxo de caixa?

— Parecendo uma torneira com goteira.

— E os cinco milhões que lhe dei por baixo dos panos no negócio do Artemisia?

— Está falando do quadro recém-descoberto que vendi por preço recorde para um investidor de capital de risco só para me ver envolvido um escândalo envolvendo as finanças do presidente russo?

— Mas foi bem divertido, vai.

— Gostei dos cinco milhões. O resto, dispensaria.

— Até parece, Oliver. A coisa que você mais ama é estar no centro das atenções. Especialmente quando há mulheres lindas no meio. — Sarah pausou. — Espanholas, em particular.

— Onde é que você ouviu uma coisa dessas?

— Por acaso eu sei que você tem uma paixão secreta por Penélope Cruz há anos.

— Nicky — murmurou Oliver.

— Foi Jeremy quem me contou.

Oliver olhou Sarah por um momento.

— Por que tenho a sensação de que estou sendo recrutado para alguma coisa?

— Pode ser porque você está.

— É alguma sacanagem?

— Extrema.

— Nesse caso — disse Oliver —, sou todo ouvidos.

— Aqui não.

— Na minha casa ou na sua?

DANIEL SILVA

Sarah sorriu.

— Na minha, Ollie.

Eles saíram do Wiltons sem serem notados e caminharam pela Duke Street até a passagem que levava a Mason's Yard. A Isherwood Fine Arts ficava no canto nordeste do quadrilátero, em três andares de um armazém que antigamente pertencia à Fortnum & Mason. Havia um Bentley Continental estacionado em frente, o capô brilhante estava quente quando Oliver o tocou.

— Não é o carro de seu marido? — perguntou ele, mas Sarah só sorriu e destrancou a porta da galeria.

Lá dentro, subiram um lance de escadas acarpetadas, depois entraram no elevador apertado até a sala de exibições de Julian no andar superior. À meia-luz, Oliver distinguiu duas silhuetas: uma estava contemplando *Batismo de Cristo*, de Paris Bordone, a outra, contemplando Oliver. Ele usava um paletó escuro, da Savile Row, talvez de Richard Anderson. Seu cabelo estava descolorido de sol, seus olhos eram azul-claros.

— Olá, Oliver — falou, mansamente. Depois, quase como se tivesse acabado de pensar, adicionou: — Sou Peter Marlowe.

— O sicário?

— Ex-sicário — disse ele com um sorriso irônico. — Agora, sou um consultor empresarial muitíssimo bem-sucedido. É por isso que dirijo um Bentley e tenho uma esposa como Sarah.

— Eu nunca coloquei um dedo nela.

— Claro que não.

Ele pôs a mão no ombro de Oliver e o guiou na direção do Bordone. O homem parado diante da tela se virou devagar, seus olhos verdes pareciam brilhar à luz fraca.

— Mario Delvecchio! — exclamou Oliver. — Quem é vivo sempre aparece! Ou é Gabriel Allon? Muitas vezes não consigo diferenciar. — Sem receber resposta, ele olhou para Peter Marlowe, depois para Sarah. Pelo menos, achava que era esse o nome dela. No momento, não tinha

208

RETRATO DE UMA MULHER DESCONHECIDA

certeza nem do chão. — O chefe aposentado da inteligência israelense, um ex-sicário e uma americana linda que pode ou não ter trabalhado para a CIA. O que é que vocês podem estar querendo com o gorducho do Oliver Dimbleby?

Foi o espião israelense aposentado quem respondeu.

— Sua reserva infinita de charme, sua lábia para se safar de quase tudo e sua reputação de, às vezes, pegar alguns atalhos.

— Eu? — Oliver fingiu estar indignado. — Fico ofendido com essa insinuação. E, se estiver querendo um marchand corrupto, sem dúvida alguma seu homem é Roddy Hutchinson.

— Roddy não é uma estrela como você. Preciso de alguém que consiga fazer algum barulho.

— Em que sentido?

— Gostaria que você vendesse alguns quadros para mim.

— Algo bom?

— Um Ticiano, um Tintoretto e um Veronese.

— Qual é a fonte?

— Uma antiga coleção europeia.

— E o tema?

— Aviso assim que terminar de pintá-los.

O primeiro desafio de qualquer falsificador de arte é a aquisição de telas e chassis de idade, dimensões e condições apropriadas. Para executar sua cópia de *Girassóis*, de Van Gogh, Gabriel havia comprado uma paisagem urbana impressionista de terceiro escalão de uma pequena galeria perto do Jardin du Luxembourg. Desta vez, não precisava apelar a tais métodos, só tinha que descer de elevador até a reserva de Julian, que estava lotada com um inventário apocalíptico do que o mercado chamava carinhosamente de estoque morto. Ele selecionou seis obras menores da Escola Veneziana do século XVI — seguidor de fulano de tal, à maneira de sicrano, do ateliê de beltrano — e pediu para Sarah mandar por frete expresso a seu apartamento em San Polo.

DANIEL SILVA

— Por que seis em vez de três?

— Preciso de dois sobressalentes em caso de desastre.

— E o outro?

— Estou planejando deixar um Gentileschi com meu testa de ferro em Florença.

— Que boba, eu — disse Sarah. — Mas como vamos explicar os quadros sumidos a Julian?

— Com sorte, ele não vai notar.

Sarah instruiu a transportadora a chegar no máximo às 9h da manhã seguinte e aconselhou que Julian tirasse um dia de folga. Mesmo assim, ele chegou a Mason's Yard no horário de sempre, 12h15, enquanto os quadros encaixotados estavam sendo colocados em uma van Ford Transit. A tragicomédia que se seguiu incluiu mais uma colisão com um objeto inanimado, dessa vez, foi o triturador de papel de Sarah, no qual Julian, um espasmo de autocomiseração, tentou se enfiar.

Gabriel não testemunhou o incidente, pois estava no banco de trás de um táxi indo do Aeroporto Fiumicino até a Piazza di Sant'Ignazio, em Roma. Chegando lá, pegou uma mesa no Le Cave, um de seus restaurantes favoritos no *centro storico*. Ficava a alguns passos do *palazzo* ornamentado de amarelo e branco que servia como sede do Esquadrão da Arte.

A porta do *palazzo* se abriu às 13h30, e general Cesare Ferrari saiu vestindo seu uniforme azul e dourado cheio de medalhas. Atravessou os paralelepípedos cinza da praça e, sem dizer uma palavra como cumprimento, sentou-se à mesa de Gabriel. Imediatamente, o garçom chegou com uma garrafa gelada de Frascati e um prato de *arancini* fritos.

— Por que isso não acontece quando eu chego em um restaurante? — questionou Gabriel.

— Deve ser só o uniforme. — O general pegou um dos bolinhos de risoto. — Você não devia estar em Veneza com sua mulher e seus filhos?

— Provavelmente. Mas, primeiro, preciso dar uma palavrinha com você.

— Sobre o quê?

— Estou pensando em embarcar em uma vida de crime e queria saber se você teria interesse em participar.

— Que tipo de delito você está considerando agora?

— Falsificação de arte.

— Bom, com certeza tem talento para isso — comentou o general.

— Mas qual seria meu papel?

— Um caso de grande visibilidade que vai chacoalhar as estruturas do mundo da arte e garantir que os níveis de financiamento e equipe do Esquadrão de Arte continuem como estão por anos e anos.

— Algum crime foi cometido em solo italiano?

— Ainda não — respondeu Gabriel, sorrindo. — Mas em breve será.

37

PONTE DOS SUSPIROS

Umberto Conti, universalmente considerado o maior restaurador de arte do século XX, tinha legado a Francesco Tiepolo um molho de chaves mágico que abria qualquer porta de Veneza. Durante um drinque no Harry's Bar, Francesco as confiou a Gabriel. No fim daquela tarde, ele entrou na Scuola Grande di San Rocco e passou duas horas em comunhão solitária com algumas das maiores obras de Tintoretto. Então, infiltrou-se na igreja Frari, ao lado, e parou, transfixado, diante da magistral *Assunção da Virgem*, de Ticiano. No silêncio profundo da cavernosa nave, ele lembrou as palavras que Umberto lhe dissera quando era um menino de 25 anos em crise com cabelo grisalho.

Só um homem com sua própria tela danificada pode ser um restaurador verdadeiramente grande...

Umberto não aprovaria a nova encomenda de seu talentoso pupilo. Nem Francesco, aliás. Mesmo assim, ele concordara em ser consultor do projeto. Afinal, era uma das maiores autoridades em pintores da Escola Veneziana. Se Gabriel conseguisse enganar Francesco Tiepolo, conseguiria enganar qualquer um.

Francesco também concordou em acompanhar Gabriel em seus passeios venezianos noturnos, ainda que só para evitar outro incidente como aquele envolvendo o pobre *capitano* Rossetti. Eles entravam escondidos em igrejas e *scuole*, vagavam pela Accademia e o Museo

RETRATO DE UMA MULHER DESCONHECIDA

Correr, e até invadiram o Palácio Ducal. Enquanto olhavam a ponte dos Suspiros através das janelas com grades de pedra, Francesco resumiu a dificuldade da tarefa à frente.

— Quatro obras diferentes de quatro dos maiores pintores da história. Só um louco tentaria algo assim.

— Se ele consegue, eu também consigo.

— O falsificador?

Gabriel fez que sim.

— Não é uma competição, sabe?

— Claro que é. Preciso provar a eles que eu seria uma adição valiosa à rede, senão, não vão vir atrás de mim.

— É por isso que você se permitiu ser arrastado para essa situação? Pelo desafio?

— De onde você tirou a ideia de que seria um desafio para mim?

— Não falta confiança para você, né?

— Nem para ele.

— Vocês falsificadores são todos iguais, todos têm algo a provar. Ele, provavelmente, é um pintor fracassado que está se vingando do mundo da arte enganando os *connaisseurs* e os colecionadores.

— Os *connaisseurs* e os colecionadores — disse Gabriel — ainda não viram o melhor.

Ele passava os dias no estúdio com suas monografias e seus catálogos *raisonnés* e fotografias de restaurações antigas, incluindo várias feitas por ele para Francesco. Juntos, após muitos debates, alguns quase aos gritos, decidiram o tema e a iconografia das quatro falsificações. Gabriel produziu uma série de esboços preparatórios, depois transformou-os em quatro pinturas iniciais executadas rapidamente. Francesco declarou que o Gentileschi, uma reinterpretação de *Dânae e a chuva de ouro*, era a melhor do lote, com *Susanna no banho*, de Veronese, em um segundo lugar próximo. Gabriel concordou com a avaliação de Francesco sobre o Gentileschi, embora gostasse de sua reinterpretação de *Baco, Vênus e Ariadne*, de Tintoretto. Seu Ticiano, um pastiche de *Os amantes*, também não era ruim, embora ele achasse que as pinceladas estavam um pouco tímidas.

DANIEL SILVA

— É possível *não* ficar tímido falsificando um Ticiano?

— É um sinal óbvio, Francesco. Tenho que *me tornar* Ticiano. Senão, estamos perdidos.

— O que você vai fazer com esse?

— Cremação. Os outros também.

— Você ficou maluco?

— Obviamente.

Na manhã seguinte, cedinho, Gabriel tirou do caixote um dos quadros que pilhara da reserva de Julian, uma peça devocional da Escola Veneziana do início do século XVI, sem valor e com pouco mérito. Ainda assim, sentiu uma pontada de culpa ao raspar a obra do artista desconhecido da tela e cobri-la com gesso e uma *imprimatura* de branco de chumbo com traços de fumo e amarelo ocre. Depois, executou seu esboço — com um pincel, como *ele* teria feito — e preparou meticulosamente a paleta. Branco de chumbo, azul ultramarino genuíno, vermelho de alizarina, terra de siena, malaquita, amarelo ocre, vermelho ocre, auripigmento, preto marfim. Antes de começar, ele voltou a refletir sobre a mudança de ventos em sua carreira. Não era mais líder de um poderoso serviço de inteligência nem um dos melhores restauradores de arte do mundo.

Ele era o sol em meio a pequenas estrelas.

Ele era Ticiano.

Durante quase a semana seguinte inteira, Chiara e as crianças o viram muito pouco. Nas raras ocasiões em que emergia do estúdio, ele estava à flor da pele e preocupado, parecendo outra pessoa. Só uma vez aceitou um convite para um almoço com a esposa. Suas mãos deixaram manchas de tinta nos seios e na barriga dela.

— Sinto que acabei de fazer amor com outro homem.

— E fez mesmo.

— Quem é você?

— Venha comigo. Vou lhe mostrar.

Enrolada um lençol, Chiara foi com ele para o estúdio e parou na frente da tela. Por fim, sussurrou:

— Você é estranho.

— Gostou?

— É absolutamente…

— Incrível, eu acho.

— Vejo um toque de Giorgione.

— É porque eu ainda estava sob influência dele quando pintei em 1510.

— Quem você vai ser agora?

Jacobo Robusti, o artista conhecido como Tintoretto, era um homem culto e sério que raramente saía de Veneza e permitia que poucos visitantes entrassem em seu espaço de trabalho. Se havia um consolo, estava entre os pintores mais ágeis da república. Gabriel finalizou sua versão de *Baco, Vênus e Ariadne* em metade do tempo que levou para fazer *Os amantes*. Mesmo assim, Chiara o declarou superior a Ticiano em todos os aspectos, assim como Francesco.

— Infelizmente, sua esposa tem razão. Você é mesmo estranho.

Em seguida, Gabriel assumiu a personalidade e a notável paleta de Paolo Veronese. *Susanna no banho* exigiu a maior das seis telas que ele adquirira da Isherwood Fine Arts e vários dias adicionais para ser finalizada — em grande parte porque Gabriel, intencionalmente, danificou a obra e depois a restaurou. Luca Rossetti o visitou três vezes durante a execução do quadro. De pincel na mão, Gabriel deu ao jovem oficial dos Carabinieri uma palestra sobre os méritos artísticos e os pedigrees fraudulentos de suas quatro obras-primas falsificadas. Rossetti, por sua vez, informou a ele os preparativos da operação vindoura deles. Incluíam a aquisição de duas propriedades — uma *villa* isolada para o falsificador recluso e um apartamento em Florença para seu testa de ferro.

— Fica no lado sul do Arno, no Lungarno Torrigiani. Enchemos de pinturas e antiguidades da sala de evidências do Esquadrão da Arte. Definitivamente parece a casa de um marchand.

— E a *villa*?

DANIEL SILVA

— Seu amigo, o Papa, ligou para o conde Gasparri. Está tudo arranjado.

— Em quanto tempo você consegue se instalar no apartamento e assumir sua nova identidade?

— Assim que você disser que estou pronto.

— Está?

— Sei minhas falas — respondeu Rossetti. — E sei mais dos pintores da Escola Veneziana do que jamais achei possível.

— Qual era o nome de Veronese quando jovem? — inquiriu Gabriel.

— Paolo Spezapreda.

— E por quê?

— O pai dele era cantoneiro. Era tradição que as crianças fossem batizadas segundo a ocupação do pai.

— Por que ele começou a se apresentar como Paolo Caliari?

— A mãe era filha ilegítima de um nobre chamado Antonio Caliari. O jovem Paolo achou melhor ter o nome de um nobre do que de um cantoneiro.

— Nada mal. — Gabriel tirou a Beretta da cintura da calça. — Mas você vai conseguir recitar suas falas com tanta confiança se alguém apontar uma destas para sua cabeça?

— Eu fui criado em Nápoles — disse Rossetti. — A maioria dos meus amigos de infância hoje são da Camorra. Não vou me desfazer se alguém começar a balançar uma arma.

— Ouvi um boato de que um pintor idoso da Escola Veneziana deu uma boa surra em você uma noite dessas em San Polo.

— O pintor idoso me atacou sem aviso prévio.

— É assim que funciona no mundo real. Criminosos não costumam anunciar suas intenções antes de recorrer à violência. — Gabriel voltou a guardar a arma nas costas e contemplou a tela imponente. — O que acha, *signore* Calvi?

— Você precisa escurecer as vestimentas dos dois velhos. Senão, não vou conseguir convencer Oliver Dimbleby de que foi pintado no fim do século XVI.

— Oliver Dimbleby — declarou Gabriel — é o menor dos seus problemas.

Quando ele começou a trabalhar no Gentileschi, estava tão exausto que mal conseguia segurar um pincel. Por sorte, Chiara concordou em posar para ele, já que o artista que ele estava tentando imitar preferia o método de Caravaggio de pintar diretamente a partir de modelos vivas. Ele deu a sua Dânae o corpo e as feições de Chiara, mas transformou o cabelo escuro da esposa em dourado e sua pele morena em alabastro luminoso. A maioria das sessões necessariamente incluía um intermezzo no quarto — apressado, pois o tempo de Gabriel era limitado. O resultado final da colaboração deles foi uma pintura de beleza surpreendente e erotismo velado. Era, concordaram, a melhor das quatro obras.

Como as outras três, estava intacta de craquelê, sinal óbvio de que era uma falsificação moderna, não uma obra de um Velho Mestre. A solução foi um forno profissional grande. O general Ferrari obteve um no inventário apreendido de uma firma de suprimentos de cozinha da máfia e entregou ao armazém da Companhia de Restaurações Tiepolo no continente. Depois de tirar as quatro telas de seus chassis, Gabriel as assou por três horas a cerca de cem graus Celsius. Então, com a ajuda de Francesco, arrastou as pinturas pela borda de uma mesa de trabalho retangular, primeiro vertical, depois horizontalmente. O resultado foi uma bela rede de rachaduras italianadas na superfície.

Naquela noite, sozinho no estúdio, Gabriel cobriu as pinturas com verniz. E, de manhã, com o verniz seco, ele as fotografou com uma Nikon montada em tripé. Pendurou o Ticiano e o Tintoretto na sala de estar do apartamento, entregou o Gentileschi ao general Ferrari e enviou o Veronese a Sarah Bancroft em Londres. As fotos foram enviadas por e-mail diretamente a Oliver Dimbleby, proprietário único da Dimbleby Fine Arts da Bury Street, sobre cujos ombros redondos recaía toda a operação. Pouco antes da meia-noite, uma das imagens apareceu no site da *ARTnews*, sob a assinatura de Amelia March. Gabriel leu a reportagem exclusiva para sua Dânae morena. Ela fez amor com ele sob uma chuva de ouro.

38

KURFÜRSTENDAMM

O artigo era propositalmente baseado em uma única fonte, que desejava permanecer anônima. Até isso era uma falácia, pois fora Sarah Bancroft que dera a informação inicial e Oliver Dimbleby que fornecera a confirmação em off e a fotografia — portanto, tornando-a na realidade uma reportagem de duas fontes.

Dizia-se que a obra em questão tinha 92x74 cm. Isso, pelo menos, era verdade. Não se tratava, porém, de uma obra perdida do pintor do fim da Renascença conhecido como Ticiano, e não houvera uma venda discreta a um colecionador proeminente que não desejava ser identificado. Verdade seja dita, não havia comprador, proeminente ou não, nem dinheiro mudando de mãos. Quanto à tela, agora estava pendurada em um glorioso *piano nobile* com vista para o Grand Canal em Veneza, para o deleite da esposa e dos dois filhos pequenos do falsificador recém--cunhado que a produzira.

Os marchands, curadores e leiloeiros londrinos receberam a notícia com espanto e bastante inveja. Afinal, Oliver ainda estava desfrutando a glória de seu último golpe de sorte. Em salas de leilão e bares de St. James's e Mayfair, perguntas eram feitas, em geral, em cochichos conspiratórios. Esse novo Ticiano tinha uma procedência séria ou havia caído da traseira de um caminhão? O gorducho Oliver tinha certeza absoluta da atribuição? Outros mais cultos do que ele

RETRATO DE UMA MULHER DESCONHECIDA

concordavam? E qual era exatamente o papel dele na transação? Ele tinha mesmo *vendido* o quadro a esse comprador não identificado? Ou meramente atuara como intermediário e embolsara uma comissão lucrativa no processo?

Por três dias intermináveis, Oliver se recusou a confirmar ou negar que tinha comercializado a obra em questão. Finalmente, soltou um breve comunicado comprovatório que era pouco mais esclarecedor do que a reportagem original de Amelia March. Continha apenas duas novas informações: que a pintura emergira de uma antiga coleção europeia e tinha sido examinada por nada menos do que quatro importantes especialistas na Escola Veneziana. Os quatro concordavam, sem qualificações nem ressalvas, que a tela fora executada pelo próprio Ticiano e não por um membro de seu ateliê ou um seguidor tardio.

Naquela noite, Oliver caminhou os 114 passos de sua galeria até o bar no Wiltons e, mantendo a tradição do bairro, imediatamente pediu seis garrafas de champanhe. Comentou-se muito o fato de que era Taittinger Comtes Blanc de Blanc, o mais caro da lista. Ainda assim, todos os presentes diriam depois que Oliver parecia desanimado para um homem que acabara de dar um dos maiores golpes de sorte do mundo da arte em anos. Ele se recusou a divulgar o preço do Ticiano e se fez de surdo quando Jeremy Crabbe o pressionou para saber mais detalhes sobre a procedência do quadro. Em algum momento perto das 20h, puxou Nicky Lovegrove de lado para uma conversa franca, que levou a especulações de que o comprador não identificado de Oliver era um dos clientes super-ricos de Nicky, que jurou que não, mas Oliver, perspicaz, se recusou a comentar. Depois de beijar a bochecha que Sarah Bancroft oferecia, ele saiu para a Jermyn Street e desapareceu.

Foi divulgado no dia seguinte, em um longo artigo no *Art Newspaper*, que o comprador não identificado tinha feito uma oferta final pelo Ticiano depois de ter sido concedida a ele uma exibição exclusiva na galeria de Oliver. Segundo o *Independent*, a oferta era de 25 milhões de libras. Niles Dunham, especialista em Velhos Mestres da National Gallery, negou um relato de que tinha autenticado o quadro em nome

DANIEL SILVA

de Oliver. Curiosamente, todos os outros *connaisseurs* de pintura da Escola Italiana no Reino Unido também.

Mas foi a foto do quadro que levantou mais suspeitas, pelo menos, no mundo maledicente de St. James's. Há muitos anos, Oliver utilizava os serviços da mesma fotógrafa de arte — a renomada Prudence Cuming, da Dover Street, mas não, aparentemente, para seu Ticiano recém-descoberto. Talvez ainda mais suspeito fosse sua alegação de que ele próprio tinha tirado a foto. Todos concordavam que Oliver conseguia segurar um copo de uísque bom ou umas nádegas bem-torneadas, mas não uma câmera.

Ainda assim, ninguém, nem mesmo o inescrupuloso Roddy Hutchinson, suspeitava de transgressão da parte de Oliver. Aliás, o consenso geral era de que ele não era culpado de algo mais sério do que proteger a identidade de sua fonte, prática comum entre os marchands. A conclusão lógica era que era só questão de tempo até outro quadro notável emergir da mesma coleção europeia.

Quando o inevitável finalmente aconteceu, foi mais uma vez Amelia March, da *ARTnews*, quem deu o furo. Dessa vez, a obra em questão era *Baco, Vênus e Ariadne*, do pintor veneziano Tintoretto — venda profundamente privada, preço não disponível mediante consulta. Só dez dias depois, para a surpresa de absolutamente ninguém, a Dimbleby Fine Arts anunciou sua nova oferta: *Susanna no banho*, óleo sobre tela, 194x194cm, de Paolo Veronese. A galeria contratou Prudence Cuming, da Dover Street, para fazer a foto. O mundo da arte tremeu.

Com a exceção, isto é, do poderoso diretor da Galeria Uffizi, de Florença, que achou o surgimento repentino de três quadros de Velhos Mestres italianos suspeito, para dizer o mínimo. Ele telefonou para general Ferrari do Esquadrão da Arte e exigiu uma investigação imediata. Com certeza, gritou na ligação com Roma, as telas tinham sido contrabandeadas da Itália em violação do draconiano Código de Patrimônio Cultural. O general prometeu investigar o assunto, embora seus dedos estivessem firmemente cruzados naquele momento. Nem é preciso dizer que ele não informou ao diretor que os quadros em questão eram todos falsificações modernas e que ele próprio estava agindo em conluio com o falsificador.

O testa de ferro fantasma do falsificador — um colecionador e marchand ocasional que se apresentava como Alessandro Calvi — estava atualmente morando em um apartamento cheio de obras de arte à vista da Uffizi, no Lungarno Torrigiani. Por acaso, o general Ferrari teve a oportunidade de ligar para esse personagem desonroso dois dias depois, para falar de outro assunto. Dizia respeito a uma informação que o falsificador recebera de um informante bem-colocado em Paris, um ladrão de arte e comerciante de antiguidades chamado Maurice Durand.

— Galerie Konrad Hassler. Fica na Kurfürstendamm em Berlim. Tem um café do outro lado da rua. Seu colaborador vai encontrar você lá amanhã, às 15h.

E, assim, o testa de ferro fantasma, cujo nome real era *capitano* Luca Rossetti, saiu cedo do apartamento luxuoso do Arno e pegou um táxi até o Aeroporto de Florença. Seu terno italiano sob medida era novo e caro, bem como seus sapatos feitos à mão e sua maleta de couro macio. O relógio em seu pulso era um Patek Philippe. Como sua coleção de arte e antiguidades, era emprestado das salas de evidências dos Carabinieri.

O itinerário de viagem de Rossetti até Berlim incluía uma conexão em Zurique, e eram quase 15h quando ele chegou ao café na Kurfürstendamm. Gabriel estava sentado a uma mesa externa, à sombra rajada de um plátano. Ele pediu dois cafés para a garçonete falando em um alemão rápido antes de entregar um envelope pardo a Rossetti.

Dentro, havia duas fotos. A primeira mostrava três quadros sem moldura dispostos lado a lado apoiados na parede de um ateliê de artista — um Ticiano, um Tintoretto e um Veronese. O segundo era uma imagem em alta resolução de *Dânae e a chuva de ouro*, presumivelmente de Orazio Gentileschi. Rossetti conhecia bem a obra. No momento, estava pendurada na parede do apartamento de Florença.

— Quando ele está me esperando?

DANIEL SILVA

— Às 15h30. Está sob a impressão de que seu nome é Giovanni Rinaldi e que você é de Milão.

— Como quer que eu faça?

— Quero que apresente a *herr* Hassler uma oportunidade única de adquirir uma obra-prima perdida. Também quero que você deixe claro que é a fonte dos três quadros que ressurgiram em Londres.

— Conto que são falsificações?

— Não vai precisar. Ele vai entender quando vir as fotos.

— Por que eu o estou procurando?

— Porque está querendo um segundo distribuidor para suas mercadorias e ouviu boatos de que ele não é tão honesto.

— Como você acha que ele vai reagir?

— Ou vai te fazer uma oferta, ou vai te expulsar da galeria. Estou apostando na segunda opção. Certifique-se de deixar a foto do Gentileschi ao sair.

— E se ele chamar a polícia?

— Criminosos não chamam a polícia, Rossetti. Aliás, fazem de tudo para evitá-la.

O oficial dos Carabinieri baixou o olhar para a foto.

— Quando ele nasceu? — perguntou Gabriel baixinho.

— Em 1563.

— Qual era o nome dele?

— Orazio Lomi.

— Que tipo de trabalho o pai dele fazia?

— Era um ourives florentino.

— Quem era Gentileschi?

— Um tio com quem ele morou quando se mudou para Roma.

— Onde ele pintou *Dânae e a chuva de ouro*?

— Provavelmente, em Gênova.

— Onde eu pintei minha versão?

— Não é da porra da sua conta.

★ ★ ★

O *capitano* Luca Rossetti saiu do café às 15h27 e atravessou o bulevar elegante e arborizado. Gabriel ficou tenso enquanto o jovem oficial dos Carabinieri estendia a mão direita para o interfone da Galerie Konrad Hassler. Quinze segundos se passaram, o bastante para o marchand dar uma boa olhada em seu visitante. Rossetti se apoiou na porta de vidro e desapareceu de vista.

Cinco minutos depois, o celular de Gabriel vibrou com uma chamada. Era o general Ferrari.

— Não explodiu nada, né?

— Ainda não.

— Me avise no minuto em que ele sair daí — disse o general, e desligou.

Gabriel voltou a apoiar o celular sobre a mesa e dirigiu seu olhar para a galeria. As apresentações tinham sido feitas e os dois haviam seguido para o escritório do marchand para ter alguma privacidade. Uma foto fora colocada na mesa dele. Talvez duas. Vistas juntas, as imagens deixavam claro que um novo falsificador talentoso havia subido ao palco do mercado ilícito de arte, que era exatamente a mensagem que Gabriel desejava enviar.

Bem nesse momento, seu celular vibrou com outra ligação.

— O que está acontecendo aí? — perguntou general Ferrari.

— Espere, vou atravessar a rua e checar.

Desta vez, foi Gabriel quem desligou. Dois minutos depois, a porta da galeria se abriu e Rossetti saiu, seguido por um homem bem-vestido com um cabelo cinza-escuro e um rosto avermelhado. Algumas palavras finais foram trocadas, e dedos foram apontados com raiva. Logo, Rossetti entrou em um táxi e se foi, deixando o homem de rosto avermelhado sozinho na calçada. Ele olhou para a esquerda e a direita no bulevar antes de voltar à galeria.

Mensagem dada, pensou Gabriel.

Ele ligou para Rossetti.

— Parece que vocês dois se deram muito bem.

— Foi exatamente como você disse que seria.

DANIEL SILVA

— Cadê a foto?

— É possível que, na pressa de sair da galeria, eu a tenha deixado sobre a mesa dele.

— Quanto tempo até ele mandá-la à nossa garota?

— Não muito — disse Rossetti.

39

QUEEN'S GATE TERRACE

Pelo resto daquela semana, o telefone da Dimbleby Fine Arts tocou quase sem parar. Cordelia Blake, recepcionista resignada de longa data de Oliver, era a primeira linha de defesa. Aqueles que tinham nomes que ela reconhecia — clientes antigos ou representantes de museus importantes — eram transferidos diretamente à linha de Oliver. Aqueles de menor reputação eram solicitados a deixar uma mensagem detalhada e reassegurados de que sua consulta seria respondida. A ambição do sr. Dimbleby, explicava Cordelia, era achar um lar adequado para o Veronese. Ele não tinha a intenção de vender o quadro para qualquer um.

Sem que ela soubesse, Oliver entregava cada um dos papéis cor-de--rosa com as mensagens a Sarah Bancroft em Mason's Yard, que, por sua vez, encaminhava os nomes e telefones a Gabriel em Veneza. No fim do horário comercial daquela sexta, a Dimbleby Fine Arts tinha recebido mais de duzentos pedidos para ver o Veronese falsificado — de diretores dos maiores museus do mundo e representantes de colecionadores proeminentes e de uma multidão de jornalistas, a marchands e *connaisseurs* conhecedores de Velhos Mestres italianos. Com exceção de um curador do Museu J. Paul Getty, de Los Angeles, nenhum dos nomes da lista tinha origem espanhola, e nenhum dos números de retorno começava com o código da Espanha. Quarenta e duas mulheres desejavam ver o quadro, todas figuras conhecidas no mundo da arte.

DANIEL SILVA

Uma delas era repórter do escritório londrino do *New York Times*. Com aprovação de Gabriel, Oliver permitiu que ela visse o quadro na segunda seguinte e, na quarta à noite, a reportagem dela, com fotos, era o assunto do mundo da arte. O resultado foi outra avalanche de ligações para a Dimbleby Fine Arts.

Dos novos chamadores, 22 eram mulheres. Nenhum dos nomes ou números de retorno eram espanhóis. E nenhuma, segundo Cordelia Blake, falava com sotaque espanhol.

Gabriel temeu o pior: que a testa de ferro da rede de falsificação não tivesse intenção alguma de ir à festa que ele planejara tão meticulosamente em sua homenagem. Mesmo assim, instruiu Oliver a preparar um calendário de visitas, que deveriam durar apenas uma semana. A faixa de preço ficaria entre quinze e vinte milhões de libras, o que separaria o joio do trigo. Oliver deixaria claro que se reservava o direito de não vender a quem fizesse a maior oferta.

— E certifique-se de que as luzes da sala de exibição estejam baixas — completou Gabriel. — Senão, um de seus clientes com olhos de águia pode notar que seu Veronese recém-descoberto é falsificado.

— Sem chance. Na superfície, pelo menos, parece que Veronese pintou no século XVI.

— E pintou mesmo, Oliver. É que por acaso eu é quem estava segurando o pincel.

Gabriel passou o sábado velejando no mar Adriático com Chiara e as crianças, e, no domingo, véspera do início das visitas, voou para Londres. Ao chegar, foi para a *maisonette* de Christopher e Sarah em Queen's Gate Terrace. Lá, disposta na ilha de granito da cozinha, encontrou uma foto de vigilância do Aeroporto de Heathrow, uma digitalização de um passaporte espanhol e uma folha impressa do cadastro de uma hóspede no Lanesborough Hotel.

Com um sorriso, Sarah lhe entregou uma taça de Bollinger Special Cuvée.

— *Tagliatelle* com ragu ou vitela à milanesa?

★ ★ ★

RETRATO DE UMA MULHER DESCONHECIDA

Ela era alta e esguia, com ombros quadrados de nadadora, quadris estreitos e pernas longas. O terninho que vestia era escuro e elegante, mas o decote ousado da blusa branca revelava a bela curva de seus seios delicados e empinados. O cabelo era quase preto e estava solto, caindo até o centro das costas. Até na luz desfavorável do Terminal 5 de Heathrow, ele brilhava como uma pintura recém-envernizada.

O nome dela, segundo o passaporte, era Magdalena Navarro. Tinha 39 anos e residia em Madri. Chegara ao Heathrow no voo Iberia 7459 e ligara para a Dimbleby Fine Arts às 15h07 do telefone do quarto no Lanesborough. A ligação tinha ido automaticamente para o celular de Oliver. Depois de ouvir a mensagem, ele telefonara a Sarah, que convencera o marido, oficial do Serviço de Inteligência Secreta de Sua Majestade, a dar uma olhada informal nos detalhes sobre a espanhola. Ele fizera isso sem a aprovação de seu diretor-geral.

— Nossos irmãos do MI5 levaram vinte minutos para reunir o arquivo.

— Eles olharam as viagens recentes dela?

— Parece que é visitante frequente da França, Bélgica e Alemanha. Também passa um tempo razoável em Hong Kong e Tóquio.

Christopher acendeu um Marlboro e exalou uma nuvem de fumaça para o teto de sua sala de estar elegantemente decorada. Ele usava uma calça de sarja bem-ajustada e um pulôver caro de cashmere. Sarah estava com uma roupa mais casual, calça jeans e um moletom de Harvard. Ela pegou um cigarro do maço de Christopher e acendeu rápido, antes de Gabriel se opor.

— Alguma outra viagem interessante? — perguntou ele.

— Ela vai a Nova York mais ou menos uma vez por mês. Aparentemente, morou lá por alguns anos em meados dos anos 2000.

— Cartão de crédito?

— Um American Express corporativo. A empresa tem um registro nebuloso em Liechtenstein. Aparentemente, ela só usa para viagens ao exterior.

227

— O que ajudaria a disfarçar a localização real da casa dela na Espanha. — Gabriel voltou-se para Sarah. — Como ela se descreveu na mensagem?

— Diz que é corretora, mas não tem site nem perfil no LinkedIn, e Oliver e Julian nunca ouviram falar dela.

— Parece que é nossa garota.

— Sim — concordou Sarah. — A questão é: quanto tempo vamos fazê-la esperar?

— O suficiente para criar a impressão de que ela é absolutamente desimportante.

— E depois?

— Ela vai precisar convencer Oliver a deixá-la ver o quadro.

— Pode ser perigoso — disse Sarah.

— Não vai acontecer qualquer coisa com ele.

— Não é com Oliver que estou preocupada.

Gabriel sorriu.

— No amor e nas falsificações, vale tudo.

40

DIMBLEBY FINE ARTS

O diretor da National Gallery chegou à Dimbleby Fine Arts às 10h do dia seguinte, acompanhado pelo infalível Niles Dunham e três outros curadores especializados em Velhos Mestres italianos. Eles farejaram, cutucaram, espetaram, chutaram os pneus e examinaram a tela sob luz ultravioleta. Ninguém questionou a autenticidade do quadro, só a procedência.

— Uma antiga coleção europeia? É meio tênue, Oliver. Dito isso, tem que ser meu.

— Então, sugiro que me faça uma oferta.

— Não vou me meter em uma guerra de lances.

— Claro que vai.

— Quem é o próximo da fila?

— Getty.

— Você não ousaria.

— Ousaria, se o preço for bom.

— Salafrário.

— Não adianta me elogiar.

— Vejo você no Wiltons hoje à noite?

— A não ser que eu tenha uma proposta melhor.

A delegação do Getty chegou às 11h. Era formada por jovens, bronzeados e cheios de dinheiro. Fizeram uma oferta final de 25 milhões de

DANIEL SILVA

libras, cinco a mais do que o nível superior da faixa de preço. Oliver recusou na hora.

— Não vamos voltar — juraram eles.

— Tenho a sensação de que vão.

— Como você sabe?

— Porque estou vendo a expressão em seus olhos.

Era meio-dia quando Oliver levou os Getty à Bury Street, e Cordelia lhe entregou uma pilha de mensagens telefônicas a caminho do almoço. Ele as folheou rapidamente antes de ligar para Sarah.

— Ela ligou duas vezes hoje de manhã.

— Ótima notícia.

— Acho melhor acabarmos com o sofrimento dela.

— Na verdade, queríamos que você se fizesse de difícil mais um pouco.

— Me fazer de difícil não é meu *modus operandi* normal.

— Já notei, Ollie.

A sessão vespertina foi uma reprise da manhã. A delegação do Metropolitan ficou caidinha, seus colegas de Boston se derreteram. O diretor da Galeria de Arte de Ontario, ele próprio especialista em Veronese, ficou praticamente sem palavras.

— Quanto você quer? — conseguiu dizer.

— Tenho 25 do Getty.

— Eles são selvagens.

— Mas ricos.

— Talvez eu consiga vinte.

— Que tática inovadora de negociação.

— Por favor, Oliver. Não me faça implorar.

— Se chegar na oferta do Getty, é seu.

— É uma promessa?

— Juro solenemente.

E foi assim que terminou o primeiro dia de visitas, com uma última inverdade. Oliver levou a delegação de Ontario até a porta e pegou as mensagens mais recentes na mesa de Cordelia. Magdalena Navarro ligara às 16h15.

— Ela pareceu bem irritada — informou Cordelia.

— E com razão.

— Quem você acha que ela representa?

— Alguém com dinheiro suficiente para hospedá-la no Lanesborough.

Cordelia pegou seus pertences e saiu. Sozinho, Oliver passou a mão no telefone e ligou para Sarah.

— Como foi sua tarde? — perguntou ela.

— Tenho uma guerra de ofertas nas mãos por um quadro que não posso vender. Fora isso, não aconteceu algo relevante.

— Quantas vezes ela ligou?

— Só uma.

— Talvez esteja perdendo o interesse.

— Mais motivo para eu ligar de volta e acabar com isso.

— Vamos discutir no Wiltons. Estou a fim de um martíni.

Oliver desligou e começou o ritual familiar de colocar a galeria para dormir durante a noite. Baixou as telas de segurança interna nas janelas, ativou o alarme e cobriu, com uma baeta, *Susanna no banho*, óleo sobre tela, 194x194cm, de Gabriel Allon.

Lá fora, Oliver passou três trancas na porta e se foi pela Bury Street. Deveria ter sido uma marcha triunfal. Ele era, afinal, a estrela do mundo da arte, o marchand que encontrara uma coleção de Velhas Mestres há muito perdida. E daí que todos os quadros eram falsificados? Oliver se consolou dizendo que suas ações eram a serviço de uma causa nobre. No mínimo, daria uma boa história um dia.

Atravessando a Ryder Street, ele percebeu que havia alguém andando atrás dele. *Alguém usando escarpins bons*, pensou, *com salto-agulha*. Ele, então, parou em frente à galeria Colnaghi e deu uma olhada para a esquerda pela calçada.

Alta, esguia, com uma roupa cara, cabelo preto lustroso caindo por cima do ombro.

Perigosamente bonita.

Para surpresa de Oliver, a mulher parou ao lado dele e fixou os olhos escuros no quadro de um Velho Mestre exposto na vitrine.

DANIEL SILVA

— Bartolomeo Cavarozzi — disse, com um leve sotaque. — Era um dos primeiros seguidores de Caravaggio que passou dois anos trabalhando na Espanha, onde era muito admirado. Se não estou enganada, pintou esse quadro após voltar a Roma em 1619.

— Quem raios *é* você? — perguntou Oliver.

A mulher se virou para ele e sorriu.

— Sou Magdalena Navarro, sr. Dimbleby. E passei o dia tentando falar com você.

O Wiltons estava lotado de curadores de museu dos Estados Unidos e do Canadá, todos divididos em campos opostos. Sarah apertou a mão do diretor austríaco do Met, depois abriu caminho até o bar, onde suportou uma espera de dez minutos por seu martíni. O ruído da festa era tão ensurdecedor que, por um momento, ela não percebeu o telefone tocando. Era Oliver, ligando do celular.

— Você está em algum lugar deste hospício? — perguntou ela.

— Mudança de planos, infelizmente. Vamos ter que remarcar.

— Do que você está falando?

— Sim, amanhã à noite está ótimo. Cordelia liga para você pela manhã para combinar.

E, com isso, a ligação ficou muda.

Sarah ligou rapidamente para Gabriel.

— Posso estar errada — disse ela —, mas acho que nossa amiga acabou de dar o próximo passo.

41

PICCADILLY

— Aonde você está me levando?

— Em um lugar onde a gente possa ficar a sós.

— Não o Lanesborough?

— Não, sr. Dimbleby. — Ela lhe lançou um olhar de reprovação fingida. — Não em nosso primeiro encontro.

Eles caminhavam pela Piccadilly na direção ofuscante da luz do sol, era uma daquelas tardes perfeitas de início de verão em Londres, fresca e suave, uma brisa gentil. O perfume intoxicante da mulher lembrava Oliver do sul da Espanha. Laranjeira, jasmim e um toque de camomila. Por duas vezes, ela roçou o dorso da mão na dele. Seu toque era eletrizante.

Ela parou em frente ao Hide. Era um dos restaurantes mais caros de Londres, um templo de excesso gastronômico e social, amado por bilionários russos, príncipes emiradenses e, evidentemente, lindas criminosas espanholas do mundo da arte.

— Não sou chique o suficiente para este lugar — protestou Oliver.

— O mundo da arte hoje está a seus pés, sr. Dimbleby. Você é, sem dúvida, o homem mais chique de Londres.

Eles fizeram uma entrada e tanto — o marchand corpulento de bochechas rosadas e a mulher alta e elegante com cabelo preto reluzente.

DANIEL SILVA

Ela o levou por uma escada de madeira em espiral até o bar de iluminação fraca. Uma mesa isolada à luz de velas os esperava.

— Estou impressionado — disse Oliver.

— Meu mordomo no Lanesborough reservou.

— Você fica lá sempre?

— Só quando um certo cliente meu está pagando a conta.

— Um cliente interessado em adquirir o Veronese?

— Não vamos apressar as coisas, sr. Dimbleby. — Ela se inclinou para a luz quente da vela. — Nós, espanhóis, gostamos de ir com calma.

A frente da blusa dela havia se aberto, expondo a curva interna de um seio em formato de pera.

— É tão bom quanto dizem? — soltou Oliver.

— O que, sr. Dimbleby?

— O Lanesborough.

— Você nunca foi?

— Só ao restaurante.

— Tenho uma suíte que dá para o Hyde Park. A vista é muito linda.

A de Oliver também era. Mesmo assim, ele se forçou abaixar o olhar para o menu de drinques.

— O que você recomenda?

— A invenção que eles chamam de Groselhinha é transformadora.

Oliver leu os ingredientes.

— Champanhe Bruno Paillard com vodca Ketel One, groselha e goiaba?

— Não faça pouco antes de experimentar.

— Em geral, tomo champanhe e vodca separados.

— Eles têm uma seleção extraordinária de xerez.

— Uma ideia bem melhor.

Ela chamou o garçom levantando a sobrancelha e pediu uma garrafa de Cuatro Palmas Amontillado.

— Já foi à Espanha, sr. Dimbleby?

— Muitas vezes.

— A trabalho ou lazer?

234

— Um pouco dos dois.

— Eu nasci em Sevilha — informou ela. — Mas hoje em dia vivo a maior parte do tempo em Madri.

— Seu inglês é extraordinário.

— Fiz um programa especial de história da arte em Oxford por um ano. — Ela foi interrompida pelo retorno do garçom. Após uma elaborada apresentação do vinho, ele serviu duas taças e se retirou. Ela levantou a dela uma fração de centímetro. — Um brinde, sr. Dimbleby. Espero que goste.

— Por favor, pode me chamar de Oliver.

— De forma alguma.

— Eu insisto — disse ele, e bebeu um pouco do vinho.

— O que acha?

— É ambrosia. Só espero que seu cliente vá pagar a conta.

— Vai, sim.

— Ele tem nome?

— Vários.

— É espião, esse seu cliente?

— É membro de uma família aristocrática. Seu nome é bastante pesado, para dizer o mínimo.

— Ele é espanhol também?

— Talvez.

Oliver suspirou pesado antes de voltar a apoiar a taça na mesa.

— Perdão, sr. Dimbleby, mas meu cliente é um homem extremamente rico que não quer que o mundo saiba a verdadeira escala de sua coleção de arte. Não posso revelar a identidade dele.

— Nesse caso, talvez seja melhor discutirmos a sua.

— Como expliquei à sua assistente, sou corretora.

— Como nunca ouvi falar de você?

— Prefiro operar na sombra. — Ela pausou. — E você também, pelo jeito.

— A Bury Street não fica exatamente na sombra.

— Mas você não foi, digamos, muito aberto sobre a origem do Veronese. Para não mencionar o Ticiano e o Tintoretto.

DANIEL SILVA

— Você não entende muito de comércio de arte, né?

— Na verdade, entendo bastante, assim como meu cliente. É um colecionador sofisticado e astuto. Quer dizer, até se apaixonar por um quadro. Quando isso acontece, dinheiro não é problema.

— E imagino que ele tenha uma quedinha por meu Veronese.

— Foi amor à primeira vista.

— Já tenho dois lances de 25 milhões.

— Meu cliente vai cobrir qualquer oferta que você receber. Após um exame minucioso da tela e da procedência feito por mim, claro.

— E se eu vendesse a ele, o que ele faria?

— Seria exposto proeminentemente em uma das casas dele.

— Ele vai concordar em emprestar para exposições?

— Jamais.

— Admiro sua sinceridade.

Ela sorriu, mas não disse uma palavra sequer.

— Quanto tempo planeja ficar em Londres?

— Meu voo de volta a Madri está marcado para amanhã à noite.

— Que pena.

— Por quê?

— Porque talvez eu tenha uma vaga na agenda na quarta à tarde. Quinta, no máximo.

— Que tal agora?

— Sinto muito, mas minha galeria já está fechada. Além do mais, o dia foi longo e estou exausto.

— Que pena — disse ela, em tom de brincadeira. — Porque eu estava pensando em jantarmos juntos no Lanesborough.

— Tentador — respondeu Oliver. — Mas não em nosso primeiro encontro.

Nas calçadas da Piccadilly, Oliver estendeu a mão à espanhola para se despedir, mas recebeu em vez disso um beijo. Não dois beijos no ar como fazem os ibéricos, mas uma única demonstração de afeto quente

RETRATO DE UMA MULHER DESCONHECIDA

e ofegante que pegou perto da orelha direita e persistiu bem depois de a mulher ter ido na direção de Hyde Park Corner e de seu hotel. A noite ficou completa com o olhar sedutor final que ela deu por cima do ombro. *Tolinho*, estava dizendo. *Tolinho, tolinho.*

Ele virou na direção oposta, sentindo-se levemente inebriado, pegou o celular do bolso interno do paletó. Tinha recebido várias ligações e mensagens desde que olhara pela última vez, nenhuma de Sarah. Curiosamente, o nome e número dela tinham desaparecido de seu diretório de últimas chamadas. Também não havia registro de uma Sarah Bancroft em seus contatos. Do mesmo modo, os números de Julian haviam sumido, assim como a entrada da Isherwood Fine Arts.

Bem nesse momento, o celular tremeu com uma chamada. Oliver não reconheceu o número, mas pressionou a tela em ACEITAR e levou o aparelho ao ouvido.

— Seu carro e motorista estão esperando você na Bolton Street — disse uma voz masculina, e a ligação caiu.

Oliver devolveu o celular ao bolso e continuou a se encaminhar para o leste. A Bolton Street ficava alguns passos para a esquerda. Ele dobrou a esquina e viu um Bentley Continental prata em ponto morto no meio-fio. Ao volante, estava o marido de Sarah. Oliver sentou seu corpo rotundo no banco do passageiro. Um momento depois, estavam indo pela Piccadilly para oeste.

— Seu nome é mesmo Peter Marlowe?

— Por que não seria?

— Parece inventado.

— Oliver Dimbleby também parece. — Sorrindo, ele apontou a mulher alta com cabelo preto reluzente passando pela entrada do Athenaeum. — Lá vai nossa amiga.

— Eu nunca coloquei um dedo nela.

— É melhor não misturar trabalho e diversão, não concorda?

— Não — disse Oliver, enquanto a linda espanhola desaparecia.
— Não concordo de forma alguma.

42

QUEEN'S GATE TERRACE

Como parte de seu pacote de aposentadoria do Escritório, Gabriel tinha recebido uma cópia pessoal do malware israelense de invasão de celulares conhecido como Proteus. A característica mais insidiosa do programa era não exigir que o alvo cometesse um erro — não era necessária uma atualização imprudente de software nem um clique em uma fotografia ou anúncio aparentemente inocentes. Gabriel só precisava colocar o número do alvo no aplicativo Proteus em seu notebook e, dentro de minutos, o aparelho estaria sob seu completo controle. Ele podia ler os e-mails e as mensagens do alvo, revisar o histórico do navegador de internet e os metadados do telefone, bem como monitorar seus movimentos físicos com os serviços de localização por GPS. Talvez mais importante, ele podia ativar o microfone e a câmera do celular e, assim, transformar o aparelho em um instrumento de vigilância em tempo integral.

Como medida de proteção, ele havia instalado o Proteus no Samsung Galaxy de Oliver Dimbleby após recrutá-lo, mas permitido que o malware ficasse dormente até as 17h42 daquela tarde. Com um clique no *trackpad* de seu notebook — uma ação feita enquanto tomava chá na cozinha de Sarah e Christopher em Queen's Gate Terrace —, ele descobriu que seu agente desaparecido estava naquele momento caminhando a oeste pela Piccadilly, acompanhado por uma mulher de voz sensual que falava inglês fluente com um sotaque espanhol. Sarah se apressou para voltar do Wiltons a tempo de ouvir os minutos finais da conversa deles no badalado bar do Hide.

— Nossa Magdalena é uma adversária digna, precisa ser levada a sério.

— Mais um motivo para manter o gorducho do Oliver em uma rédea curta.

Para isso, Gabriel despachou Christopher para Mayfair para encurralar seu ativo rebelde. Eram quase 19h30 quando chegaram à *maisonette*. O interrogatório pós-ação, por assim dizer, começou com uma admissão desconfortável da parte de Gabriel.

Oliver franziu a testa.

— Isso explica por que Sarah e Julian desapareceram de meus contatos.

— Eu os deletei como medida de precaução depois de você concordar em tomar um drinque com aquela mulher sem nos dar um alerta.

— Infelizmente, ela não me deixou muita escolha.

— Por quê?

— Porque ela tem mais de 1,80 metro e é chocantemente bonita. Além do mais, parece ter saído de Madri sem trazer um sutiã na mala.

Oliver olhou para Sarah.

— Acho que vou aceitar aquele drinque agora.

— O Groselhinha ou o Trovão Tropical?

— Uísque, se tiver.

Christopher abriu um armário e pegou uma garrafa de Black Label e dois copos de cristal lapidado. Encheu um dos copos com dois dedos de uísque e o deslizou pela ilha da cozinha na direção de Oliver.

— Baccarat — disse ele, em aprovação. — Talvez você seja mesmo um consultor empresarial muitíssimo bem-sucedido, afinal. — Ele se virou para Gabriel. — Proteus não é o software que o príncipe herdeiro saudita usou para espionar aquele jornalista que ele assassinou?

— O jornalista se chamava Omar Nawwaf. E, sim, o primeiro-ministro israelense aprovou a venda do Proteus aos sauditas apesar de minhas vigorosas objeções. Nas mãos de um governo repressivo, o malware pode ser uma arma perigosa de vigilância e chantagem. Imagine como algo assim poderia ser usado para silenciar um jornalista intrometido ou defensor da democracia.

Gabriel pressionou o PLAY do software.

— *Porque ela tem mais de 1,80 metro e é chocantemente bonita. Além do mais, parece ter saído de Madri sem trazer um sutiã na mala.*

Gabriel pausou a gravação.

— Deus do céu — murmurou Oliver.

— E que tal isto? — Gabriel pressionou o PLAY de novo.

— *Como nunca ouvi falar de você?*

— *Prefiro operar na sombra.* — Ela pausou. — *E você também, pelo jeito.*

— *A Bury Street não fica exatamente na sombra.*

Gabriel pressionou PAUSAR.

— Não vai tocar a parte em que recusei uma noite de sexo incrível em uma suíte no Lanesborough?

— Acredito que a oferta tenha sido um jantar.

— Você precisa sair mais, sr. Allon.

Ele fechou o notebook.

— E agora? — perguntou Oliver.

— Em algum ponto no fim do dia amanhã, você vai convidá-la para ver o quadro na quarta, às 18h. Também vai pedir o celular dela. Com certeza, ela vai se recusar a dar.

— E quando ela chegar na minha galeria na quarta?

— Não vai chegar.

— Por que não?

— Porque você vai ligar na quarta à tarde e remarcar para quinta, às 20h.

— Por que eu faria isso?

— Para mostrar que ela é a menor das suas preocupações.

— Quem dera fosse verdade — disse Oliver. — Mas por que tão tarde?

— Não quero Cordelia Blake lá quando você mostrar o quadro. — Gabriel abaixou a voz. — Pode estragar o clima.

— Ela está mesmo interessada em comprar?

— Nem um pouco. Só quer dar uma olhada antes de desaparecer.

— E se ela gostar do que vir?

— Depois de examinar a procedência, vai lhe pedir para revelar a identidade do homem que o vendeu. Você, é claro, vai se recusar, deixando-a sem escolha a não ser extrair a informação por algum outro meio.

— Música para meus ouvidos.

— É possível que ela tente seduzi-lo — disse Gabriel. — Mas não se decepcione se, em vez disso, ameaçar destrui-lo.

— Posso garantir, ela não vai ser a primeira.

Gabriel digitou algumas teclas no notebook.

— Acabei de adicionar um novo nome aos seus contatos. Alessandro Calvi. Só celular.

— Quem é ele?

— Meu testa de ferro em Florença. Ligue para esse número na presença da espanhola. *Signore* Calvi vai cuidar do resto.

O testa de ferro, cujo nome real era Luca Rossetti, saiu de Florença às 10h da manhã seguinte e foi para sul pela Autoestrada E35. O carro atrás dele era um sedã Maserati Quattroporte. Assim como o relógio Patek Philippe no pulso, era propriedade da Arma dei Carabinieri, empregadora de Rossetti.

Ele chegou a seu destino, o Aeroporto Fiumicino, em Roma, à 13h30. Mais uma hora se passou até Gabriel finalmente sair pela porta do Terminal 3. Ele jogou a mala de mão no porta-malas e se sentou no banco do carona.

— Eu estava começando a ficar preocupado com você — disse Rossetti ao se afastar do meio-fio acelerando.

— Levei quase tanto tempo tentando passar pelo controle de passaporte quanto voando de Londres. — Gabriel olhou o interior do automóvel de luxo. — Bela máquina.

DANIEL SILVA

— Pertencia a um traficante de heroína da Camorra.

— Seu amigo de infância?

— Conheci o irmão mais novo dele. Os dois agora estão em Palermo, na Prisão Pagliarelli.

Rossetti virou na A90, a estrada circular de alta velocidade de Roma, e seguiu para o norte. Tirou os olhos da estrada tempo suficiente para ver de relance a fotografia de vigilância que Gabriel colocara em sua mão.

— Como ela se chama?

— Segundo o passaporte e os cartões de crédito, Magdalena Navarro. Ela tentou seduzir Oliver Dimbleby ontem à noite.

— Ele aguentou bem?

— O melhor que se poderia esperar. — Gabriel pegou de volta a fotografia. — Você é o próximo.

— Quando?

— Quinta à noite. Uma ligação rápida, só. Quero que você dê a ela um horário e lugar, e depois desligue antes dela conseguir fazer perguntas.

— Qual é o horário?

— Nove da noite na sexta-feira.

— E o lugar?

— Embaixo do *arcone* na Piazza della Repubblica. Você não vai ter dificuldade de achá-la. — Gabriel enfiou a foto na maleta dele. — Em que ano ele foi à Inglaterra?

— Quem?

— Orazio Gentileschi.

— Ele viajou de Paris a Roma em 1626.

— Artemisia estava com ele?

— Não. Só os três filhos.

— Quando ele voltou à Itália?

— Nunca voltou. Ele morreu em Londres em 1639.

— Onde ele está enterrado?

Rossetti hesitou.

— Na Capela da Rainha da Somerset House. — Gabriel franziu a testa. — Esta sua máquina vai mais rápido? Eu gostaria de chegar à Úmbria enquanto ainda é dia.

Rossetti pisou no acelerador.

— Melhor — disse Gabriel. — Você é um criminoso agora, *signore* Calvi. Não dá para dirigir que nem policial.

43

VILLA DEI FIORI

A Villa dei Fiori, uma propriedade de quatro mil metros quadrados localizada entre os rios Tibre e Nera, estava na família Gasparri desde os dias em que a Úmbria ainda era governada pelos papas. Havia uma operação de gado grande e lucrativa, um centro equestre que produzia os melhores saltadores de toda a Itália e um rebanho de cabras brincalhonas criadas por puro entretenimento. Seus bosques de oliveira produziam alguns dos melhores azeites da Úmbria, e um pequeno vinhedo contribuía várias centenas de quilos por ano à cooperativa local. Girassóis brilhavam em seus campos.

A *villa* em si ficava no fim de uma entrada para carros empoeirada, sombreada por imponentes pinheiros-mansos. No século XI, tinha sido um monastério. Ainda havia uma pequena capela e, no pátio interior, murado, os restos de um forno onde os irmãos assavam o pão de cada dia. Na base da casa, tinha uma grande piscina azul e, ao lado, um jardim com cobertura de treliça onde cresciam alecrim e lavanda em paredes de pedra etrusca.

O atual conde Gasparri, um nobre romano decadente com ligações íntimas com a Santa Sé, não alugava a Villa dei Fiori nem permitia que amigos e parentes a tomassem emprestada. Aliás, os últimos hóspedes desacompanhados na propriedade tinham sido o moroso restaurador de arte dos Museus Vaticanos e sua linda esposa veneziana, uma experiência que a equipe de quatro pessoas não esqueceria tão cedo. Ficaram, então, surpresos de saber que conde Gasparri concordara em emprestar a *villa* a um conhecido sem nome para uma estadia de duração indeterminada. E, sim, era provável que seu conhecido sem nome recebesse seus próprios hóspedes. Não, ele não precisaria dos serviços da equipe doméstica, já que era de natureza intensamente privada e não desejava ser perturbado.

Portanto, dois membros da equipe — Anna, a lendária cozinheira, e Margherita, a governanta temperamental — deixaram a Villa dei Fiori no início da manhã de quinta-feira para umas férias breves e inesperadas. Dois outros funcionários, porém, permaneceram em seus postos: Isabella, a delicada mulher metade suíça que administrava o centro equestre; e Carlos, o peão argentino que cuidava do gado e das colheitas. Ambos notaram a van Fiat Ducato preto-azulada descaracterizada que subiu chacoalhando a entrada pouco antes do meio-dia. Os dois ocupantes descarregaram o veículo com a agilidade de ladrões escondendo itens roubados. A pilhagem incluía dois grandes caixotes de metal do tipo usado por músicos de rock em turnê, provisões suficientes para alimentar um pequeno exército e, curiosamente, um cavalete de estúdio profissional e uma grande tela em branco.

Não, pensou Isabella. *Não era possível. Não depois de tantos anos.*

A van logo partiu, e um silêncio tenso voltou à *villa*. Ela foi estilhaçada, porém, às 15h42 pelo ruído aterrador de um motor de Maserati. Um momento depois, o carro passou pelo centro equestre em uma nuvem de poeira. Mesmo assim, Isabella conseguiu dar uma breve olhada no passageiro. Sua característica mais distinta era a mecha de cabelo grisalho — como uma mancha de cinza — na têmpora direita.

Era coincidência, Isabella garantiu a si mesma. Não tinha como ser o mesmo homem.

O motor do Maserati diminuiu de volume para um zumbido surdo enquanto o sedã acelerava na direção da *villa* pelas fileiras gêmeas de pinheiros-mansos. Parou em frente ao muro do antigo pátio, e o homem de têmporas grisalhas saiu. Altura mediana, notou Isabella, cada vez mais temerosa, esguio como um ciclista.

DANIEL SILVA

Ele pegou a mala de mão e falou algumas palavras de despedida ao motorista. Pendurou a mala sobre o ombro — *como um soldado*, pensou Isabella — e deu alguns passos pela entrada de carros na direção do portão do pátio. O mesmo ombro caído para a frente. A mesma leve curva para fora das pernas.

— Deus do céu — sussurrou Isabella, quando a Maserati passou voando por ela em um borrão. Era verdade, afinal.

O restaurador tinha voltado à Villa dei Fiori.

Na manhã seguinte, ele começou sua rotina familiar. Fez uma marcha forçada pela propriedade, nadou vigorosamente na piscina e folheou um livro sobre o pintor barroco flamengo Antoon van Dyck sentado à sombra do jardim coberto de treliça. Carlos e Isabella o observavam de longe. Seu humor, perceberam, tinha melhorado muito. Era como se um grande peso tivesse sido tirado de seus ombros. Carlos declarou que ele era um homem mudado, mas Isabella foi ainda mais longe, ele não era um homem mudado, era inteiramente outro homem.

Seus hábitos profissionais, porém, eram disciplinados como sempre. Os trabalhos de quarta-feira diante do cavalete começaram após um almoço espartano e continuaram até tarde da noite. Em sua encarnação anterior, ele ouvia música enquanto trabalhava. Mas, naquele momento, parecia absorto por uma peça horrorosa no rádio, algo que soava como a emissão de um celular que tinha ligado sem querer. O programa incluía um marchand maliciosamente charmoso chamado Oliver e sua assistente corajosa, Cordelia. Disso, pelo menos, Isabella tinha certeza. O resto era uma miscelânea desconjuntada de ruídos de trânsito, descargas de banheiro, ligações unilaterais e explosões de risadas de bar.

O episódio que foi ao ar na quinta de manhã trazia uma conversa entre Oliver e Cordelia sobre uma questão aparentemente trivial de agenda — a visita de uma mulher chamada Magdalena Navarro à galeria. Ao fim do programa, o restaurador saiu para uma caminhada pela propriedade. E Isabella, em uma contravenção das ordens estritas de conde Gasparri, saiu para a indefesa *villa*. Ela entrou pela cozinha e foi até o grande salão que o restaurador mais uma vez havia convertido em ateliê artístico. A tela estava apoiada no cavalete, brilhando com a aplicação recente de tinta a óleo. Era um retrato em três quartos de uma mulher usando um vestido de seda dourada bordado com renda branca. Isabella, que estudara história da arte antes de dedicar a vida aos cavalos, reconheceu o estilo como sendo de Van Dyck. O rosto da mulher ainda não estava finalizado, só o cabelo, que era quase preto. *Escuro de fumo*, pensou Isabella, *com um magnífico lustro de branco de chumbo e toques de lápis-lazúli e vermelhão.*

Os pigmentos e óleos dele estavam dispostos em uma mesa próxima. Isabella sabia que não devia tocar em qualquer coisa, já que ele deixava sinais reveladores que o alertassem de invasores. Seu pincel Winsor & Newton Série 7 de pelo de marta estava apoiado na paleta. Como a tinta, estava úmido. Ao lado, havia um notebook adormecido. O aparelho estava conectado a dois alto-falantes Bose. *Para ouvir as histórias de Oliver e Cordelia*, pensou Isabella.

Ela mais uma vez se voltou ao quadro incompleto. Ele tinha obtido um progresso impressionante em um tempo tão curto. Mas por que ele estava *pintando* um quadro em vez de restaurando? E onde estava a modelo? *A resposta*, pensou Isabella, *é que ele não precisava de uma*. Ela se lembrou do quadro impressionante que fluíra da mão dele após sofrer o ferimento terrível no olho — *Duas crianças em uma praia*, no estilo de Mary Cassatt. Ele finalizara em um punhado de maratonas, usando só a memória como guia.

— O que acha por enquanto? — perguntou ele, calmamente.

Isabella se virou e colocou a mão no coração. Conseguiu, com dificuldade, não gritar.

Ele deu um passo à frente.

— O que está fazendo aqui?

— Conde Gasparri me pediu para ver como você estava.

— Nesse caso, por que veio quando sabia que eu tinha saído? — Ele contemplou os pigmentos e óleos. — Você não tocou em nada, né?

DANIEL SILVA

— Claro que não. Só queria saber no que você estava trabalhando.

— Só isso? Ou também queria saber por que voltei a este lugar depois de tantos anos?

— Isso também — admitiu Isabella.

Ele deu mais um passo à frente.

— Você sabe quem eu sou?

— Até um momento atrás, achei que fosse um restaurador de arte que às vezes trabalhava nos Museus do Vaticano.

— E já não acha mais?

— Não — respondeu ela, depois de um instante. — Não acho.

Um silêncio caiu entre os dois.

— Perdão — disse Isabella, começando a ir para a porta.

— Espere — chamou ele.

Ela parou e se virou devagar. O verde dos olhos dele era perturbador.

— Sim, *signore* Allon?

— Você não me disse o que achou do quadro.

— É extraordinário. Mas quem é ela?

— Ainda não tenho certeza.

— Quando vai saber?

— Em breve, espero. — Ele pegou a paleta e o pincel e abriu o notebook.

— Como se chama? — quis saber Isabella.

— *Retrato de uma mulher desconhecida.*

— Não o quadro. O programa sobre Oliver e Cordelia.

Ele levantou os olhos de repente.

— Você anda ouvindo bem alto. O som viaja muito no interior.

— Espero que não tenha o atrapalhado.

— Nem um pouco — disse Isabella, e se virou para sair.

— Seu celular — falou ele, de repente.

Ela parou.

— O que tem?

— Por favor, deixe aqui. E me traga seu notebook e as chaves de seu carro. Diga para Carlos também me trazer os aparelhos dele. Nada de ligações ou e-mails até segunda ordem. E nada de sair da propriedade.

Isabella desligou o celular e o colocou sobre a mesa, ao lado do notebook aberto. Enquanto saía da *villa*, ela ouviu o malicioso Oliver dizer a alguém chamado Nicky que seu cliente teria que aumentar a oferta para trinta milhões se quisesse o Veronese. Nicky chamou Oliver de ladrão, depois perguntou se ele estava livre para um drinque à noite. Oliver respondeu que não estava.

— *Como ela se chama?*

— *Magdalena Navarro.*

— *Espanhola?*

— *Infelizmente.*

— *Como ela é?*

— *Um pouco parecida com Penélope Cruz, porém, mais bonita.*

44

DIMBLEBY FINE ARTS

Foi Sarah Bancroft, de uma mesa no restaurante italiano Franco, na Jermyn Street, que a viu primeiro — a mulher alta e esguia com cabelo quase preto, vestida com uma saia curta e uma blusa branca justa. Ela dobrou a esquina da Bury Street e imediatamente chamou a atenção de Simon Mendenhall, que saía da Christie's depois de uma interminável reunião da equipe sênior. Simon sendo Simon, ele teve que parar para olhar a bunda da mulher e ficou chocado de vê-la indo direto para a Dimbleby Fine Arts. Ele, por sua vez, foi direto para o Wiltons e informou todos os presentes, incluindo a marchand de arte contemporânea com quem se dizia que estava tendo um caso tórrido, de que a maré de sorte de Oliver continuava com força.

Precisamente às 20h, a mulher de cabelo preto como um corvo tocou a campainha da galeria. Oliver esperou que ela tocasse uma segunda vez antes de se levantar de sua cadeira Eames e destrancar a porta. Após passar pela entrada, ela pressionou os lábios sugestivamente na bochecha dele. Durante seu jogo de gato e rato da semana, Oliver tinha se esquivado de duas ofertas de jantar e de uma proposta sexual velada. Só Deus sabia o que os próximos minutos trariam.

Ele fechou a porta e a trancou bem.

— Quer um drinque?

— Adoraria.

— Uísque ou uísque?

— Uísque seria perfeito.

Oliver a levou pela meia-luz até seu escritório e encheu dois copos.

— Blue Label — comentou ela.

— Guardo para ocasiões especiais.

— O que estamos celebrando?

— A venda recorde iminente de *Susanna no banho*, de Paolo Veronese.

— Onde começa o lance?

— Neste momento, tenho duas ofertas firmas de trinta.

— De museus?

— Um museu — respondeu Oliver. — Uma particular.

— Tenho a sensação de que seus dois proponentes vão ficar decepcionados.

— A oferta do museu é final. O colecionador ganhou uma fortuna na pandemia e tem dinheiro para queimar.

— Meu cliente também. Está ansioso por notícias minhas.

— Então talvez fosse melhor não deixarmos seu cliente esperando ainda mais.

Eles levaram as bebidas para a sala de exibições dos fundos da galeria. O quadro estava apoiado em dois cavaletes de exposição cobertos com baeta. Na semiescuridão, a cena era só fracamente visível.

Oliver estendeu a mão para o dimmer. Quando Susanna e os dois velhos emergiram das sombras, a mulher levou a mão à boca e murmurou algo em espanhol.

— Tradução? — perguntou Oliver.

— Não seria fiel. — Ela se aproximou devagar da obra, como se tentando não perturbar as três figuras. — Não surpreende você ter o mundo da arte inteiro aos seus pés, sr. Dimbleby. É uma obra-prima pintada por um artista no auge de seu talento.

— Acredito que essas tenham sido as palavras exatas que usei para descrever o quadro no release de imprensa.

— Foram? — Ela colocou a mão na bolsa.

DANIEL SILVA

— Sem fotografias, por favor.

Ela retirou uma pequena lanterna ultravioleta.

— Você se importa em apagar a luz por um momento?

Oliver procurou de novo o dimmer e devolveu a sala à escuridão. A mulher jogou o facho roxo-azulado da lanterna na superfície do quadro.

— As perdas são bem extensas.

— As *perdas* — respondeu Oliver — são exatamente o que se esperaria encontrar em uma pintura da Escola Veneziana de quatrocentos e cinquenta anos.

— Quem cuidou da restauração para você?

— Chegou a mim nessa condição.

— Que sorte — disse ela, e desligou a lanterna ultravioleta.

Oliver permitiu que a escuridão permanecesse por um momento antes de, lentamente, aumentar a luz do cômodo. A mulher segurava uma lupa retangular de LED, que usou para examinar a pele exposta do pescoço e do ombro de Susanna, depois o robe colorido com vermelhão que ela segurava em frente aos seios.

— As pinceladas são bem visíveis — comentou ela. — Não só nas roupas, mas na pele, também.

— Veronese desenvolveu um estilo mais abertamente pictórico nas pinceladas no fim da carreira — explicou Oliver. — Esta obra reflete a mudança de seu estilo anterior.

Ela devolveu a lupa à bolsa e se afastou do quadro. Um minuto se passou. Depois outro.

Oliver pigarreou suavemente.

— Eu escutei — disse ela.

— Não quero apressar você, mas está bem tarde.

— Tem um minuto para me mostrar a procedência?

Oliver levou a mulher de volta a seu escritório, onde pegou uma cópia da procedência de uma gaveta de arquivo trancada e a colocou sobre a mesa. A mulher a analisou com ceticismo justificável.

— Uma antiga coleção europeia?

— Muito antiga — respondeu Oliver. — E muito privada.

RETRATO DE UMA MULHER DESCONHECIDA

A mulher empurrou a procedência pela mesa.

— Preciso saber a identidade do proprietário anterior, sr. Dimbleby.

— O proprietário anterior, como seu cliente, insiste no anonimato.

— Você tem contato direto com ele?

— Ela, na verdade — disse Oliver. — E a resposta é não, lido com o representante dela.

— Um advogado? Marchand?

— Sinto muito, mas não posso revelar o nome do representante nem caracterizar sua conexão com a coleção. Especialmente, para uma concorrente. — Oliver abaixou a voz. — Nem sendo tão linda quanto você.

Ela tentou seduzi-lo.

— Não tem algo mesmo que eu possa fazer para você mudar de ideia?

— Infelizmente, não.

A mulher suspirou.

— E se eu oferecesse, digamos, 35 milhões de euros pelo seu Veronese?

— Minha resposta seria a mesma.

Ela deu uma batidinha com a ponta do indicador na procedência.

— Nenhum de seus compradores potenciais ficou preocupado com a fragilidade da cadeia de propriedade do quadro?

— Nem um pouco.

— Como é possível?

— Porque não importa de onde veio o quadro. A obra fala por si.

— Certamente falou comigo. Aliás, ela estava bem falante.

— E o que ela disse?

Ela se inclinou sobre a mesa e olhou bem nos olhos dele.

— Disse que Paolo Veronese não a pintou.

— Que bobagem.

— É mesmo, sr. Dimbleby?

— Passei os últimos quatro dias mostrando essa pintura para os principais especialistas em Velhos Mestres dos museus mais respeitados do mundo. E nenhum deles questionou a autenticidade da obra.

DANIEL SILVA

— É porque nenhum desses especialistas sabe do homem que visitou a Galerie Konrad Hassler em Berlim alguns dias depois de você anunciar a redescoberta de seu suposto Veronese. Esse homem mostrou a *herr* Hassler uma foto do suposto Veronese lado a lado com o suposto Ticiano e o suposto Tintoretto. A fotografia foi tirada no estúdio do falsificador de arte que os pintou.

— Não é possível.

— Infelizmente, é.

— Ele me garantiu que os quadros eram genuínos.

— O *signore* Rinaldi?

— Nunca ouvi falar dele — jurou Oliver, com sinceridade.

— É o nome que ele usou quando visitou a Galerie Hassler. Giovanni Rinaldi.

— Eu o conheço por outro nome.

— E que nome seria?

Oliver não respondeu.

— Ele o enganou, sr. Dimbleby. Ou talvez você simplesmente quisesse ser enganado. Qualquer que seja o caso, você agora está em uma situação bastante precária. Mas não se preocupe, vai ser nosso segredinho. — Ela pausou. — Por uma pequena taxa, claro.

— Pequena quanto?

— Metade do preço final de venda do Veronese.

Oliver, atipicamente, tomou uma decisão madura.

— Eu não poderia de forma alguma vender o quadro depois do que você me contou.

— Se você retirá-lo do mercado agora, vai ser forçado a devolver os milhões de libras que aceitou pelo Ticiano e pelo Tintoretto. E aí...

— Estarei destruído.

Ela entregou a Oliver uma folha de papel com o logo do Lanesborough.

— Quero que você transfira quinze milhões de libras para esta conta amanhã de manhã. Se o dinheiro não aparecer até o fim do dia, vou ligar para aquela repórter do *New York Times* e contar a ela a verdade sobre seu suposto Veronese.

RETRATO DE UMA MULHER DESCONHECIDA

— Você é uma chantagista barata.

— E você, sr. Dimbleby, não sabe tanto do mundo da arte quanto acha que sabe.

Ele olhou o número da conta.

— Você vai receber o dinheiro *depois* da venda de meu Veronese. Que, por sinal, é um Veronese genuíno, não falso.

— Insisto no pagamento imediato.

— Não vai ter.

— Nesse caso — disse a mulher —, vou exigir um caução.

— De quanto?

— Não dinheiro, sr. Dimbleby. Um nome.

Oliver hesitou antes de dizer:

— Alessandro Calvi.

— E onde mora *signore* Calvi?

— Florença.

— Por favor, ligue para o *signore* Calvi de seu celular. Gostaria de dar uma palavrinha com ele.

Eram 20h30 quando Oliver a acompanhou até a saída da Bury Street. Ela estendeu a mão para ele em despedida, e, quando ele a recusou, ela colocou a boca perto da orelha dele e o alertou da humilhação profissional que ele sofreria se não enviasse o dinheiro como prometido.

— Jantar no Lanesborough? — convidou ele, enquanto ela saía na direção da Jermyn Street.

— Fica para a próxima — disse ela por cima do ombro, e desapareceu.

Dentro da galeria, Oliver voltou ao escritório. O aroma de laranjeira e jasmim pairava no ar. Na mesa, havia dois copos não terminados de Blue Label, uma procedência fictícia de um quadro falsificado de Paolo Veronese e uma folha de papel do Lanesborough Hotel. Oliver devolveu a procedência ao arquivo. A folha de papel, ele fotografou com o celular, que tocou um minuto depois.

— Bravo! — disse a voz do outro lado da ligação. — Eu mesmo não teria feito melhor.

255

45
FLORENÇA

General Ferrari chegou à Villa dei Fiori às 14h da tarde seguinte. Estava acompanhado de quatro oficiais táticos e dois técnicos. Os oficiais conduziram um levantamento da área da *villa* e do terreno, enquanto os técnicos transformavam a sala de jantar em um centro de operações. O general, de terno e camisa aberta no colarinho, sentou-se no salão com Gabriel e o observou pintando.

— Sua amiga chegou a Florença pouco antes do meio-dia.

— Como ela conseguiu?

— Um Dassault Falcon fretado no Aeroporto da Cidade de Londres. O Four Seasons mandou um carro buscá-la. Ela está lá agora.

— Fazendo o quê?

— Nossas capacidades de vigilância são limitadas dentro do hotel. Mas vamos ficar de olho se ela decidir visitar uns pontos turísticos. E, definitivamente, vamos colocar algumas equipes na Piazza della Repubblica às 21h.

— Se ela os vir, estamos mortos.

— Pode ser surpresa para você, meu amigo, mas a Arma dei Carabinieri já fez isto uma ou duas vezes. Sem sua ajuda — acrescentou o general. — No minuto em que ela comprar aquele quadro, vamos ter motivo para prendê-la sob inúmeras acusações de fraude artística e conspiração. Ela vai enfrentar uma pena bastante longa em uma prisão feminina italiana. Não é uma perspectiva agradável para uma hóspede frequente do Lanesborough Hotel de Londres.

— Não quero que ela fique em uma cela — disse Gabriel. — Quero que ela esteja do outro lado de uma mesa de interrogatório, contando tudo o que sabe.

— Eu também. Mas tenho obrigação, segundo a lei italiana, de conceder um advogado se ela desejar. Se eu não fizer isso, qualquer coisa que ela disser vai ser inadmissível no julgamento.

— O que a lei italiana diz sobre restauradores de arte participarem dos interrogatórios?

— Surpreendentemente, a lei não fala desse assunto. Se, porém, ela consentisse com a presença do restaurador, poderia ser permitido.

Gabriel se afastou da tela e avaliou o trabalho.

— Talvez o retrato a influencie.

— Eu não contaria com isso. Aliás, pode ser boa ideia algemá-la antes de deixar que ela o veja.

— Por favor, não faça isso — disse Gabriel, carregando o pincel. — Não quero estragar a surpresa.

Ela passou a tarde na piscina e, às 18h, subiu para a suíte para tomar banho e se vestir. Escolheu a roupa com cuidado. Calça jeans clara de stretch, uma blusa branca solta e mocassins de camurça sem salto. Seu rosto estava brilhante do sol da Toscana e precisou de pouca maquiagem. Seu cabelo escuro foi torcido em um coque, com alguns poucos fios soltos no pescoço. *Bonita*, pensou ela ao avaliar sua aparência no espelho, *mas séria*. Não haveria flertes esta noite. Sem brincadeirinhas do tipo que ela tinha feito com o marchand de Londres. O homem que ela encontraria na Piazza della Repubblica não poderia ser seduzido nem enganado para fazer o que ela queria. Ela vira um vídeo da visita dele à Galerie Hassler, em Berlim. Era jovem, bonito, de porte atlético. *Um homem perigoso*, considerou ela, *um profissional*.

DANIEL SILVA

No térreo, ela atravessou o lobby e passou pela entrada discreta do hotel para o Borgo Pinti. As multidões do meio do dia tinham se retirado da cidade, assim como o calor. Ela parou para tomar um café no Caffè Michelangelo, depois caminhou pelo frescor do lusco-fusco até a Piazza della Repubblica. Sua característica arquitetônica dominante era o arco triunfal imponente no flanco oeste. Ela chegou lá, como instruído, exatamente às 21h. A lambreta Piaggio parou ao seu lado um minuto depois.

Ela reconheceu o homem que guiava.

Jovem, bonito, de porte atlético.

Sem dizer uma palavra sequer, ele deslizou para a parte de trás do banco. Magdalena subiu na moto e perguntou o destino.

— Lungarno Torrigiani. Fica no...

— Eu sei onde fica — disse ela, e executou um retorno impecável na rua estreita. Enquanto ela acelerava na direção do rio, as mãos fortes dele se moveram pela lombar dela, a cintura, a virilha, o interior das coxas, os seios. Não havia algo sexual no toque, ele só estava em busca de uma arma escondida.

Ele é um profissional, pensou ela. *Por sorte, ela também era.*

A ligação chegou à Villa dei Fiori às 21h03. Vinha de um dos artistas de vigilância dos Carabinieri na Piazza della Repubblica. A mulher aparecera no ponto de encontro como instruída. Rossetti e ela, naquele momento, iam na direção do apartamento. General Ferrari rapidamente transmitiu a informação a Gabriel, que continuava no cavalete. Ele limpou com cuidado a tinta do pincel e foi para o centro de operações improvisado assistir ao próximo ato. O show de Oliver Dimbleby tinha sido um sucesso total, era a vez de Alessandro Calvi nos holofotes. *Um erro*, pensou Gabriel, *e estamos mortos.*

46

LUNGARNO TORRIGIANI

O prédio tinha a cor de terra de siena, com uma balaustrada correndo por todo o segundo andar, e o apartamento ficava no terceiro. No saguão de entrada escuro, Rossetti pegou a bolsa Birkin da Hermès da mulher e esvaziou o conteúdo no balcão da cozinha. Suas posses incluíam uma lanterna ultravioleta, uma lupa de LED profissional e um celular Samsung descartável. O aparelho estava desligado. O chip tinha sido removido.

Rossetti abriu o passaporte dela.

— Seu nome é mesmo Magdalena Navarro?

— O seu é mesmo Alessandro Calvi?

Ele abriu a carteira Cartier dela e checou os cartões de crédito e a carteira de motorista espanhola. Todos tinham o nome de Magdalena Navarro. O compartimento de dinheiro continha cerca de três mil euros e cem libras não gastas. No compartimento com zíper, Rossetti encontrou alguns recibos, todos da visita a Londres. Fora isso, carteira e bolsa estavam estranhamente livres de lixo e papéis soltos.

Ele devolveu os pertences à bolsa, deixando um único item no balcão. Era uma foto de *Dânae e a chuva de ouro*, de Gabriel Allon.

— Onde você conseguiu isto? — perguntou ele.

— Estive por acaso em Berlim há pouco tempo e almocei com um velho amigo. Ele me contou uma história interessante sobre um

DANIEL SILVA

visitante recente à galeria dele. Evidentemente, esse visitante tentou vender a meu amigo o quadro dessa fotografia. Falou que vinha da mesma coleção particular dos quadros que causaram tanta sensação em Londres. Três quadros, uma foto. Meu amigo achou bem estranho, para dizer o mínimo.

— A foto foi tirada pelo meu restaurador.

— Na minha experiência, restauradores de arte são os melhores falsificadores. Não concorda?

— Parece uma pergunta que uma policial faria.

— Não sou policial, *signore* Calvi. Sou corretora de arte; conecto compradores e vendedores, e vivo das sobras.

— Vive muito bem, pelo que ouvi falar.

Ele a levou para a grande sala de estar do apartamento. Três janelas altas de caixilho, abertas para o ar noturno, davam vista para os domos e campanários de Florença. A mulher, porém, só tinha olhos para os quadros pendurados nas paredes.

— Você tem um gosto extraordinário.

— O apartamento funciona como meu salão de vendas.

Ela apontou para uma ânfora etrusca de terracota belíssima.

— Estou vendo que também vende antiguidades.

— É parte enorme do meu negócio. Bilionários chineses amam cerâmica grega e etrusca.

Ela passou o indicador pela curva do recipiente.

— Essa peça é linda. Mas me diga uma coisa, *signore* Calvi. É uma falsificação igual àqueles três quadros que você vendeu ao sr. Dimbleby? Ou é só saqueada?

— Os quadros que vendi a Dimbleby foram examinados pelos mais proeminentes especialistas em Velhos Mestres italianos de Londres. E ninguém questionou a atribuição.

— É porque seu falsificador é o maior Velho Mestre vivo do mundo.

— Não existe Velho Mestre *vivo*.

— Claro que existe. Eu sei muito bem. Veja, trabalho para um. Ele também consegue enganar especialistas. Mas seu falsificador é bem

RETRATO DE UMA MULHER DESCONHECIDA

mais talentoso do que o meu. Aquele Veronese é uma obra-prima, quase desmaiei quando vi.

— Achei que você tivesse dito que é corretora.

— Eu *sou* corretora. Mas os quadros que represento, por acaso, são falsificações.

— Então, você é testa de ferro? É isso que está dizendo?

— *Você* é testa de ferro, *signore* Calvi. Eu sou uma simples mulher.

— Por que está em Florença?

— Porque gostaria de fazer uma oferta a você e a seu falsificador.

— Que tipo de oferta?

— Me mostre o Gentileschi — disse a mulher. — E, aí, explicarei tudo.

— Quer que eu traga a lupa e a lanterna ultravioleta? — perguntou Rossetti, após um momento.

— Não será necessário. O quadro é…

— Incandescente?

— Incendiário — sussurrou a mulher. — Mas também muito perigoso.

— É mesmo?

— Oliver Dimbleby se comportou de forma temerária levando aqueles três quadros de sua suposta antiga coleção europeia ao mercado. Já tem boatos em certos cantos do mundo da arte de que os quadros podem ser falsificados. E, aí, você piorou o erro com sua conduta na Galerie Hassler. É só questão de tempo para seu artifício dar errado. E, quando isso acontecer, vai ter vítimas colaterais.

— Você?

Ela fez que sim.

— O mercado de Velhos Mestres com qualidade de museu é pequeno, *signore* Calvi. Só tem alguns poucos quadros bons e poucos colecionadores e museus dispostos a pagar milhões por eles. Dois círculos importantes de falsificação de Velhos Mestres não podem competir um

261

DANIEL SILVA

com o outro e sobreviver. Um, inevitavelmente, vai entrar em colapso. E vai levar o outro junto.

— Qual é a alternativa?

— Estou disposta a oferecer a você e a seu parceiro a proteção de uma rede de distribuição experiente, que garantirá um fluxo contínuo de renda por muitos anos.

— Não preciso de sua rede.

— Seu comportamento em Berlim sugere que precisa. O quadro na sala ao lado vale trinta milhões, se bem administrado. E, apesar disso, você estava disposto a entregar a *herr* Hassler por meros dois milhões.

— E se eu o entregasse a você?

— Eu venderia de uma forma que favoreça a segurança de longo prazo mais do que o ganho financeiro de curto prazo.

— Não ouvi um preço.

— Cinco milhões — disse a mulher. — Mas eu insistiria em conhecer seu falsificador no estúdio dele antes do pagamento.

— Dez milhões — contrapôs Rossetti. — E você vai transferir o dinheiro para minha conta antes de se encontrar com meu falsificador.

— Quando aconteceria esse encontro?

Rossetti ponderou seu relógio Patek Phillipe.

— Pouco depois da meia-noite, imagino. Claro, desde que você tenha mais do que três mil euros escondidos nessa sua carteira Cartier.

— Em qual banco é sua conta, *signore* Calvi?

— Banca Monte dei Paschi di Siena.

— Preciso dos números de conta e de identificação para transferências internacionais.

— Vou pegar seu celular.

Ela digitou o número manualmente, de memória. Da primeira vez que ligou, não obteve resposta e desligou sem deixar recado. A segunda tentativa teve o mesmo resultado. A ligação número três, porém, achou o alvo desejado.

RETRATO DE UMA MULHER DESCONHECIDA

Ela falou com a pessoa do outro lado da linha em um inglês excelente. Não houve troca de gentilezas, só a execução ágil de uma transferência bancária de dez milhões de euros para uma conta no banco mais antigo do mundo. A confirmação por e-mail chegou alguns minutos após a conclusão da ligação. Com o polegar escondendo o nome do remetente, ela mostrou a Rossetti. Então, levou o celular para a janela mais próxima e o arremessou nas águas negras do Arno.

— Aonde vamos? — perguntou ela.

— Uma cidadezinha ao sul da Úmbria.

— Espero que não de lambreta.

O Maserati estava estacionado em frente ao prédio. Rossetti se comportou na cidade, mas mandou ver quando chegaram na autoestrada. Ele esperou estarem em Orvieto antes de informar seu falsificador — com uma ligação feita no viva-voz do sistema de bluetooth do carro — que estava indo vê-lo para falar de um assunto importante. O falsificador expressou decepção com aquela invasão de privacidade, já que esperava finalizar uma tela naquela noite.

— Não dá para esperar até de manhã?

— Infelizmente, não. Além disso, tenho boas notícias.

— Falando em notícias, você viu o *Times*? Oliver Dimbleby anunciou que vendeu o Veronese a um colecionador privado. Trinta e cinco milhões. Pelo menos, é o rumor.

E, com isso, a ligação caiu.

— Ele não parece contente — disse a espanhola.

— Por bons motivos.

— Não foi um acordo de consignação?

— Venda direta.

— Quanto Dimbleby pagou?

— Três milhões.

— E o quadro novo? — quis saber a mulher.

— É um Van Dyck.

— Sério? Qual é o tema?

DANIEL SILVA

— Não quero estragar a surpresa — disse Rossetti, e pisou no acelerador.

Pouco antes da meia-noite, Isabella foi acordada de um sonho agradável pelo latido frenético dos cachorros. Em geral, o culpado era um dos javalis que moravam no bosque ao redor, mas, naquela noite, a fonte da comoção eram os dois homens passeando pelo pasto sob a luz do luar. Faziam parte de um grande grupo de hóspedes composto só de homens que chegara à tarde. Isabella tinha a opinião de que os hóspedes não eram *hóspedes* coisa alguma, mas sim, policiais. Senão, como explicar o fato de que dois deles estavam passeando pelos pastos à luz do luar, cada um armado com uma submetralhadora compacta?

Por fim, os cães ficaram em silêncio, e Isabella voltou para a cama, só para tornar a ser acordada à 00h37. Daquela vez, o culpado era o diabo do Maserati esportivo. *O mesmo carro*, pensou ela, *que levara o restaurador à Villa dei Fiori no começo da semana*. Ele passou que nem foguete pela janela do quarto dela em um borrão e subiu acelerando pela entrada ladeada de árvores até a *villa*. Duas figuras desceram no pátio. Uma era um homem de porte atlético, talvez outro policial. A outra era uma mulher alta com cabelo escuro como um corvo.

Foi ela que entrou primeiro na *villa*, com o homem logo atrás. Os guinchos começaram poucos segundos depois, um lamento angustiado terrível, como o grito de um animal ferido. Com certeza tinha a ver com o quadro. *Retrato de uma mulher desconhecida... Talvez ela estivesse errada*, pensou Isabella ao tapar as orelhas. *Talvez* signore *Allon fosse, sim, o mesmo homem.*

Parte Três

PENTIMENTO

47

VILLA DEI FIORI

Ela não se entregou sem lutar, mas, também, eles não esperavam que isso acontecesse. Luca Rossetti tentou contê-la primeiro, mas logo foi alvo de um feroz contra-ataque, deixando Gabriel sem escolha a não ser abandonar sua defesa do quadro e ir ajudar seu novo amigo. Alguns segundos depois, uniram-se a ele dois oficiais táticos, que invadiram a sala com armas apontadas como personagens de uma farsa francesa. Depois, os técnicos entraram na briga, e Gabriel sabiamente bateu em retirada para um local mais seguro para observar os estágios finais da disputa. Foi Rossetti, com sangue saindo por uma das narinas, que aplicou as algemas. Gabriel achou o estalido metálico do mecanismo de fecho um som dos mais gratificantes.

Só então o general Ferrari subiu sem pressa no palco. Depois de determinar satisfatoriamente que a suspeita não tinha sido ferida, ele começou a revisar as provas contra ela. Incluíam uma transferência de dez milhões de euros ao Banca Monte dei Paschi di Siena, bem como a confissão, gravada em vídeo, de que ela era agente-chave em uma rede internacional de falsificações. No momento, os Carabinieri estavam tentando determinar a origem do pagamento. Da mesma forma, estavam trabalhando para identificar os últimos três telefones contatados do Samsung descartável que, naquele momento, estava no fundo do rio Arno. Nenhuma das tarefas, declarou o general, seria difícil.

Mas, mesmo sem as informações, continuou ele, havia evidências suficientes, sob a lei italiana, para entregar a suspeita a um magistrado para julgamento imediato. Como ela tinha sido pega em flagrante envolvida com fraude artística e crimes financeiros relacionados, não havia dúvida quanto ao resultado desse procedimento. Ela, provavelmente, receberia uma sentença longa em uma das prisões femininas da Itália, que, infelizmente, estavam entre as piores da Europa Ocidental.

— Quando for libertada, você vai ser extraditada para a França, onde, sem dúvida, será acusada por seu papel nos assassinatos de Valerie Bérrangar, Georges Fleury e Bruno Gilbert. Com certeza, os promotores espanhóis também vão pensar em algo de que acusá-la. Nem é preciso dizer que, quando você voltar a ser uma mulher livre, já vai estar idosa e aposentada, a não ser, claro, que aceite o colete salva-vidas que estou prestes a jogar.

Os termos do acordo ditavam que a suspeita não receberia tempo de prisão pelos crimes relacionados à operação policial daquela noite em Florença. Em troca, forneceria aos Carabinieri os nomes de outros membros de sua rede, um inventário completo das falsificações que estavam em circulação e, claro, a identidade do próprio falsificador. Qualquer tentativa de evasão ou mentira por parte da suspeita resultaria na retirada do acordo e encarceramento imediato. Uma segunda oferta de imunidade seria improvável.

Eles esperavam uma declaração de inocência, mas não a receberam. Ela também não pediu advogado nem exigiu que o general Ferrari colocasse o acordo de cooperação por escrito. Em vez disso, olhou para Gabriel e fez uma única pergunta:

— Como me achou, sr. Allon?

— Eu pintei quatro quadros — respondeu ele. — E você caiu bem no meu colo.

Nesse ponto, a briga recomeçou. *Capitano* Luca Rossetti foi o único ferido.

★ ★ ★

RETRATO DE UMA MULHER DESCONHECIDA

Ela começou esclarecendo qualquer questão pendente sobre a autenticidade de sua identidade. Sim, garantiu, seu nome era mesmo Magdalena Navarro, e era nascida e criada na cidade de Sevilha, em Andaluzia. Seu pai era marchand de quadros de Velhos Mestres espanhóis e mobiliário antigo. A galeria dele ficava perto da Plaza Virgen de los Reyes, a alguns passos da entrada do Hotel Doña Maria. Ele atendia os habitantes mais ricos de Sevilha, que tinham nascimento nobre e fortuna herdada. O clã Navarro não era membro desse estrato social rarefeito, mas a galeria dera a Magdalena um vislumbre da vida daqueles para quem dinheiro não era problema.

O local também incutira nela um amor pela arte — pela espanhola, em especial. Ela idolatrava Diego Velázquez e Francisco de Goya, mas sua obsessão era Picasso. Quando criança, ela imitava os desenhos dele e, aos doze, produziu uma cópia quase perfeita de *Duas meninas lendo*. Ela começou os estudos formais logo depois, em uma escola de arte particular em Sevilha e, após completar o Ensino Médio, entrou para a Academia de Arte de Barcelona. Para desespero de seus colegas, ela vendeu as primeiras telas quando ainda era estudante. Um repórter importante de uma revista de cultura de Barcelona previu que um dia Magdalena Navarro seria a pintora mais famosa da Espanha.

— Quando me formei em 2004, duas galerias de arte de renome se ofereceram para expor minhas obras. Uma ficava em Barcelona e a outra, em Madri. Nem preciso dizer que ficaram bem surpresas quando recusei.

Eles a tinham colocado em uma cadeira de espaldar reto na área de estar principal do salão. Seus pés estavam descalços nos azulejos de terracota do chão; suas mãos, algemadas às costas. General Ferrari estava sentado imediatamente à frente, com Rossetti ao lado e uma câmera montada em tripé acima de seu ombro. Gabriel contemplava o rasgo em L, de 15x23cm, no canto esquerdo inferior de *Retrato de uma mulher desconhecida*.

— Por que você faria uma coisa dessas? — quis saber ele.

— Recusar a chance de expor minha obra na tenra idade de 21 anos? Porque eu não tinha interesse em ser a artista mais famosa da Espanha.

DANIEL SILVA

— O país é pequeno demais para um talento como o seu?

— Era o que eu achava na época.

— Para onde você foi?

Ela chegou a Nova York no outono de 2005 e se instalou em um apartamento de um quarto na Avenue C, na seção chamada Alphabet City, em Lower Manhattan. O apartamento logo se encheu de pinturas recém-finalizadas, nenhuma das quais ela conseguiu vender. O dinheiro que levara da Espanha acabou rápido. O pai dela mandava o que conseguia, mas nunca era o bastante.

Um ano depois da chegada a Nova York, ela não conseguia mais pagar por suprimentos de pintura e estava prestes a ser despejada. Achou um trabalho de garçonete no El Pote Español em Murray Hill e na Katz's Delicatessen na East Houston Street. Logo estava trabalhando sessenta horas por semana, ficando exausta demais para pintar.

Deprimida, ela começou a beber demais e descobriu que tinha um fraco por cocaína. Entrou em um relacionamento com seu traficante, um belo dominicano descendente de espanhóis chamado Hector Martínez, e logo estava atuando como mensageira e entregadora na rede dele. Muitos de seus clientes regulares eram corretores de Wall Street que ganhavam fortunas vendendo derivativos e contratos garantidos por hipoteca, os instrumentos de investimento complexos que, em três anos, deixariam a economia global à beira do colapso.

— E aí, claro, tinham também roqueiros, roteiristas, produtores da Broadway, pintores, escultores e donos de galeria. Por mais estranho que pareça, ser traficante de cocaína em Nova York fora uma boa decisão de carreira. Todo mundo que era alguém estava usando, e todo mundo sabia meu nome.

O dinheiro que ela ganhou traficando drogas permitiu que Magdalena parasse de trabalhar como garçonete e voltasse a pintar. Ela deu uma das telas a um marchand de Chelsea que tinha o hábito de gastar mil dólares por semana em cocaína, e, ao invés de ficar com o quadro, ele vendeu por cinquenta mil dólares a um cliente. Deu metade dos lucros a Magdalena, mas se recusou a divulgar o nome do comprador.

RETRATO DE UMA MULHER DESCONHECIDA

— Ele disse por quê? — perguntou Gabriel.

— Falou que o cliente insistia no anonimato, mas, também, estava preocupado de eu tirá-lo da jogada.

— Por que ele suspeitaria de uma coisa dessas?

— Eu era filha de um marchand. Sabia como funcionava o negócio.

O marchand de Chelsea comprou mais duas telas de Magdalena e imediatamente vendeu as duas ao mesmo cliente anônimo. Então, informou a Magdalena que o cliente era um investidor rico que admirava muito a obra dela e estava interessado em se tornar seu mecenas.

— Mas só se eu parasse de traficar cocaína.

— Imagino que você tenha concordado.

— Joguei meu pager em um esgoto na 25 Street e nunca mais fiz uma entrega.

E seu novo mecenas, continuou ela, cumpriu sua parte do acordo. De fato, durante o verão de 2008, ele comprou mais quatro telas por meio da mesma galeria de Chelsea, e, com as vendas, Magdalena ganhou mais de cem mil dólares. Com medo de perder o apoio financeiro do mecenas, ela não tentou descobrir a identidade dele, mas, em uma manhã gelada de meados de dezembro, foi acordada por uma ligação de uma mulher que alegava ser a secretária do mecenas.

— Ela queria saber se eu estava livre para jantar naquela noite. Quando falei que sim, ela disse que uma limusine me pegaria no meu apartamento às 16h.

— Por que tão cedo?

— Meu mecenas anônimo planejava me levar ao Le Cirque. Ele queria garantir que eu tivesse uma roupa apropriada.

A limusine chegou no horário prometido e levou Magdalena à Bergdorf Goodman, onde uma *personal shopper* chamada Clarissa selecionou vinte mil dólares em roupas e joias, incluindo um relógio Cartier de ouro. Depois, escoltou Magdalena ao salão de beleza exclusivo da loja para um corte e uma escova.

O Le Cirque ficava a alguns quarteirões, no Palace Hotel. Magdalena chegou às 20h e foi imediatamente levada a uma mesa no centro do

DANIEL SILVA

icônico salão de jantar. Na cabeça, ela tinha uma imagem do mecenas como um setentão conservado que usava blazer e morava na Park Avenue. Mas o homem que a esperava era alto, loiro e tinha no máximo 45 anos. Levantando-se, ele estendeu a mão para Magdalena e, enfim, se apresentou.

Seu nome, disse ele, era Phillip Somerset.

48

VILLA DEI FIORI

A verdade é que era o último nome do mundo que Gabriel esperava que saísse da boca de Magdalena Navarro. Interrogador experiente, ele não demonstrou surpresa nem incredulidade. Em vez disso, virou-se para o general Ferrari e Luca Rossetti, para quem o nome não significava nada, e recitou uma versão resumida do currículo de Phillip Somerset: ex-corretor de títulos de renda fixa no Lehman Brothers; fundador e CEO do Fundo de Investimentos Obras-Primas, um fundo de hedge baseado em arte que trazia retornos anuais rotineiros de 25 por cento aos investidores. Era óbvio que o general suspeitava haver mais coisa na história, mesmo assim, permitiu que Gabriel voltasse a questionar a suspeita. Ele começou pedindo para Magdalena descrever sua noite naquele que já fora o restaurante mais celebrado de Manhattan.

— A comida era horrível. E a decoração, então! — Ela revirou os lindos olhos escuros.

— E seu companheiro de jantar?

— A conversa foi cordial e profissional, não teve qualquer coisa romântica na noite.

— Por que o vestido chique e o relógio Cartier?

— Eram uma demonstração do poder que ele tinha de transformar minha vida. A noite toda foi uma performance artística.

— Você ficou impressionada?

DANIEL SILVA

— O contrário, na verdade. Achei que ele era um cruzamento de Jay Gatsby com Bud Fox. Estava fingindo ser algo que não era.

— O quê?

— Um homem de fortuna e sofisticação extraordinárias, um mecenas das artes estilo Médici.

— Mas Phillip *era* rico.

— Não tanto quanto alegava ser, e não sabia qualquer coisa sobre arte. Phillip gravitava para o mundo da arte, porque era onde estava o dinheiro.

— Por que ele se atraiu por você?

— Eu era jovem, bonita e talentosa, com um nome exótico e ascendência espanhola. Ele disse que me transformaria em uma marca global bilionária. Prometeu me deixar rica além de meus maiores sonhos.

— Alguma dessas coisas era verdade?

— Só a parte de me deixar rica.

Phillip adquiria os quadros de Magdalena quase tão rápido quanto ela os terminava e depositava o dinheiro em uma conta do Fundo de Investimentos Obras-Primas. O saldo logo passou de dois milhões de dólares. Ela saiu do estúdio em Alphabet City e se instalou em uma grande casa na 11th Street. Phillip manteve a propriedade do imóvel, mas deixou que ela morasse lá sem pagar aluguel.

Ele a visitava com frequência.

— Para ver seus últimos quadros?

— Não — respondeu ela. — Para me ver.

— Vocês eram amantes?

— Amor não tinha algo a ver com o que acontecia entre nós, sr. Allon. Era parecido com nosso jantar no Le Cirque.

— Horrível?

— Cordial e profissional.

De vez em quando, Phillip a levava a um show da Broadway ou à inauguração de uma galeria. Mas, na maior parte do tempo, a mantinha escondida na casa, onde ela passava os dias pintando, como a filha de Rumpelstiltskin no tear. Ele assegurou que estava fechando uma exposição vistosa da obra dela que a transformaria na artista mais badalada de

Nova York. Mas, quando a exposição prometida nunca se materializou, ela acusou Phillip de enganá-la.

— Como ele reagiu?

— Me levando a um loft em Hell's Kitchen, perto da Nona Avenida.

— O que tinha no loft?

— Quadros.

— Algum deles era verdadeiro?

— Não — respondeu Magdalena. — Nem unzinho.

Eram, porém, obras de beleza e qualidade deslumbrantes, executadas por um falsificador de imenso talento e habilidade técnica. Ele não tinha copiado pinturas existentes. Em vez disso, havia astutamente imitado o estilo de um Velho Mestre para criar um quadro que pudesse passar como recém-descoberto. As telas, os chassis e as molduras eram adequados ao período e à escola, bem como os pigmentos. O que significava que nenhum dos quadros jamais poderia ser exposto como falsificado por uma avaliação científica.

— Phillip contou a você o nome do falsificador naquela noite?

— Claro que não. Phillip nunca me falou o nome dele.

— Você não acha que vamos acreditar nisso, né?

— Por que ele me contaria uma coisa dessas? Além do mais, o nome do falsificador não era relevante para o que Phillip queria que eu fizesse.

— Que era?

— Vender os quadros, claro.

— Mas por que você?

— Por que *não* eu? Eu era formada em história da arte e ex-traficante de drogas, sabia entrar em uma sala com um quarto de cocaína e sair com o dinheiro. Também era filha de um marchand de Sevilha.

— Um ponto de entrada perfeito para o mercado europeu.

— E um lugar perfeito para testar alguns quadros falsificados — completou ela.

— Mas por que um empresário incrivelmente bem-sucedido como Phillip Somerset iria querer se meter com fraude artística?

DANIEL SILVA

— Me diga você, sr. Allon.

— Porque o empresário, afinal, não era tão incrivelmente bem-sucedido.

Magdalena fez que sim com a cabeça.

— O Fundo de Investimentos Obras-Primas foi um fracasso desde o início. Mesmo quando os preços das obras estavam altíssimos, Phillip nunca conseguiu acertar a fórmula de compra e venda. Ele precisava de algumas apostas certas para mostrar lucro aos investidores.

— E você concordou com o esquema?

— Não de início.

— O que fez você mudar de ideia?

— Mais dois milhões de dólares na minha conta do Fundo de Investimentos Obras-Primas.

Magdalena voltou a Sevilha um mês depois e recebeu os primeiros seis quadros de Nova York. Os documentos de frete os descreviam como obras de Velhos Mestres de valor mínimo, todas produzidas por seguidores tardios ou imitadores dos próprios mestres. Mas, quando Magdalena as colocou à venda na galeria do pai, ela inflou as atribuições a "círculo de" ou "ateliê de", elevando substancialmente o valor das obras. Em poucas semanas, todas as seis tinham sido compradas pela clientela sevilhana rica do pai dela. Magdalena deu a ele dez por cento dos lucros e transferiu o resto do dinheiro para o Fundo de Investimentos Obras-Primas através de uma conta em Liechtenstein.

— Quanto?

— Um milhão e meio. — Magdalena deu de ombros. — Uma ninharia.

Depois do teste inicial, os quadros começaram a chegar de Nova York em um fluxo contínuo. Eram numerosos demais para vender pela galeria, então Magdalena se estabeleceu como intermediária baseada em Madri. Vendeu uma das telas — uma cena bíblica, supostamente do pintor veneziano Andrea Celesti — para o marchand de Velhos Mestres mais importante da Espanha, que, por sua vez, vendeu-a a um museu no Meio-Oeste dos Estados Unidos.

— Onde ela está até hoje.

Mas Phillip logo descobriu que era bem mais fácil Magdalena simplesmente *vender* os quadros de volta ao Fundo de Investimentos Obras-Primas — a preços insanamente inflados, sem que dinheiro de verdade trocasse de mãos. Então, ele colocava e tirava as obras do portfólio do Obras-Primas por meio de suas próprias vendas-fantasma, usando uma série de entidades corporativas de fachada. Cada vez que um quadro supostamente trocava de mãos, seu valor aumentava.

— No fim de 2010, o Fundo de Investimentos Obras-Primas alegava controlar mais de quatrocentos milhões de dólares em obras de arte, mas uma porcentagem significativa delas era de falsificações sem valor que tinham sido infladas artificialmente com vendas fictícias.

Só que Phillip não estava satisfeito com a escala da operação, continuou ela. Ele queria mostrar um crescimento explosivo no valor do portfólio do Obras-Primas e rendimentos mais altos para seus investidores. Conseguir esse objetivo exigiu introduzir novos quadros no mercado. Até então, eles haviam se limitado primariamente a obras intermediárias, mas Phillip estava ansioso para aumentar as apostas. A rede de destruição existente não seria suficiente; ele queria uma galeria de primeira em um grande centro de arte mundial. Magdalena achou esse local em Paris, na rue la Boétie.

— A Galerie Georges Fleury.

Magdalena fez que sim.

— Como você soube que Monsieur Fleury se interessaria por fazer negócios com você?

— Ele adquiriu um quadro do meu pai uma vez e convenientemente se esqueceu de pagar. Mesmo pelos padrões baixos do mundo da arte, Monsieur Fleury era um verme sem escrúpulos.

— Como você agiu com ele?

— Fui direta.

— Ele não teve reservas em vender falsificações?

— Absolutamente nenhuma. Mas insistiu em submeter um de nossos quadros a análise científica antes de concordar em vendê-los.

— O que você deu a ele?

DANIEL SILVA

— Um retrato de Frans Hals. E sabe o que Monsieur Fleury fez?

— Mostrou ao futuro presidente do Louvre. E o futuro presidente do Louvre deu ao Centro Nacional de Pesquisa e Restauração, que afirmou a autenticidade. E agora o retrato falsificado de Frans Hals faz parte da coleção permanente do museu, junto com um Gentileschi, um Cranach e o Van der Weyden mais incrível que você já viu na vida.

— Não era o resultado que Phillip esperava. Mas, mesmo assim, era uma senhora conquista.

— Quantas falsificações vocês dois venderam através da Galerie Fleury?

— Entre duzentas e trezentas.

— Como Fleury foi compensado?

— As primeiras vendas foram consignadas.

— E depois disso?

— Phillip comprou a galeria por meio de uma corporação de fachada anônima em 2014. Para todos os efeitos, Monsieur Fleury era funcionário do Fundo de Investimentos Obras-Primas.

— Quando a Galerie Hassler em Berlim passou a ser controlada por vocês?

— No ano seguinte.

— Fiquei sabendo que vocês têm um ponto de distribuição em Bruxelas.

— Galerie Gilles Raymond, na rue de la Concorde.

— Está faltando alguma?

— Hong Kong, Tóquio e Dubai. E tudo flui para os cofres do Fundo de Investimentos Obras-Primas.

— O maior golpe da história do mundo artístico — disse Gabriel. — E poderia ter continuado para sempre se Phillip não tivesse comprado *Retrato de uma mulher desconhecida* da Isherwood Fine Artes de Londres.

— Foi culpa de sua amiga, Sarah Bancroft — respondeu Magdalena. — Se ela não tivesse se vangloriado da venda àquela repórter da *ARTnews*, a francesa nunca teria ficado sabendo.

O que os levou, às 2h30, à Madame Valerie Bérrangar.

49

VILLA DEI FIORI

Da primeira vez que Magdalena ouviu o nome de Valerie Bérrangar, ela estava na suíte de sempre no Pierre Hotel, em Nova York. Era uma tarde fria e chuvosa em meados de março. Phillip, frustrado, estava deitado ao lado dela, irritado por ela ter interrompido a transa para atender uma ligação. Era de Georges Fleury em Paris.

— O que você estava fazendo em Nova York? — perguntou Gabriel.

— Vou para lá pelo menos uma vez por mês para discutir o tipo de coisa que não pode ser colocada em um e-mail ou uma mensagem criptografada.

— Você e Phillip sempre acabam na cama?

— Essa parte de nosso relacionamento nunca mudou. Mesmo durante a breve paixão dele pela sua amiga Sarah Bancroft, Phillip dormia comigo.

— A esposa dele sabe de vocês dois?

— Lindsay não faz ideia. De basicamente nada.

Com a aprovação do general Ferrari, Rossetti tinha removido as algemas do pulso dela. Suas longas mãos estavam pousadas sobre a perna direita, cruzada sobre a esquerda. Seus olhos escuros acompanhavam Gabriel, que andava devagar por todo o perímetro da sala.

— Imagino que Monsieur Fleury estivesse bem nervoso naquela tarde de março — disse ele.

DANIEL SILVA

— Em pânico. Um policial francês chamado Jacques Ménard tinha ido sem aviso prévio à galeria questionar Fleury sobre *Retrato de uma mulher desconhecida*. Ele estava com medo de que o castelo de cartas desmoronasse.

— Por que ele entrou em contato com você, e não com Phillip?

— Eu sou responsável pelas vendas e pela distribuição. Phillip é dono das galerias, mas mantém os marchands à distância. A não ser, claro, que haja algum problema.

— Como Valerie Bérrangar?

— Isso.

— O que Phillip fez?

— Uma ligação.

— Para quem?

— Um homem que faz os problemas dele sumirem.

— Esse homem tem nome?

— Se tem, não sei qual é.

— Ele é norte-americano?

— Não tenho como saber.

— O *que* você sabe?

— Que é um ex-oficial de inteligência que tem uma rede de profissionais capacitados à disposição. Eles hackearam o celular e o notebook de Madame Bérrangar e invadiram a *villa* dela em Saint-André-du-Bois. Foi aí que descobriram a entrada no calendário dela. E o quadro, claro.

— *Retrato de uma mulher desconhecida*, óleo sobre tela, 115x92cm, atribuído a um seguidor do pintor barroco flamengo Antoon van Dick.

— Foi um erro terrível da parte de Fleury — disse Magdalena. — Ele deveria ter me dito que tinha vendido a versão original do quadro, mas a verdade é que fazia tanto tempo que ele esqueceu.

— Como o falsificador produziu a cópia?

— Aparentemente, usando uma fotografia achada em um catálogo de exibição antigo. Era um quadro menor produzido por um artista sem nome trabalhando no estilo de Van Dyck. O falsificador simplesmente executou uma versão mais caprichada e, *voilà*, um Van Dyck perdido, de repente, reapareceu depois de séculos escondido.

280

RETRATO DE UMA MULHER DESCONHECIDA

— Na mesma galeria parisiense em que o marido de Valerie Bérrangar comprou a versão original 34 anos antes.

— O cenário não era impossível, mas era suspeito, para dizer o mínimo. Se o esquadrão da arte francês abrisse uma investigação...

— Você teria sido presa. E o império de falsificação e fraude de Phillip Somerset teria se desfeito espetacularmente.

— Com consequências desastrosas para todo o mundo artístico. Fortunas teriam sido perdidas e inúmeras reputações, arruinadas. Medidas de emergência tinham que ser tomadas para conter os danos.

— Eliminar Madame Bérrangar — disse Gabriel. — E descobrir o que, se é que tinha alguma coisa, ela tinha contado a Julian Isherwood e a sócia dele, Sarah Bancroft.

— Não tive algo a ver com a morte da tal Bérrangar. Foi Phillip quem cuidou de tudo.

— Um acidente de carro com um só veículo em um trecho de estrada vazio. — Gabriel pausou. — Problema resolvido.

— Ou era o que parecia. Mas, menos de uma semana depois da morte dela, Sarah Bancroft e você apareceram na casa de Phillip em Long Island.

— Ele disse a nós que tinha vendido *Retrato de uma mulher desconhecida*. Também disse que uma segunda revisão da atribuição havia determinado que o quadro era mesmo um Van Dyck genuíno.

— Nada disso era verdade.

— Mas por que ele comprou sua própria falsificação para começo de conversa?

— Já expliquei a vocês.

— Explique de novo.

— Em primeiro lugar — disse Magdalena —, o Fundo de Investimentos Obras-Primas não pagou realmente 6,5 milhões de libras por *Retrato de uma mulher desconhecida*.

— Porque a Isherwood Fine Arts, sem saber, comprou do Fundo de Investimentos Obras-Primas por três milhões de euros.

— Correto.

DANIEL SILVA

— Mesmo assim, Phillip entregou uma boa quantia de dinheiro por um quadro que não valia um centavo sequer.

— Mas foi dinheiro dos outros. E o quadro está longe de não valer para um homem como Phillip. Ele pode usá-lo como garantia para empréstimos bancários e depois vendê-lo a outro investidor de arte por bem mais do que ele tinha pagado.

— E, passando a venda pela Isherwood Fine Arts — completou Gabriel —, Phillip ganhava uma desculpa plausível se um dia descobrissem que era falsificado. Afinal, foi Sarah quem vendeu a falsificação para *ele*. E foi Julian, um respeitado especialista em Velhos Mestres holandeses e flamengos, que concluiu que o quadro tinha sido pintado por Antoon van Dyck, não por um seguidor tardio.

— A bênção de Julian Isherwood aumentou significativamente o valor do quadro.

— Onde ele está agora?

— Depósito de Artes de Chelsea.

— Que deve ser de Phillip também.

— Phillip controla toda a infraestrutura física da rede, incluindo Chelsea. E ele teve medo de que você e Sarah fossem destruir tudo.

— O que ele fez?

— Deu outro telefonema.

— Para quem?

— Para mim.

Com uma pequena porção do dinheiro que Magdalena tinha ganhado trabalhando para Phillip Somerset e o Fundo de Investimentos Obras--Primas, ela comprara um apartamento luxuoso na *calle* de Castelló, no bairro de Salamanca, em Madri. Seu círculo de amigos incluía artistas, escritores, músicos e estilistas que não sabiam qualquer coisa sobre a verdadeira natureza de seu trabalho. Como a maioria dos jovens espanhóis, jantavam em torno de 22h e iam para uma boate. Consequentemente,

Magdalena ainda estava dormindo quando Phillip ligou às 13h de uma segunda e mandou que ela limpasse a bagunça na Galerie Fleury.

— Que tipo de limpeza ele tinha em mente?

— Destruir as falsificações no inventário da galeria e, se necessário, devolver o um milhão de euros que você e a violinista pagaram por *Uma cena do rio com moinhos de vento distantes*.

— Eu tinha razão, era mesmo falsificado?

Ela confirmou com a cabeça.

— Evidentemente, você contou a Phillip que havia dado a Aiden Gallagher para uma análise científica. Phillip estava convencido de que Aiden veria que era falso.

— Porque Aiden é o melhor do meio.

— A última palavra — disse Magdalena.

— E ao ficar sabendo que a galeria tinha sido bombardeada?

— Percebi que Phillip tinha me enganado de novo. — Ela pausou. — E que tinha cometido um erro terrível.

Por três semanas, continuou, ela foi prisioneira de seu apartamento em Madri. Seguiu as notícias de Paris obsessivamente, roeu as unhas até o sabugo, pintou um autorretrato à la Picasso e bebeu demais. Suas malas estavam prontas no hall de entrada. Uma delas continha um milhão de euros em dinheiro.

— Aonde você planejava ir?

— Marrakech.

— Largaria seu pai para enfrentar as consequências de seus crimes?

— Meu pai não fez algo de errado.

— Duvido que a polícia espanhola concordaria — disse Gabriel. — Mas continue.

Ela instruiu que as galerias remanescentes da rede congelassem todas as vendas de quadros falsificados e reduzissem o contato por telefone ou mensagens com Phillip ao mínimo possível. Mas, no fim de abril, ele a convocou a Nova York e mandou abrir as torneiras.

DANIEL SILVA

— Um de seus maiores investidores tinha pedido um resgate de 45 milhões de dólares. O tipo de resgate que deixa uma marca no balancete. O Obras-Primas precisava reabastecer suas reservas de dinheiro rápido.

E, assim, as falsificações fluíram no mercado, e o dinheiro fluiu nas contas de Phillip nas Ilhas Cayman. Em junho, o bombardeio da Galerie Fleury tinha sumido das manchetes e os olhos do mundo da arte estavam em Londres, onde a Dimbleby Fine Arts se preparava para expor uma versão recém-descoberta de *Susanna no banho*, de Paolo Veronese. O quadro, supostamente, saíra da mesma coleção europeia não identificada que produzira antes um Ticiano e um Tintoretto. Mas Magdalena sabia algo que o resto do mundo artístico não sabia: que todos os três quadros eram falsificações.

— Porque o testa de ferro do falsificador — disse Gabriel — fez uma cena e tanto na Galerie Hassler, em Berlim.

Magdalena olhou Rossetti.

— Suspeitei daqueles quadros mesmo antes do seu homem tentar vender o Gentileschi a *herr* Hassler.

— Por quê?

— Conheço uma armadilha de procedência quando vejo, sr. Allon. A sua não era lá muito inteligente nem original. Mesmo assim, fiquei surpresa com a reação do mundo artístico. É o segredo de nosso sucesso.

— O quê?

— A ingenuidade dos colecionadores e supostos especialistas e *connaisseurs*. O mundo artístico quer desesperadamente acreditar que há obras-primas perdidas só esperando para serem descobertas. Phillip e eu realizamos sonhos. — Ela conseguiu dar um sorriso. — E você também, sr. Allon. Seu Veronese tirou meu fôlego, mas o Gentileschi era de morrer.

— Você precisava ficar com ele?

— Não — respondeu ela. — Eu precisava ficar com *você*.

— Porque o mercado de Velhos Mestres com qualidade de museu é pequeno? Porque dois círculos importantes de falsificação de Velhos Mestres não podem competir um com o outro e sobreviver?

— E porque o falsificador de Phillip não consegue produzir quadros suficientes para atender à demanda de minha rede de distribuição — disse Magdalena. — E porque, apesar de ser muito talentoso, ele não chega a seus pés.

— Nesse caso, aceito sua oferta.

— Que oferta?

— De entrar para a equipe do Fundo de Investimentos Obras- -Primas. —- Gabriel desligou a câmera. — Vamos dar um passeio, Magdalena, que tal? Tem um ou dois detalhes que precisamos acertar antes de você ligar para Phillip com as boas notícias.

50

VILLA DEI FIORI

Eles desceram a ladeira suave do caminho de carros, sob a copa dos pinheiros-mansos. As primeiras pinceladas do amanhecer caíam sobre os morros a leste, mas, no céu, as estrelas brilhavam forte. O ar estava fresco e parado, sem um suspiro de movimento. Cheirava a laranjeira e jasmim e ao cigarro que Magdalena, com seu charme, tinha convencido Luca Rossetti a dar ela.

— Onde você aprendeu a pintar daquele jeito? — perguntou ela.

— No útero.

— Sua mãe era artista.

— E meu avô também. Era discípulo de Max Beckmann.

— Como ele se chamava?

— Viktor Frankel.

— Conheço o trabalho do seu avô — disse Magdalena. — Mas bons genes sozinhos não explicam um talento como o seu. Se eu não soubesse, teria chutado que você foi aprendiz do ateliê de Ticiano.

— É verdade que fiz meu treinamento em Veneza, mas foi com um restaurador famoso chamado Umberto Conti.

— E com certeza foi o melhor pupilo de *signore* Conti.

— Acho que tenho um dom natural.

— Para restaurar telas?

— Não só telas. Pessoas também. Estou tentando decidir se você vale o esforço. — Ele a olhou de lado. — Tenho uma sensação terrível de que você já não pode ser consertada.

— O dano é autoinfligido, infelizmente.

— Não todo ele. Phillip recrutou você, a preparou, se aproveitou das suas vulnerabilidades, fisgou você. Eu conheço as técnicas dele. Já as usei mais de uma vez.

— Está usando agora?

— Um pouco — admitiu ele.

Ela desviou o rosto e soltou um fluxo fino de fumaça.

— E se eu dissesse que entrei por vontade própria na armadilha que Phillip montou para mim?

— Por querer o dinheiro?

— Com certeza não foi pelo sexo.

— Quanto dinheiro você tem?

— Além de um milhão de euros na mala em meu apartamento? — Ela olhou para o céu. — Tenho mais quatro ou cinco espalhados pela Europa, mas o grosso está investido no Fundo de Investimentos Obras-Primas.

— Saldo atual?

— Uns 55.

— Milhões?

— É uma fração do que eu mereço. Se não fosse por mim, não existiria Fundo de Investimentos Obras-Primas.

— Não é exatamente algo que fica bem no currículo, Magdalena.

— Quantas pessoas podem falar que construíram uma rede global de falsificações multibilionária?

— Ou que derrubou uma — disse Gabriel baixinho.

Ela franziu a testa.

— Como você me achou, sr. Allon? A verdade, desta vez.

— Sua tentativa de recrutar Lucien Marchand me deu informações valiosas sobre a forma como administra sua operação.

DANIEL SILVA

Magdalena deu um trago final no cigarro e, com um peteleco do indicador longo, fez a guimba voar em um arco na escuridão.

— E como anda Françoise? Ainda morando em Roussillon? Ou se instalou permanentemente na *villa* de Lucien em Saint-Barthélemy?

— Por que você tentou contratá-lo?

— Phillip queria expandir nosso acervo para incluir obras impressionistas e do pós-guerra. O falsificador dele não tinha essa capacidade, então, ele me pediu para encontrar alguém que tivesse. Fiz uma oferta generosa a Lucien, e ele aceitou.

— Junto com um milhão de euros em dinheiro.

Ela não respondeu.

— É por isso que você mandou matá-lo? Pela mixaria de um milhão de euros?

— Eu cuido de vendas e distribuição, sr. Allon. Phillip lida com problemas.

— Por que Lucien era um problema?

— Preciso mesmo lhe explicar?

— Depois de Lucien e Françoise aceitarem o dinheiro e darem para trás do acordo, Phillip ficou preocupado deles serem uma ameaça a você e ao Fundo de Investimentos Obras-Primas.

Magdalena fez que sim.

— Françoise tem sorte de Phillip não ter mandado matá-la também. Ela era o verdadeiro cérebro daquela rede; Lucien era o pincel; e Toussaint, o caixa. Contudo, Françoise era a cola que unia tudo. — Ele desacelerou e parou diante de um pequeno templo à Virgem Maria, um de vários espalhados pela propriedade. — Onde é que a gente está?

— A *villa* antes era um monastério. O atual proprietário é bem próximo do Vaticano.

— E você também, é o que dizem. — Ela fez o sinal da cruz e voltou a andar.

— Você é católica? — perguntou Gabriel.

— Como noventa por cento dos espanhóis, já não vou à missa e faz mais de vinte anos que não enfrento um confessionário. Mas, sim, sr. Allon, ainda sou católica.

— Você acredita em absolvição também?

— Depende de quantas Ave-Marias você pretende me fazer rezar.

— Se você me ajudar a derrubar Phillip Somerset — disse Gabriel —, seus pecados serão perdoados.

— Todos?

— Há alguns anos, conheci uma mulher que geria uma galeria de arte moderna em Saint-Tropez. Era uma fachada de lavagem de dinheiro para o império de narcóticos do namorado dela. Eu a tirei limpa da situação. Hoje, ela é uma marchand de sucesso em Londres.

— Por algum motivo, duvido que haverá uma galeria de arte no meu futuro — disse Magdalena. — Mas no que você está pensando?

— Um encontro final com Phillip em Nova York na semana que vem.

— Sobre o mais novo membro da equipe do Fundo de Investimentos Obras-Primas?

— Exatamente.

— Ele deve estar bem ansioso para dar uma olhada no seu Gentileschi.

— E é por isso que você vai enviá-lo expressamente para o Depósito de Arte Chelsea.

— Espero que seu testa de ferro vá cobrir o frete.

— Infelizmente, isso não está incluso no preço final.

— Pelo jeito, dez milhões de euros não valem mais tanto quanto antigamente. Mas como vamos fazer o quadro passar pela alfândega italiana?

— Acho que isso já está resolvido. — Gabriel entregou um celular a ela. — Essa ligação está sendo gravada para controle de qualidade. Se você tentar passar uma mensagem a ele, vou entregá-la ao general Ferrari e dar tchau.

Ela digitou o número e levou o telefone ao ouvido.

— Oi, Lindsay. É Magdalena. Desculpa ligar tão cedo, mas infelizmente é bem urgente. Prometo não segurar Phillip por muito tempo.

51

VILLA DEI FIORI

Rossetti levou Magdalena de volta a Florença para pegar seus pertences no Four Seasons e pagar a enorme conta. Ao meio-dia, estavam de volta à Villa dei Fiori, e ela, usando óculos de sol e um belíssimo biquíni branco, estendia-se em uma espreguiçadeira em frente à piscina, com uma taça de vinho de Orvieto gelado. General Ferrari a observava com reprovação da sombra do jardim com cobertura de treliça.

— Tem algo que os funcionários do Hotel Carabinieri podem fazer para tornar a estadia dela mais confortável? — perguntou a Gabriel.

— O que você quer que eu faça? Prenda a mulher no quarto dela até irmos para Nova York?

— Este lugar deve ter uma masmorra. Afinal, foi construído no século XI.

— Acredito que o conde Gasparri tenha convertido em adega.

Ferrari suspirou, mas permaneceu em silêncio.

— O Esquadrão da Arte nunca fez acordo com um ladrão ou receptador para subir o próximo degrau da escada?

— Fazemos o tempo todo. E, quase sempre, o ladrão ou receptador só nos conta parte da história. — O general pausou. — Assim como aquela bela criatura deitada confortavelmente ao lado da piscina, ela é mais esperta do que você imagina. E bem perigosa.

— Eu sou ex-oficial de inteligência, Cesare. Sei lidar com uma informante.

— Ela não é informante, meu amigo. É uma criminosa e golpista que tem milhões de dólares escondidos pelo mundo e acesso a jatinhos particulares.

— Pelo menos, ela não tem tatuagens — comentou Gabriel.

— A única qualidade redentora dela, mas eu garanto que não dá para confiar.

— Tenho vantagem suficiente para mantê-la na linha, incluindo a confissão gravada.

— Ah, sim, uma história trágica sobre uma artista outrora promissora que foi seduzida para uma vida de crime pelo maléfico e manipulador Phillip Somerset. Espero que perceba que só metade deve ser verdade.

— Qual metade?

— Não tenho ideia, mas acho difícil acreditar que ela não saiba o nome do falsificador.

— É totalmente plausível Phillip ter escondido dela.

— Talvez, mas também é totalmente plausível ter sido ela que levou Phillip àquele loft em Hell's Kitchen e que o falsificador agora esteja deitado ao sol da Úmbria com um drinque na mão.

— Ela não tem a formação necessária para pintar Velhos Mestres.

— É o que ela diz. Mas, se eu fosse você, revisitaria a questão.

— Vou fervê-la em óleo bronzeador depois do almoço.

— Por que não me deixa levá-la de volta para Roma, em vez disso? Ela pode contar sua história trágica para o adido do FBI na embaixada. Um prêmio como Magdalena faria maravilhas para meu status em Washington. Além do mais, agora é um problema dos norte-americanos. Eles que resolvam.

— E sabe o que o diplomático agente do FBI vai fazer? — questionou Gabriel. — Vai ligar para o superior dele na sede do Bureau. E o superior vai ligar para o diretor-assistente, que vai ligar para o diretor, que vai atravessar a Pennsylvania Avenue até o Departamento de Justiça. O departamento vai mandar o caso para a Procuradoria-Geral do

DANIEL SILVA

Distrito Sul de Nova York, e o procurador vai passar meses reunindo provas antes de prender Phillip e fechar a empresa dele.

— As rodas da justiça giram devagar.

— E é por isso que vou lidar sozinho com Phillip. Quando eu terminar, o Fundo de Investimentos Obras-Primas vai ser uma ruína. Os agentes federais vão ser obrigados a fazer prisões e congelar ativos imediatamente.

— Um *fait accompli*?

Gabriel sorriu.

— Definitivamente soa melhor em francês.

General Ferrari e o resto do time dos Carabinieri partiram da Villa dei Fiori às 14h. Uma unidade da delegacia de Amelia ficou de guarda no portão, mas, fora isso, Gabriel e Magdalena estavam a sós. Ela dormiu a tarde toda e insistiu em preparar um jantar verdadeiramente espanhol de *tapas* e *tortilla*. Eles comeram ao ar livre no terraço da *villa*, no ar fresco da noite. O celular pessoal de Magdalena estava entre eles, acendendo com mensagens que chegavam e ligações silenciadas, principalmente de seu círculo de amigos em Madri.

— Não tem um homem na sua vida? — perguntou Gabriel.

— Só Phillip, infelizmente.

— Você é apaixonada por ele?

— Deus do céu, não.

— Tem certeza?

— Por que pergunta?

— Porque tenho intenção de deixar você sozinha na presença dele por várias horas em Nova York na semana que vem. E quero saber se você pretende cumprir nosso acordo ou fugir com ele.

— Fique tranquilo, sr. Allon. Vou conseguir tudo que você precisa para derrubar Phillip.

Ele perguntou onde seria o encontro.

RETRATO DE UMA MULHER DESCONHECIDA

— Isso depende de Phillip — respondeu Magdalena. — Às vezes, nos reunimos no escritório do Obras-Primas na 53rd Street. Mas, em geral, nos encontramos na casa da 74th. Funciona também como galeria do fundo. É onde Phillip recebe investidores e compradores em potencial.

— Como ele lida com as vendas?

— Prefere lidar diretamente com clientes para evitar escrutínio e comissões. Mas, se o cliente insistir em um intermediário, ele realiza a venda por outro marchand ou por uma das casas de leilão.

— Quantas pessoas trabalham para a firma?

— Três jovens mulheres especialistas em arte e Kenny Vaughan. Kenny trabalhava com Phillip no Lehman Brothers, está envolvido até o pescoço.

— E as mulheres?

— Acham que Phillip é o centro do mundo e que eu sou uma corretora que compra e vende quadros em nome dele na Europa.

— General Ferrari está convencido de que você é a falsificadora.

— Eu? — Ela riu. — Um Picasso, talvez. Mas não um Velho Mestre. Não tenho um talento como o seu.

Gabriel ficou lendo até tarde da noite e se sentiu aliviado ao ver Magdalena ainda na cama quando se levantou na manhã seguinte. Depois de colocar Illy e San Benedetto na *automatico*, ele instalou o Proteus no celular pessoal de Phillip e, em minutos, estava controlando o aparelho. Um mapa escalável mostrava a localização e elevação atuais: a margem leste de uma península em formato de ovo, três metros e meio acima do nível do mar.

Gabriel baixou os dados de Phillip no notebook e passou o resto da manhã vagando pelos rastros digitais de um dos maiores golpistas da história. Era meio-dia e meia quando Magdalena enfim apareceu. Ela entrou na cozinha e emergiu um momento depois com uma caneca grande de café com leite. Bebeu em silêncio, sem piscar.

— Você não é uma pessoa matutina? — perguntou Gabriel.

— O oposto de uma pessoa matutina. Sou bem notívaga.

DANIEL SILVA

— A notívaga está pronta para trabalhar?

— Se for mesmo necessário — disse ela, levando o café até a piscina.

Gabriel saiu atrás dela com o notebook.

— Quais foram os seis primeiros quadros que você vendeu pela galeria de seu pai?

— Faz mil anos — resmungou ela.

— O exato tempo que você vai passar em uma prisão italiana se não começar a falar.

Ela recitou o artista, a cena e as dimensões de cada obra, além do nome do comprador e o preço conseguido. Depois, listou os detalhes de mais de cem quadros que tinham passado pela corretagem dela em Madri durante o primeiro ano do esquema. A maioria tinha sido vendida de volta ao Fundo de Investimentos Obras-Primas. Phillip então inflara o valor com mais vendas-fantasmas antes de desovar os quadros em compradores inocentes e embolsar o investimento. Também usou as obras como garantia para conseguir enormes empréstimos bancários, dinheiro usado para adquirir arte legítima e pagar belos retornos a seus investidores.

— Os empréstimos — explicou Magdalena — são a chave de tudo. Sem alavancagem, Phillip e Kenny Vaughan não conseguiriam fazer a coisa funcionar.

— Então, além de vender quadros falsificados, Phillip está cometendo fraude bancária?

— Diariamente.

— Onde ele faz as transações bancárias?

— Na maior parte, com Ellis Gray, no JPMorgan Chase. Mas também tem relacionamento com o Bank of America.

— Qual o tamanho da dívida dele?

— Acho que nem Phillip sabe a resposta.

— Quem sabe?

— Kenny Vaughan.

RETRATO DE UMA MULHER DESCONHECIDA

O próximo tópico de que trataram foi a expansão de Magdalena para lojas físicas, a começar pela parceria com a Galerie Georges Fleury em Paris, e concluindo com a recente aquisição de galerias em Hong Kong, Tóquio e Dubai por parte do Fundo de Investimentos Obras-Primas. O número total de pinturas forjadas que a rede havia soltado no mercado passava de quinhentos, com um valor nominal de mais de 1,7 bilhão de dólares — obras demais para Magdalena lembrar com precisão. Ela tinha certeza, porém, de que uma porcentagem significativa passara pelo portfólio obscuro do fundo.

— Quanto ele controla atualmente?

— É impossível saber. Phillip não revela nem as obras reais em sua posse, quanto mais as falsificadas. Os quadros mais valiosos estão nas casas dele em Manhattan e Long Island, o resto está no depósito da 91st Street. É o equivalente à carteira de negociação dele.

— Você consegue entrar?

— Não sem aprovação de Phillip, mas um diretório do conteúdo atual do depósito vai mostrar tudo o que você precisa saber.

No almoço, Gabriel fez login na conta de Magdalena no ProtonMail e encaminhou vários anos de e-mails criptografados para seu próprio endereço. Depois, revisaram as finanças pessoais dela, incluindo a conta no Fundo de Investimentos Obras-Primas. O saldo era 56.245.539 dólares.

— Nem pense em tentar fazer uma retirada — alertou Gabriel.

— Minha próxima janela de saque é só em setembro. Eu não conseguiria nem se quisesse.

— Com certeza Phillip abriria uma exceção para você.

— Na verdade, ele é bem rigoroso com resgates. Kenny e ele voam bem perto do sol, se um punhado de grandes investidores retirassem os fundos ao mesmo tempo, ele precisaria vender parte do inventário ou contrair mais um empréstimo.

— Usando um quadro como garantia?

— Os empréstimos garantidos por obra de arte são a chave de tudo — repetiu Magdalena.

DANIEL SILVA

Gabriel baixou seus extratos, depois checou a informação de rastreio de *Dânae e a chuva de ouro*. O quadro estava, naquele momento, cruzando o Atlântico na direção oeste. Passaria a noite no centro de carga aérea do Kennedy Internacional e chegaria ao destino final, o Depósito de Arte Chelsea, no máximo ao meio-dia de segunda-feira.

Uma busca por voos de Roma a Nova York produziu várias opções.

— O que acha de 10h, com a Delta, para o JFK? — perguntou Gabriel.

— Exigiria acordar várias horas antes do meio-dia.

— Você pode dormir no avião.

— Eu nunca durmo em avião. — Magdalena pegou o notebook. — Posso pagar sua passagem?

— Phillip talvez ache suspeito.

— Pelo menos, deixe eu lhe dar algumas milhas.

— Tenho o suficiente.

— Quantas você tem?

— Dá para ir à Lua e voltar.

— Eu tenho mais. — Ela reservou os voos. — Falta o hotel. O Pierre está ok?

— Infelizmente, Sarah prefere o Four Seasons.

— Por favor, não diga que ela também vem.

— Preciso de alguém para ficar de olho em você quando eu não estiver.

Magdalena reservou a suíte de sempre no Pierre e, com uma carranca infantil, voltou à espreguiçadeira em frente à piscina. *Os ferimentos dela*, pensou Gabriel, *com certeza eram autoinfligidos*. Ainda assim, isso não queria dizer de forma alguma que ela não poderia ser consertada. Afinal, se foi possível salvar um ex-matador de aluguel como Christopher Keller, certamente também daria para salvar Magdalena.

Por enquanto, ela era só um meio para um fim, e Gabriel só precisava de uma repórter para transformar a impressionante história dela em uma arma capaz de reduzir o Fundo de Investimentos Obras-Primas a escombros. Uma repórter familiar com os mundos da finança e da arte, talvez uma que já tivesse investigado o fundo.

Uma única candidata tinha o perfil, e, por sorte, o número do celular dela estava nos contatos de Phillip Somerset. Gabriel digitou e se apresentou, não com um nome profissional ou inventado, mas com o real.

— Até parece — disse ela, e desligou o telefone.

52
ROTTEN ROW

A ligação seguinte de Gabriel naquela tarde foi para Sarah Bancroft. Ela estava na Rotten Row, uma trilha do Hyde Park, tentando desalojar os quase cinco quilos que tinham se agarrado à sua cintura. A notícia da Itália foi um choque, tanto que ela pediu para Gabriel repetir só para ter certeza de que não o tinha entendido errado. A segunda vez não foi menos espantosa. O Fundo de Investimentos Obras-Primas, fundo de hedge baseado em arte onde uma porção da herança de Sarah estava investida, era uma fraude de 1,2 bilhão de dólares escorada na comercialização de pinturas falsificadas. Além do mais, parecia que Magdalena Navarro, aquela do cabelo preto reluzente e corpo longilíneo, estava dormindo com Phillip durante todo o namoro dele com Sarah. Só por esse motivo, ela pulou na chance de viajar para Nova York e participar da destruição dele, mesmo tendo que ficar hospedada no Pierre.

— Devo levar o sr. Marlowe? Acho que ele é muito útil em situações assim.

— Eu também acho. Mas tenho outro trabalho para ele.

— Espero que não seja algo perigoso.

— Infelizmente, é.

Sarah partiu para Nova York no início da manhã seguinte e chegou ao meio-dia ao JFK. Um Nissan Pathfinder a esperava na

RETRATO DE UMA MULHER DESCONHECIDA

Hertz, mas ela levou uma até retirar o veículo, e, às 14h15, foi para o Terminal 1. Gabriel surgiu um momento depois, acompanhado da mulher que Sarah vira pela última vez caminhando pela calçada da Jermyn Street.

Naquele momento, como na outra vez, ela estava usando uma saia curta e uma blusa branca justa. Gabriel guardou as bagagens dos dois no porta-malas e entrou no banco de trás. Magdalena se sentou no banco do carona, trazendo consigo o aroma de laranjeira e jasmim. Cruzou uma longa perna por cima da outra e sorriu. Sarah engatou o Nissan e partiu para Manhattan.

O Pierre Hotel ficava na esquina da 61st Street com a Quinta Avenida. Magdalena entrou sozinha no lobby ornamentado e foi recebida pela gerência do hotel como se fosse alguém da realeza. Sua suíte, com ampla vista para o Central Park, ficava no vigésimo andar. Gabriel e Sarah tinham sido colocados em quartos adjacentes do lado oposto do corredor. Como Magdalena, fizeram check-in com um pseudônimo e instruíram a mulher da recepção para bloquear todas as ligações.

Lá em cima, os três se reuniram na sala de estar da suíte de Magdalena. Ela abriu uma garrafa de cortesia de champanhe Taittinger enquanto Gabriel conectava o notebook à rede de Wi-Fi do hotel e entrava no Proteus. Parecia que Phillip tinha decidido permanecer em North Haven em vez de voltar à cidade. Gabriel aumentou o volume do microfone e ouviu o batuque de um teclado, a transmissão da câmera era um retângulo preto sólido.

Gabriel entregou o celular a Magdalena.

— Diga a ele que você chegou e gostaria de vê-lo assim que possível. E lembre…

— Esta ligação está sendo gravada para controle de qualidade.

Gabriel levou o notebook para o quarto e fechou a pesada porta interna. Phillip atendeu a ligação de Magdalena na mesma hora.

DANIEL SILVA

— Que tal às 13h, amanhã? — sugeriu ele. — Podemos almoçar.

— Lindsay vai com a gente?

— Infelizmente, ela vai passar o fim de semana na ilha.

— Sorte sua.

— Vou mandar um carro — avisou Phillip, e desligou.

Gabriel ouviu digitação por um ou dois minutos antes de voltar à sala de estar.

— Agora, o Gentileschi — disse a Magdalena.

O número do depósito estava nos contatos dela. Ela pressionou a tela e levou o telefone ao ouvido.

— Oi, Anthony, é Magdalena Navarro. O quadro chegou de Florença como previsto?… Maravilha. Mande para a residência do sr. Somerset amanhã de manhã… Sim, a casa de Nova York, por favor. Coloque no cavalete na galeria. E garanta que esteja lá no máximo ao meio-dia.

Magdalena desligou e entregou o aparelho a Gabriel.

— Sua carteira e seu passaporte também.

Ela os tirou da bolsa Birkin da Hermès e os entregou.

— Preciso fazer uma coisa na rua, ou seja, vocês duas vão se conhecer melhor. Mas não se preocupe — disse Gabriel, saindo para o corredor. — Não vou demorar.

Sarah passou a tranca na porta atrás dele e voltou à sala de estar. Magdalena estava colocando champanhe na taça dela. Por fim, Sarah perguntou:

— É verdade que Phillip estava dormindo com você durante todo o nosso namoro?

— Só quando eu estava em Nova York.

— Ah, que alívio.

— Se é que você quer saber — disse Magdalena —, ele só estava usando você.

— Para quê?

— Apresentações aos beneméritos do Museu de Arte Moderna.

— E pensar que dei dois milhões de dólares para ele investir.

— Qual é seu saldo atual?

— Quatro e meio. E o seu?

— Cinquenta e seis vírgula dois.

Sarah sorriu sem abrir os lábios.

— Pelo jeito, você era melhor na cama do que eu.

53

LITERARY WALK

Na primavera de 2017, a revista *Vanity Fair* publicou um perfil investigativo intitulado "O grande Somerset". Com doze mil palavras, o artigo fazia uma crônica da ascensão do perfilado de uma cidade operária no nordeste da Pennsylvania até o ápice de Wall Street e do mundo da arte. Nenhum canto de sua vida pessoal escapava do escrutínio: a instabilidade de seu lar de infância, sua proeza atlética quando jovem, sua carreira breve, mas de sucesso, no Lehman Brothers, seu divórcio litigioso, seu pendor peculiar para o sigilo. Uma fonte descrita apenas como antigo amigo dizia que ele tinha um lado sombrio. Outro antigo colega foi além, sugerindo que era sociopata e um narcisista maligno. Ambas as fontes concordavam que ele escondia algo.

O artigo foi escrito por Evelyn Buchanan, uma repórter premiada cujo trabalho para a *Vanity Fair* servira como propriedade intelectual para dois filmes de Hollywood e uma minissérie da Netflix. No momento, ela estava sentada em um banco da Literary Walk do Central Park. A estátua de Robert Burns, caneta bico de pena na mão, olhar para o céu em busca de inspiração, pairava sobre o ombro direito dela. Do lado oposto da trilha, havia um retratista esperando por um retratado.

Evelyn Buchanan também estava esperando. Não por um retratado, mas por uma fonte. Ele ligara para ela sem aviso prévio no dia anterior

— de onde, recusou-se a dizer. Não, ele havia garantido, não era uma pegadinha; ele era mesmo o homem que alegava ser. Estava indo a Nova York para uma visita não divulgada e desejava encontrá-la. Não era para ela contar a alguém que ele tinha entrado em contato, quando prometeu que ela não ficaria decepcionada.

— Mas eu não cubro segurança nacional — protestou Evelyn.

— O assunto que quero debater está relacionado ao mundo financeiro e ao mercado de arte.

— Pode ser um pouco mais específico?

— O grande Somerset — disse ele, e desligou.

Era uma pista intrigante, ainda mais vindo de tal fonte. Ele tinha ido a um lançamento de livro na extravagante casa de Phillip em North Haven naquela primavera. Ou era o que dizia Ina Garten, que insistia que ele estava com uma loira bonita nos braços. Evelyn, que fora à mesma festa, achara a ideia risível. Naquele momento, ela tinha que admitir que, afinal, era possível, senão, como explicar por que um homem como Gabriel Allon estava interessado em um canalha como Phillip Somerset?

Evelyn olhou o horário. Faltava um minuto para as 17h, sessenta segundos antes do horário em que o espião aposentado mais famoso do mundo tinha prometido aparecer. O passeio estava lotado de turistas, corredores vestidos de lycra e babás do Upper East Side empurrando carrinhos ocupados pelos magnatas de amanhã. Mas ninguém parecia ser Gabriel Allon. De fato, o único candidato possível era um homem de altura e compleição medianas ponderando a placa aos pés da estátua de Walter Scott.

No horário exato, ele cruzou o passeio e se sentou no banco de Evelyn.

— Por favor, vá embora — disse ela, baixinho. — Meu marido vai voltar a qualquer minuto e tem dificuldade para controlar a raiva.

— Achei que eu tivesse deixado claro que era para vir sozinha.

Evelyn se virou, assustada. Então, recuperando a compostura, ela olhou para a frente.

DANIEL SILVA

— Quem era a loira?

— Perdão?

— A mulher que você levou ao lançamento de Carl Bernstein.

— Ela trabalhava no MoMA. Agora, é marchand em Londres. Eu a estava ajudando com um problema.

— Que tipo de problema?

— O grande Somerset.

— Você, obviamente, leu minha reportagem — disse Evelyn.

— Várias vezes.

— Por quê?

— Como você talvez imagine, a capacidade de ler nas entrelinhas é uma habilidade essencial para um oficial de inteligência. A informação está correta ou meu adversário está tentando me enganar? Meu agente está exagerando o caso ou não quer se arriscar? Minha fonte, por um motivo qualquer, deixou informações críticas fora de seu relatório?

— E quando você terminou de ler minha reportagem sobre Phillip?

— Tive a sensação incômoda de que você sabia mais sobre ele do que dividiu com seus leitores.

— Bem mais — admitiu ela.

— Por que o material não foi incluído no artigo?

— Você primeiro, sr. Allon. Por que justamente Phillip Somerset?

— O Fundo de Investimentos Obras-Primas é uma fraude, e eu gostaria que você desse o furo.

— O que você tem para mim?

— Uma delatora.

— Funcionária da empresa?

— Praticamente.

— O que isso quer dizer?

— Quer dizer que vou colocar algumas regras básicas rigorosas para proteger a identidade da delatora e esconder meu papel na questão.

— E se eu me recusar a aceitar essas regras básicas?

— Vou achar alguém que aceite. E você e sua revista vão ter que correr atrás quando o Obras-Primas pegar fogo.

304

— Nesse caso, vou ouvir o que você e sua delatora têm a dizer. — Ela pausou. — Mas só se você me disser onde conseguiu meu número de celular.

— Achei nos contatos de Phillip.

Evelyn Buchanan sorriu.

— Que boba, eu.

54

CENTRAL PARK

— Como você a encontrou?

— Ela foi presa na Itália no fim de semana passado depois de comprar um Gentileschi de um oficial dos Carabinieri à paisana. Eu fui consultor da investigação italiana.

— Consultor? — perguntou Evelyn, duvidando.

— É possível que eu tenha pintado o Gentileschi para eles.

— Uma falsificação forjada pintada por Gabriel Allon? Essa história melhora a cada minuto.

Eles caminhavam sem pressa pelas trilhas do Central Park, enquanto o bloco de anotações de Evelyn estava seguramente guardado em sua bolsa Chanel. Ela era uma mulher pequena de talvez cinquenta anos, com cabelo curto escuro e óculos grandes com aro de tartaruga. Eram a marca dela, os óculos, como sua prosa afiada, sagacidade mordaz e veia competitiva implacável.

— Cadê o quadro agora? — perguntou ela.

— Em um armazém na 91st Street.

— No Depósito de Arte Chelsea?

— Esse mesmo.

— Lembro quando Phillip o adquiriu. Preciso dizer, na época, não fez sentido algum. Por que um magnata como Phillip Somerset iria querer ser proprietário de uma empresa de serviços de arte como aquela?

— Porque o magnata precisava conseguir enviar e armazenar quadros falsificados sem que alguém questionasse. Ele inundou o mercado de arte com centenas de pinturas falsas, incluindo quatro que acabaram no Louvre. Mas a melhor parte da história é que...

— Phillip está usando pinturas falsificadas como garantia para conseguir empréstimos bancários enormes.

— Como você sabia?

— Um bom palpite. — Evelyn sorriu. — Mencionei que meu marido trabalha no Millenium Management? É um dos maiores fundos de hedge do mundo. Antes disso, ele era promotor público da Procuradoria-Geral do Distrito Sul de Nova York. Quando eu estava trabalhando no perfil de Phillip, Tom deu uma boa olhada nos...

— Seu marido se chama Tom Buchanan?

— Você quer ouvir o resto da história ou não?

— Por favor.

— Quando Tom analisou os retornos anuais do Obras-Primas, ficou bem impressionado. Com inveja, até.

— Por o Obras-Primas ter ido melhor que o Millenium?

— De longe. Tom sendo Tom, ele começou a fuçar.

— E?

— Estava convencido de que Phillip usava dinheiro emprestado e de novos investidores para pagar os antigos. Em resumo, Tom acredita que Phillip Somerset é o Bernie Madoff do mundo da arte.

— Ele está fazendo um esquema de pirâmide?

— Correto.

— E você chegou perto de provar?

— Não o bastante para meus editores. Mas Phillip definitivamente sabia que eu estava de olho nele.

— Como?

— Ele emprega um homem chamado Leonard Silk para protegê-lo. Silk é aposentado da CIA, e, quando saiu da Agência, abriu uma firma de segurança particular de um homem só aqui em Nova York. Ele me ligou quando eu estava trabalhando no perfil e ameaçou me processar se a reportagem alegasse qualquer tipo de delito. Também recebi mensagens de um homem que, por algum motivo, sabia que eu gostava de dar longas caminhadas no parque. Ele me avisou para tomar cuidado, e disse que coisas ruins aconteciam com mulheres que andam sozinhas em Nova York.

— Que sutil.

— Leonard Silk não perde tempo com sutileza, isso fica a cargo de Phillip. Ele foi incrivelmente charmoso nas nossas entrevistas. Não é surpresa sua delatora ter concordado em trabalhar para ele.

— Na verdade, ela sacou Phillip desde o começo.

— Qual foi a conexão original?

— Drogas. Na época em que ela não conseguia vender seus quadros aqui em Nova York, ganhava a vida traficando cocaína. Muitos de seus clientes eram nomes de Wall Street.

— Phillip cheirava uma montanha de pó no Lehman Brothers — disse Evelyn. — Foi só um dos motivos para ele ser demitido. Mesmo para os padrões de Wall Street, ele estava fora de controle.

— Sua reportagem disse que ele saiu do Lehman Brothers de maneira amigável.

— Foi a versão pública da história, mas não é verdade. Phillip quase foi chutado para fora do prédio, e uma ordem de não ressuscitá-lo foi enviada para todos. Quando mais ninguém queria contratá-lo, ele abriu um fundo de hedge chamado Gestão de Ativos Somerset. E, quando esse fundo colapsou, ele teve uma nova ideia.

— Ele gravitou para o mundo da arte — disse Gabriel. — Porque é onde estava o dinheiro.

Evelyn assentiu.

— Phillip começou a aparecer em inaugurações de galeria e eventos beneficentes de museus, sempre com uma mulher linda nos braços e o bolso cheio de cartões de visita. Precisamos admitir, o fundo de hedge baseado em arte era uma ideia intrigante. Os preços das obras *blue chip*

RETRATO DE UMA MULHER DESCONHECIDA

estavam subindo mais rápido que o mercado de ações ordinárias ou qualquer outra classe de ativos. Como ele poderia errar?

— Nunca deu certo. Foi por isso que ele começou a encher o portfólio de quadros falsificados.

Eles tinham chegado à Grand Army Plaza.

— Você nunca mencionou o nome da sua delatora — disse Evelyn.

— Magdalena Navarro.

— Onde ela está agora?

Gabriel olhou na direção do Pierre Hotel.

— É o endereço dela em Nova York. Ela tem 56 milhões de dólares investidos no Fundo de Investimentos Obras-Primas e ganhou tudo vendendo falsificações para Phillip.

— É o que ela diz. Mas não posso acusar Phillip Somerset da maior fraude artística da história com base apenas na palavra de uma ex-traficante. Preciso da prova de que ele está vendendo intencionalmente obras falsificadas.

— E se você pudesse ouvir direto da boca de Phillip?

— Você tem uma gravação?

— A conversa ainda não aconteceu.

— Quando vai acontecer?

— Amanhã, às 13h.

— Qual é o assunto?

— Eu.

Eles costuraram o trânsito parado na Quinta Avenida e entraram pela porta giratória do Pierre no ar refrigerado do lobby. Lá em cima, Gabriel bateu suavemente à porta da suíte de Magdalena. Sarah confirmou a identidade dele antes de abrir.

— Como vai a prisioneira? — perguntou ele.

— A prisioneira está descansando em seu quarto. — Sarah estendeu a mão para Evelyn, depois se virou para Gabriel. — Precisamos esclarecer as regras básicas antes de começar?

DANIEL SILVA

— A sra. Buchanan concordou que seu nome e o nome de sua conceituada galeria em Londres não vão aparecer no texto. Ela vai descrever você apenas como alguém de dentro do mundo artístico. — Gabriel olhou de relance para Evelyn. — Não é verdade, sra. Buchanan?

— E como vou descrever *você*?

— A história não é sobre mim. É sobre Phillip Somerset e o Fundo de Investimentos Obras-Primas. Qualquer informação que eu fornecer é apenas para fins de contexto. Você não pode me citar diretamente, nem pode dizer onde esta entrevista está acontecendo.

— Um local não revelado?

— Vou deixar você escolher as palavras, sra. Buchanan. Não sou escritor.

— É só o consultor da polícia italiana que pintou uma falsificação forjada?

— Exato.

— Nesse caso, acho que é hora de conhecer a prisioneira.

Gabriel bateu à porta do quarto e, um momento depois, Magdalena saiu.

— Minha nossa — disse Evelyn Buchanan. — Esta história está ficando melhor a cada minuto.

55

PIERRE HOTEL

Eles repassaram tudo desde o início. E, então, repassaram uma segunda vez, só para se certificarem dos fatos e das datas relevantes. A infância de Magdalena em Sevilha. Sua educação formal como artista em Barcelona. Os anos que ela passou traficando cocaína em Nova York. Sua apresentação a Phillip Somerset no Le Cirque. O papel dela em construir e manter o esquema de fraude artística e financeira mais lucrativo e sofisticado da história. Não havia discrepâncias entre a versão da história que ela revelou sob interrogatório na Úmbria e a que ela contou a Evelyn Buchanan, da *Vanity Fair*. *Aliás*, pensou Gabriel, *a edição do Pierre Hotel era ainda mais cativante*. A própria retratada também. Ela passava a impressão de cosmopolita, sofisticada e, mais importante, confiável. Não perdeu a compostura nem uma vez, mesmo quando as perguntas ficaram pessoais.

— Por que alguém com seu talento viraria traficante?

— No início, foi porque eu precisava do dinheiro. E, aí, descobri que gostava.

— Você era boa nisso?

— Muito.

— Tem alguma semelhança entre vender drogas e falsificações?

— Mais do que você imagina. Para algumas pessoas, a arte é como uma droga, elas *precisam* disso. Phillip e eu simplesmente satisfizemos o vício delas.

DANIEL SILVA

Havia uma lacuna enorme no relato de Magdalena — o conjunto exato de circunstâncias segundo as quais ela acabou sob custódia italiana. Evelyn pressionou Gabriel em busca de detalhes, mas ele se recusou a mudar seu depoimento original. Magdalena tinha sido presa depois de comprar um Gentileschi falso em Florença. O quadro estava em um depósito de armazenamento na 91st. De manhã, seria levado à galeria da casa de Phillip Somerset na 74th Street. E, às 13h, seria assunto de uma conversa que daria a Evelyn toda a munição de que ela precisava para expor o Fundo de Investimentos Obras-Primas como uma fraude.

— Magdalena vai usar uma escuta?

— O celular dela vai funcionar como transmissor. O aparelho de Phillip também está comprometido.

— Imagino que ele não tenha dado consentimento para ser hackeado.

— Eu não pedi.

Às 21h, eles fizeram uma pausa para jantar. Sarah pediu que uma rodada de martínis viesse do bar enquanto Magdalena pedia serviço de quarto do Perrine, o aclamado hotel do restaurante. Por sugestão de Gabriel, Evelyn convidou o marido para se encontrar com eles, que chegou quando os garçons estavam entrando com o carrinho na suíte. Tom Buchanan era afável e erudito, o completo oposto do jogador de polo bem-nascido que vivia em grande estilo na margem do East Egg e se afligia com o declínio da raça branca.

Evelyn fez o marido prometer segredo, então lhe deu um briefing detalhado sobre a impressionante história que tinha caído naquela tarde em seu colo. Tom Buchanan descontou a raiva na salada Caesar.

— Só Phillip Somerset para inventar algo assim, mas é preciso admirar a engenhosidade dele. O cara viu uma fraqueza e foi esperto de tirar vantagem dela.

— Que fraqueza? — perguntou Gabriel.

— O mercado de arte é totalmente desregulamentado. Os preços são arbitrários, o controle de qualidade é praticamente inexistente e a

312

maioria das obras muda de mãos sob condições de segredo total. Tudo isso cria o ambiente perfeito para fraudes. Phillip levou isso ao extremo, claro.

— Como é possível que ninguém tenha notado?

— Pelo mesmo motivo que ninguém notou que contratos garantidos por hipoteca e obrigações de dívida estavam prestes a derrubar a economia global.

— Estava todo mundo ganhando dinheiro demais?

Tom fez que sim.

— E não só os investidores de Phillip, mas os banqueiros, também. E todos vão sofrer perdas enormes quando a reportagem de Evelyn for publicada. Mesmo assim, aprovo seus métodos. Esperar os agentes federais fazerem alguma coisa não é opção. Isso dito, queria que você pudesse dar um ou dois documentos incriminadores a minha esposa.

— Quer dizer, o memorando interno em que Phillip fala abertamente de seu plano de criar e manter a maior fraude artística da história?

— Entendido, sr. Allon. Mas e os documentos guardados naquele depósito da 91st Street?

— O inventário atual de Phillip?

— Exato. Se Magdalena puder dizer com certeza absoluta que ele forjou as obras do portfólio, vai ser devastador.

— O ex-promotor federal está sugerindo que eu adquira clandestinamente uma lista de obras contidas naquela propriedade?

— Eu jamais faria isso, mas, se acontecer, você com certeza deveria dar à minha esposa.

Gabriel sorriu.

— Mais algum conselho, senhor advogado?

— Se eu fosse você, pensaria em pressionar um pouco as finanças de Phillip.

— Quer dizer, encorajando um punhado de investidores importantes dele a fazer resgates?

— A mim, parece que você já tem um plano — disse Tom.

DANIEL SILVA

— Em Londres, tem um homem chamado Nicholas Lovegrove. Nicky é um dos consultores de arte mais procurados do mundo, vários clientes dele investem com Phillip.

— Nós, que trabalhamos com fundos de hedge, ficamos muito desconfiados quando investidores tiram o dinheiro. Portanto, precisa ser feito com discrição.

— Pode deixar — falou Sarah. — Nós, que trabalhamos vendendo arte, somos muito discretos.

56

GALERIE WATSON

A destruição do Fundo de Investimentos Obras-Primas começou na manhã seguinte, às 10h45, horário de Londres — 5h45 em Nova York —, quando Christopher Keller se apresentou na Galerie Olivia Watson na King Street. A pequena placa na janela dizia APENAS COM HORÁRIO MARCADO. Christopher não tinha um horário, apostava que um ataque-surpresa seria mais bem-sucedido. Ele apertou a campainha e, fazendo uma careta, esperou a resposta.

— Ora, ora — sussurrou uma voz feminina sensual. — Quem é vivo sempre aparece. Se não é meu querido amigo sr. Bancroft.

— É Marlowe, lembra? Agora, abra a porta.

— Desculpa, mas estou ocupada.

— Solte as amarras e me deixe entrar.

— Eu *amo* quando você implora, meu bem. Espere, acho que não consigo alcançar o botão da porcaria da fechadura.

Vários segundos se passaram antes de a tranca se abrir com um baque e a porta ceder ao toque de Christopher. Lá dentro, ele encontrou Olivia sentada a uma escrivaninha preta lustrosa na sala de exibições principal da galeria. Ela tinha se posicionado com cuidado, como se posando para uma câmera invisível. Como sempre, seu queixo estava levemente virado para a esquerda, já que o lado direito do rosto dela era o preferido dos fotógrafos e publicitários. Christopher nunca tinha

DANIEL SILVA

tido um favorito, Olivia era uma obra de arte, independentemente do ponto de vista.

Levantando-se, ela saiu de trás da mesa, cruzou um tornozelo na frente do outro e colocou a mão na cintura. Estava vestida com um blazer moderno e uma calça slim combinando, adequados em cor e peso para o verão.

— Marks and Spencer? — perguntou Christopher.

— Uma coisinha que Giorgio montou para mim. — Ela levantou o queixo mais alguns graus e olhou para ele por cima das linhas retas de seu nariz. — O que o traz ao meu canto do bairro?

— Um amigo em comum precisa de um favor.

— Que amigo seria?

— O que limpou seu passado terrível e permitiu que você abrisse uma galeria respeitável aqui em St. James's. — Christopher pausou. — Um local cheio de obras compradas com o dinheiro das drogas de seu namorado.

— Nosso amigo em comum também fez um serviço para você, se bem me lembro. — Olivia cruzou os braços. — Sua adorável esposa norte-americana sabe o que você fazia?

— Minha adorável esposa não é de sua conta.

— É verdade que ela trabalhava para a CIA?

— Onde você ouviu uma coisa dessas?

— Fofoca de bairro. Também tem um boato sórdido de que estou dando para Simon Mendenhall.

— Achei que você estivesse namorando um cantor pop.

— Colin é ator — corrigiu Olivia. — E atualmente está estrelando a melhor peça do West End.

— O relacionamento é sério?

— Muito.

— Então, por que você está trepando com Simon?

— Quem começou o boato foi a sua esposa — falou Olivia sem emoção.

— Acho difícil acreditar.

RETRATO DE UMA MULHER DESCONHECIDA

— Ela também cochicha *vaca* toda vez que me vê no Wiltons.

Christopher não conseguiu evitar um sorriso.

— Que bom que você acha engraçado. — Olivia analisou a roupa dele. — Quem anda vestindo você hoje em dia?

— Dicky.

— Bacana.

— Vou dizer para ele que você gostou.

— Prefiro que diga à sua adorável esposa para parar com isso. — Olivia balançou a cabeça devagar. — Sinceramente, não imagino por que ela jogaria tão baixo.

— Ela só tem um pouco de ciúme.

— Se alguém tem direito de ter ciúme, sou eu. Afinal, foi Sarah quem conseguiu ficar com você no fim.

— Ah, vai, Olivia. Você não está falando sério, eu era só um lugar confortável para você descansar a cabeça enquanto se adaptava a Londres. Agora você está namorando um cantor pop e sua galeria está à toda.

— Tudo por causa de nosso amigo em comum?

Christopher não respondeu.

— Achei que ele tivesse se aposentado — disse Olivia.

— É um assunto particular envolvendo um homem chamado Phillip Somerset.

— O Phillip Somerset?

— Amigo seu?

— Eu me sentei ao lado de Phillip e da esposa no leilão de gala de obras do pós-guerra e contemporâneas da Christie's em Nova York faz alguns anos. Ela modelou um pouco antes de ganhar na loteria com Phillip. Chama-se Laura. Ou é Linda?

— Lindsay.

— Isso. É bem jovem e indescritivelmente burra. Phillip me pareceu um investidor de verdade. Perguntou se eu queria apostar no fundo dele. Falei que não era para o meu bico.

— Muito sábio de sua parte.

— Algum problema?

DANIEL SILVA

— Phillip é meio como seu ex. Brilhante por fora, sujo por dentro. Além do mais, tem um boato em Nova York de que as finanças dele são meio duvidosas.

— Outro boato?

— Esse, por acaso, é verdade. Nosso amigo em comum quer que você cochiche isso no ouvido de um proeminente consultor de arte londrino cuja lista de clientes inclui alguns dos colecionadores mais ricos do mundo.

— Como quer que eu faça?

— Um comentário casual durante um almoço agradável e profissional.

— Quando?

— Hoje.

Ela olhou o relógio.

— Mas são quase 11h. Com certeza, Nicky já deve ter compromisso para o almoço.

— Algo me diz que ele vai desmarcar.

Olivia pegou o celular.

— Eu aceito com uma condição.

— Vou dar uma palavra com ela — disse Christopher.

— Obrigada. — Olivia digitou o número e levou o celular ao ouvido. — Oi, Nicky. É Olivia Watson. Eu sei que está bem em cima da hora, mas queria saber se você por acaso está livre para um almoço hoje... No Wolseley às 13h? Nos vemos lá, Nicky.

57

WOLSELEY

E foi assim que começou, com um comentário aparentemente casual durante um almoço caro em um dos melhores salões de Mayfair. O tilintar dos talheres no meio do dia era tão alto que Nicky teve que se inclinar por cima de sua casquinha de siri e pedir para Olivia repetir o que tinha afirmado. Ela fez isso em um murmúrio confessional, com a adição de uma ressalva do tipo "não sou eu que estou dizendo". Era 13h30. Ou foi o que alegou Julian Isherwood, que comia muito bem à uma mesa próxima e notou a palidez que tomou o rosto de Nicky. O companheiro de mesa gorducho de Julian não percebeu, pois estava dando em cima de Tessa, a mais nova adição à equipe de garçons do Wolseley.

Nicky pressionou Olivia para revelar o nome da fonte. E, quando ela se recusou, ele pediu licença e imediatamente ligou para a Sterling Dunbar, um incorporador imobiliário rico de Manhattan que comprava toneladas de quadros, sempre com Nicky ao lado. Sterling tinha sido um dos primeiros grandes investidores do Fundo de Investimentos Obras-Primas.

— Você sabe qual é meu saldo total? — desdenhou ele.

— Com certeza, bem maior do que o meu.

— É de 150 milhões, um aumento de cinco vezes em relação ao meu investimento inicial. Phillip me garante que o fundo é muito sólido. Verdade seja dita, estou pensando em entregar a ele mais cem.

DANIEL SILVA

O industrial reacionário Max van Egan tinha posto 250 milhões no Obras-Primas. Ele disse a Nicky que não iria a lugar algum. Simon Levinson — dos Levinson do varejo — também estava inclinado a ficar onde estava. Mas Ainsley Cabot, colecionador de gosto excepcional, mas uma fortuna de apenas oito dígitos, seguiu o conselho de Nicky. Ligou para Phillip às 9h15 no horário da Costa Leste, enquanto Phillip desembarcava de seu Sikorsky no heliporto de 34th Street.

— Quanto? — gritou ele por cima do barulho dos rotores.

— Tudo.

— Quando você sair, não terá como entrar de volta. Está me entendendo, Ainsley?

— Poupe as ameaças, Phillip, e me enviar meu dinheiro.

Buffy Lowell conseguiu falar com Phillip às 9h24, enquanto ele chegava em sua Mercedes com chofer na Terceira Avenida. Livingston Ford o alcançou oito minutos depois, atravessando lentamente a cidade na 72nd Street. Livingston tinha cinquenta milhões no fundo e queria resgatar.

— Você vai se arrepender — avisou Phillip.

— Foi o que minha terceira esposa me disse, e nunca estive mais feliz.

— Gostaria que você considerasse um resgate parcial.

— Está sugerindo que não tem dinheiro suficiente no caixa?

— O dinheiro não está parado em uma conta do Citibank. Vou precisar vender vários quadros para completar sua parte.

— Nesse caso, Phillip, sugiro que comece a vender.

E foi assim que um comentário aparentemente improvisado — feito 45 minutos antes durante um almoço caro em Londres — abriu um buraco de cem milhões no Fundo de Investimentos Obras-Primas. O fundador da firma, porém, não sabia do que tinha acontecido. Desesperado atrás de informação, ele fez algumas buscas rápidas na internet — uma por seu próprio nome, a outra pelo nome da empresa. Nenhuma trouxe algo que explicasse por que três de seus maiores investidores, de repente, tinham fugido do fundo. Uma busca nas redes sociais também não produziu algo nocivo. Finalmente, às 9h42, ele clicou no ícone do Telegram, o sistema de mensagens criptografadas baseado na nuvem, e abriu uma conversa secreta existente.

Estou sangrando até a morte, digitou. *Descubra por quê.*

Quando Phillip Somerset comprou sua casa na 74th Street em 2014, trinta milhões de dólares eram considerados muitíssimo dinheiro. Ele obtivera o empréstimo com seu gerente do JPMorgan Chase usando vários quadros falsificados como garantia, só uma de suas formas de balançar uma varinha mágica e transformar fileiras de telas sem valor em ouro. Várias falsificações adicionais adornavam o interior da mansão, tudo para impressionar investidores em potencial e conferir a Phillip um verniz de riqueza e sofisticação extraordinário. Era a elite do mundo artístico, seus investidores, aqueles que tinham mais dinheiro que bom senso. O próprio Phillip era uma fraude e uma boa falsificação, mas seus apoiadores eram os tolos que possibilitavam o esquema elaborado. *E Magdalena*, pensou ele, de repente. *Nunca teria funcionado sem ela.*

O magnata entrou no foyer do térreo da mansão e foi recebido por Tyler Briggs, chefe de segurança e veterano da Guerra do Iraque. Usava um terno escuro por cima de seu corpo tonificado por horas na academia.

— Como foi a viagem à ilha, sr. Somerset?

— Melhor que o percurso do heliporto até aqui.

O celular de Phillip estava tocando de novo. Era Scooter Eastman, um investidor de vinte milhões.

— Alguma entrega marcada para hoje? — quis saber Tyler.

— Um quadro deve chegar a qualquer minuto do depósito.

— Clientes?

— Hoje, não. Mas a srta. Navarro vem por volta das 13h. Mande-a para meu escritório quando ela chegar.

DANIEL SILVA

Phillip despachou a ligação de Scooter Eastman para a caixa-postal e subiu a escada. Soledad e Gustavo Ramírez, casal peruano que cuidava da casa, esperava no patamar do segundo andar.

Phillip os cumprimentou de volta distraído enquanto olhava o telefone. Era Rosamond Pierce. Sangue azul-escuro. Dez milhões investidos no Fundo de Investimentos Obras-Primas.

— Vou almoçar em casa hoje. A srta. Navarro estará comigo. Saladas Cobb de frutos do mar, por favor. Por volta de 13h30.

— Sim, sr. Somerset — responderam os Ramírez em uníssono.

Em seu escritório, ele escutou os novos recados. Scooter Eastman e Rosamond Pierce queriam sair. Em um período de trinta minutos, ele tinha perdido 135 milhões. Resgates dessa escala ameaçariam até o fundo de hedge mais ético do mundo. Para um como o Fundo de Investimentos Obras-Primas, eram catastróficos.

Ele transmitiu a notícia a Kenny Vaughan, chefe de investimentos do fundo, durante a chamada de vídeo de todos os dias às 10h.

— Caralho, você só pode estar de brincadeira.

— Bem que eu gostaria.

— Esses 135 milhões vão doer, Phillip.

— Quanto tempo até começarmos a sentir a dor?

— Livingston Ford, Scooter Eastman e Rosamond Pierce têm direito de resgatar este mês.

— Oitenta milhões?

— Mais perto de 85.

— Quanto dinheiro temos à mão?

— Uns cinquenta. No máximo.

— Posso me desfazer do Pollock.

— Você está devendo 65 ao JPMorgan com o Pollock como garantia. Vender não é opção.

— De quanto você precisa para fazer dar certo, Kenny?

— Oitenta e cinco seria ótimo.

— Seja razoável.

— Alguma chance de você conseguir pôr as mãos em quarenta?

Phillip foi à janela e observou dois homens com macacões azuis iguais retirando um caixote retangular grande da traseira de um caminhão de entregas do Depósito de Arte Chelsea.

— Está bem, Kenny. Acho que consigo.

58

PIERRE HOTEL

E velyn Buchanan chegou ao Pierre ao meio-dia e meia. Na suíte de Magdalena, informou a Gabriel que seus editores tinham aprovado um esboço da reportagem. Ela seria publicada no site da *Vanity Fair* assim que finalizada e também estaria incluída na próxima edição impressa. O departamento de publicidade da revista estava montando um plano de mídias sociais. *New York Times*, *Wall Street Journal*, Reuters, Bloomberg News e CNN tinham sido alertados da iminência de uma reportagem grande com implicações financeiras abrangentes.

— Ou seja, vai viralizar em minutos depois de entrar no site. Não tem como Phillip conseguir conter os danos, ele vai estar morto antes de saber o que aconteceu.

— Quando você consegue publicar?

— Se for como prometido, consigo terminar hoje à noite.

— No ritmo em que Phillip está indo, pode ser que ele não tenha tanto tempo.

— Resgates?

— 135 milhões e contando.

— Ele deve estar surtando.

— Veja você mesma.

Gabriel tocou uma gravação da chamada de vídeo de Phillip com Kenny Vaughan.

— *Quanto dinheiro temos à mão?*

— *Uns cinquenta. No máximo.*

— *Posso me desfazer do Pollock.*

— *Você está devendo 65 ao JPMorgan com o Pollock como garantia. Vender não é opção.*

Gabriel pausou a gravação.

— Você entende o que tem aí? — perguntou Evelyn.

— Vai melhorar.

Gabriel pressionou PLAY.

— *De quanto você precisa para fazer dar certo, Kenny?*

— *Oitenta e cinco seria ótimo.*

— *Seja razoável.*

— *Alguma chance de você conseguir pôr as mãos em quarenta?*

— *Está bem, Kenny. Acho que consigo.*

Gabriel pressionou PAUSAR.

— Onde ele vai arrumar o dinheiro?

— Não está claro. Mas o timing sugere que ele esteja pensando em colocar meu Gentileschi para jogo.

— Se ele fizer isso…

— Vamos ter prova irrefutável de que Phillip está envolvido em fraude bancária.

Então, a porta do quarto se abriu e saiu Magdalena, usando calça de stretch, uma blusa solta e escarpins com salto-agulha.

Gabriel entregou o celular a ela.

— Mantenha consigo o tempo todo. E o que quer que faça…

— Aonde eu iria sem um passaporte, sr. Allon? Staten Island?

Ela jogou o celular na bolsa e saiu. Seu aroma intoxicante pairou no ar depois de ela ter saído.

— Ela usou sutiã alguma vez na vida? — perguntou Evelyn.

— Evidentemente, esqueceu de colocar na mala.

DANIEL SILVA

Gabriel mudou o *feed* do Proteus do aparelho de Phillip para o de Magdalena. Então, telefonou para Sarah, que estava lá embaixo, no Nissan SUV alugado.

— Fique tranquilo — disse ela. — Não vou perdê-la de vista.

Dois minutos depois, Sarah observou Magdalena saindo pela porta do Pierre na 61st Street e entrando na limusine Mercedes S-Class de Phillip, que estava à espera. O motorista virou três vezes consecutivas à esquerda e foi para a parte alta da cidade pela Madison Avenue. Sarah seguiu bem atrás — uma violação das técnicas básicas de vigilância de veículos, mas necessária. O trânsito estava engarrafado e ela não tinha backup, exceto pelo celular na bolsa de Magdalena.

O trânsito melhorou na 66th Street, e a Mercedes acelerou. Sarah foi forçada a furar alguns sinais vermelhos para não perdê-la, mas, na 65th, foi obrigada a parar. Quando, enfim, o farol ficou verde, a Mercedes não estava em lugar algum. Mais duas esquerdas levaram Sarah à porta da mansão de Phillip na 74th Street.

Nada de Mercedes.

Nem sinal de Magdalena.

Sarah dirigiu até o fim do quarteirão e achou uma vaga na rua. Pegou telefone e ligou para Gabriel no Pierre.

— Por favor, diga que ela está dentro daquela casa.

— Ela está subindo as escadas.

Sarah desligou e sorriu. *Curta enquanto puder*, pensou.

Tyler Briggs tinha instruído Magdalena a ir direto para o escritório de Phillip no quarto andar. Em vez disso, ela fez um desvio para a galeria. O Gentileschi estava apoiado em um cavalete de exposição. Magdalena tirou uma foto da obra com o celular, e mais duas com a grande-angular, que deixavam pouca dúvida quanto à localização atual do quadro — uma sala que tinha sido descrita com bastante detalhe em um perfil pouco lisonjeiro na *Vanity Fair*, escrito pela mulher que, no momento, estava sentada na suíte da espanhola no Pierre.

De repente, ela percebeu que Tyler a observava da porta da galeria. Devia tê-la visto em uma das câmeras de segurança. Ela reagiu com a calma estudada de uma traficante.

— Extraordinário, não?

— Se a senhora está dizendo, srta. Navarro.

— Você não gosta de arte, Tyler?

— Para ser sincero, não entendo muito.

— O sr. Somerset já viu?

— Seria preciso perguntar ao sr. Somerset. Aliás, ele deve estar querendo saber onde a senhora está.

Magdalena subiu. A porta do escritório de Phillip estava aberta, ele estava sentado à escrivaninha com um celular no ouvido e a mão na testa.

— Você está cometendo um grande erro — falou, irritado, antes de desligar.

Um silêncio gelado se estabeleceu na sala.

— Quem está cometendo um erro? — perguntou Magdalena.

— Warren Ridgefield. É um dos nossos investidores. Infelizmente, vários outros estão cometendo o mesmo erro.

— Posso fazer alguma coisa para ajudar?

Phillip pegou a mão dela e sorriu.

59

UPPER EAST SIDE

Com o dobro do tamanho da cozinha do antigo apartamento de Magdalena em Alphabet City, o box de Phillip era um parque de diversões aquático de mármore e vidro, o box do homem que tinha tudo. Magdalena nunca conseguia lembrar qual das muitas torneiras de cromo escovado eram responsáveis por qual função. Ela girou uma e foi atingida por canhões de água vindos de todos os lados. Freneticamente, tentou outra e foi acariciada por uma suave cascata tropical. Ela se lavou com o sabonete de cheiro masculino dele, secou-se com uma das toalhas bordadas com o monograma dele e se contemplou nua no espelho com moldura dourada dele. Achou a imagem desagradável e precisando de uma restauração. *Retrato de uma traficante de drogas*, pensou. *Retrato de uma ladra.*

Retrato de uma mulher desconhecida...

No quarto principal, não havia sinal de Phillip, exceto pela mancha deixada no lençol. A transa tinha sido quase um estupro, acompanhada pelos apitos e pelas vibrações constantes do celular dele. O de Magdalena estava guardado na bolsa Hermès ao pé da cama, junto com as roupas que Phillip arrancara do corpo dela. Ciente de que havia outros escutando, ela suportara o ataque dele em silêncio. Seu amante voraz, porém, estava soltando a voz.

RETRATO DE UMA MULHER DESCONHECIDA

Vestida, ela pegou a bolsa e foi procurá-lo. Encontrou-o lá embaixo, na galeria, parado diante do Gentileschi falsificado. Ele estava com a expressão de refinamento curatorial que sempre assumia para enganar seus investidores ingênuos. Phillip Somerset, mecenas das artes. Para Magdalena, seria sempre o filisteu inculto que ela conhecera naquela noite no Le Cirque. Bud Fox com uma pitada de Jay Gatsby. *Uma falsificação*, pensou ela. *E bastante óbvia, aliás.*

— É bom mesmo? — perguntou ele, por fim.

— Melhor que a versão do Getty.

— Preço?

— Se tudo correr como esperado... trinta milhões.

— Preciso desovar.

— Eu não aconselharia, Phillip.

— Por quê?

— Porque o quadro veio da mesma fonte dos que foram vendidos por Oliver Dimbleby em Londres. Se aparecer mais alguma obra da mesma suposta antiga coleção europeia, vai levantar sinais de alerta. A pintura precisa vir de uma nova procedência e tempo suficiente para esfriar. Também pode ser bom a gente baixar um pouco a atribuição.

— Atribuído a Gentileschi?

— Talvez círculo de Gentileschi. Ou até um seguidor.

— Seria uma sorte conseguir um milhão por isso.

— Eu não comprei um quadro em Florença, Phillip. Comprei do maior falsificador de arte da história. Ele vai pagar dividendos por anos a fio, congele o Gentileschi no depósito e seja paciente.

Phillip olhou o telefone.

— Infelizmente, paciência é uma virtude que não está ao meu alcance no momento.

— Quem é agora?

— Harriet Grant.

— O que está havendo?

— Não faço ideia.

★ ★ ★

DANIEL SILVA

Eles comeram as saladas Cobb de frutos do mar à mesa da cozinha, com a CNBC ligada baixinho ao fundo. Magdalena bebeu Sancerre, mas Phillip, sedento após o esforço no quarto, tomou chá gelado em goladas. O celular dele estava virado para cima perto do cotovelo, silenciado, mas aceso com o tráfego de mensagens que chegavam.

— Você não me disse o nome dele — falou ele.

— Infelizmente, não posso.

— Por que não?

— Paridade, acho. Você tem seu falsificador e agora eu tenho o meu.

— Mas você adquiriu o seu com dez milhões de dólares meus.

— Você não teria dinheiro algum se não fosse por mim, Phillip. Além do mais, deu bastante trabalho encontrá-lo. Acho que vou ficar com ele para mim.

Ele soltou os talheres e a olhou sem expressão.

— Delvecchio — disse ela, suspirando. — Mario Delvecchio.

— Qual é a história dele?

— A de sempre. Pintor fracassado que se vinga do mundo da arte com paleta e pincel. Mora em uma *villa* isolada ao sul da Úmbria. É extraordinariamente culto e educado, e muito bonito, devo dizer. Viramos amantes durante minha estada. Ao contrário de você, ele conhece os centros de prazer femininos.

— Posso fazer mais alguma coisa por você?

— Eu adoraria mais um pouco desse Sancerre.

Phillip fez sinal para a *señora* Ramírez.

— Seu amante tem alguma outra obra não finalizada por aí?

— Nenhuma que eu esteja inclinada a levar agora para o mercado. Pedi para ele dar um tempo nas obras-primas e se concentrar nas intermediárias, para que eu possa vendê-las sem chamar atenção.

— O que vamos fazer com o parceiro dele? Esse camarada Alessandro Calvi.

— Agora que estou dormindo com Mario, acho que consigo convencê-lo a se separar do *signore* Calvi.

— Você não está falando sério, né?

— Você sabe que é o único homem da minha vida, Phillip. — Ela deu um tapinha tranquilizador no dorso da mão dele. — A verdade é que estou mais preocupada com aquele que não pode ser nomeado do que com *signore* Calvi.

— Deixe que eu me preocupo com ele.

— O que ele vai achar de ter um rival de Velhos Mestres?

— Nunca prometi exclusividade.

Magdalena levou a taça aos lábios.

— Onde já ouvi isso antes?

Phillip adotou uma nova expressão — amigo e parceiro sexual carinhoso. Era ainda menos autêntica do que o Phillip intelectual e sofisticado conhecedor de arte.

— O que deu em você? — quis saber ele.

— Além de você? — Magdalena riu baixinho de sua própria sagacidade. — Acho que estava pensando no meu futuro, só isso.

— Seu futuro está garantido.

— Está mesmo?

— Você andou checando seu saldo? Poderia se aposentar amanhã e passar o resto da vida deitada em uma praia em Ibiza.

— E se eu fizesse isso?

Phillip não respondeu; estava checando o celular de novo.

— Quem é agora?

— Nicky Lovegrove. — Ele mandou a ligação para a caixa-postal. — Vários clientes dele estão tentando sair do meu fundo.

— Meu dinheiro está nesse fundo. *Todo* o meu dinheiro.

— Seu dinheiro está seguro.

— Você também me assegurou, certa vez, que me transformaria em uma Damien Hirst espanhola. Mas foi só uma trama esperta de sua parte para colocar um dinheirinho no meu bolso.

— Não foi um dinheirinho, se me lembro bem.

— Onde estão? — perguntou Magdalena, de repente.

— Os quadros?

Ela fez que sim.

DANIEL SILVA

— Estão no depósito.

— Quero de volta.

— Não vou devolver.

— Por que, não?

— Porque são meus. E você também é, Magdalena. Nunca se esqueça disso.

O telefone dele se acendeu.

— Outro não.

— Não. É só Lindsay.

Magdalena sorriu.

— Mande um abraço para ela.

Depois de falar brevemente com a esposa e se despedir de sua sócia e amante, Phillip Somerset voltou ao escritório e telefonou para Ellis Gray, chefe de empréstimos garantidos por arte no JPMorgan Chase. Phillip e Ellis tinham se encontrado em Sag Harbor no fim de semana, tornando as preliminares desnecessárias. Phillip disse que precisava de um pouco de dinheiro. Ellis, que ganhara milhões trabalhando com o Fundo de Investimentos Obras-Primas, só perguntou o número que Phillip tinha em mente e uma descrição do quadro que ele pretendia usar como garantia.

— O número é quarenta milhões.

— E o quadro?

Phillip respondeu.

— Um Gentileschi.

— *Gentileschi*? — perguntou Ellis.

— Acabou de ser descoberto. Estou planejando mantê-lo em segredo por um ou dois anos antes de colocar no mercado.

— Como é a atribuição?

— À prova de balas.

— E a procedência?

— Meio frágil.

— Onde você comprou?

— De um marchand espanhol. É só o que posso dizer.

Ellis Gray, que ganhava dinheiro emprestando dinheiro com quadros como garantia, conhecia bem a opacidade do mundo da arte. Apesar disso, não estava disposto a transferir quarenta milhões do JPMorgan Chase por um quadro sem passado, nem para um cliente tão importante e confiável quanto Phillip Somerset.

— Só com uma avaliação científica — adicionou Ellis. — Mande para Aiden Gallagher em Westport; se ele disser que está ok, vou realizar o empréstimo.

Phillip desligou, e, por vídeo, entrou em contato com Kenny Vaughan e disse que não havia como conseguir uma infusão de dinheiro emergencial no futuro próximo.

— Talvez a gente tenha que considerar suspender os resgates.

— Não podemos, você precisa dar um jeito.

— Vou acender umas velas e ver o que posso fazer.

Phillip desligou e atendeu outra ligação.

Era Allegra Hughes.

Allegra queria sair.

60

PIERRE HOTEL

Gabriel tinha feito o pedido para Yuval Gershon no início daquela manhã. Sim, ele sabia que era um abuso e que não estava exatamente dentro da lei, já que ele não tinha status oficial. E, não, ele não podia declarar com grau de certeza algum que seria a última vez. Parecia que ele tinha virado o primeiro porto de paragem para qualquer um com um problema, fossem primeiros-ministros britânicos adúlteros, pontífices supremos romanos ou marchands londrinos. Sua investigação atual, como acontecia, incluía uma tentativa de assassinato contra ele. Yuval Gershon, claro, sabia disso. Aliás, se não fosse pela intercedência oportuna de Yuval, a tentativa poderia muito bem ter dado certo.

Ele deu o trabalho a um recém-contratado. Não tinha problema; em uma área como a deles, os garotos novos frequentemente eram melhores do que os macacos velhos. Esse era um artista no sentido mais verdadeiro da palavra; fez seu primeiro movimento às 10h15, horário da Costa Leste, e, às 14h30, ele dominara o lugar — este sendo uma firma baseada em Manhattan chamada Depósito de Artes Chelsea.

Como instruído, o garoto tinha ido direto para a base de dados: registros de seguros, documentos de imposto, arquivos de recursos humanos, um relatório de despacho de um ano de recebimentos e entregas, uma lista mestra das obras guardadas em um depósito seguro e climatizado na 91st Street perto da York Avenue. Havia 789 obras no total, cada entrada incluía o nome da peça, o artista, o suporte, as dimensões, a data de execução, o valor estimado, o proprietário atual e a localização exata do quadro no depósito, por andar e número de prateleira.

Seiscentas e quinze obras, supostamente, eram de propriedade direta do Fundo de Investimentos Obras-Primas — que também, por acaso, era dona do Depósito de Arte Chelsea. As remanescentes eram controladas por empresas de fachada com o tipo de sigla de três letras em caixa alta adorado por ocultadores de ativos e cleptocratas do mundo todo. A chegada mais recente era *Dânae e a chuva de ouro*, supostamente de Orazio Gentileschi. Seu valor informado era de trinta milhões, aproximadamente trinta milhões a mais do que ela valia de verdade. Por enquanto, a obra não tinha seguro.

O depósito também continha dezesseis telas de uma outrora promissora artista espanhola chamada Magdalena Navarro. Às 15h15 daquela tarde — após um almoço incriminador com Phillip Somerset, fundador e CEO do Fundo de Investimentos Obras-Primas —, ela voltou ao Pierre Hotel. Em sua suíte do vigésimo andar, imediatamente entregou o celular a Gabriel, que entregou a ela uma lista de 789 obras, e começaram a trabalhar.

Eles seguiram na análise das informações num ritmo constante, apesar de deprimente. Magdalena baixava o olhar para a lista e anunciava quando via um quadro que sabia ser falsificado. Com Sarah e Evelyn fazendo anotações atentas, ela recitava a data e as circunstâncias segundo as quais a obra tinha chegado ao inventário do Fundo de Investimentos Obras-Primas. A maioria esmagadora das telas tinha sido adquirida por meio de vendas fantasmas conduzidas dentro da rede de distribuição de Magdalena, o que significava que dinheiro não havia trocado, de verdade, de mãos. Mas várias tinham sido comercializadas por marchands de boa reputação, para dar a Phillip a possibilidade de negar tudo caso a autenticidade das obras um dia fosse questionada.

DANIEL SILVA

Notavelmente ausente do diretório estava *Retrato de uma mulher desconhecida*, de sir Antoon van Dyck, óleo sobre tela, 115x92cm, que o Obras-Primas comprara da Isherwood Fine Arts. Segundo os relatórios de despacho, o quadro tinha sido levado para a Sotheby's, em Nova York, em meados de abril.

— Uma semana depois da explosão em Paris — apontou Gabriel.

— Phillip deve ter desovado — respondeu Magdalena. — Ou seja, algum colecionador inocente é o orgulhoso dono de uma pintura que não vale um centavo sequer.

— Vou dar uma palavrinha com a Sotheby's amanhã de manhã.

— Uma palavrinha discreta — alertou Sarah.

— Por algum motivo — disse Gabriel, olhando para Evelyn —, não acho que vai ser uma opção.

Às 17h, eles tinham repassado a lista duas vezes de cima a baixo. A contagem final eram impressionantes 227 falsificações com um valor declarado de mais de trezentos milhões de dólares, ou 25 por cento dos pretensos ativos administrados pelo Obras-Primas. A combinação com o resto das evidências adquiridas por Gabriel e Magdalena em Nova York — incluindo o registro de uma tentativa de Phillip Somerset de obter um empréstimo garantido por arte do JPMorgan Chase usando um quadro falsificado — era prova irrefutável de que o Fundo de Investimentos Obras-Primas era uma empreitada criminosa gerida por um dos maiores golpistas financeiros da história.

Ao fim da revisão, Evelyn ligou para seu editor na sede da *Vanity Fair* na Fulton Street e lhe disse para esperar sua primeira versão no máximo às 21h. Então, sentou-se em frente ao notebook e começou a escrever.

— Em algum momento — informou a Gabriel — vou ter que pedir um comentário de Phillip.

Por sorte, sabiam como entrar em contato com ele. Segundo o Proteus, seu celular, naquele momento, estava perto da esquina da Quinta Avenida com a 74th Street, quarenta metros acima do nível do mar.

Havia seis chamadas perdidas, três novas mensagens na caixa-postal, sendo 22 não lidas.

A câmera estava apontada para o teto. O microfone não ouvia qualquer coisa. *A porcaria está só lá parada*, pensou Gabriel. *Como um peso de papel com pulsação digital.*

61

SUTTON PLACE

L eonard Silk conhecia bem o lado obscuro da natureza humana. Seus clientes, todos suficientemente ricos para pagar por seus serviços, era uma galeria de fraudadores, vigaristas, golpistas, ladrõezinhos, estelionatários, traficantes de influência, adúlteros e depravados sexuais de todos os tipos. Silk nunca os julgara, pois tinha seus pecados. Ele morava em uma casa com teto de vidro, por assim dizer, e não tinha o hábito de jogar pedras.

A queda em desgraça de Silk tinha ocorrido no fim dos anos 1980, enquanto ele servia na estação da CIA em Bogotá. Recém-divorciado, com as finanças pessoais sofrendo pressão, ele tinha entrado em uma parceria lucrativa com o cartel de cocaína de Medellín. Silk fornecia aos barões das drogas informações valiosas sobre o Departamento de Narcóticos e os esforços das autoridades colombianas para se infiltrar na organização. Em troca, os barões pagaram vinte milhões em dinheiro, tudo vindo da venda de cocaína no país que ele tinha jurado defender.

De algum modo, Silk conseguiu sair da situação vivo e rico, e se aposentou da Agência poucos dias antes dos ataques do Onze de Setembro. Usou uma porção dos fundos para comprar um apartamento luxuoso em Sutton Place, e, no inverno de 2002, enquanto seus antigos colegas começavam a lutar nos primeiros atos da guerra global contra o terrorismo, Silk abriu um negócio como consultor de segurança e detetive particular. Em um trocadilho deliberado, ele chamava sua firma de um homem só de Soluções de Segurança Integridade.

Silk oferecia a seus clientes o leque usual de serviços de consultoria, mas tirava a maior parte de sua renda de atividades ilícitas, como espionagem corporativa, hackeamento de computadores, sabotagem e um produto ao qual ele se referia eufemisticamente como "defesa reputacional". Ele era renomado pela habilidade de fazer os problemas sumirem ou, sempre que possível, evitar que surgissem. Também, como último recurso, fazia os "problemas" sofrerem acidentes de automóveis fatais ou overdoses, ou desaparecerem sem deixar rastro. Ele não tinha agentes na folha de pagamento. Ao invés disso, contratava profissionais freelancers conforme necessário. Duas operações recentes tinham acontecido na França, onde Silk tinha boas conexões. Ambas executadas a pedido do mesmo cliente.

Às 9h42 daquela manhã, o cliente havia pedido para Silk averiguar por que vários investidores tinham requerido resgates multimilionários de seu fundo de hedge baseado em arte. Com algumas poucas ligações para sua rede de informantes pagos ou coagidos, Silk descobriu uma possível explicação. E como não era o tipo de coisa que ele gostava de discutir por telefone, convocou o motorista e foi para o Upper East Side. Ao chegar à residência do cliente na 74th Street, Silk viu dois operários manobrando um quadro dentro de um caixote para dentro da traseira de um caminhão de entregas. Um segurança chamado Tyler Briggs observava seus esforços da porta aberta.

— Cadê seu chefe? — perguntou Silk.

— Lá em cima, no escritório.

— Ele está sozinho?

— Agora, sim. Teve companhia antes.

DANIEL SILVA

— Alguém interessante?

Briggs levou Silk para a sala de controle de segurança da mansão; a residência cheia de obras de arte era protegida por uma série de câmeras de alta resolução. No momento, uma estava virada para o cliente de Silk, que estava sentado à escrivaninha, o celular na orelha. Não parecia bem.

Briggs se sentou a um computador e, em silêncio, bateu em algumas teclas. Um momento depois, uma mulher alta e morena apareceu em uma das telas, estava parada em frente a um quadro na galeria. *Um Gentileschi*, pensou Silk. *Maravilhoso, mas quase com certeza falsificado.*

— Por que ela o está fotografando?

— Não perguntei.

— Para onde ela foi depois?

O segurança deu play na gravação.

— Já chega — disse Silk, após um momento.

A imagem congelou.

— Suba ao escritório do sr. Somerset e mande-o me encontrar no jardim.

O segurança se levantou e foi na direção da porta.

— Mais uma coisa, Tyler.

— Sim, sr. Silk?

— Diga para o sr. Somerset deixar o celular.

Silk seguiu por um corredor até os fundos da casa — passando pela adega, pelo cinema e pelo estúdio de ioga — e saiu para o jardim murado. Era sombreado por uma árvore grande com a folhagem de meados de verão e dava vista, a norte e a leste, para prédios residenciais antigos. Mobiliários externos de design estavam largados solitários nas pedras impecáveis. O esguicho da fonte italiana silenciava o barulho do trânsito vespertino na Quinta Avenida.

RETRATO DE UMA MULHER DESCONHECIDA

Cinco minutos se passaram antes de Phillip Somerset finalmente aparecer. Como sempre, ele estava com uma vestimenta náutica. Eles se sentaram em duas cadeiras de vime baixas. Silk informou suas conclusões sem preâmbulo nem amabilidades, era um homem ocupado, e Phillip Somerset estava seriamente encrencado.

— O quão ruim vai ser?

— Minhas fontes não conseguiram descobrir algo em relação ao conteúdo.

— Não é exatamente o tipo de informação pelo qual eu pago você, Leonard?

— O departamento de publicidade da *Vanity Fair* contatou todas as editorias de negócios da cidade. Não teriam feito isso se não tivessem algo grande.

— É fatal?

— Pode ser.

— E você tem certeza de que a reportagem é sobre mim?

Silk fez que sim.

— O FBI está envolvido?

— Minhas fontes dizem que não.

— Então, de onde está vindo? E por que vários investidores meus escolheram justamente hoje para fugir do fundo?

— É possível que estejam rolando boatos no mundo da arte sobre uma reportagem prejudicial sendo preparada. Mas a explicação mais provável é que você esteja sofrendo um ataque coordenado de um adversário determinado e engenhoso.

— Algum candidato?

— Só um.

Silk não pronunciou o nome; não era necessário. Ele tinha se oposto a atacar um homem como Gabriel Allon, mas cedera depois de Phillip oferecer um pagamento de dez milhões de dólares. O mercenário tinha dado uma porção substancial desse dinheiro a uma organização francesa conhecida apenas como Groupe, a mesma que cuidara do caso

DANIEL SILVA

de Valerie Bérrangar. Ele também fornecera ao Groupe informações detalhadas sobre os planos de viagem de Allon — especificamente, sua intenção de fazer uma visita a uma galeria de arte na rue la Boétie em Paris. Mesmo assim, o israelense e sua amiga Sarah Bancroft tinham conseguido escapar vivos da galeria.

— Você me garantiu que Allon não era mais um problema — disse Phillip.

— O vídeo da chegada da srta. Navarro hoje mais cedo sugere o contrário.

Phillip franziu a testa.

— Tyler Briggs está na sua folha de pagamento ou na minha, Leonard?

Silk ignorou a pergunta.

— Ela tirou várias fotos do quadro exposto na galeria. Closes e planos gerais. Parecia estar tentando estabelecer sua localização.

Phillip fechou o rosto, mas não discordou.

— Vocês dois discutiram negócios depois de terminarem no quarto?

— Detalhadamente — respondeu Phillip.

— Seu celular estava com você?

— Estava, claro.

— Onde estava o dela?

— Imagino que na bolsa.

— Provavelmente, estava gravando todas as suas palavras. É bom pressupor que seu aparelho também está comprometido.

Phillip xingou baixinho.

— Devo perguntar...

— Fiz duas ligações bem sinceras com Kenny Vaughan. Também tentei obter um empréstimo de Ellis Gray do JPMorgan Chase.

— Porque vários de seus maiores investidores estão saindo de seu fundo no exato dia em que a srta. Navarro esteve em sua casa tirando fotos de um quadro.

Phillip ficou de pé.

RETRATO DE UMA MULHER DESCONHECIDA

— Sente-se — disse Silk, calmamente. — Você não vai chegar perto dela.

— *Você* trabalha para *mim*, Leonard.

— E isso não é algo que eu queira que o FBI saiba. Nem Gabriel Allon, aliás. Portanto, você vai fazer exatamente o que eu mandar.

Phillip conseguiu sorrir.

— Você acabou de me ameaçar?

— Só amadores ameaçam. E eu não sou amador.

Phillip se sentou em sua cadeira.

— Onde ela está hospedada? — perguntou Silk.

— Na suíte de sempre no Pierre.

— Acho que vou fazer uma visitinha. Enquanto isso, quero que você suba e faça uma mala.

— Aonde eu vou?

— A ser determinado.

— Se eu sair agora do país…

— Seus investidores remanescentes vão pular do barco e seu fundo vai ruir em horas. A questão é: você quer estar em Nova York quando isso acontecer? Ou prefere estar deitado em uma praia com Lindsay?

Phillip não respondeu.

— Quanto dinheiro você tem em mãos? — perguntou Silk.

— Não muito.

— Nesse caso, pode ser um bom momento para pagar sua conta com a Soluções de Segurança Integridade. — Silk entregou um celular. — Seu saldo devedor é de quinze milhões.

— Meio alto, não?

— Não é hora de discutir por dinheiro, Phillip. Eu sou a única coisa entre você e uma cela no Centro de Correção Metropolitano.

Phillip ligou para Kenny Vaughan e o instruiu a transferir quinze milhões para a conta de Silk na Oceanic Bank and Trust Ltda., em Nassau.

DANIEL SILVA

— Eu sei, Kenny. Faça o que for preciso.

Phillip desligou e tentou devolver o celular.

— Pode ficar — disse Silk. — Deixe seu celular na mesa conectado a um carregador e vá para sua casa na ilha. Não faça algo até ter notícias minhas.

62

PIERRE HOTEL

Durante o percurso de treze quarteirões da mansão de Phillip Somerset ao Pierre Hotel, Leonard Silk fez uma série de telefonemas apressados. O primeiro foi para o Serviço de Jatos Executivos no Aeroporto MacArthur em Long Island; o segundo, para um homem que cuidava de armas para os Contras e cocaína para os cartéis. Por fim, Silk ligou para um velho amigo da Agência chamado Martin Roth. Marty era fornecedor de especialistas em vigilância cibernética, e, se as circunstâncias exigissem, força bruta e poder de fogo. A sede de seu negócio de segurança privada era um armazém em Greenpoint. Silk era cliente regular.

— Para quando você precisa deles? — perguntou Marty.

— Vinte minutos atrás.

— O trânsito no centro é uma bosta, e já estou bem sobrecarregado.

— Faça o que puder — disse Silk, enquanto sua Escalade parava em frente à entrada do Pierre na Quinta Avenida. — Meu cliente vai agradecer. E eu também.

Lá dentro, a recepcionista do Two E Bar & Lounge cumprimentou Silk pelo nome e o levou a uma mesa de canto. Um copo de uísque single malt apareceu em um instante, seguido logo depois por Ray Bennett, um investigador aposentado do Departamento de Polícia de Nova York que se tornara diretor de segurança do Pierre. Nada acontecia

DANIEL SILVA

dentro das paredes do hotel sem Bennett notar, e por isso Silk lhe pagava honorários mensais substanciais.

Bennett não estava só. Havia outros como ele em cada hotel de luxo da cidade, todos alimentando Silk com um fluxo contínuo de fofocas, a maioria acompanhada de recibos e vídeos de segurança. Informações sobre a vida privada de repórteres eram prioridade. Bennett, certa vez, dera a Silk meios de acabar com uma denúncia da revista *New York* sobre um de seus clientes mais importantes. Silk recompensara seu informante com um bônus de 25 mil dólares, suficiente para aliviar o sofrimento financeiro causado pelo acordo de divórcio e pagar a Holy Rosary, a escola de sua filha.

O regulamento do hotel proibia que Bennett se sentasse com um cliente, então ele ficou de pé enquanto Silk fazia seu pedido.

— Tem uma mulher hospedada em uma suíte do vigésimo andar. É conhecida de um cliente muito importante meu, que está preocupado de que ela esteja correndo perigo.

— Qual o nome dela?

— Ela fez check-in como Miranda Álvarez. O nome real é...

— Magdalena Navarro. Ela vem sempre.

— Você notou algo incomum?

— A não ser que eu esteja enganado, ela só saiu do hotel uma vez desde que chegou.

— O que ela anda fazendo?

— Recebeu convidados para jantar ontem à noite.

— Sério? Quem?

— Os amigos dela que estão do outro lado do corredor. Fizeram check-in no mesmo horário. Nomes falsos. Igual à srta. Navarro.

— Preciso dos nomes reais deles — disse Silk.

— Quanto?

— Dez mil.

— Vinte.

— Fechado — falou Silk.

★ ★ ★

RETRATO DE UMA MULHER DESCONHECIDA

Ray Bennett voltou ao escritório, fechou a porta e se sentou ao computador. Como diretor de segurança, ele tinha acesso ilimitado a informações de hóspedes, independentemente de suas exigências de privacidade. Um momento depois, ele ligou para Leonard Silk e leu os nomes.

— Sarah Bancroft e Gabriel Allon.

O iPhone de Bennett apitou com uma mensagem.

— Olhe a foto que acabei de te enviar — disse Silk.

Bennet aumentou a imagem.

— Reconhece?

— É aquela repórter da *Vanity Fair*.

— Ela esteve na suíte da srta. Navarro?

— Acredito que esteja lá agora.

— Obrigado, Ray. Mando o cheque pelo correio.

A ligação caiu.

Bennett olhou os dois nomes em sua tela. Um deles era familiar. *Gabriel Allon...* Bennett tinha certeza de ter visto antes. Mas onde?

O Google deu a resposta.

— Merda — disse ele baixinho.

Na rua, Leonard Silk entrou no banco traseiro de sua Escalade e ligou para o celular descartável que tinha dado a Phillip.

— Você falou com ela? — perguntou o cliente.

— Não consegui. Ela está bem ocupada no momento.

— Fazendo o quê?

— Contando tudo o que sabe sobre o Fundo de Investimentos Obras-Primas a Evelyn Buchanan. Gabriel Allon e sua amiga Sarah Bancroft estão com ela. Já era, Phillip. Seu avião fretado sai do MacArthur às 10h15. Não se atrase.

— Talvez fosse melhor eu levar o Gulfstream.

— O motivo dessa operação é tirar você e Lindsay do país sem deixar pistas. Quando você chegar em Miami, um carro vai levar vocês para Key West, e, quando o sol nascer, vocês vão estar a caminho da península de Yucatán.

DANIEL SILVA

— E você, Leonard?

— Depende se você mencionou meu nome a sua amiga de Sevilha.

— Fique tranquilo, ela não tem como acusar você do que quer que seja.

Silk ouviu um coro de buzinas pelo telefone.

— Por que você ainda não está no helicóptero?

— A Segunda Avenida está parada.

— Você não vai precisar se preocupar com trânsito no lugar para onde está indo.

Silk desligou e levantou o olhar para os andares superiores do hotel. *Ela não tem como acusar você...* Talvez não, mas Silk não estava disposto a arriscar.

Ele telefonou para Ray Bennett.

— Tenho outra missão, se estiver interessado.

Silk explicou.

— Quanto? — quis saber Bennett.

— Cinquenta mil.

— Para enfrentar um homem como Gabriel Allon? Fala sério, Leonard.

— Que tal 65?

— Cem.

— Fechado — disse Silk.

63

NORTH HAVEN

Sozinha na vasta casa vazia de North Haven, Lindsay Somerset estava sentada em uma simples pose de pernas cruzadas, as mãos descansando de leve nos joelhos. A janela que ia do chão ao teto diante dela dava para as águas cobre da baía Peconic. Em geral, o panorama lhe deixava com uma sensação de contentamento, mas, naquele momento, não. Ela não conseguia achar paz interior, *shanti*.

Seu celular estava no chão ao lado do tapetinho, silenciado, aceso por uma chamada recebida. Ela não reconheceu o número, então, pressionou RECUSAR. Imediatamente, o telefone tocou pela segunda vez, e, de novo, Lindsay recusou a ligação. Depois de duas tentativas adicionais de repelir o intruso, ela levou, irritada, o aparelho à orelha.

— O que você quer, caramba?

— Estava tentando dar uma palavrinha com minha esposa.

— Desculpa, Phillip. Não reconheci o número. Você está usando o telefone de quem?

— Explico quando chegar aí.

— Achei que você fosse dormir na cidade hoje.

— Mudança de planos. Vamos pousar em East Hampton às 18h45.

— Que maravilha. Faço reserva para o jantar?

— Acho que não consigo enfrentar a multidão hoje. Vamos pegar alguma coisa a caminho de casa.

DANIEL SILVA

— Lulu?

— Perfeito.

— Algum pedido especial?

— Pode me surpreender.

— Aconteceu alguma coisa, Phillip? Você parece chateado.

— Dia difícil, só isso.

Lindsay desligou e, levantando-se, colocou um par de tênis Nike e um casaco Lululemon com zíper na gola e desceu para o salão principal. *Rothko, Pollock, Warhol, Basquiat, Lichtenstein, Diebenkorn...* Quase meio milhão em obras de arte, todas controladas pelo Fundo de Investimentos Obras-Primas. Phillip protegera cuidadosamente Lindsay dos assuntos empresariais, e o conhecimento dela sobre o funcionamento se limitava ao básico. Ele comprava quadros de forma astuta e vendia com um lucro enorme. Mantinha parte desses lucros para si e passava o resto para os investidores. Os bancos ansiavam por emprestar capital a ele, porque nunca atrasava um pagamento e usava o inventário como garantia. Os empréstimos lhe permitiam comprar ainda mais obras, que produziam retornos ainda maiores para seus apoiadores. A maioria via o valor nominal da conta dobrar em só três anos, poucos retiravam o dinheiro. O Obras-Primas era um ótimo negócio.

Lindsay contemplou o Basquiat. Ela estava ao lado de Phillip quando ele o comprou na Christie's por 75 milhões de dólares. Aliás, aquele foi o primeiro encontro de verdade dos dois. Depois, ele a levara ao Bar SixtyFive, no Rainbow Room, para comemorar a aquisição com seus funcionários. Era uma equipe pequena — três jovenzinhas de rabo de cavalo com sapatos sensatos e diploma das melhores universidades, e um cara chamado Kenny Vaughan, que tinha trabalhado com Phillip no Lehman Brothers. Também havia uma espanhola alta e bonita chamada Magdalena Navarro. Phillip dissera que ela trabalhava como olheira e corretora para o fundo na Europa.

— Você ainda está transando com ela? — perguntara Lindsay durante o percurso até a casa de Phillip.

— Com Magdalena? Não mais.

Lindsay fizera a mesma pergunta quando Phillip a pedira em casamento — e quando ele insistiu que ela assinasse um acordo pré-nupcial garantindo um pagamento de dez milhões de dólares a ela se um dia se divorciassem. Em nenhum dos casos ela acreditou em sua negação. Mais perturbador era a convicção profunda dela de que o marido e Magdalena continuavam sendo amantes até hoje. A conexão sexual dos dois era óbvia em cada gesto e expressão. Lindsay não era cega. E não era tão burra quanto eles achavam.

Explico quando chegar aí...

A sensação de desarmonia voltou. Se era por causa do casamento ou da empresa de Phillip, Lindsay não sabia. Mas algo estava estranho, fora de ordem. Disso, ela tinha certeza.

Lá fora, ela se sentou em sua Range Rover branca e dirigiu rumo à saída da propriedade. Ao passar pelo chalé dos funcionários, um segurança lhe deu um aceno de rotina e abriu o portão. Ela virou à esquerda na Actors Colony Road, depois ligou para o Lulu Kitchen & Bar em Sag Harbor. Cumprimentou a recepcionista pelo nome e fez o pedido: lula frita, polvo grelhado, duas saladas de alface lisa, halibute grelhado e um filé de fraldinha. O cartão de crédito de Phillip estava cadastrado, então, não teve discussão sobre pagamento nem sobre o tamanho da conta.

— Pode ser às 19h15, sra. Somerset? Estamos bem cheios hoje.

— Melhor às 19h.

Ela seguiu pela Route 114 por toda a península até o centro de Sag Harbor. O aeroporto ficava a cerca de 6,5 quilômetros da vila, na Daniels Hole Road. Antigamente de propriedade da prefeitura de East Hampton, que o operava, era, naquele momento, uma base aérea inteiramente particular que atendia a pessoas como os Somerset de North Haven. O Sikorsky de Phillip descia do céu claro de fim de tarde quando Lindsay virou na entrada. O segurança permitiu que ela fosse até a pista, poupando, assim, o sr. Somerset da humilhação de ter que caminhar até o estacionamento.

DANIEL SILVA

Ele, então, se acomodou no banco do carona da Range Rover enquanto a equipe de solo colocava suas bagagens Rimowa de alumínio no porta-malas. As duas pareciam estranhamente pesadas.

— São halteres? — perguntou Lindsay, beijando Phillip nos lábios.

— Uma contém dois milhões de dólares em dinheiro. A outra está cheia de lingotes de quinhentos gramas de ouro.

— Por quê?

— Porque não sou o homem que você acha que sou — disse Phillip. — E estou encrencado.

64

PIERRE HOTEL

Pouco antes de assumir a administração do dia a dia da Isherwood Fine Arts, Sarah Bancroft tinha sofrido um interrogatório brutal por parte de um oficial da Inteligência Russa, durante o qual fora ameaçada com uma toxina radiológica fatal. Observar Evelyn Buchanan escrever sua reportagem foi apenas levemente menos torturante. Sarah ofereceu ajuda, mas, na maior parte do tempo, ficou de cabeça baixa e tentou se manter distante da linha dos tiros, a maioria direcionados a Gabriel. *Não*, disse ele várias e várias vezes, ele não desejava que seu nome fosse incluído no artigo. Regras básicas eram regras básicas, não dava para voltar atrás no último minuto.

— Nesse caso — disse Evelyn —, tenho mais algumas perguntas para Magdalena.

— Sobre o quê?

— Oliver Dimbleby.

— Quem?

— Magdalena mencionou o nome dele quando ela e Phillip estavam discutindo seu Gentileschi.

— Mencionou? Eu não estava ouvindo nessa hora.

— Ela também deixou implícito que todos aqueles quadros recém--descobertos eram falsificados.

— É porque eram, mesmo.

DANIEL SILVA

— Quem pintou?

— Quem você acha?

— Por quê?

— Para fazer Magdalena sair da toca.

— Alguém *comprou*?

— Deus do céu, não. Isso seria antiético.

— Por favor, me conte o resto da história.

— Termine a que está à sua frente, Evelyn. Seu editor está esperando a primeira versão às 21h.

Às 18h30, Sarah não aguentava mais. Ela se levantou e anunciou sua intenção de descer para tomar um martíni de Belvedere de verdade. Magdalena pediu permissão para ir junto.

— Permissão negada.

— Se eu fosse fugir, teria feito isso hoje à tarde enquanto estava com Phillip. Além do mais, temos um acordo, sr. Allon.

Ela tinha razão.

— Só um drinque — disse ele. — E nada de celular nem passaporte.

— Dois drinques — contrapôs Sarah. Então, virou-se para Magdalena. — Encontro você no elevador em cinco minutos.

— Dez seria melhor.

Sarah foi se arrumar em seu quarto. Magdalena fez o mesmo, deixando Gabriel sozinho com Evelyn.

— Gostaria de lhe fazer mais algumas perguntas.

— Sem dúvidas, gostaria — respondeu Gabriel, distraído, e checou a transmissão do celular de Phillip Somerset. O aparelho não se movia havia mais de três horas. Catorze ligações perdidas, oito novos recados na caixa-posta, 37 mensagens não lidas.

Sem imagens.

Sem áudios.

Sem Phillip.

★ ★ ★

Quando acabou, o consenso universal era de que a culpa era toda de Christopher. Ele ligou para Sarah, de Londres, enquanto ela entrava no quarto e a segurou no telefone enquanto ela tirava a roupa amarrotada e colocava algo mais apropriado. Arrumar o cabelo e a maquiagem se mostrou mais desafiador do que ela tinha imaginado, colocando-a em frente aos elevadores com dois minutos de atraso. Ao chegar, ela suspirou de alívio. Pelo jeito, sua nova amiga da Espanha também estava atrasada.

Mas, quando se passaram mais três minutos sem sinal de Magdalena, Sarah ficou ansiosa. Seu medo de um desastre iminente piorou quando, ao apertar o botão, ele se acendeu, mas o elevador não veio. Frenética, ela pegou o telefone que ficava ao lado, explicou seu problema para a operadora do hotel e foi assegurada de que, em um momento, estaria indo para o lobby.

Por fim, um elevador chegou. Ele parou em meia dúzia de andares, coletando uma série de hóspedes irritados, antes de, enfim, chegar ao lobby. Sarah foi direto ao bar, mas Magdalena não estava em lugar algum. Ela perguntou se o garçom tinha visto uma mulher alta de cabelos escuros, cerca de quarenta anos, muito bonita. Infelizmente, disse o garçom, não tinha.

Sarah recebeu uma resposta similar da garota da recepção. E do segurança de terno escuro parado lá perto. E dos porteiros e manobristas nas duas entradas do hotel.

Finalmente, ela ligou para Gabriel.

— Por favor, diga que Magdalena ainda está aí em cima com vocês.

— Ela saiu há quinze minutos.

A obscenidade gritada por Sarah reverberou no grandioso lobby do Pierre. Ela tinha dado as costas a Magdalena. E, então ela sumira.

65

MIDTOWN

Magdalena tinha reconhecido o homem que a recebeu no elevador, via-o toda vez que ficava no Pierre. Era o chefe de segurança do hotel. Um cara grande com um rosto irlandês e um sotaque dos bairros periféricos de Manhattan. Em sua vida anterior, Magdalena teria evitado um homem como ele, era óbvio que o cara era policial. Aposentado, claro. Mas, mesmo assim, policial.

Naquela noite, porém, o reformado cujo nome Magdalena não sabia se apresentara como guardião dela. Discretamente, com uma voz calma e segura, ele tinha perguntado se Magdalena esperava visitantes. E, quando ela respondeu que não, ele a informou de que tinha notado dois homens rondando a porta da suíte dela no início daquela tarde. Os mesmos, explicou ele, naquele momento estavam tomando água com gás no bar do lobby. Na opinião dele, eram forças de segurança federais.

— FBI?

— Provavelmente. E acho que pode ter mais alguns lá fora.

— Você consegue me tirar daqui?

— Depende do que você fez.

— Confiei em quem não deveria.

— Eu mesmo já fiz isso algumas vezes. — Ele a olhou de cima a baixo. — Você precisa de algo de sua suíte?

— Não posso voltar.

— Por que não?

— Porque o homem em quem confiei está lá agora.

Com isso, ele pegou o braço dela e levou por uma porta. Ela dava para um corredor cheio de pequenos escritórios, que, por sua vez, dava para a área de carga e descarga do hotel. Uma Escalade preta estava em ponto morto próximo à calçada da 61st Street.

— Ele está esperando outro hóspede, mas é seu, se quiser.

— Não tenho como pagar.

— Eu conheço o motorista. Pode deixar comigo.

O ex-policial grande com rosto irlandês escoltou Magdalena pela calçada e abriu a porta do banco traseiro atrás do motorista. Sentado lá, estava um homem grisalho de terno cinza. O ex-policial enfiou Magdalena à força e bateu a porta. A Escalade deu um solavanco à frente e virou à esquerda na Quinta Avenida.

O homem grisalho de terno cinza observou Magdalena sem expressão enquanto ela agarrava a maçaneta da porta. Finalmente, ela desistiu e se virou para ele.

— Quem é você?

— Sou o homem que faz os problemas de Phillip desaparecerem — respondeu ele. — E você, srta. Navarro, é um problema.

O motorista tinha um pescoço que parecia um extintor de incêndio e corte de cabelo à escovinha. Na esquina da 59th Street com a Park Avenue, Magdalena pediu educadamente para ele destrancar a porta dela. Sem resposta, ela apelou ao homem grisalho de terno cinza, que mandou que ela calasse a boca. Furiosa, ela tentou arrancar os olhos dele da órbita. O ataque acabou quando ele agarrou o punho direito dela e o torceu até quase quebrá-lo.

— Acabou?

— Sim.

Ele aumentou a dor.

— Tem certeza?

DANIEL SILVA

— Prometo.

Ele reduziu a pressão, mas só um pouco.

— Por que você está em Nova York?

— Eu fui presa.

— Onde?

— Na Itália.

— Qual é o envolvimento de Allon?

— Ele estava trabalhando com a polícia italiana.

— Imagino que você tenha feito um acordo, certo?

— Não é o que todo mundo faz?

— Quais eram os termos?

— Ele me prometeu que eu não seria acusada se o ajudasse a derrubar Phillip.

— E você caiu nessa conversa?

— Ele me prometeu.

— Ele a usou, srta. Navarro. E tenha certeza de que estava planejando entregá-la ao FBI no minuto que não precisasse mais de você.

Magdalena arrancou o pulso da mão dele e se retraiu na extremidade do banco. Estavam se aproximando lentamente do cruzamento da 59th Street com a Terceira Avenida. Do outro lado de sua janela com película escura, havia um policial de trânsito de braço levantado. Se Magdalena conseguisse chamar a atenção dele, poderia se retirar de suas circunstâncias atuais. Mas, também, colocaria em movimento uma cadeia de eventos que acabaria inevitavelmente com seu encarceramento. *Era melhor*, raciocinou, *arriscar-se com o resolvedor de problemas de Phillip.*

— Quanto Allon sabe? — perguntou ele.

— Tudo.

— E a repórter?

— Mais do que suficiente.

— Quando a reportagem vai ser publicada?

— Hoje mais tarde. O fundo vai estar acabado pela manhã.

— A reportagem vai incluir meu nome?

— Como isso seria possível? Eu não sei seu nome.

— Phillip nunca cochichou no seu ouvido enquanto estavam...

— Vá se foder, seu escroto.

O golpe veio sem aviso, um tapa com o dorso da mão rápido como um raio. Magdalena sentiu o gosto de sangue.

— Que cavalheiro, nada mais atraente que um homem que bate em uma mulher indefesa.

O celular dele tocou antes de ele fazer outra pergunta. Silk levou o aparelho à orelha e escutou em silêncio. Por fim, disse:

— Obrigado, Marty. Avise se Allon fizer alguma coisa. — O homem guardou o celular de volta no bolso do paletó e olhou Magdalena. — Evidentemente, o computador de Evelyn Buchanan está prestes a ter um defeito sério.

— Não vai impedir a reportagem.

— Talvez, não, mas vai dar a você e a Phillip bastante tempo para saírem do país antes do FBI expedir um mandado de prisão.

— Não vou a lugar algum com ele.

— A alternativa é uma cova rasa nas Adirondacks.

Magdalena permaneceu em silêncio.

— Sábia escolha, srta. Navarro.

66

SAG HARBOR

Lindsay insistiu em parar no centro de Sag Harbor para pegar a comida no Lulu. Phillip achou que era uma loucura, como a suicida que coloca o vestido de casamento antes de tomar uma overdose de comprimidos para dormir. Mas, parado na extremidade do lindo bar do restaurante esperando o pedido, ele estava aliviado por ter um momento para si.

No salão, havia um ruído agradável de meados de verão. Exceto pelas circunstâncias atuais de Phillip, o dia em Wall Street tinha sido bom, dinheiro tinha sido ganho. Ele apertou algumas das melhores mãos, deu tapinhas em certos ombros importantes e reconheceu o aceno de cabeça discreto de um respeitado colecionador que recentemente comprara do Fundo uma obra de 4,5 milhões. Em poucas horas, ele ficaria sabendo que, sem dúvida, era uma falsificação, e, em uma tentativa de esconder a vergonha por ter sido enganado, ele garantiria a amigos próximos e sócios comerciais que sempre soubera que Phillip Somerset era um golpista e estelionatário. Provavelmente, o colecionador não seria restituído, já que os ativos disponíveis no Fundo de Investimentos Obras-Primas seriam limitados e a fila de requerentes, longa. O talentoso sr. Somerset não ofereceria assistência às autoridades, pois seu paradeiro seria desconhecido. Lulu Kitchen & Bar, na Main Street, em Sag Harbor, seria um dos últimos lugares onde as pessoas se lembrariam de tê-lo visto.

RETRATO DE UMA MULHER DESCONHECIDA

Ele, então, sentiu alguém colocando a mão em seu cotovelo e, ao se virar, deparou-se com os olhos de terrier de Edgar Malone. Edgar vivia bem com a fortuna que seu avô deixara, parte substancial dela confiada insensatamente ao Fundo de Investimentos Obras-Primas.

— Fiquei sabendo que você perdeu vários investidores hoje — anunciou ele.

— E todos lucraram bastante por se associarem ao meu fundo.

— Devo me preocupar?

— Eu pareço preocupado, Edgar?

— Não. Dito isso, eu gostaria de tirar parte de meu dinheiro da jogada.

— Pense um pouco. Me ligue amanhã para informar sua decisão.

A recepcionista avisou a Phillip que seu pedido estava atrasado e lhe ofereceu, como recompensa, uma taça de vinho de cortesia, já que ele era um cliente valioso e membro proeminente da sociedade de East End — pelo menos, por mais algumas horas. Ele recusou a bebida, mas aceitou uma chamada no telefone descartável.

— Mande seu helicóptero imediatamente de volta a Manhattan — ordenou Leonard Silk.

— Para quê?

— Pegar a última integrante de seu grupo de viagem.

— Alguém que eu conheça?

— Ligue para a tripulação — disse Silk. — Traga esse pássaro de volta a Manhattan.

Cinco minutos depois, com as sacolas na mão, Phillip saiu pela porta do restaurante para o ar quente da noite. Ele colocou a comida no banco de trás da Range Rover e se acomodou no banco do carona. Lindsay deu ré da vaga sem nem olhar no retrovisor. Pneus cantaram, uma buzina explodiu. Phillip imaginou que, um dia, isso faria parte da lenda em torno de seu desaparecimento — a quase colisão na Main

DANIEL SILVA

Street em Sag Harbor. Fariam muito alarde do fato de que era Lindsay quem estava dirigindo.

Ela engatou o carro, e a Range Rover disparou à frente.

— Explique como funcionava — exigiu ela.

— Não dá tempo. Além do mais, você não entenderia.

— Por quê? Não sou inteligente o bastante?

Phillip estendeu a mão para ela, mas ela a afastou. Estava dirigindo perigosamente rápido.

— Me diga! — gritou ela.

— No começo, era um jeito de gerar o dinheiro extra de que eu precisava para mostrar lucro a meus investidores. Mas, conforme o tempo passou, comprar e vender falsificações virou meu modelo de negócios. Se eu tivesse parado, o fundo entraria em colapso.

— Porque seu suposto fundo era praticamente um esquema de pirâmide?

— Não, Lindsay. Era um esquema de pirâmide de verdade. E, por sinal, muito lucrativo.

E teria continuado para sempre, pensou Phillip, *se não fosse uma francesa chamada Valerie Bérrangar. Ela escreveu a Julian Isherwood uma carta sobre Retrato de uma mulher desconhecida. E Isherwood pediu para ninguém menos que o grande Gabriel Allon investigar. Phillip poderia ter conseguido ser mais esperto que o FBI, mas Allon era um adversário bem mais terrível — um talentoso restaurador que, por acaso, também era oficial de inteligência aposentado. Quais as chances? Tinha sido um erro deixá-lo sair vivo de Nova York.*

Lindsay ignorou a placa de PARE no fim da Main Street e deu uma guinada para a Route 114. Phillip agarrou o braço do assento enquanto eles voavam pela ponte estreita de duas pistas que separava Sag Harbor de North Haven.

— Você realmente precisa ir mais devagar.

— Achei que você tivesse um avião para pegar.

— Nós dois temos. — Phillip soltou o aperto mortal no braço do banco. — Sai do MacArthur às 10h15.

— Para onde?

— Miami.

— Eu sei que não sou tão esperta quanto você, Phillip, mas tenho quase certeza de que Miami ainda faz parte dos Estados Unidos.

— É só a primeira parada.

— E depois de Miami?

— Uma casa linda com vista para o mar no Equador.

— Achei que criminosos ricos que nem Bobby Axelrod e você iam para a Suíça quando queriam evitar a prisão.

— Só nos filmes, Lindsay. Vamos ter novas identidades e bastante dinheiro. Nunca vão nos encontrar.

Ela riu amargamente.

— Não vou a lugar algum com você, Phillip.

— Sabe o que vai acontecer se você ficar? No minuto em que o fundo ruir, o FBI vai tomar as casas, os quadros e congelar todas as contas bancárias. Você vai ser uma pária, sua vida estará arruinada. E ninguém vai acreditar que você não sabia que seu marido era criminoso.

— Se eu entregar você, vão.

Phillip arrancou o celular de Lindsay do carregador e colocou no bolso do paletó.

— Com certeza você não fez tudo isso sozinho — disse ela.

— Era Kenny Vaughan que fazia os números darem certo.

— E Magdalena?

— Cuidava de vendas e distribuição.

— Cadê ela agora?

— A caminho do heliporto da 34th Street.

Lindsay pisou forte no acelerador.

— Se você não for mais devagar — disse Phillip —, vai acabar matando alguém.

— Talvez eu mate *você*.

— Não se eu matar você primeiro, Lindsay.

67

PIERRE HOTEL

Quando Magdalena saiu de sua suíte no vigésimo andar do Pierre Hotel pela última vez, estava vestindo o mesmo terninho escuro da noite em que fisgara Oliver Dimbleby da calçada da Bury Street em Londres. Estava com a carteira de motorista espanhola e uma única nota de vinte dólares, mas sem dinheiro nem passaporte. E sem bolsa, também. Essa estava largada no chão de sua cama desfeita, ao lado de um exemplar, em espanhol, de *O amor nos tempos do cólera*. Era, na opinião de Gabriel, a evidência mais clara de sua intenção. De suas muitas amigas e conhecidas, nenhuma pegaria um voo sem bolsa. Ele, portanto, tinha certeza de haver alguma outra explicação para o desaparecimento repentino de Magdalena, uma que, muito provavelmente, envolvia Phillip Somerset e Leonard Silk.

O que quer que tivesse acontecido, as câmeras de vigilância do hotel estavam observando. Gabriel ligou para Yuval Gershon, explicou a situação e pediu que ele desse uma olhada nas gravações. O ex-companheiro de serviço secreto sugeriu que Gabriel, em vez disso, desse uma palavrinha com a segurança do hotel.

— Tenho a sensação horrível de que a segurança do hotel está envolvida.

— O que o faz pensar isso?

— Os elevadores pararam misteriosamente mais ou menos na hora em que ela desapareceu.

— Descreva como ela é.

— Alta, cabelo escuro comprido, terninho escuro, sem bolsa.

— Parece que você está no décimo nono andar.

— Vigésimo, Yuval.

— Eu ligo quando tiver algo.

Gabriel desligou. Sarah estava ansiosamente andando de lá para cá; Evelyn Buchanan olhava seu notebook com a expressão chocada de alguém que acabava de testemunhar um assassinato.

— Aconteceu alguma *coisa*? — perguntou Gabriel.

— Minha reportagem acabou de desaparecer da tela. — Evelyn arrastou o indicador pelo *trackpad*. — E minha pasta de documentos está vazia. Todo o meu trabalho, incluindo as anotações e a transcrição da entrevista com Magdalena, desapareceu.

Gabriel rapidamente desconectou seu computador da rede de wi-fi do hotel e instruiu Evelyn a fazer o mesmo.

— Quanto tempo você vai levar para redigir a reportagem?

— Não é uma questão simplesmente de redigir, preciso reescrever do começo ao fim. Cinco mil palavras. Totalmente de memória.

— Então, sugiro que comece. — Gabriel pegou o celular e olhou para Sarah. — Tranque a porta e só abra para mim.

Ele saiu para o corredor sem falar mais alguma coisa e foi para os elevadores. Ele desceu até o lobby e saiu do hotel pela porta da Quinta Avenida.

Lá fora, o sol tinha se posto por trás das árvores do Central Park, mas o crepúsculo era reluzente. Gabriel virou à esquerda e depois à esquerda de novo na 60th Street. Ao passar pela entrada do lendário Metropolitan Club, parque de diversões particular da elite financeira de Nova York, ele notou dois homens sentados em um Suburban estacionado. Ambos usavam fone. O que estava ao volante viu Gabriel primeiro, e disse algo ao parceiro, que virou a cabeça para também olhar a lenda.

A lenda dobrou a esquina na Madison Avenue e caminhou até a 61st Street. A segunda equipe estava estacionada diretamente em frente à entrada de entregas do Pierre. Eram três, ao todo — sendo o terceiro

DANIEL SILVA

membro o hacker que invadira a rede de wi-fi do Pierre e sugara os documentos do notebook de Evelyn.

Gabriel ficou tentado a pedir que o hacker devolvesse o material surrupiado. Em vez disso, atravessou a Quinta Avenida e entrou no Central Park. Lá, sentou-se em um banco e esperou o telefone tocar, perguntando-se, não pela primeira vez, como sua vida tinha acabado naquilo.

Embora Gabriel não soubesse, Magdalena, naquele momento, estava ponderando a mesma coisa. Estava sentada não em um banco de parque, mas no de trás de uma SUV de luxo, ao lado de um homem que, alguns minutos antes, tinha ameaçado matá-la se ela não concordasse em fugir do país com o investidor cujo fundo de hedge baseado em arte ela expusera como fraude. Não recebera informação alguma sobre o destino, embora a ausência de passaporte sugerisse que a jornada não seria convencional. Começaria, aparentemente, com um voo de helicóptero, já que estavam estacionados embaixo do FDR Drive, perto do terminal cinza-claro, que parecia uma caixa, do heliporto da 34th Street.

Magdalena checou seu relógio de pulso, o *tank* da Cartier escolhido por Clarissa, a *personal shopper*, na Bergdorf Goodman em uma tarde fria de dezembro de 2008. *Que desperdício*, pensou ela rapidamente, *essas bugigangas caras. A única coisa importante era arte — pinturas, livros e música. E família, claro. Tinha sido um erro envolver o pai na fraude de Phillip. Ainda assim, estava confiante de que ele não seria processado. Criminosos de arte nunca recebiam a punição merecida. Era um dos motivos de haver tanto crime no mundo artístico.*

Uma segunda SUV estacionou ao lado deles, e Tyler Briggs desceu do banco do carona. Evidentemente, Magdalena teria um acompanhante na primeira perna da jornada para o exílio, de modo a não se comportar mal a bordo da aeronave e colocar a tripulação em perigo. Ela estava considerando um ato final de insurreição antes de ir embora de

366

Manhattan, um gesto de despedida para se vingar de seu lábio cortado e inchado.

Seu companheiro de banco estava checando o celular.

— Sua carona está prestes a pousar — informou ele.

— Aonde eu vou?

— East Hampton.

— A tempo do jantar, espero.

— É só a primeira parada.

— E depois?

— Algum lugar onde você vai usar esse seu espanhol.

— Como é o seu?

— Fluente, para falar a verdade.

— Nesse caso, não vai ter dificuldade de entender o que estou prestes a dizer.

Calmamente, ela recitou o insulto mais cruel e vil que conseguiu se convencer a repetir. O homem grisalho de terno cinza só sorriu.

— Phillip sempre disse que você é bocuda.

Daquela vez, foi Magdalena quem atacou sem aviso. O golpe dela abriu um pequeno corte no canto do olho dele. Ele limpou o sangue com um lenço de bolso de linho.

— Entre no helicóptero, srta. Navarro. Senão, tem uma cova rasa em seu futuro.

— Imagino que no seu também.

Tyler Briggs abriu a porta de Magdalena e a escoltou para o Sikorsky que a esperava. Cinco minutos depois, estavam atravessando o East River. Diante deles, estendiam-se os bairros operários de Queens e os de classe média dos condados de Nassau e Suffolk. *Aquela ilha esguia e desordeira*, pensou Magdalena.

Ela checou seu Cartier. Eram 19h50. Pelo menos, era o que ela achava. Aquela porcaria de relógio não marcava o tempo direito.

68

PIERRE HOTEL

Ray Bennett, chefe de segurança do Pierre Hotel, tinha mais ou menos o mesmo porte do *capitano* Luca Rossetti. Bem mais de 1,82 metro, pelo menos, cem quilos. A maior parte desse peso estava em boa forma para um homem de mais de cinquenta anos. Seu cabelo era de um grisalho metálico e bem-penteado, seu rosto, amplo e quadrado. *Era um rosto feito para aguentar um soco*, pensou Gabriel. Ele perguntou se seria possível darem uma palavra em particular. Ray Bennett disse que preferia conversar no lobby.

— Seria um erro de sua parte, sr. Bennett.

— E por quê, senhor?

— Porque seus colegas vão ouvir o que tenho a dizer.

Bennett contemplou Gabriel com olhos de policial que viam tudo.

— Do que se trata?

— Uma hóspede desaparecida.

— Nome?

— Aqui, não.

Bennett levou Gabriel por uma porta atrás da recepção e por um corredor que dava em seu escritório. Ele deixou a porta aberta. Gabriel fechou sem fazer som e se virou para o homem.

— Cadê ela?

— Quem?

Gabriel deu um golpe-relâmpago na laringe de Bennett, depois levou o joelho à virilha exposta dele, só para manter a esportiva. Afinal, Gabriel era o menor e mais velho dos dois combatentes. Era preciso abrir uma boa vantagem de pontos.

— Você estava no elevador quando ela desceu, e disse algo que a tranquilizou e a escoltou até a entrada de entregas. Uma Escalade preta estava esperando lá fora, e você a forçou a entrar no banco de trás.

Bennett não respondeu. Não conseguia.

— Tenho a sensação de que sei quem mandou você fazer isso, Ray. Mesmo assim, queria ouvir você falar o nome dele.

— *S-s-s-s-s-s...*

— Desculpa, não entendi bem.

— *S-s-s-s-s-s...*

— Leonard Silk? É isso que você está tentando me falar?

Bennett fez que sim vigorosamente.

— Quanto ele pagou?

— *C-c-c-c-c...*

— Perdão?

— *C-c-c-c-c...*

Gabriel tateou a frente do paletó de Bennett e achou o telefone dele. Era um iPhone 13 Pro. Ele então, posicionou-o à frente do rosto do segurança e desbloqueou a tela. O mesmo número de Nova York aparecia três vezes nas chamadas recentes: uma recebida, duas feitas. A última era de aproximadamente uma hora antes, às 18h41. Era uma chamada feita. Gabriel mostrou o número a Ray Bennett.

— É o Silk?

Bennett fez que sim.

Gabriel tirou uma foto da tela com seu Solaris. Em seguida, entregou a Bennett o auscultador do telefone fixo da mesa dele.

— Mande o manobrista trazer o carro da sra. Bancroft para a entrada da Quinta Avenida. Não para a porta da 61 Street. Para a Quinta Avenida.

DANIEL SILVA

Bennett pressionou o botão de discagem rápida e emitiu um grasnado incompreensível no bocal.

— Bancroft — disse Gabriel, devagar. — Eu sei que você consegue, Ray.

Lá em cima, no vigésimo andar, Gabriel encaminhou o número de Leonard Silk a Yuval Gershon antes de colocar seus pertences na bolsa de mão. No quarto ao lado, Sarah fez a mala com a mesma pressa. Então, atravessou correndo o corredor e enfiou as roupas e os produtos de higiene de Magdalena na mala de mão cara da Louis Vuitton. À escrivaninha, Evelyn Buchanan martelava o notebook sem parar, alheia, aparentemente, à comoção ao seu redor.

Às 19h40, o telefone do quarto de Sarah tocou. Era o manobrista dizendo que o carro da sra. Bancroft estava esperando, como pedido, em frente à entrada da Quinta Avenida. Evelyn Buchanan guardou o notebook na bolsa e entrou no elevador atrás de Gabriel e Sarah. No lobby, não havia sinal de Ray Bennett. Sarah informou a jovem da recepção de que ela e o sr. Allon iriam fazer check-out antes do esperado.

— Algum problema? — questionou a mulher.

— Mudança de planos — mentiu Sarah sem esforço, e recusou a oferta de um recibo impresso.

Um mensageiro pegou a bagagem deles e colocou no Nissan Pathfinder. Evelyn Buchanan entrou no banco de trás e na mesma hora pegou o notebook. Sarah se acomodou no banco do carona; Gabriel, ao volante. Enquanto ele acelerava pelo cruzamento da Quinta Avenida com a 60th Street, ele virou a cabeça para a direita, escondendo o rosto dos dois homens sentados no Suburban em frente ao Metropolitan Club. Eles não tentaram segui-los.

— Sequestro é cortesia no Pierre? — perguntou Sarah. — Ou tem alguma taxa extra?

Gabriel riu baixinho.

— Onde você acha que ela está?

— Tenho a terrível sensação de que ela está prestes a sair do país, querendo ou não.

— Com Phillip?

— Com quem mais?

— Ela não tem passaporte.

— Talvez não precise de passaporte aonde ela vai.

— Phillip deixa o Gulfstream no Teterboro — disse Sarah.

— Ele é esperto demais para usar o próprio avião, vai sair em um fretado que alguém tenha reservado para ele. — Gabriel pausou. — Alguém como Leonard Silk.

— Talvez fosse bom ligarmos para o sr. Silk e perguntar para onde está indo o cliente dele.

— Duvido muito que o sr. Silk se mostre receptivo a nossos avanços.

— Nesse caso — falou Sarah —, deveríamos entrar em contato com o FBI.

— A coisa pode ficar feia.

— Para Magdalena?

— E para mim.

— Mas é melhor que a alternativa.

— O FBI não pode prender Phillip sem mandado. E não podem obter um mandado só com a minha palavra. Precisam de evidências críveis de delito criminal.

— Vão ter em breve. — Sarah olhou por cima do ombro para Evelyn Buchanan, que digitava furiosamente no notebook. Então, virou-se e analisou a Quinta Avenida. — Espero que você saiba que nada disso teria acontecido se tivéssemos nos hospedado no Four Seasons.

— Lição aprendida.

— E eu não tomei meu martíni.

— A gente pede um para você depois de impedir que Phillip fuja do país.

— Espero, mesmo — disse Sarah.

★ ★ ★

DANIEL SILVA

Não era surpresa Ray Bennett ter escolhido não informar Leonard Silk de que seu número de celular pessoal tinha caído nas mãos do espião aposentado mais famoso do mundo. Consequentemente, Silk não agiu para proteger o aparelho de uma invasão, que aconteceu quando ele estava indo para a parte alta da cidade na Primeira Avenida — uma invasão furtiva que não precisou de clique algum, executada pelo malware de fabricação israelense conhecido como Proteus. Como inúmeras outras vítimas antes dele, incluindo vários chefes de Estado, Silk não sabia que seu aparelho tinha sido comprometido.

Em minutos, o celular estava jorrando informações valiosas. De interesse imediato a Yuval Gershon eram os dados de localização de GPS e o histórico de ligações. Por iniciativa própria, ele invadiu um segundo aparelho antes de ligar para Gabriel. Eram 20h15 em Nova York. Gabriel atravessava Lower Manhattan pela Broadway. Os dois falaram em hebraico para garantir que nada se perdesse na tradução.

— Ele saiu do Pierre às 18h44. Por sinal, o horário exato em que Ray Bennett tirou sua garota pela porta de serviço. Algo me diz que não foi coincidência.

— Para onde ele foi?

— Heliporto da 34th Street. Ficou lá até as 19h52.

— Onde ele está agora?

— De volta ao apartamento de Sutton Place. Número catorze, caso você esteja se perguntando. Décimo sexto andar, se eu tivesse que chutar.

— Alguma ligação interessante?

— Serviço de Jatos Executivos. É uma empresa de fretamento com base no Aeroporto MacArthur, em Long Island.

— Eu sei onde fica o MacArthur, Yuval.

— Sabe quando Silk fez as ligações?

— Talvez você possa me dizer.

— A primeira ligação foi às 16h23, e ligou de novo há uns vinte minutos.

— Parece que alguém está planejando uma viagem.

— Alguém está. Silk ligou duas vezes para ele. A última foi em torno das 19h. Eu entrei há alguns minutos. Não tem dados no telefone, ou seja, deve ser descartável, mas consegui determinar a localização.

— Onde ele está?

— Margem leste da península de North Haven.

— Três metros e meio acima do nível do mar?

— Como você adivinhou?

— Mande uma mensagem para mim se ele se mexer meio centímetro.

Gabriel desligou e olhou para Sarah.

— O que ele disse? — perguntou ela.

— Disse que, provavelmente, deveríamos fretar um helicóptero.

Sarah deu o telefonema.

O escritório da revista *Vanity Fair* ficava no vigésimo quinto andar do One World Trade Center. Gabriel deixou Evelyn Buchanan na West Street, perto do memorial do Onze de Setembro, depois seguiu pelo Battery Park Underpass até o heliporto do centro de Manhattan. Ele colocou o Nissan em uma vaga apertada no pequeno estacionamento de funcionários, deu quinhentos dólares para o atendente manter o veículo ali durante a noite e levou Sarah para o terminal. O Bell 407 fretado esperava no fim do píer em formato de L. Decolou às 21h10 e acelerou para leste no ar fresco do crepúsculo.

69

NORTH HAVEN

Os Somerset de North Haven eram proprietários de duas Range Rovers. O de Phillip era uma 2022 completa, preta, com interior castanho. Com ajuda de um segurança, ele colocou cinco bagagens de alumínio compradas na Rimowa da Madison Avenue no espaçoso porta-malas. Duas delas continham dinheiro; duas, lingotes de ouro; a maior estava cheia de roupas, produtos de higiene e algumas recordações pessoais — incluindo uma coleção de relógios de luxo avaliada em doze milhões de dólares.

Dentro da casa, Phillip encontrou Lindsay onde a tinha deixado, sentada à ilha da cozinha, com a comida servida e disposta diante dela. Ela acendera velas, servira vinho e não tocara em nada. O ar tinha aroma de lírios e polvo grelhado, que fez o estômago de Phillip se revirar. Ele olhou a tela de seu telefone fixo, Lindsay não tinha feito ligações durante sua breve ausência.

— Faço uma mala para você? — perguntou ele.

Ela olhou em silêncio para um vazio criado por Phillip. Não tinha dito uma palavra desde sua ameaça de violência imprudente. Era Lindsay quem empunhara a espada primeiro, mas tinha sido inconsequente da parte de Phillip rebater na mesma moeda. *Quase tão inconsequente*, pensou ele, *quanto divulgar o nome do país onde ele planejava se refugiar.*

— Você não vai contar a eles onde eu estou, né?

RETRATO DE UMA MULHER DESCONHECIDA

— Na primeira chance. — Ela deu um sorriso falso. — Mas não hoje, Phillip. Decidi que seria melhor você simplesmente desaparecer. Dessa forma, não vou ter que olhar de novo para sua cara ou, Deus me livre, visitar você na prisão.

Phillip voltou ao escritório e fez uma série de transferências bancárias, todas designadas para deixar pouco ou nenhum rastro do destino final do dinheiro. Juntas, tiveram o efeito de drenar tudo das contas do Fundo de Investimentos Obras-Primas. Não sobrou um centavo sequer. Nada exceto os imóveis, os brinquedos, a dívida e as obras. As peças genuínas do inventário valiam pelo menos setecentos milhões, mas estavam todas alavancadas até o talo. Talvez a Christie's fizesse um leilão de gala com as obras. *A Coleção Somerset… Até que soava bem*, ele tinha que admitir.

Levantou-se, foi à janela e, pela última vez, analisou seu reinado. A baía. O barco. O jardim bem-cuidado. A piscina azul. Ele percebeu, de repente, que não a usara o verão inteiro.

Uma luz verde acendeu no telefone multilinha. Phillip pegou o gancho e ouviu Lindsay desligar abruptamente lá embaixo. Era óbvio que ela ainda estava considerando entregá-lo. Ele, então, trocou de linha e ligou para o Aeroporto de East Hampton. Mike Knox, o chefe noturno de operações de voo, atendeu.

— Seu helicóptero chegou há vinte minutos, sr. Somerset. Os passageiros decidiram ficar a bordo.

— Algum outro pássaro chegando?

— Um Blade, alguns particulares e um fretado da Zip Aviation vindo do centro.

— Qual a estimativa de chegada do fretado?

— Uns 25 minutos.

— Meu helicóptero está abastecido?

— Terminando agora.

— Obrigado, Mike. Estou indo.

Phillip desligou e abriu a última gaveta de sua escrivaninha. Era lá que ele guardava o revólver sem registro.

DANIEL SILVA

Não se eu matar você primeiro, Lindsay...

Com certeza garantiria uma partida limpa, pensou ele. *Mas também o revestiria de infâmia eterna. Verdade seja dita, parte dele estava até animada para o exílio. Manter o esquema funcionando todos aqueles anos tinha sido exaustivo; ele precisava demais de umas férias. E, naquele momento, pelo jeito, teria Magdalena para esquentar a cama, pelo menos, até a tempestade passar e ela poder voltar em segurança para a Espanha.*

Ou talvez, não, pensou Phillip, de repente. *Talvez eles vivessem o resto da vida juntos, escondidos.*

Ele imaginou uma existência de Ripley, com Magdalena no papel de Heloïse Plisson. Com a passagem do tempo, ele talvez fosse visto de forma mais favorável — como uma figura sedutora e misteriosa, um vilão protagonista. Atirar em Lindsay estragaria isso, todo o Upper East Side torceria pela morte dele.

Ele fechou a gaveta, deletou seus documentos e e-mails e esvaziou o lixo digital. Lá embaixo, devolveu o telefone de Lindsay. Ela o olhou como se ele fosse feito de vidro, e disse:

— Vá embora.

O helicóptero comercial Blade chegou ao Aeroporto de East Hampton às 9h10. Seis passageiros, todos nova-iorquinos, saíram para a pista e, depois de pegarem as bagagens, saíram na direção do terminal. Magdalena os observou da janela do Sikorsky. Tyler Briggs estava sentado no assento da frente, pernas abertas, virilha totalmente à mostra. Magdalena calculou as chances de dar um golpe debilitante e arrancar o celular da mão dele. Eram razoáveis, mas, provavelmente, o revide seria ágil e severo. Tyler era ex-militar, e Magdalena já estava prejudicada pelas escaramuças com a eminência grisalha. Já era diversão mais do que suficiente por uma noite. Melhor pedir com educação.

— Posso pegar seu telefone emprestado por um momento, Tyler?

— Não.

— Só quero ver um site.

RETRATO DE UMA MULHER DESCONHECIDA

— A resposta continua sendo não.

— Você pode checar para mim, por favor? É a *Vanity Fair*.

— A revista?

— Você não soube? Eles estão prestes a publicar uma reportagem sobre seu chefe. Amanhã de manhã, a mansão vai estar cercada de câmeras e repórteres. Se você se comportar direitinho, talvez até ganhe um dinheiro extra, mas, eu imploro, não venda aqueles vídeos safados que você salvou no seu computador. Minha mãezinha nunca vai superar.

— O sr. Somerset ordenou que limpássemos o sistema hoje à tarde.

— Foi sábio da parte dele. Agora, seja bonzinho, Tyler, e cheque o site para mim. É *Vanity Fair*. Posso soletrar para você, se ajudar.

O telefone tocou antes de ele responder.

— Sim, sr. Somerset — disse ele, após um momento. — Não, sr. Somerset. Ela não deu trabalho algum… Sim, vou dizer, senhor.

Ele desligou e guardou o telefone no bolso do paletó.

— Dizer o quê? — perguntou Magdalena.

O segurança apontou para a Range Rover preta acelerando na pista.

— O sr. Somerset quer dar uma palavra com você em particular antes de irmos.

Ele freou a poucos metros da cauda do Sikorsky e abriu a porta de trás da Range Rover. Magdalena fez um balanço da carga antes de subir no banco do carona. Phillip olhava direto à frente, mãos agarrando o volante. Um celular destravado estava no console central, e não era o aparelho de sempre dele.

Por fim, ele se virou e a estudou.

— O que aconteceu com seu rosto?

— Aparentemente, falei algo que ofendeu a sensibilidade de seu amigo. — Magdalena pausou. — Nunca fomos formalmente apresentados.

— Silk — disse Phillip. — Leonard Silk.

— Onde você o encontrou?

— Smith and Wollensky.

377

DANIEL SILVA

— Encontro casual?

— Isso não existe para alguém como Leonard.

— Qual era a ocasião?

— Hamilton Fairchild.

— Comprador?

Phillip fez que sim.

— Qual quadro?

— *São Jerônimo.*

— Seguidor de Caravaggio?

— Círculo de Parmigianino. Desovei em Hamilton em uma venda por acordo privado organizada pela Bonhams.

— Sempre gostei daquele quadro — falou Magdalena.

— Hamilton também, até mostrar a um marchand chamado Patrick Matthiesen, que disse a ele que, em sua opinião de especialista, a pintura era obra de, como podemos dizer, um imitador tardio.

— Imagino que Hamilton tenha pedido o dinheiro de volta.

— Naturalmente.

— E você recusou?

— É claro.

— Como a situação se resolveu?

— Infelizmente, Hamilton e a esposa morreram em um acidente de monomotor perto da costa do Maine.

— Quantos outros houve?

— Menos do que você imagina. Leonard cuidava da maioria com um envelope com fotografias ou informações financeiras comprometedoras. E não só de compradores, mas de investidores, também. Por que você acha que Max van Egan ainda tem 250 milhões no fundo? — Phillip pegou o celular e atualizou o navegador. — Quanto tempo para a reportagem ser publicada?

— Fico surpresa de ainda não ter sido. Quando acontecer, o Obras-Primas vai virar cinza.

— Você é tão culpada quanto eu, sabe?

— Por algum motivo, não acho que seus credores e investidores vão pensar isso.

Phillip jogou o telefone de lado, com raiva.

— Por que você fez isso? — perguntou ele.

— Fui presa uma hora depois de comprar o Gentileschi. Foi uma operação policial elaborada por Gabriel Allon e os italianos. Eles me deram uma escolha: passar os próximos vários anos em uma prisão italiana ou entregar sua cabeça em uma bandeja.

— Você deveria ter pedido um advogado e ficado calada.

— Você transferiu dez milhões de euros para uma conta bancária controlada pelos Carabinieri. Eles acabariam rastreando o dinheiro de volta a você, com ou sem minha ajuda.

— Imagino que os resgates também tenham sido obra de Allon. Ele me enganou para cometer um ato de fraude bancária por um celular comprometido.

— Eu disse para você congelar o Gentileschi — disse Magdalena. — Mas você não quis ouvir.

— Você colocou uma corda em meu pescoço e me levou para a forca.

— Não tive outra escolha.

— Você era traficante quando eu a encontrei. E é assim que me paga?

— Mas as drogas eram verdadeiras, não é, Phillip? — Magdalena olhou longamente por cima do ombro. — Imagino que Lindsay não esteja em uma dessas malas.

— Somos só nós dois.

— Que romântico. Para onde vamos?

Phillip checou o celular; Magdalena, o relógio Cartier.

Eram 21h30.

70

CENTRO DE MANHATTAN

No vigésimo quinto andar do One World Trade Center, em uma sala de conferências com vista para o porto de Nova York, a guerra tinha sido declarada. Havia cinco combatentes, divididos em três campos opostos. Dois eram editores sêniores, dois eram advogados e a última era uma repórter com um histórico impecável de veracidade e texto gerador de cliques. A reportagem continha alegações de improbidade financeira por parte de uma figura proeminente no mundo de arte de Nova York, e um complicador era o fato de os capangas da figura proeminente terem deletado o único esboço existente do artigo. Além do mais, parecia que a figura proeminente estava, naquele exato momento, tentando fugir do país. Mesmo assim, insistiram os advogados, era preciso cumprir certos padrões legais e editoriais, senão, a figura proeminente do mundo da arte, que se chamava Phillip Somerset, teria motivos para abrir um processo, e seus investidores também.

— Para não mencionar seus credores no JPMorgan Chase e no Bank of America. Em resumo, tem toda a cara de uma barafunda legal histórica.

— Minha fonte é uma funcionária freelancer do Fundo de Investimentos Obras-Primas.

— Com um histórico pessoal bem duvidoso.

RETRATO DE UMA MULHER DESCONHECIDA

— Tenho gravações.

— Fornecidas por um ex-oficial de inteligência israelense que estava usando um malware de hackeamento de celular altamente controverso.

— Em Nova York, só é preciso consentimento de uma das partes. Ela sabia que estava sendo gravada quando se encontrou com Phillip.

— Mas nem Phillip, nem Ellis Gray do JPMorgan Chase consentiram em serem gravados. Portanto, a conversa deles sobre o empréstimo garantido por arte é inadmissível, digamos assim.

— E os quadros no depósito?

— Nem pense nisso.

Assim, foi declarada uma trégua, e o trabalho começou. A repórter escrevia, os editores editavam, os advogados advogavam — um parágrafo por vez, um ritmo mais similar a um serviço telegráfico antiquado do que uma célebre revista mensal de cultura e atualidades. Mas eram as exigências de publicar uma revista na era digital. Até a sisuda *New Yorker* tinha sido compelida a oferecer conteúdo diário a seus assinantes. O mundo tinha mudado, não necessariamente para melhor. Phillip Somerset era prova disso.

Às 21h30, eles estavam com um esboço em mãos. O escopo era limitado, mas o impacto, devastador. A reportagem foi publicada no site da *Vanity Fair* às 21h32, e, minutos depois, estava entre os assuntos mais comentados nas redes sociais. Depois, lembrariam muito da frase final. Phillip Somerset, dizia, não foi encontrado para comentar.

Quando as primeiras mensagens explodiram no celular de Lindsay, ela supôs que fossem de Phillip e as ignorou. Houve uma breve pausa, seguida por uma segunda barragem. Então, virou um pandemônio.

Relutante, Lindsay pegou o aparelho e viu um fluxo de veneno e ameaças, todas enviadas por alguns de seus melhores amigos. Anexada a cada uma das mensagens estava a mesma reportagem da *Vanity Fair*. A manchete dizia O FAKE: O ESQUEMA DE PIRÂMIDES DE PHILLIP SOMERSET É UMA OBRA-PRIMA. Lindsay clicou no link. Só conseguiu suportar três parágrafos.

DANIEL SILVA

Ela abriu as chamadas recentes, achou o número do telefone descartável de Phillip e ligou. O ruído de fundo dos motores turboeixo do Sikorsky lhe disseram que ele ainda não tinha partido do Aeroporto de East Hampton.

— Você leu a reportagem? — perguntou ela.

— Estou lendo agora.

— Não consigo enfrentar isso sozinha.

— O que você está dizendo?

— Não vá embora sem mim — pediu Lindsay, e pegou a chave do carro sobre a bancada da cozinha.

O Bell 407 fretado estava sobrevoando as águas do estuário de Long Island quando o artigo de Evelyn Buchanan subiu no telefone de Gabriel. Ele passou os olhos rapidamente e ficou aliviado ao ver que nem seu nome e nem o de Sarah apareciam no texto. E nem, aliás, o de Magdalena. As alegações dela eram atribuídas a uma funcionária freelancer anônima do Fundo de Investimentos Obras-Primas. Não se mencionava nacionalidade nem aparência. Por enquanto, pelo menos, ela estava limpa. Phillip Somerset, porém, acabado.

Ligações de voz eram proibidas a bordo do helicóptero, então Gabriel mandou uma mensagem a Yuval Gershon e pediu uma atualização da posição de Phillip. A resposta de Yuval chegou um minuto depois. O magnata continuava na pista do Aeroporto de East Hampton.

— Por que ele ainda não foi embora? — perguntou Sarah por cima do ruído dos motores do Bell.

— Parece que Lindsay mudou de ideia. Ela ligou dois minutos atrás e pediu para ele não ir embora antes de ela chegar.

— Talvez seja hora de você ter aquela conversa com o FBI.

— Infelizmente, tem um fator complicador.

— Só um?

— Magdalena também está lá.

O helicóptero permaneceu sobre o estuário de Long Island até chegarem ao velho farol de Horton Point, onde uma virada à direita os levou por cima da cidade de Southold e das águas da baía Peconic. Uma balsa estava atravessando o estreito canal que separava Shelter Island e North Haven, e, na margem leste da península, a propriedade abandonada de Phillip estava toda acesa.

— Parece que Lindsay saiu às pressas — comentou Sarah.

Eles passaram por Sag Harbor e começaram a descida para o Aeroporto de East Hampton. Diretamente abaixo deles, uma Range Rover branca ia na direção da base aérea pela Daniels Hole Road. *Lindsay Somerset*, pensou Gabriel. E, definitivamente, estava com pressa.

Ela fez a curva final para entrar no aeroporto com cuidado deliberado, uma mão por cima da outra sobre o volante, uma aceleração suave no meio do arco, exatamente como o pai ensinara quando ela tinha só catorze anos. O portão na extremidade da pista estava aberto, e o guarda acenou para ela entrar. Magdalena estava de pé ao lado do Sikorsky; Phillip, na porta traseira aberta da Range Rover. Ele levantou um braço como cumprimento, como se estivesse acenando do deque de seu veleiro. Lindsay desligou os faróis, pisou forte no acelerador e fechou os olhos.

Parte Quatro

REVELAÇÃO

71
EAST HAMPTON

A ligação chegou na linha de emergência do Departamento de Polícia da Cidade de East Hampton às 21h55. Sargento Bruce Logan, um veterano de vinte anos do departamento e residente do East End a vida toda, preparou-se para o pior. Era Mike Knox ligando do aeroporto.

— Helicóptero ou avião? — perguntou Logan.

— Na verdade, foram duas Range Rovers.

— Uma batida no estacionamento?

— Fatalidade na pista.

— Você está me zoando, Mike.

— Bem que eu queria.

A sede do departamento ficava no extremo sul da base aérea, na Wainscott Road, e os primeiros policiais chegaram à cena apenas três minutos depois da ligação inicial. Acharam a vítima, um homem branco de cinquenta e poucos anos, deitado na pista em uma poça de seu próprio sangue, as pernas quase decepadas, cercado por várias centenas de lingotes de ouro de quinhentos gramas cuidadosamente embalados. A motorista do veículo que o atingira era uma mulher em forma e atraente na casa dos trinta anos. Estava usando legging, um casaco de capuz da Lululemon e Nike verde-néon. Não tinha carteira e parecia incapaz de recordar seu próprio nome. Mike Knox informou a ela. A mulher era Lindsay Somerset. O homem morto com as pernas quase

DANIEL SILVA

decepadas era seu marido, algum tipo de investidor rico que tinha uma casa de fim de semana em North Haven.

A morte foi formalmente declarada, uma prisão foi feita, um comunicado foi emitido. A notícia saiu à meia-noite na rádio WINS e, às 9h da manhã seguinte, era o único assunto de todo mundo. O magnata imobiliário Sterling Dunbar estava no chuveiro quando ficou sabendo que Lindsay Somerset tinha atropelado o canalha do marido; o varejista Simon Levinson ainda estava na cama. Ellis Gray, do JP-Morgan Chase, tendo passado uma noite insone após ler a reportagem da *Vanity Fair*, estava em seu escritório com vista para a Park Avenue. Duas horas depois, ele informou à alta gerência que a firma passara a ser responsável por 436 milhões de dólares em empréstimos feitos para o Fundo de Investimentos Obras-Primas — eles que, era quase certo, tinham sido garantidos com quadros falsificados. A alta gerência aceitou a demissão imediata de Gray.

Ao meio-dia, o FBI tinha assumido o controle da investigação. Agentes revistaram as casas de Phillip, selaram seu depósito e deram uma batida em seus escritórios da 53rd Street. As três especialistas em arte da firma foram levadas à Federal Plaza e interrogadas longamente. Todas negaram conhecer qualquer improbidade financeira ou relacionada à arte. Kenny Vaughan, comparsa de Phillip dos dias de Lehman Brothers, estava desaparecido, mas agentes apreenderam seus computadores e imprimiram arquivos e emitiram um mandado de prisão.

Os crimes de Phillip tinham escopo global, e as consequências, também. Dois proeminentes marchands europeus — Gilles Raymond, de Bruxelas, e Konrad Hassler, de Berlim — foram presos e seus inventários, apreendidos. Negociadores de arte em Hong Kong, Tóquio e Dubai também foram detidos. Sob questionamento, todos admitiram fazer parte de uma extensa rede de distribuição que estivera inundando o mercado de arte com falsificações de alta qualidade havia anos. O Ministro da Cultura francês admitiu, a contragosto, que quatro dessas falsificações tinham acabado na coleção permanente do Louvre. O presidente do museu se demitiu abruptamente, bem como o diretor do estimado Centro Nacional de Pesquisa e Restauração, que havia declarado que as quatro obras eram autênticas.

Mas quem era esse grande falsificador que tinha conseguido enganar o laboratório de arte mais sofisticado do mundo? E quantas amostras de seu trabalho circulavam pela corrente sanguínea do mundo artístico? Evelyn Buchanan, em uma suíte de sua denúncia original, relatou que o depósito de Phillip, provavelmente, continha mais de duzentos quadros falsificados. "Outras centenas", escreveu ela, "já tinham sido desovadas a compradores desavisados." Quando uma lista parcial dessas obras apareceu anonimamente em um fórum de mensagens muito lido por pessoas do setor, o pânico tomou o mundo da arte. Colecionadores, marchands, curadores e leiloeiros — tendo confiado havia gerações nas avaliações dos *connaisseurs* — procuraram cientistas para ajudar a filtrar os escombros. Aiden Gallagher, da Equus Análises, ficou tão inundado de pedidos para avaliações que parou de atender o telefone e responder e-mails. "Gallagher", escreveu uma repórter de arte do *New York Times*, "é o único vencedor do escândalo".

Os perdedores, claro, eram os investidores abastados de Phillip, aqueles que tinham visto centenas de milhões de dólares em ativos desaparecerem em questão de horas. Seus processos, pedidos de indenização e lamentos públicos lhes trouxeram pouca compaixão, especialmente de puristas do mundo artístico, que abominavam o próprio conceito de um fundo como o de Phillip. Grandes obras, declararam, não eram títulos nem derivativos a serem trocados entre os super-ricos. Eram objetos de beleza e significado cultural que deveriam estar em museus. Não por acaso, os que ganhavam a vida comprando e vendendo obras acharam essas ideias risíveis. Sem os ricos, apontaram, não haveria arte. Nem museus.

Um juiz federal nomeou um administrador para peneirar os ativos de Phillip e distribuir as receitas aos que tinham sido enganados. Foram 347 investidores que pediram restituição. A maior reivindicação era de 254 milhões do industrial Max van Egan; a menor, de 4,8 milhões de Sarah Bancroft, ex-curadora do Museu de Arte Moderna que administrava

DANIEL SILVA

uma galeria de Velhos Mestres em Londres. Uma investidora de Phillip, porém, não apresentou ação: Magdalena Navarro, 39 anos, cidadã espanhola que morava no elegante bairro de Salamanca, em Madri. Segundo os documentos apreendidos nos escritórios do Fundo de Investimentos Obras-Primas — e as declarações oficiais dadas ao FBI pelas três funcionárias da empresa que cooperaram —, Navarro era uma intermediária baseada na Europa que comprava e vendia obras em nome de Phillip Somerset. O último saldo registrado em sua conta era de 56,2 milhões de dólares, dinheiro demais para ficar largado sobre a mesa.

Acontecia que o FBI sabia mais sobre Magdalena Navarro do que tinha revelado ao público, que era nada de nada. Sabia, por exemplo, que os marchands europeus Gilles Raymond e Konrad Hassler a tinham identificado como a ligação entre suas galerias e o Fundo de Investimentos Obras-Primas. O Bureau também sabia que Navarro tinha estado em Nova York durante o colapso espetacular do fundo, tendo chegado de Roma em um voo da Delta Air Lines e partido — menos de doze horas após a morte de Phillip Somerset — em um voo para Londres. O interessante era que ela tinha se sentado ao lado de Gabriel Allon, lendário ex-diretor-geral do serviço secreto de inteligência israelense, nas duas partes da viagem. A marchand Sarah Bancroft, que por acaso também era ex-oficial clandestina da CIA, tinha acompanhado Allon e Navarro no voo para o Heathrow.

Investigadores também estabeleceram que os três tinham ficado em quartos separados no vigésimo andar do Pierre Hotel durante a breve visita a Nova York. E que Magdalena Navarro, provavelmente, era a fonte da denúncia na *Vanity Fair*, e que saíra do Pierre Hotel pouco antes da publicação da reportagem — sem bolsa — e viajara a East Hampton a bordo do helicóptero Sikorsky de Phillip Somerset. E que, subsequentemente, ela saíra do Aeroporto de East Hampton, nos minutos caóticos que se seguiram à macabra morte de Somerset, a bordo de um Bell 407 fretado por Allon e Bancroft. O piloto os levara para JFK, onde passaram a noite no Hilton do aeroporto. Às 8h da manhã seguinte, eles tinham partido.

RETRATO DE UMA MULHER DESCONHECIDA

Tudo isso sugeria ao FBI que era preciso ter uma conversa amigável com Allon. O adido legal do Bureau em Roma ligou, então, para o escritório da Companhia de Restaurações Tiepolo em Veneza, e a esposa de Allon marcou uma reunião. Aconteceu no Harry's Bar — que era onde, sem o adido legal saber, o envolvimento de Allon no assunto tinha começado. Enquanto tomava um Bellini, ele contou ao oficial sobre uma investigação privada que assumira a pedido de um velho amigo que ele se recusava a identificar. Essa investigação privada, explicou ele, levou-o a Magdalena Navarro e, por fim, ao esquema de pirâmide de 1,2 bilhão de dólares de Phillip Somerset baseado em falsificações.

— Cadê ela agora? — perguntou o homem do FBI, que se chamava Josh Campbell.

— Em algum lugar dos Pireneus. Nem eu sei onde.

— Fazendo o quê?

— Pintando, suponho.

— Ela é boa?

— Se Phillip não tivesse cravado as garras nela, teria sido uma grande artista.

— Queremos interrogá-la.

— Tenho certeza disso, mas, como favor pessoal para mim, eu gostaria que deixassem que ela seguisse a vida.

— O FBI não trabalha com favores pessoais, Allon.

— Nesse caso, minha única escolha é ligar direto para o presidente.

— Você não ousaria.

— Pode apostar.

Assim, o agente especial Josh Campbell voltou a Roma de mãos vazias, mas com uma história fascinante para contar. Ele a escreveu em um longo memorando e enviou ao mesmo tempo a Washington D.C. e Nova York. Os que conheciam as aventuras passadas de Allon duvidavam da precisão do documento — e por bons motivos. O relatório não mencionava, por exemplo, um retrato falsificado de Antoon van Dyck, nem uma francesa morta recentemente chamada Valerie Bérrangar, nem um marchand e ladrão de arte parisiense chamado Maurice Durand,

DANIEL SILVA

nem a violinista suíça Anna Rolfe, nem o notório criminoso corso Don Anton Orsati, nem o devasso, mas adorável, marchand londrino Oliver Dimbleby, cuja redescoberta fictícia e venda recorde de três obras-primas da Escola Veneziana tinham recentemente incendiado o mundo da arte.

No fim de julho, as três telas estavam penduradas no apartamento do falsificador que as criara, junto com duas versões do *Nu reclinado*, de Modigliani, um Cézanne, um Monet e uma lindíssima versão do *Autorretrato com a orelha cortada*, de Van Gogh. No cavalete de seu estúdio, havia uma tela com um rasgo em formato de L, 15x23cm, no canto esquerdo inferior. Depois de reparar o estrago e retocar as perdas, o falsificador despachou a obra a uma pequena galeria perto da Plaza Virgen de los Reyes, em Sevilha. E, no início da manhã seguinte, desapareceu.

72

ADRIÁTICO

Nos primeiros cinco dias da viagem, o *maestral* predominou. Não era o agressor frio e tempestuoso que tinha cercado a ilha de Córsega na primavera anterior, mas um companheiro temperado e confiável que impulsionava o Bavaria C42 sem esforço pela extensão do Adriático. Com os mares calmos e o vento soprando atravessado na popa da embarcação, Gabriel conseguiu dar a Irene e Raphael uma apresentação introdutória da vida marítima. Quem mais ficou aliviada foi Chiara, que tinha se preparado para seis ensolaradas semanas de gemidos, resmungos e enjoo.

Os dias deles não tinham forma, o que era a intenção. Na maioria das manhãs, Gabriel acordava cedo e se punha a navegar enquanto Chiara e as crianças dormiam nas cabines abaixo. Por volta do meio-dia, ele baixava as velas e a plataforma de nado, e eles desfrutavam de um longo almoço na mesa do cockpit. À noite, jantavam em restaurantes à margem dos portos — Itália numa noite, Croácia ou Montenegro na seguinte. Gabriel carregava sua Beretta sempre que desembarcavam. Chiara nunca o chamava pelo nome real.

Quando chegaram ao porto de Bari, no sul do Adriático, eles passaram a noite em um confortável hotel-butique perto da marina, lavaram uma carga grande de roupas sujas e reabasteceram os estoques com comida e bastante vinho branco local. No fim da manhã seguinte,

DANIEL SILVA

quando contornaram o costa da Itália, um *jugo* quente e abafado soprava do sudeste. Gabriel o aproveitou para atravessar o Jônico para oeste e chegou ao porto siciliano de Messina um dia antes do previsto. O Museu Regional ficava a uma curta caminhada da marina pela orla. Na sala 10, havia duas telas monumentais executadas por Caravaggio durante sua estadia de nove meses na Sicília.

— É verdade que ele usou um cadáver real? — perguntou Chiara, analisando *A ressurreição de Lázaro*.

— Improvável — respondeu Gabriel. — Mas, com certeza, não está fora do campo das possibilidades.

— Não é um dos melhores esforços dele, né?

— Muito do que estamos vendo foi pintado por assistentes de seu estúdio. A última restauração foi há uns dez anos, e, como você sem dúvida vê pela qualidade do trabalho, eu não estava disponível.

Chiara lhe deu um olhar de aprovação.

— Acho que gostava mais de você antes de virar falsificador.

— Você tem sorte de eu não ter tentado falsificar um Caravaggio. Teria me colocado no olho da rua.

— Preciso dizer, gostei muito de minhas tardes com Orazio Gentileschi.

— Não tanto quanto ele gostou do tempo com Dânae.

— Ela adoraria almoçar sozinha com você antes do fim desta viagem.

— Nossa cabine fica perto demais da das crianças.

— Nesse caso, que tal um lanchinho da meia-noite, então? — Sorrindo, Chiara dirigiu o olhar para o Caravaggio. — Acha que conseguiria pintar um desses?

— Vou fingir que não ouvi.

— E seu rival? Consegue falsificar um Caravaggio?

— Ele produziu quadros indetectáveis de Velhos Mestres de todas as escolas e períodos. Um Caravaggio seria bem fácil para ele.

— Quem você acha que ele é?

— A última pessoa no mundo de que alguém suspeitaria.

394

O lanchinho da meia-noite acabou sendo um suntuoso banquete com várias horas de duração, e eram quase 10h quando partiram para Limpari. A próxima parada era uma pequena caverna na costa calabresa. Então, depois de uma navegação noturna que incluiu um lanche no convés de proa do Bavaria, eles chegaram à costa Amalfitana. De lá, pularam de ilha em ilha até atravessar o golfo de Nápoles — primeiro Capri, depois Ischia — antes de se aventurar pelo mar Tirreno até a Sardenha.

Ao norte, ficava Córsega. Gabriel traçou uma rota pelo lado oeste da ilha, nos dentes de um *maestral* revitalizante. E, dois dias depois, em uma noite de quarta-feira fresca e sem nuvens, ele guiou o Bavaria para a minúscula marina de Porto. Esperando no cais, com os braços levantados em cumprimento, estavam Sarah Bancroft e Christopher Keller.

O sol tinha se posto quando eles chegaram à bem protegida casa de Don Anton Orsati. Vestido com as roupas simples de um *paesanu* corso, ele cumprimentou Irene e Raphael como se fossem parentes de sangue. Gabriel explicou aos filhos que o homem grande e expansivo com os olhos escuros de um cão era produtor do melhor azeite de oliva da ilha. Irene, com seu sexto sentido peculiar e poderoso, claramente duvidava.

O jardim murado de Don Orsati estava cheio de luzes decorativas e membros de seu clã, incluindo vários que trabalhavam no lado clandestino do negócio. Pelo jeito, a chegada da família Allon depois de uma viagem marítima longa e perigosa era motivo para comemorar, bem como a primeira visita à ilha da esposa estadunidense de Christopher. Vários provérbios corsos foram recitados, e muito vinho rosé, claro, da Córsega, foi bebido. Sarah olhou descaradamente para Raphael durante o jantar todo, hipnotizada pela semelhança sobrenatural do menino com o pai. Gabriel, por sua vez, olhava a esposa. *Ela nunca parecera mais feliz — nem mais linda*, pensou ele.

DANIEL SILVA

Ao fim da refeição, Gabriel e Christopher foram convidados por Don Orsati para subirem ao escritório. Lá, sobre a escrivaninha, estava a foto do homem que havia tentado matar Gabriel e Sarah na Galerie Georges Fleury, em Paris.

— O nome dele era Rémy Dubois. E você tinha razão — disse Orsati. — Ele tinha histórico militar. Passou alguns anos lutando contra os talibãs no Afeganistão, onde se familiarizou bastante com explosivos improvisados. Quando voltou para casa, teve dificuldade de organizar a vida. — Ele olhou para Christopher. — Parece familiar?

— Talvez você possa contar a ele sobre Rémy Dubois e me deixar fora disso.

— A organização para a qual Dubois trabalhava é conhecida apenas como Groupe. Os outros funcionários são todos ex-soldados e agentes de inteligência. A maioria dos clientes são empresários milionários. São muito bons no que fazem. E bem caros. Achamos Rémy em Antibes. Uma casa ótima perto da Plage de Juan les Pins.

— Preciso perguntar onde ele está agora?

— Você, provavelmente, passou por cima dele quando se aproximou de Porto.

— Quanto você conseguiu arrancar dele?

— Tudinho. Aparentemente, a tentativa de assassinar você foi um trabalho de urgência.

— Ele, por acaso, mencionou quando recebeu a ordem?

— No domingo anterior à explosão.

— No domingo à noite?

— De manhã, na verdade. Precisou montar a bomba tão rápido que não teve tempo de comprar um celular descartável para usar como gatilho do detonador. Usou um que tinha pegado em outro trabalho.

— Pertencia a uma mulher chamada Valerie Bérrangar. Dubois e seus comparsas empurraram o carro dela para fora da estrada ao sul de Bordeaux.

RETRATO DE UMA MULHER DESCONHECIDA

— Foi o que ele disse, mesmo. Também esteve envolvido no assassinato de Lucien Marchand. — Orsati inclinou a cabeça na direção de uma paisagem inacabada inspirada em Cézanne apoiada na parede. — Achamos isso no apartamento dele em Antibes.

— Quem pagou pela bala? — quis saber Gabriel.

— Um norte-americano. Evidentemente, era ex-oficial da CIA. Dubois não sabia o nome dele.

— É Leonard Silk. Ele mora em Sutton Place, em Manhattan. — Gabriel pausou, depois adicionou: — Número catorze.

— Temos amigos em Nova York. — Orsati colocou a foto no triturador de papel. — Bons amigos, por sinal.

— Quanto?

— Não me ofenda.

— Não se ganha dinheiro cantando — falou Gabriel, repetindo um dos provérbios favoritos de Don Orsati.

— E orvalho não enche o tanque — respondeu ele. — Mas guarde o dinheiro para seus filhos.

— Filhos pequenos, preocupações pequenas. Filhos grandes, preocupações grandes.

— Mas não hoje, meu amigo. Hoje, não temos preocupação alguma.

Gabriel olhou para Christopher e sorriu.

— Vamos ver.

Lá embaixo, Gabriel encontrou Raphael e Irene apoiados em Chiara, os olhos vidrados e desfocados. Don Orsati suplicou que ficassem um pouco mais, porém, após uma troca final de provérbios corsos, aceitou relutantemente sua partida. Mas não conseguiu esconder a decepção com os planos de viagem de Gabriel. A família Allon pretendia passar uma única noite na *villa* de Christopher, depois ir para Veneza logo de manhã.

— Com certeza, vocês podem ficar uma ou duas semanas.

DANIEL SILVA

— A escola das crianças volta em meados de setembro. Já mal vamos conseguir chegar em casa a tempo.

— Para onde vão velejar no ano que vem?

— Para Galápagos, acho.

Com isso, eles se despediram e se apertaram no velho Renault hatch combalido de Christopher para a jornada até o vale vizinho. Gabriel e Chiara se sentaram atrás, com as crianças encaixadas no meio. Sarah se sentou no banco do carona, ao lado do marido. Apesar da alegria da noite, o humor dela, de repente, ficou tenso.

— Você teve notícias de Magdalena? — perguntou com a voz animada de quem teme um desastre iminente.

— Quem é Magdalena? — respondeu Gabriel quando os faróis iluminaram o enorme bode doméstico chifrado parado no centro da pista perto das três oliveiras antigas de propriedade de Don Casabianca.

Christopher freou, e o carro parou suavemente.

— Você ficaria chateado demais se eu acendesse um cigarro? — perguntou Sarah. — Me deu muita vontade.

— Somos dois — murmurou Gabriel.

Irene e Raphael, sonâmbulos um momento antes, de repente ficaram alertas e animados com a perspectiva de mais uma aventura. Christopher permaneceu sentado com as mãos sobre o volante, os ombros grandes curvados, a imagem da infelicidade.

Ele encontrou os olhos de Gabriel no retrovisor.

— Eu preferiria que seus filhos não assistissem.

— Não seja ridículo. Por que você acha que eu naveguei até a Córsega?

— As últimas duas semanas foram difíceis — explicou Sarah. — Ontem à noite...

— Ontem à noite *o quê*? — sondou Irene.

— Prefiro não dizer.

Christopher falou por ela.

— Ele conseguiu me acertar bem de frente. Foi como ser atingido com um bate-estacas.

RETRATO DE UMA MULHER DESCONHECIDA

— Você deve ter provocado o coitado — disse Chiara.

— No que diz respeito a essa criatura, só minha existência já é uma provocação.

Christopher apertou a buzina e, com um gesto cordial, convidou o bode a se afastar. Sem resposta, levantou o pé do freio e deixou o carro ir um pouco para a frente. O bode abaixou a cabeça e investiu contra a grade dianteira.

— Eu avisei — disse Sarah. — Ele é incorrigível.

— Isso não é jeito de falar do Christopher — interveio Gabriel.

— O que quer dizer incorrigível? — perguntou Raphael.

— Incapaz de ser corrigido. Depravado e inveterado. Um réprobo incurável.

— Réprobo — repetiu Irene, dando uma risadinha.

Christopher abriu sua porta, fazendo acender a luz do teto interior. Sarah pareceu abalada.

— Acho melhor fazermos check-in em um hotel. Ou melhor, vamos passar a noite naquele seu barco lindo.

— Isso, vamos — concordou Chiara quando o carro tremeu com o impacto de outro golpe. Logo, olhou para Gabriel e falou baixinho: — Faça alguma coisa, meu bem.

— Minha mão está me matando de dor.

— Deixa comigo — disse Irene.

— Sem chance.

— Não escute seu pai — falou Chiara. — Pode ir, amor.

Gabriel abriu a porta e olhou sua linda esposa.

— Se acontecer alguma coisa com ela, a culpa vai ser sua.

Irene pulou por cima do colo de Gabriel e saltou do carro. Sem medo, ela se aproximou do bode e, acariciando sua barba vermelha, explicou que ela e sua família voltariam de barco para Veneza amanhã de manhã e precisavam dormir bem. O bode claramente achou a história implausível, mesmo assim, retirou-se da pista sem mais protestos, e a situação resolveu-se pacificamente.

DANIEL SILVA

Irene se apertou no banco do carro e descansou a cabeça no ombro do pai enquanto aceleravam na direção da *villa* de Christopher.

— Réprobo — sussurrou a menina, e riu histericamente.

73

BAR DOGALE

Contra qualquer bom senso, Gabriel concordou em permanecer na Córsega durante o fim de semana. Insistiu, porém, em passar o domingo à noite a bordo do Bavaria, e, quando Chiara e as crianças acordaram na segunda de manhã, ele tinha deixado Ajaccio para trás. Com o *maestral* nas costas e a vela balão içada, ele chegou à ponta sul da Sardenha no pôr do sol da terça-feira e, no fim da tarde de quinta, estavam de volta a Messina.

Naquela noite, jantando no I Ruggeri, um dos melhores restaurantes da cidade, Gabriel leu, com alívio, que promotores do condado de Suffolk, em Nova York, tinham retirado todas as acusações contra Lindsay Somerset pela morte do marido. Trancada para fora das casas dela, com as contas bancárias apreendidas ou congeladas, ela enfrentaria um futuro incerto. Havia especulação, em um jornal semanal de Long Island, de que ela pretendia abrir uma academia em Montauk e instalar-se permanentemente em East End. A reação local amplamente favorável sugeria que Lindsay, com seu ato de loucura no aeroporto, tinha emergido do escândalo imaculada pela fraude de Phillip.

Três noites depois, em Bari, Gabriel leu que Kenny Vaughan, chefe de investimentos de Phillip Somerset, fugitivo, tinha sido encontrado morto em decorrência, aparentemente, de uma overdose em um quarto de hotel de New Orleans. O dinheiro que Phillip drenara das reservas da firma durante suas últimas horas de vida ainda não tinha sido encontrado. Segundo o *New York Times*, qualquer tentativa de vender o inventário de obras do fundo de hedge se mostraria uma decepção, já que colecionadores e museus estavam desconfiados de adquirir qualquer coisa em que Phillip tivesse tocado. Uma equipe de especialistas do Metropolitan tinha conduzido uma análise no depósito da 91st Street, na tentativa de determinar quais das 789 obras eram falsificadas e quais eram autênticas. Um consenso se provou impossível.

Acompanhava o artigo uma fotografia do último quadro adquirido por Phillip antes de morrer: *Dânae e a chuva de ouro*, supostamente de Orazio Gentileschi. O FBI tinha determinado que havia sido enviado a Nova York da cidade toscana de Florença, sem dúvida, violando as leis estritas de patrimônio cultural da Itália. Se era uma falsificação ou uma obra-prima perdida genuína, os *connaisseurs* não sabiam dizer — não sem rigorosos testes científicos do tipo conduzido por Aiden Gallagher, da Equus Análises. Mesmo assim, as autoridades estadunidenses tinham atendido a uma demanda italiana de que o quadro fosse imediatamente devolvido.

Oportunamente, ele chegou à Itália na mesma manhã em que Gabriel, após uma corrida final sob a luz da lua pelo Adriático norte e manobrar o Bavaria em sua vaga na marina Venezia Certosa. Quatro dias depois, após observar Chiara embarcando em um número 2 no ponto de *vaporetto* de San Tomà, ele acompanhou Irene e Raphael à *scuola elementare* no Bernardo Canal para o início do semestre letivo. Sozinho pela primeira vez em várias semanas — e sem ter algo na agenda exceto uma visita ao Mercado Rialto —, ele caminhou pelas ruas vazias até o Bar Dogale, que foi onde, a uma mesa de cromo coberta de azul, ele encontrou o general Ferrari.

O garçom entregou dois *cappuccini* e uma cesta de *cornetti* recheados de creme e polvilhados com açúcar. Gabriel tomou o café, mas ignorou os doces.

— Estou comendo sem parar há um mês e meio.

— E mesmo assim parece que não ganhou um quilo sequer.

— Eu escondo bem.

— Como a maioria das coisas. — O general estava vestido com seu uniforme azul e dourado dos Carabinieri. De pé ao lado de sua cadeira havia uma pasta de portfólio, em geral usada por profissionais da arte para transportar desenhos ou pequenas pinturas. — De algum jeito, você conseguiu encobrir até seu envolvimento no caso Somerset.

— Não exatamente. O agente do FBI me falou um monte.

— Pelo que sei, a entrevista foi conduzida tomando Bellinis no Harry's Bar.

— Você estava observando?

— Você não acha que deixamos agentes do FBI andar por aí sem escolta, né?

— Espero que não.

— O agente especial Campbell também me deu um belo sermão — disse Ferrari. — Estava convencido de que o Esquadrão da Arte estava envolvido de alguma maneira em suas confusões. Garanti que não estávamos.

— A volta ágil de *Dânae e a chuva de ouro* sugere que ele acreditou.

O general tomou seu cappuccino.

— Um acontecimento bastante impressionante, mesmo para seus padrões.

— Onde está agora?

— Ainda no *palazzo* — respondeu Ferrari, referindo-se à sede romana do Esquadrão da Arte. — Mas hoje, no fim do dia, vai ser levado para análise na Galleria Borghese.

— Ah, céus.

— Quanto tempo vão levar para concluir que é falsificado?

— Segundo o *Times*, ele passou no teste em Nova York.

— Com todo o respeito, sabemos um pouco mais sobre Gentileschi do que os norte-americanos.

DANIEL SILVA

— As pinceladas e a paleta são dele — disse Gabriel. — Mas, no segundo que eles colocarem a tela em um exame de radiografia e reflectografia de infravermelho, estarei lascado.

— Acho bom, mesmo. Aquele quadro precisa ser exposto como uma falsificação e destruído. — O general exalou pesadamente. — Espero que você entenda que sua venda fictícia pela Dimbleby Fine Arts de Londres adicionou novos quadros à obra de três dos maiores pintores da história.

— Por enquanto, nenhum dos quadros que Oliver supostamente vendeu entraram nos catálogos *raisonnés* dos artistas.

— E se entrarem?

— Vou me pronunciar imediatamente. Até lá, pretendo permanecer longe da esfera pública.

— Fazendo o quê?

— Vou passar o próximo mês limpando migalhas e outros destroços de meu barco.

— E depois?

— Minha esposa está pensando em me deixar restaurar um quadro.

— Para a Companhia de Restaurações Tiepolo?

— Dado o estado periclitante da minha conta bancária, estou inclinado a aceitar primeiro uma comissão particular lucrativa.

O general franziu a testa.

— Talvez fosse melhor você simplesmente falsificar algo.

— Minha breve carreira como falsificador de arte acabou oficialmente.

— E pensar que foi tudo em vão.

— Eu derrubei a maior rede de falsificação da história da arte do mundo.

— Sem achar o falsificador — apontou o general.

— Eu teria achado se Lindsay Somerset não tivesse estragado uma ótima Range Rover matando o marido.

— Seja como for, é uma conclusão não muito satisfatória, não acha?

— Os culpados foram punidos — falou Gabriel.

RETRATO DE UMA MULHER DESCONHECIDA

— Mas o falsificador continua livre.

— Com certeza, o FBI já deve ter uma ideia de quem é.

— O jovem Campbell diz que não. Claramente, seu falsificador cobre bem os rastros. — General Ferrari pegou a pasta de portfólio e entregou a Gabriel. — Mas talvez isto ajude a resolver o mistério.

— O que é?

— Um presente de seu amigo Jacques Ménard de Paris.

Gabriel equilibrou a pasta sobre os joelhos e abriu as travas. Dentro, estava *Uma cena do rio com moinhos de vento distantes*, óleo sobre tela, 36x58cm, supostamente do pintor da Era de Ouro holandesa Aelbert Cuyp. Também havia a cópia de um relatório preparado pelo Centro Nacional de Pesquisa e Distribuição do Louvre. Afirmava que a instituição, após semanas de análise científica meticulosa, não tinha conseguido emitir um julgamento definitivo sobre a autenticidade da obra. Tinha certeza, porém, de uma coisa.

Uma cena do rio com moinhos de vento distantes não continha uma única fibra de lã polar de tom azul-marinho.

Gabriel guardou o relatório de volta na pasta e fechou.

— Boa viagem — desejou general Ferrari com um sorriso.

74

SALAMANCA

Ao contrário do que Gabriel tinha dito ao agente especial Josh Campbell do FBI, Magdalena Navarro não estava escondida em uma aldeia remota nos Pirineus. Estava enfurnada em seu apartamento na Calle de Castelló, no elegante bairro de Salamanca, em Madri. Ao meio-dia da tarde seguinte, Gabriel apertou o botão do painel de interfone do prédio, depois virou-se de costas para a câmera. Sem receber resposta, ele apertou o botão pela segunda vez. Por fim, o viva-voz ganhou vida com um chiado.

— Se você fizer isso outra vez — disse uma voz feminina sonolenta —, vou descer aí e matar você.

— Por favor, não faça isso, Magdalena. — Gabriel se virou para a câmera. — Sou eu.

— Meu Deus! — disse ela, e destrancou a porta.

Lá dentro, Gabriel subiu de escada até o apartamento dela. Magdalena esperava na porta aberta, usando um pulôver de algodão fino e quase mais nada. Seu cabelo escuro estava todo desgrenhado. As mãos, manchadas de tinta.

— Espero não estar atrapalhando — disse Gabriel.

— Só meu sono. Você deveria ter me avisado que estava vindo.

— Fiquei com medo de você tentar fugir do país. — Ele baixou o olhar para as duas malas Louis Vuitton combinando deixadas no piso azulejado do corredor de entrada. — Qual é a que tem dinheiro?

Ela indicou a mala mais perto da porta.

— É tudo que me sobrou.

— E os quatro ou cinco milhões que você tinha escondido em contas bancárias pela Europa?

— Eu doei.

— Para quem?

— Os pobres e os imigrantes, principalmente. Também fiz uma doação bem grande para meu grupo ambiental favorito e outra para minha antiga escola de artes em Barcelona. Anônimas, claro.

— Talvez ainda haja esperança para você. — Gabriel olhou com desaprovação para a roupa dela. — Mas não vestida assim.

Com um sorriso no rosto, ela foi descalça por um corredor e reapareceu um momento depois, usando calça jeans de stretch e uma camisa do Real Madrid. Na cozinha, preparou *café con leche*. Eles beberam em uma mesa com vista para a rua estreita, ladeada por prédios residenciais luxuosos, lojas de roupa de grife, bares e restaurantes da moda. *Magdalena certamente se encaixava bem em um lugar assim*, pensou Gabriel. Era uma pena ela não ter chegado lá de forma honesta.

— Sua pele está da cor de couro de sela espanhol — falou. — Por onde você andou?

— Circum-navegando o globo em meu veleiro como minha esposa e meus filhos.

— Fez alguma nova descoberta?

— Só a identidade do falsificador. — Ele baixou o olhar para as mãos manchadas de tinta dela. — Vejo que voltou a trabalhar.

Ela fez que sim.

— Fiquei até tarde da noite.

— Algo bom?

— Uma *Virgem com o menino* prestes a ser redescoberta atribuída ao círculo de Raphael. E você?

— Virei a página.

— Não fica nem tentado?

— A quê?

DANIEL SILVA

— Falsificar um quadro — disse Magdalena. — Eu ficaria honrada de ser sua testa de ferro. Mas só se você concordar em dividir os lucros meio a meio.

— Pelo jeito, eu estava enganado — falou Gabriel. — Talvez você seja mesmo um caso irremediável.

Ela sorriu e tomou o café.

— Não sou perfeita, sr. Allon, mas também virei a página. E, caso ainda esteja se perguntando, eu não sou a falsificadora.

— Se eu achasse que é, teria chegado aqui com um contingente da Guardia Civil para levar você presa.

— Eu andei esperando por eles. — Ela pegou o celular e abriu o navegador. — Você leu as notícias da Alemanha ultimamente? *Herr* Hassler agora está cooperando com promotores federais. É questão de tempo até pedirem minha extradição.

— Evitei um grande ataque terrorista na Catedral de Colônia há não muito tempo. Se for necessário, posso cobrar o favor.

— E os belgas?

— Bruxelas e Antuérpia são as capitais do crime organizado na Europa. Duvido que a polícia belga vá pedir sua extradição por causa de alguns quadros falsificados.

— O FBI com certeza sabe de mim.

— E de mim também — respondeu Gabriel. — Por enquanto, pelo menos, estão inclinados a deixar nossos nomes de fora. — Ele estudou o quadro não emoldurado apoiado na parede. — Seu?

Magdalena fez que sim.

— É o que eu pintei depois de Phillip e Leonard Silk tentarem matar você em Paris. *Autorretrato de uma testa de ferro.*

— Nada mau.

— Minhas novas telas são muito melhores. Adoraria mostrar, mas, infelizmente, meu estúdio no momento está lotado de falsificações pela metade.

Não eram fraudes, claro — só obras insanamente originais executadas por uma artista de imenso talento e ótima habilidade técnica. Gabriel foi de tela em tela, encantado.

— O que acha? — perguntou Magdalena.

— Acho que o maior crime de Phillip Somerset foi privar o mundo de sua obra. — Gabriel colocou a mão no queixo, pensativo. — A questão é: o que nós vamos fazer com eles?

— Nós?

— Eu ficaria honrado de ser seu testa de ferro. Insisto, porém, em não receber parte dos lucros.

— Você é ruim de jogo, sr. Allon. Mas como pretende levar as obras ao mercado?

— Com uma exposição em uma galeria premium, em um grande centro do mundo da arte. O tipo de exposição que vai transformá-la em uma marca global bilionária. Todo mundo que importa vai estar lá, e, no fim da noite, todos vão saber seu nome.

— Pelos motivos certos, espero — disse Magdalena. — Mas onde vai ser essa exposição?

— Na Galerie Olivia Watson, em Londres.

O rosto dela se iluminou.

— Você faria mesmo isso por mim?

— Com uma condição.

— O nome do falsificador?

Ele confirmou com a cabeça.

— Fui eu, sr. Allon. Eu executei todos aqueles quadros de Velhos Mestres indetectáveis em meio a turnos no El Pote Español e na Katz's Delicatessen. — Ela jogou os braços ao redor do pescoço dele. — Como posso agradecer?

— Permitindo que eu compre uma de suas obras.

— Só se você prometer que nunca vai vender para lucrar.

— Combinado — disse Gabriel.

75

EQUUS

Exatamente 48h depois — após mais um voo transatlântico para o JFK e uma breve estadia no Courtyard Marriot no centro de Stamford, Connecticut —, Gabriel se sentou ao volante de um sedã de fabricação nacional alugado e dirigiu em direção de um pôr do sol ofuscante até Westport. Passava alguns minutos das 19h quando ele chegou à Equus Análises. A reluzente BMW Série 7 de Aiden Gallagher não estava em lugar algum.

Gabriel apoiou a pasta de portfólio no asfalto, pegou seu celular Solaris e ligou. Yuval Gershon, da Unidade 8200, atendeu no mesmo instante.

— Tudo pronto? — perguntou ele.

— Por que mais eu estaria ligando?

Yuval destrancou a porta remotamente.

— Divirta-se.

Gabriel guardou o celular no bolso, pegou a pasta e entrou.

O laboratório estava escuro, as cortinas, bem fechadas. Gabriel ligou a lanterna do celular e direcionou o facho para o quadro montado no scanner de mapeamento espacial Bruker M6 Jetstream. Um retrato de uma mulher no fim dos vinte ou início dos trinta anos, usando um vestido de seda dourada bordado com renda branca. Qualquer tolo veria que as dimensões da tela eram 115x92cm. Gabriel tirou uma foto da bochecha pálida da mulher. A aparência do craquelê lhe deu uma sensação esquisita na nuca.

Ele apoiou a pasta sobre a mesa de análises e subiu as escadas até o segundo andar. Havia uma única sala, de tamanho idêntico ao laboratório abaixo. Na ponta que dava vista para a Riverside Avenue, havia cerca de vinte caixotes de madeira, cada um contendo uma obra que esperava para ser analisada pelo estimado Aiden Gallagher. Só um dos caixotes tinha sido aberto, o que fora usado para enviar o quadro, naquele momento, preso no Bruker. Fora enviado para a Equus Análises pelo departamento de Velhos Mestres da Sotheby's em Nova York.

Na extremidade oposta da sala, havia um cavalete, um carrinho e um exaustor de fumaça. As gavetas do carrinho estavam vazias e imaculadamente limpas. O cavalete também estava vazio. Gabriel apontou o facho de luz na bandeja utilitária. Branco de chumbo. Preto carvão. Malaquita. Vermelho. Índigo. Terra verde. Amarelo e vermelho ocre.

No andar de baixo, ele removeu a cena de rio da pasta de portfólio e a colocou na mesa de análise. Ao lado, pôs dois relatórios. Um era do Centro Nacional de Pesquisa e Restauração da França; o outro, da Equus Análises. Então desligou a lanterna e esperou. Duas horas e doze minutos depois, um carro parou no estacionamento. *Eles resolveriam o assunto rapidamente*, pensou Gabriel, e *nunca mais mencioná-lo*.

O sistema de alarme de qualidade de museu emitiu oito apitos agudos e, um momento depois, Aiden Gallagher entrou pela porta. Estava usando calça cáqui e um suéter de gola em V. Ele estendeu a mão para o interruptor, mas hesitou, como se consciente de uma presença no laboratório.

Finalmente, os painéis fluorescentes do teto piscaram e se acenderam. Aiden Gallagher prendeu a respiração de susto e recuou.

— Como você entrou aqui, Allon?

DANIEL SILVA

— Você deixou a porta aberta. Felizmente, eu estava de passagem no bairro.

Gallagher começou a ligar para um número em seu celular.

— Eu não faria isso, Aiden. Você só vai piorar as coisas para si mesmo.

Ele, então, abaixou o telefone.

— Por que você está aqui?

— Você está devendo 75 mil dólares a minha amiga Sarah Bancroft.

— Pelo quê?

Gabriel baixou o olhar na direção de *Uma cena do rio com moinhos de vento distantes.*

— Você nos garantiu que havia fibras de lã polar embutidas na superfície da pintura, prova cabal de que era uma falsificação. Mas uma segunda análise determinou que você estava errado.

— Quem conduziu essa revisão?

— O Centro Nacional de Pesquisa e Restauração.

Gallagher ofereceu um meio sorriso a Gabriel.

— Não é o mesmo laboratório que autenticou erroneamente aquelas quatro falsificações que acabaram penduradas no Louvre?

— O erro deles foi honesto. O seu, não. E, aliás — adicionou Gabriel —, eu sabia que aquele Cranach era falsificado no minuto que pus os olhos nele. — Ele apontou para o quadro preso no Bruker. — Com certeza, não preciso de uma máquina de imageamento espacial para me dizer que esse Van Dyck também é.

— Com base no que vi até agora, estou inclinado a aceitar como autêntico.

— Tenho certeza de que sim. Mas seria um erro de cálculo seu.

— Em que sentido?

— A jogada inteligente é tirar todas as suas falsificações de circulação, uma por uma. Você vai ser o herói do mundo da arte. E vai até ficar mais rico no processo. Pelos meus cálculos, só os quadros que estão lá em cima vão adicionar um milhão e meio de dólares ao lucro da Equus.

— Graças ao escândalo de Somerset, minha taxa de urgência é de cem mil. Portanto, aqueles quadros representam dois milhões em novos negócios.

— Não escutei uma negação, Aiden.

— De que eu seja o falsificador? Não achei que fosse necessário. Sua teoria é ridícula.

— Você é um pintor e restaurador com treinamento, e especialista em pesquisa de procedência e autenticação. Ou seja, sabe como selecionar obras que serão aceitas pelo mundo da arte e, mais importante, construí-las e executá-las. Mas a melhor parte do seu esquema é que você estava em uma posição única de autenticar suas próprias falsificações. — Gabriel baixou novamente o olhar para *Uma cena do rio com moinhos de vento distantes.* — Se você tivesse autenticado aquela, Phillip e você talvez ainda estivessem trabalhando juntos. — Ele pausou. — E eu não estaria aqui agora.

— Eu não autentiquei aquele quadro, Allon, porque é uma falsificação óbvia.

— Óbvia para mim, com certeza. Mas não para a maioria dos *connaisseurs.* É por isso que vocês dois decidiram que eu tinha que morrer. Você nos disse que tinha achado fibras de lã no quadro, porque é o erro mais comum de falsificadores inexperientes. Também é algo que poderia ser descoberto durante, digamos, um exame preliminar conduzido durante o fim de semana. Quando pegamos o quadro na segunda à tarde, você perguntou se planejávamos confrontar Georges Fleury. E Sarah, inocentemente, respondeu a verdade.

— Você percebe o quanto está parecendo maluco?

— Não cheguei ainda na parte boa. — Gabriel se aproximou de Gallagher. — Você é membro de um clube muito restrito, Aiden. A filiação é limitada àquelas almas de sorte que tentaram me matar ou matar um de meus amigos e ainda andam pela face da Terra. Então, se eu fosse você, pararia de sorrir. Senão, pode ser que eu me irrite.

Gallagher olhou Gabriel sem expressão.

— Não sou o homem que você acha que eu sou, Allon.

DANIEL SILVA

— Eu *sei* que é.

— Prove.

— Não dá. Phillip e você foram cuidadosos demais. E a condição de seu ateliê lá em cima sugere que você tomou medidas extremas para esconder as evidências de seus crimes.

Gallagher indicou o relatório francês.

— Posso?

— Por favor.

Ele pegou o documento e começou a ler. Depois de um momento, falou:

— Eles não conseguiram chegar a uma opinião quanto à autenticidade. — Havia um traço de orgulho em sua voz, tênue, mas inconfundível. — Nem o maior especialista deles em pintores da Era de Ouro holandesa conseguiu descartar a possibilidade de ser real.

— Mas nós dois sabemos que não é. E, por isso, eu gostaria de pegar emprestado um estilete, por favor.

Gallagher hesitou. Então, abriu uma gaveta e colocou um Olfa AK-1 sobre a mesa.

— Melhor você fazer — sugeriu Gabriel.

— Imagine, por favor.

Gabriel segurou o estilete de alta qualidade pelo cabo amarelo e abriu dois talhos horizontais irreparáveis na tela. Estava prestes a infligir um terceiro quando Gallagher segurou seu pulso. A mão do dublinense estava tremendo.

— Já chega. — Ele relaxou o aperto. — Também não precisa mutilar a obra.

Gabriel cortou a pintura uma terceira vez antes de arrancar os pedaços de tela do chassi. Com estilete em punho, ele se aproximou de *Retrato de uma mulher desconhecida*.

— Não toque — disse Gallagher, calmamente.

— Por que não?

— Porque esse quadro é um Van Dyck genuíno.

— Esse quadro — disse Gabriel — é uma de suas falsificações.

414

— Está disposto a apostar quinze milhões de dólares?

— Foi isso que Phillip recebeu por ele?

Sem esperar pela resposta, Gabriel tirou o quadro do Bruker e o cortou em tiras. Levantando o olhar, viu Aiden Gallagher fitando a tela arruinada, o rosto pálido de raiva.

— Por que você fez isso?

— A pergunta certa é: por que você o pintou? Foi só pelo dinheiro? Ou você gostava de enganar gente como Julian Isherwood e Sarah Bancroft? — Gabriel colocou o estilete na mesa de análises. — Você está devendo 75 mil dólares a eles.

— O contrato dizia especificamente que o dinheiro não é reembolsável.

— Nesse caso, talvez a gente possa chegar a um meio-termo.

— Quanto você tem em mente?

Gabriel sorriu.

Não demorou para chegarem a um número — nada surpreendente, porque não houve negociação. Gabriel simplesmente deu seu preço, e Aiden Gallagher, depois de alguns protestos, preencheu o cheque. O irlandês, então, pediu reembolso pelo Van Dyck. Gabriel colocou uma nota de cinco euros na mesa e, com o cheque em mãos, saiu para a manhã ensolarada de Connecticut.

Ele dirigiu devagar de volta ao JFK, mas, mesmo assim, conseguiu chegar um bom tempo antes do horário do voo. Jantou mal no saguão do aeroporto, comprou presentes para Chiara e as crianças no Duty Free e foi para o portão designado. Lá, tirou do bolso interno do blazer italiano feito à mão o cheque — dez milhões de dólares nominal à Isherwood Fine Arts.

Estavam incluídos no acordo final os 75 mil dólares do relatório fraudulento da Equus Análises, 3,4 milhões pelo Van Dyck falsificado, 1,1 milhão pelo Aelbert Cuyp, cem mil pelas telas de Velhos Mestres usadas por Gabriel em suas próprias falsificações e 525 mil em despesas variadas, como viagens de primeira classe, hotéis cinco estrelas e martínis de Belvedere com três azeitonas. E, claro, havia os 4,8 milhões perdidos por Sarah Bancroft no colapso do Fundo de Investimentos Obras-Primas.

No fim das contas, pensou Gabriel, *era um final bastante satisfatório para a história.*

Ele ligou para Chiara em Veneza e deu a boa notícia.

— Réprobo — disse ela, e riu histericamente.

NOTA DO AUTOR

Retrato de uma mulher desconhecida é uma obra de entretenimento e deve ser lida apenas assim. Nomes, personagens, lugares e incidentes retratados na história são produto da imaginação do autor e foram usados de forma fictícia. Qualquer semelhança com pessoas reais, vivas ou mortas, negócios, empresas, eventos ou locais é pura coincidência.

Visitantes do *sestiere* de San Polo procurarão em vão o *palazzo* convertido com vista para o Grand Canal onde Gabriel Allon, após uma carreira longa e tumultuosa na inteligência israelense, fixou residência com a esposa e os dois filhos pequenos. O escritório da Companhia de Restaurações Tiepolo também será impossível de encontrar, pois ela não existe. A música de Andrea Bocelli que toca na cozinha da família Allon no capítulo 6 é "Chiara", do álbum *Cieli di Toscana*, de 2001. Escutei o CD com frequência enquanto escrevia o primeiro esboço de *O confessor* em 2002 e dei o nome à linda filha do rabino-chefe de Veneza, Jacob Zolli. Irene Allon tem o nome da avó, que foi uma das artistas mais importantes dos primórdios do Estado de Israel. Seu irmão gêmeo tem o nome do pintor da alta renascença italiana Raffaello Sanzio da Urbino, mais conhecido como Rafael ou Raphael.

A propriedade fictícia da Úmbria, conhecida como Villa dei Fiori, apareceu pela primeira vez em *As regras de Moscou*, um romance que concebi durante uma estada extensa em uma propriedade similar. A

DANIEL SILVA

equipe cuidou muitíssimo bem de minha família e de mim, e recompensei essa gentileza transformando-os em personagens menores, mas importantes, da história. Infelizmente, vários comerciantes da cidade de Amelia tiveram o mesmo destino na sequência do romance, *O desertor*.

Há, de fato, uma suíte com o nome do maestro Leonard Bernstein no Hôtel de Crillon, em Paris, e Chez Janou, sem dúvida, é um dos melhores bistrôs da cidade. Apesar disso, a violinista suíça Anna Rolfe não teria provocado um murmúrio baixo no salão iluminado, porque Anna é produto de minha imaginação, assim como Maurice Durand e Georges Fleury, proprietários de uma galeria de arte corrupta no oitavo *arrondissement*. O esquadrão de arte da Police Nationale é mesmo conhecido como Escritório Central para a Luta contra o Tráfico de Bens Culturais — soa definitivamente melhor em francês —, mas sua equipe não trabalha no prédio histórico localizado no número 36 do Quai des Orfèvres.

Felizmente, não existe um fundo de hedge baseado em arte chamado Fundo de Investimentos Obras-Primas, e os crimes de meu fictício Phillip Somerset são criação inteiramente minha. Incluí os nomes de casas de leilão reais, porque, como os nomes de grandes pintores, fazem parte do léxico do mundo artístico. Não tive a intenção de sugerir de forma alguma que empresas como Christie's ou Sotheby's comercializem sabidamente quadros falsificados. Também não desejei deixar a impressão de que as unidades de empréstimos garantidos por arte do JPMorgan Chase e do Bank of America aceitariam obras falsificadas como garantia. Minhas mais profundas desculpas ao chefe de segurança do Pierre pelo comportamento inadmissível de Gabriel durante sua breve estadia. O hotel histórico na 61st Street é um dos melhores de Nova York e jamais empregaria gente como meu fictício Ray Bennett.

A fauna excêntrica de marchands, curadores de museus, leiloeiros e jornalistas londrinos que enfeita as páginas de *Retrato de uma mulher desconhecida* foi absolutamente inventada, assim como seus comportamentos pessoais e profissionais, por vezes questionáveis. Há de fato uma encantadora galeria de arte na esquina nordeste de Mason's Yard,

RETRATO DE UMA MULHER DESCONHECIDA

mas é de propriedade de Patrick Matthiesen, um dos marchands de Velhos Mestres mais bem-sucedidos e respeitados do mundo. Brilhante historiador de arte abençoado com um olho infalível, Patrick jamais se deixaria enganar por um Van Dyck falsificado, nem se fosse executado com tanta habilidade quanto o mostrado na história.

O mesmo não se pode dizer, porém, de muitos colegas e concorrentes de Patrick. De fato, no último quarto de século, o negócio global multibilionário conhecido como o mundo da arte foi sacudido por uma série de escândalos de falsificação de grande visibilidade que levantou questões perturbadoras sobre o processo, por vezes subjetivo, empregado para determinar origem e autenticidade de uma obra. Cada um dos círculos de falsificação usou alguma versão da mesma armadilha de procedência vulgar — quadros recém-redescobertos emergindo de uma coleção até então desconhecida — e cada um conseguiu enganar especialistas e *connaisseurs* do mundo da arte comercial com impressionante facilidade.

John Myatt, compositor e professor de arte em meio período com talento para imitar os grandes pintores, estava criando dois filhos pequenos sozinho em uma fazenda decrépita em Staffordshire quando conheceu um golpista esperto chamado John Drewe. Juntos, eles perpetraram o que a Scotland Yard descreve como "a maior fraude de arte do século XX". Com Myatt fornecendo as telas e Drewe, as procedências simuladas, a dupla introduziu mais de 250 falsificações no mercado — com as quais o segundo embolsou mais de 25 milhões de libras. Muitas foram vendidas através de casas de leilão respeitáveis de Londres, incluindo diversas obras supostamente do pintor francês Jean Dubuffet, que foram postas à venda durante um baile de gala glamoroso na Christie's da King Street. Na plateia naquela noite, sentindo-se levemente malvestido, estava o falsificador que os criara. A Fundação Dubuffet, cuidadora da obra do artista, declarara que eram autênticos.

Do outro lado do Canal da Mancha, dois outros falsificadores estavam criando caos simultaneamente no mundo da arte — e ganhando milhões no processo. Um era Guy Ribes, pintor talentoso que conseguia

DANIEL SILVA

produzir um "Chagall" ou um "Picasso" convincente em questão de minutos. Segundo a polícia e os promotores da França, Ribes e uma série de marchands corruptos, provavelmente, colocaram mais de mil pinturas falsificadas no mercado, a maioria ainda em circulação. A contraparte alemã de Ribes, Wolfgang Beltracchi, era similarmente prolífico, às vezes, produzindo até dez telas por mês. Foi a esposa de Beltracchi, Helene — não minha fictícia Françoise Vionnet — que vendeu, sem esforço, um "Georges Valmier" a uma proeminente casa de leilão europeia após uma breve análise.

Em poucos anos, os Beltracchis estavam vendendo falsificações nas principais casas de leilão, todas provenientes, supostamente, da mesma coleção até então desconhecida. No processo, tornaram-se fabulosamente ricos. Eles viajaram pelo mundo a bordo de um veleiro de oitenta pés servido por uma tripulação de cinco pessoas. Seu portfólio imobiliário incluía uma vila de sete milhões de dólares na cidade alemã de Freiburg e uma propriedade ampla, Domaine des Rivettes, na região vinícola do Languedoc, na França. Entre suas muitas vítimas estava o ator e colecionador de arte Steve Martin, que comprou um falso Heinrich Campendonk por 860 mil dólares através da Galerie Cazeau-Béraudière, de Paris, em 2004.

Seria de imaginar que a Knoedler & Company, a mais antiga galeria de arte comercial de Nova York, resistiria ao vírus que se espalhava pelos mercados europeus. Mas, em 1995, quando uma marchand desconhecida chamada Glafira Rosales apareceu na galeria com um "Rothko" envolto em papelão, a presidente da Knoedler, Ann Freedman, aparentemente, não viu motivos para desconfiar. Na década seguinte, Rosales vendeu ou consignou quase quarenta obras expressionistas abstratas para a Knoedler & Company, incluindo telas supostamente pintadas por Jackson Pollock, Lee Krasner, Franz Kline, Robert Motherwell e Willem de Kooning.

No fim das contas, Glafira Rosales era testa de ferro de uma rede internacional de falsificação que incluía seu namorado espanhol, José Carlos Bergantiños Diáz, e o irmão dele. O falsificador era um imigrante chinês chamado Pei-Shen Qian, que trabalhava em sua garagem

RETRATO DE UMA MULHER DESCONHECIDA

no Queens. Segundo os promotores, Bergantiños Diáz descobriu Qian vendendo cópias em uma rua em Lower Manhattan e o recrutou. O chinês recebia cerca de nove mil dólares por cada falsificação, uma pequena fração do preço que elas atingiam na Knoedler. Sitiada por processos judiciais, a galeria lendária fechou as portas em novembro de 2011.

Com todo o respeito aos expressionistas abstratos, que eu venero, uma coisa é forjar um Motherwell ou um Rothko, outra bem diferente é executar um Lucas Cranach, o Velho, convincente. Só por essa razão, uma juíza francesa chacoalhou o mundo da arte em março de 2016, quando ordenou a apreensão de *Vênus com véu*, a atração principal de uma exposição de sucesso no Caumont Centre d'Art, na cidade de Aix-en-Provence, no sul da França. Uma análise científica exaustiva de 213 páginas — a joia da coroa da enorme coleção controlada pelo príncipe de Liechtenstein — concluiria mais tarde que não poderia ter vindo do ateliê de Cranach. Entre os muitos sinais de alerta citados no relatório estava a aparência do craquelê, que se dizia ser "inconsistente com o envelhecimento normal". Representantes de Sua Alteza Sereníssima contestaram as conclusões e exigiram o retorno imediato do quadro. Na época em que escrevi este livro, *Vênus* estava listada no site oficial das coleções do príncipe e em exposição no Garden Palace, em Viena.

Mas foi a identidade do antigo proprietário do quadro — o colecionador francês Giuliano Ruffini — que tanto enervou o mundo da arte. Várias obras antes desconhecidas haviam surgido recentemente do inventário de Ruffini, incluindo *Retrato de um homem*, supostamente do pintor da Era de Ouro holandesa Frans Hals. Especialistas no Louvre examinaram o quadro em 2008 e o declararam *un trésor national*, que nunca deveria ter permissão de sair de solo francês. Seus colegas no Mauritshuis, em Haia, ficaram igualmente arrebatados, com um curador sênior chamando o quadro de "uma adição muito importante à obra de Hals". Ninguém parecia excessivamente preocupado com a fragilidade da proveniência, pois a tela, disseram os especialistas, falava por si mesma.

Por razões nunca explicitadas, o Louvre optou por não adquirir o quadro, que, em 2010, foi comprado por um marchand e um investidor de arte londrinos por um valor declarado de três milhões de dólares. Apenas um ano depois, a dupla vendeu o retrato a um colecionador estadunidense proeminente por mais de três vezes o que havia pagado. O colecionador proeminente, após saber que a *Vênus* havia sido apreendida pelos franceses, submeteu sabiamente seu "Frans Hals" de dez milhões de dólares a análises científicas e foi informado, em termos inequívocos, de que se tratava de uma falsificação. A Sotheby's rapidamente concordou em devolver o dinheiro do proeminente colecionador estadunidense e procurou restituição do comerciante e do investidor de arte. Nesse momento, os processos estão ativos.

Até 25 telas suspeitas de Velhos Mestres, com um valor de mercado estimado em cerca de 255 milhões de dólares, surgiram da mesma coleção — incluindo *Davi com a cabeça de Golias*, supostamente de Orazio Gentileschi, que foi exposta na National Gallery, em Londres. Não foi a primeira vez que o estimado museu exibiu uma obra erroneamente atribuída ou fraudulenta. Em 2010, eles lavaram a roupa suja curatorial em uma exposição de seis salas chamada "Fakes, Mistakes, and Discoveries" [Falsificações, erros e descobertas]. A sala 5 apresentava *Uma alegoria*. Adquirida pelo museu em 1874, imaginava-se que a obra era do pintor florentino do início da Renascença Sandro Botticelli. Na verdade, era um pastiche executado por um seguidor tardio. Mais recentemente, uma empresa suíça de pesquisa de arte, utilizando uma forma pioneira de inteligência artificial, determinou que *Sansão e Dalila*, uma das pinturas mais premiadas da National Gallery, quase certamente *não* era de Sir Peter Paul Rubens.

A National Gallery comprou o quadro em 1980 — na casa de leilões Christie's em Londres — por 5,4 milhões de dólares. Na época, era o terceiro preço mais alto já pago por uma obra de arte. No mercado atual, uma venda desse tamanho dificilmente seria digna de notícia, já que a alta dos preços transformou as pinturas em mais uma classe de ativos para os super-ricos — ou, nas palavras do falecido marchand de

Manhattan Eugene Thaw, "uma commodity como barriga de porco ou trigo". A. Alfred Taubman, o desenvolvedor de shopping centers e investidor de fast food que comprou a Sotheby's em 1983, observou, cinicamente, que "uma pintura preciosa de Degas e uma caneca gelada de refrigerante" tinham muito em comum, pelo menos, no que dizia respeito ao potencial de lucro. Em abril de 2002, Taubman foi condenado a um ano de prisão por seu papel no esquema de fixação ilegal de preços com a rival Christie's que arrancou dos clientes mais de cem milhões de dólares.

Cada vez mais, grande parte das obras mais valiosas do mundo residem não em museus ou casas particulares, mas em galpões escuros e climatizados. Mais de um milhão de pinturas estão supostamente escondidas na Zona Franca de Genebra, incluindo, pelo menos, mil de Pablo Picasso. Muitos colecionadores e curadores estão perturbados pelas pinturas terem se tornado apenas mais um tipo de investimento. Mas os que estão no negócio de comprar e vender arte com fins lucrativos discordam. "Pinturas", disse o galerista nova-iorquino David Nash ao *New York Times* em 2016, "não são um bem público."

A maioria muda de mãos sob condições de sigilo absoluto, a preços cada vez maiores, com pouca ou nenhuma supervisão. Não é de admirar, então, que o mundo da arte tenha sido assolado por uma sucessão de escândalos multimilionários de falsificação. O problema é, sem dúvida, agravado pela apatia dos tribunais e da polícia. Notavelmente, nenhum dos falsificadores e de seus cúmplices mencionados acima recebeu mais do que uma advertência por seus crimes. A testa de ferro Glafira Rosales foi condenada a cumprir pena por seu papel no escândalo da Knoedler. John Myatt e Wolfgang Beltracchi, depois de passarem pouco tempo na prisão, hoje ganham a vida vendendo "falsificações genuínas" e outras obras originais online. Beltracchi, durante uma entrevista para o programa *60 Minutes*, da CBS News, expressou apenas um arrependimento — ter usado o tubo de tinta com o rótulo incorreto de branco titânio que fizera com que fosse descoberto.

DANIEL SILVA

O falsificador Guy Ribes também conseguiu usar seu talento de forma legítima. É Ribes, não o ator Michel Bouquet, que imita as pinceladas de Pierre-August Renoir em um filme de 2012 sobre os últimos anos de vida do francês. Ribes também executou os Renoirs utilizados na produção do filme — com a assistência do Museu d'Orsay, que lhe concedeu uma visita privada aos Renoirs em sua posse, incluindo vários que não estavam em exibição pública. James Ivory lamentou o fato de que o famoso falsificador de arte francês não estivesse disponível para trabalhar no filme *Os amores de Picasso*, de 1996. Disse o lendário diretor: "Teria sido, visualmente, um filme diferente".

AGRADECIMENTOS

Sou grato à minha esposa, Jamie Gangel, que me escutou pacientemente enquanto eu trabalhava a intrincada trama e as reviravoltas de *Retrato de uma mulher desconhecida*, e depois editou habilmente o primeiro rascunho de meu texto. Minha dívida com ela é imensurável, assim como meu amor.

A Anthony Scaramucci, fundador da empresa de investimentos Skybridge Capital, tirou um tempo de sua ocupada agenda para me ajudar a criar um fundo de hedge fraudulento baseado em arte, apoiado pela venda e colateralização de pinturas falsificadas. Ao marchand londrino Patrick Matthiesen, que respondeu pacientemente a cada uma de minhas perguntas, assim como a Maxwell L. Anderson, que já atuou cinco vezes como diretor de um museu de arte norte-americano, incluindo o Museu Whitney em Nova York. Para não ficar para trás, ao renomado conservador de arte David Bull — para o bem ou para o mal, ele é conhecido em certos círculos como "o verdadeiro Gabriel Allon" —, que leu meu texto de quase seiscentas páginas em sua totalidade, tudo enquanto se apressava para completar a restauração de uma tela do artista renascentista italiano Jacopo Bassano.

À lendária escritora Marie Brenner, da *Vanity Fair*, que me deu uma visão inestimável de seu trabalho e do mundo da arte de Nova York; e a David Friend, o editor de desenvolvimento criativo da revista,

DANIEL SILVA

que compartilhou histórias assustadoras de investigações passadas sobre homens poderosos. Posso dizer com certeza que há uma sala de reuniões na redação da *Vanity Fair* no vigésimo quinto andar do One World Trade Center — e que ela tem vista para o porto de Nova York. Fora isso, a sequência caótica de acontecimentos retratada no clímax de *Retrato de uma mulher desconhecida* tem pouca semelhança com a forma como a *Vanity Fair* reporta, edita e publica artigos importantes de jornalismo investigativo.

A meu superadvogado Michael Gendler, de Los Angeles, que nem é preciso dizer, foi uma fonte de sábios conselhos. A Louis Toscano, meu querido amigo e editor de longa data, que fez inúmeras melhorias no livro, bem como a Kathy Crosby, minha preparadora pessoal com olhos de lince. Quaisquer erros tipográficos que tenham passado pelas formidáveis mãos deles são de responsabilidade apenas minha.

Consultei mais de cem artigos de jornal e revista enquanto escrevia *Retrato de uma mulher desconhecida*, demais para citar aqui. Tenho uma dívida especial com os repórteres da *Artnet*, *ARTnews*, *Art Newspaper*, *Guardian* e *New York Times* pela cobertura do mais recente escândalo de falsificação de Velhos Mestres. Cinco livros foram particularmente úteis: de Anthony M. Amore, *The Art of the Con: The Most Notorious Fakes, Frauds, and Forgeries in the Art World* [A arte do golpe: as falsificações, fraudes e contrafações do mundo da arte, em tradução livre]; de Laney Salisbury e Aly Sujo, *Provenance: How a Con Man and a Forger Rewrote the History of Modern Art* [Procedência: como um golpista e um falsificador reescreveram a história da arte moderna, em tradução livre]; de Noah Charney, *The Art of Forgery: The Minds, Motives and Methods of Master Forgers* [A arte da falsificação: a mente, os motivos e os métodos de mestres falsificadores, em tradução livre]; de Thomas Hoving, *False Impressions: The Hunt for Big-Time Art Fakes* [Falsas impressões: a caça por grandes falsificações de arte, em tradução livre]; e de Michael Shnayerson, *Boom: Mad Money, Mega Dealers, and the Rise of Contemporary Art* [Boom: muito dinheiro, megacomerciantes e a ascensão da arte contemporânea, em tradução livre].

RETRATO DE UMA MULHER DESCONHECIDA

Somos abençoados com familiares e amigos que enchem nossa vida de amor e risada em momentos críticos do ano de escrita, em especial, Jeff Zucker, Phil Griffin, Andrew Lack, Noah Oppenheim, Esther Fein e David Remnick, Elsa Walsh e Bob Woodward, Susan St. James e Dick Ebersol, Jane e Burt Bacharach, Stacey e Henry Winkler, Pete Williams e David Gardner, Virginia Moseley e Tom Nides, Cindi e Mitchell Berger, Donna e Michael Bass, Nancy Dubuc e Michael Kizilbash, Susanna Aaron e Gary Ginsburg, Elena Nachmanoff, Ron Meyer, Andy Lassner e Peggy Noonan.

Um agradecimento sincero também à equipe da HarperCollins, especialmente Brian Murray, Jonathan Burnham, Doug Jones, Leah Wasielewski, Sarah Ried, Mark Ferguson, Leslie Cohen, Josh Marwell, Robin Bilardello, Milan Bozic, David Koral, Leah Carlson-Stanisic, Carolyn Robson, Chantal Restivo-Alessi, Frank Albanese, Josh Marwell e Amy Baker.

Por fim, a meus filhos, Lily e Nicholas, que foram uma fonte constante de inspiração e apoio. Nicholas, agora estudante de pós-graduação no Programa de Estudos em Títulos da Faculdade de Relações Exteriores da Universidade de Georgetown, mais uma vez foi obrigado a morar sob o mesmo teto que o pai enquanto eu lutava para finalizar este livro, o vigésimo quinto de minha carreira. E ainda perguntam por que nem ele nem sua irmã gêmea, uma consultora empresarial de sucesso, escolheram a carreira de escritor.

SOBRE O AUTOR

Daniel Silva é o autor best-seller, número 1 na lista de mais vendidos do *New York Times*, de *O espião improvável*, *A marca do assassino*, *A temporada das marchas*, *O artista da morte*, *O assassino inglês*, *O confessor*, *Morte em Viena*, *Príncipe de fogo*, *O mensageiro*, *O criado secreto*, *As regras de Moscou*, *O desertor*, *O caso Rembrandt*, *Retrato de uma espiã*, *O anjo caído*, *A garota inglesa*, *O assalto*, *O espião inglês*, *A viúva negra*, *A casa de espiões*, *A outra*, *A herdeira*, *A ordem* e *A violoncelista*. É mais conhecido por sua série estrelando o espião e restaurador de arte Gabriel Allon. Os livros de Silva são best-sellers aclamados pela crítica em todo o mundo, e foram traduzidos para mais de trinta idiomas. Ele mora na Flórida com sua mulher, a jornalista televisiva Jamie Gangel, e os dois gêmeos deles, Lily e Nicholas. Para mais informações, visite www.danielsilvabooks.com.

Este livro foi impresso pela Vozes, em 2023, para
a HarperCollins Brasil. O papel do miolo é pólen
natural 70g/m², e o da capa é cartão 250g/m².